Elke Müller-Mees
Haarsträubend

Schauplatz ist Düsseldorf. Alle Personen, Häuser und Geschehnisse sind frei erfunden. Alle Orte, die Düsseldorf zu einer Stadt mit Flair machen, gibt es natürlich. Nur die Kastanie im Kögraben fiel der Wehrhahnlinie zum Opfer.

Die tote Frau ist nackt und wurde an ihren Haaren dekorativ in einen Baum gehängt. Hauptkommissar Max Matthesius von der Düsseldorfer Kriminalpolizei ahnt: Es wird weitere Opfer geben. Und er behält Recht. Die Ermittlungen laufen auf Hochtouren, alle Spuren aber ins Leere. Vollauf mit der Suche nach dem Täter beschäftigt, passt es Matthesius überhaupt nicht in den Kram, dass sein Schützling Emma Rohan nun auch noch einen Rechercheauftrag angenommen hat, der sie in Schwierigkeiten bringen könnte. Entgegen ihres Versprechens, keine privaten Ermittlungen mehr anzustellen, sucht Emma für die Türkin Aischa deren vermisste Schwester, wovon Matthesius sie abzubringen versucht.

Doch auch die Mordserie lässt Emma nicht kalt, zumal sie für einen anderen Auftraggeber gerade zum Thema Haare recherchiert. Bei ihren Nachforschungen gerät sie fast zwangsläufig in den Strudel der Ereignisse. Als der Mörder endlich festgenommen scheint, könnte Matthesius aufatmen – wenn da nicht sein Bauchgefühl wäre und nicht ausgerechnet Emma ihm in einer hochbrenzligen Situation einen zweiten dringend Tatverdächtigen präsentieren würde ...

Elke Müller-Mees ist promovierte Germanistin und erfolgreiche Autorin zahlreicher Bücher. Sie lebt als freie Schriftstellerin in Mülheim an der Ruhr, ist verheiratet und hat drei Kinder. Bei *Haarsträubend* handelt es bereits sich um den zweiten Krimi um Kommissar Matthesius und Rechercheurin Emma Rohan.
Infos auch unter: www.mueller-mees.de

Bereits im Droste Verlag erschienen:
Blutfährte • ISBN 978-3-7700-1324-1

Elke Müller-Mees

Haarsträubend

Kriminalroman

Droste Verlag

Für dich, Johannes, und meine fabelhafte Familie!

Bibliografische Informationen der Deutschen Nationalbibliothek
Die Deutsche Nationalbibliothek verzeichnet diese Publikation
in der Deutschen Nationalbibliografie; detaillierte bibliografische Daten
sind im Internet über http://dnb.d-nb.de abrufbar.

© 2010 Droste Verlag GmbH, Düsseldorf
Umschlaggestaltung: Droste Verlag
Satz: Droste Verlag
Druck und Bindung: CPI – Clausen & Bosse, Leck
ISBN 978-3-7700-1361-6

www.drosteverlag.de

1. KAPITEL

Der Gedanke kam ihm, als er den Baum betrachtete. Die Kastanie stand im Vorgarten. Ein hoher Stamm mit zwei Leitästen, die eine Gabel bildeten und an den dürren Zweigen nur wenige Blätter trugen. Der Baum würde sterben.

Wie ein Blitz durchzuckte ihn die Erinnerung an das Bild. Ein Baum, der in kahler weißer Winterlandschaft aufragte. Das Arrangement, erkannte er plötzlich, entsprach dem in seinen brütenden Träumen. Da hatte jemand ganze Arbeit geleistet. Wirklich gute Arbeit. Er hatte die Teufelinnen da gepackt, wo sie verletzbar waren und ihre Kräfte gebrochen werden konnten. Am liebsten hätte er dem Künstler auf die Schulter geklopft.

Aufhängen sollte man sie alle. Der Gedanke erhöhte seinen Pulsschlag, ließ ihn schneller atmen. Blut pochte in seinen Ohren, sein Penis erigierte. Sekundenlang war er beschämt und abgelenkt, sein Kopf ruckte. Er legte die Hand über den Hosenschlitz der Jeans, eine reflexhafte Geste.

Dann fasste er den Baum vor dem Haus wieder ins Auge. Jetzt wusste er, was zu tun war, spürte neu gewonnene Stärke.

Nicht der bohrende Schmerz, nein, ungeheure Wut hatte ihn nicht schlafen lassen. Er war auf lautlosen Sohlen aus dem Zimmer geschlichen. Jetzt stand er in der Tür, während Streifen von rotfarbenem Licht sich zunehmend breiter über den Himmel schoben.

In seinem Innern kochte es. Aber gegen den Zorn, der ihn erfasst hatte, half die Faust nicht, die er in die Magengrube presste.

Du Schwächling, du Versager – er hatte diese Worte gehört, Tag für Tag, seit er denken konnte, immer wieder und hörte sie noch. Nichts konnte er ihnen recht machen. Er sah die Verachtung in ihren Augen, wenn sie ihm seine Schwäche in die Seele murmelten. Alle beide.

Und nicht nur sie.

„Sie haben es verdient, die eine wie die andere", knirschte er zwischen den Zähnen hervor. Sie waren böse, sie brachten Männern nur

Verderben. Sie lockten sie an, weckten Leidenschaft und Begehren, nur um die Opfer dann in den Abgrund absurder Angst und Schwäche zu stürzen.

Er stierte auf die Kastanie im Vorgarten, spürte, wie sich Speichel in seinen Mundwinkeln sammelte. Jetzt war Schluss damit. Er fühlte sich stark genug, aller Welt ihre Schwäche vorzuführen.

Er hatte so viel zu tun.

Hauptkommissar Matthesius betrachtete seinen Bauchansatz, knetete die noch feuchte, faltige Haut. Lange heiß zu duschen, verjüngte nicht gerade. Er atmete tief, versuchte, den Bauch einzuziehen. Vergeblich.

Schonungslos zeigte ihm der Spiegel im Bad, was ihm seit einiger Zeit zu schaffen machte: einen Mann drei Monate vor seinem 58. Geburtstag und keinen Tag jünger aussehend. Krähenfüße um die Augen, tiefe Stirnfalten. Unten an der linken Wange breitete sich ein braunes Mal aus. Er fuhr mit dem Zeigefinger vorsichtig über die Stelle. Altersfleck, hatte der Hautarzt diagnostiziert.

Unsinn. Bezeugte sein kräftiges Kinn nicht Entschlossenheit? Und sein Fahndungsblick, über den Martha sich mokiert und manchmal beschwert hatte? Lange her. Seine Ehe hatte vor zwölf Jahren ein ziemlich abruptes Ende gefunden. Als er nach dem Rasierer auf dem Regal langte, klingelte es.

So früh am Morgen? Matthesius griff nach dem braunen, flusigen Bademantel, raffte ihn über dem Bauch zusammen, während er über den Flur zur Tür schlurfte.

„Ein Einschreiben für Sie."

Matthesius quittierte, wog den Brief nachdenklich in der Hand. Hellblau und länglich, die Briefmarken zeigten den Aufdruck United States. Von Marc. Da sein Sohn so wenig wie er selbst ein großer Briefschreiber war, ließ ihn die unerwartete Post an Unheil denken. Noch während er vorsichtig, als handele es sich um eine Briefbombe, das Kuvert neben das Telefon legte, schellte es erneut. Schriller, als ließe jemand den Finger länger als nötig auf dem Klingelknopf.

„Schwitter, du?"

„Ist sonst noch jemand hier?", schnaufte sein Kripokollege. Er brauchte einen Moment, um zu Atem zu kommen. Zehn Kilo Übergewicht strammen Schrittes drei Stockwerke hochzubringen, kostete eben Schweiß.

„Du bist nicht gut in Form, mein Lieber."

„Wer selbst im Glashaus sitzt, Max, könnte sich eine Wohnung im Parterre suchen." Schwitter zog ein Taschentuch heraus, trocknete sich die Stirn und den fast kahlen Kopf. Dann faltete er das Tuch Karo auf Karo und steckte es weg.

Gesten ohne jede Hektik, die Matthesius dennoch richtig zu deuten wusste. „Gib mir zwei Minuten. Wo müssen wir hin?"

„Zur Kö."

„Extravaganter Tatort."

Matthesius hasste Fälle, die ihn in die Nähe der oberen Zehntausend führten. Der letzte lag noch keine fünf Monate zurück. Zeugen, die ihre Beziehungen spielen ließen und Druck ausübten, hatten ihm die Ermittlungen erschwert. Neben anderen. Er dachte an Emma, während er in seine Jeans stieg.

„Nicht nur das. Königsallee, Berliner Allee, Kasernenstraße, Blumenstraße, im Umkreis ist überall Presse ansässig. Wahrscheinlich sind schon jede Menge Bluthunde mit Kameras und Spekulationen unterwegs."

„Uns bleibt nichts erspart, was, Schwitter?"

Als sie im blauweißen Einsatzwagen über die Friedrichstraße nach Norden brausten, fiel Matthesius ein, dass er gestern Abend vergessen hatte, Emma anzurufen. Das allwöchentliche Telefonat war unausgesprochen zu einer festen Verabredung geworden.

Sechs Jahre alt war Emma gewesen, als er im Fall der vermissten 9-jährigen Hannah Rohan, ihrer Schwester, ermittelt, den Verbleib des Mädchens jedoch nicht hatte aufklären können. Dank Emma, die ihn über Jahre hinweg gedrängt hatte, weiter nach Hannah zu suchen, war es ihm schließlich im vergangenen November im Zusammenhang mit mehreren Morden in der Martinszeit gelungen.

Sie hatten Hannahs Leiche gefunden. Damals hatte er Emma, die als freiberufliche Rechercheurin tätig war, das Versprechen abgenommen, sich nie wieder in polizeiliche Ermittlungen einzumischen. Über all die Jahre, vor allem aber durch das, was im November geschehen war, waren sie mehr als gute Bekannte geworden. Ihm fiel der Part des väterlichen Freundes zu. Er fühlte sich verantwortlich für Emma, gab sich Mitschuld an ihrer Rastlosigkeit, fürchtete, dass sie beim geringsten Anlass erneut in unkontrollierbaren Tatendrang umschlagen könnte.

Das grelle Heulen der Sirene holte ihn in die Gegenwart zurück. Konzentrier dich auf das, was anliegt, dachte er. Er war froh, seine Gedanken auf das Nächstliegende, den neuen Fall, richten zu können.

„Kannst du mir schon etwas darüber sagen?", fragte er.

Schwitter schüttelte den Kopf. „Lass uns das erst ansehen."

Wenn sein Kollege so einsilbig reagierte, machte Matthesius sich besser auf das Schlimmste gefasst. Wie alle, die über Jahre bei der Kripo arbeiteten, hatte Schwitter sich ein dickes Fell zulegen müssen. Opfer von Tötungsdelikten, ob Mord oder Totschlag, boten keinen schönen Anblick. Blutlachen, die widerlich rochen, und Fliegenmaden waren noch die geringsten Übel. Bei Wasserleichen, deren fortgeschrittene Verwesung zu Fäulnisblasen und massiver Auftreibung der Bauchhöhle geführt hatte, musste man sich zwingen, hinzusehen. Oder bei der Leiche der alten Frau, die zwei Jahre lang in einem Verschlag neben der Heißmangel gelegen hatte und bei der es zur Mumifizierung gekommen war. Die lederartig vertrocknete Gesichtshaut und den Schimmelbefall der Augenlider würde kein mit den Ermittlungen befasster Kollege je vergessen können.

„Wo genau?", erkundigte Matthesius sich, nachdem sie den Graf-Adolf-Platz überquert hatten und in die Königsallee eingebogen waren.

„Am Nordende, vorm Hofgarten, wo sie die Wehrhahnlinie bauen."

Der Kögraben, wusste Matthesius, verdankte seinen Ursprung dem ehemaligen, jetzt begradigten Festungsgraben entlang der alten Stadtmauer. Schon zu Beginn des 19. Jahrhunderts hatte man begonnen, zu beiden Seiten des Wassergrabens, den die Düssel speiste, Bäume in mehreren Reihen zu pflanzen. Die heutigen Kastanien und Platanen waren prachtvoll, die meisten inzwischen wieder mehr als 50 Jahre alt. Sie hatten dicke Stämme und streckten ihre kräftigen Äste mit dem hellgrünen Frühlingslaub in den blassblauen Aprilhimmel.

Bäume zum Klettern. „Ich will da hinauf", hörte Matthesius in der Erinnerung seinen Sohn betteln. Er hatte ihn hochgestemmt, damals noch ein Leichtgewicht, sodass der Junge einen Ast fassen und sich in den Baum hinaufziehen konnte. Wie alt war Marc damals gewesen? Acht? Neun?

„Ich hätte den Brief öffnen sollen", murmelte Matthesius.

„Welchen Brief?"

Für eine Erklärung blieb keine Zeit. Sie hatten ihr Ziel erreicht, und Schwitter musste seine ganze Geschicklichkeit aufwenden, um den Weg durch das Chaos von kreuz und quer parkenden Einsatz- und Rettungswagen, Feuerwehr- und Übertragungsfahrzeugen, Taxis und den Autos Neugieriger zu finden. Schließlich machte er einen scharfen Schwenk neben den schwarzen Polo des Notarztes.

Matthesius stieg aus. Zwei riesige Baucontainer innerhalb eines Bauzauns beherrschten den Platz, den auf der linken Kö-Seite Kaufhof und Steigenberger Hotel, auf der rechten Geschäfte renommierter Designer begrenzten. Plakatierte Großfotos auf dem Bauzaun zeigten die Einmündung der Schadowstraße und gaben bekannt: *Die Wehrhahnlinie kommt.* Matthesius fragte sich, ob die Anwohner die Ankündigung nicht eher als Drohung auffassten. Das moderne Flair einer Weltstadt, das Düsseldorf gern zeigte, litt durch die enorme Bautätigkeit. Fast zeitgleich waren der Breidenbacher Hof und das Heinemann-Gebäude abgerissen worden, um Neubauten zu weichen. Doch kaum waren diese Baustellen beseitigt, hatte man mit den Arbeiten an der Wehrhahnlinie begonnen.

Vor dem Gittertor des Bauzauns auf der Höhe des Fußgängertunnels zum Hofgarten hielt das gelbe Absperrband die Menschen zurück, die sich trotz der frühen Morgenstunde dort versammelt hatten. Sie reckten die Hälse, schrien durcheinander, stießen und schubsten sich beiseite, drängten sich nach vorn. Unmöglich, das Spektrum der Gefühle von den Gesichtern abzulesen. Neugier, Schock, Entsetzen, Faszination?

Schwitter hatte mit seinen Befürchtungen Recht gehabt. Reporter hielten ihnen Schaumstoff-Mikrofone und Diktiergeräte entgegen, richteten Fernsehkameras auf sie. Matthesius bahnte sich einen Weg, schob Notizblöcke, Mikrofone und Aufnahmegeräte so rücksichtslos beiseite, wie sie ihm vors Gesicht gehalten wurden. Er presste die Lippen grimmig zusammen und fluchte innerlich. Dann bückte er sich unter dem Absperrband hindurch, das ein junger Milchbart von der Schutzpolizei für Schwitter und ihn hochhielt.

Erst jetzt bemerkte er den Hubschrauber, der über ihren Köpfen kreiste, als hätte es ein Bombenattentat gegeben. Kein Polizeihelikopter, wahrscheinlich ein besonders cleverer Boulevardjournalist. Auch das noch – Matthesius seufzte.

Sie wurden bereits erwartet. Schwitter und er sagten den Leuten von der Spurensicherung Hallo, begrüßten den Leitenden Oberstaatsanwalt. Dann einen hageren Mittfünfziger, der nervös die Hände rang, den Namen „Schieder" nuschelte und sich als Verantwortlicher der Baugesellschaft vorstellte.

„Na endlich", empfing sie der Notarzt.

Selbst wenn Kawelke nicht wie eine Rabenkrähe neben einer Leiche hockte, sah er den Aasvögeln verdammt ähnlich. Matthesius bemerkte das Fernglas in dessen Hand. Was hatte er vor?

„Hatte ich zum Glück noch von einem Ausflug in den Vogelpark Herborn im Auto liegen", beantwortete Kawelke die Frage, die Matthesius nicht gestellt hatte. „Schau nach oben."

Was ist das Schlimmste?, fragte sich Matthesius, als er den Kopf in den Nacken legte und mit seinem Blick dem ausgestreckten Zeigefinger des Arztes folgte.

Die Frau hing weit oben im Baum. So hoch im Astgeflecht, dass ihre Füße oberhalb der Hauptgabelung auflagen. Sie war nackt, ihr langes blondes Haar straff nach oben gespannt.

„Mein Gott!" Nicht einmal als 9-jährigem Messdiener in der Rochuskirche war Matthesius dieser Anruf inbrünstiger über die Lippen gekommen. Er zwinkerte gegen Irritation und Erschütterung an, kniff die Augen zusammen. Was genau den Frauenkörper dort oben hielt, vermochte er nicht zu erkennen.

Wortlos griff er nach dem Fernglas, das Kawelke ihm reichte. „Er hat sie an ihren Haaren aufgehängt?"

„Wonach sieht es aus?"

In der Vergrößerung war das Gesicht der Frau deutlicher zu erkennen. Es war oval, mündete in einem ausgeprägten Kinn. Eine hübsche Frau. Weder Schmerz noch Schock zeichneten sich auf den Gesichtszügen ab. Wären die offenen Augen nicht gewesen, hätte man denken können, sie schliefe dort in ihrer luftigen Höhe, ohne dass der Aufruhr, den sie verursachte, sie berührte.

Die Haare, als habe sie ein Sturm nach oben geweht, erinnerten Matthesius an die Schaufensterpuppen, die er im Herbst auf der Kö gesehen hatte. Dazu die Art, wie der Körper sich in die Verästelungen des Baumes schmiegte – die Assoziation zwang sich auf. Das Arrangement hatte etwas Künstliches. Wer das getan hatte, hatte die Frau nicht einfach in den Baum gehängt, er hatte den Baum mit ihr dekoriert.

„Wenn ihr glaubt, ich klettere da hoch, irrt ihr gewaltig", erklärte Kawelke kategorisch.

Matthesius reichte das Fernglas wortlos an Schwitter weiter, orientierte sich. Der Baum war eine der Kastanien, die innerhalb des Baustellengeländes direkt hinter dem Zaun standen und diesen überragten. Von der einmündenden Schadowstraße aus war es der vierte.

„Worauf warten Sie noch, Matthesius?", schnaubte der Leitende Oberstaatsanwalt.

„Auf einen guten Einfall, wie wir verhindern können, dass die da oben zu viele Bilder schießen?", knurrte Matthesius und deutete auf den Hubschrauber. „Abschirmen ist nicht möglich. Also, wie schnell können wir die Frau herunterholen?"

„Max, die haben bestimmt schon genug Bilder im Kasten."

Schwitter kraulte seinen Hinterkopf. „Die Frage ist doch: Wie schnell finden wir den, der sie da oben platziert hat?"

Wahnsinn, 90.700.000 Treffer allein bei Google. Emma klickte auf den Button für Bilder. Schon besser, aber noch zu viele Links. Bei 645.000 ins Netz gestellten Abbildungen musste sie sich eingrenzende Stichwörter überlegen. Emmas Blick wanderte die Bildreihen entlang, als Billie Holidays rauchige Stimme sie störte, *A Foggy Day in London Town*. Von wegen neblig! Durch die Sprossenfenster drang spritziges Morgenlicht, über den Kopfweiden in den Rheinwiesen lag ein Schleier aus erstem zarten Grün. Emma langte nach ihrem Handy, erkannte die Stimme.

Die Bilder der antiken Liebesgöttin noch vor Augen, teilte sie dem Anrufer mit: „Venus hat lange Haare, wie Rapunzel sie gehabt haben muss, sonst hätte die böse Zauberin im Märchen den Zopf nicht als Leiter benutzen und hinauf in den Turm gelangen können."

„Kann ein Mann sich Besseres wünschen, als dass eine Frau im Zusammenhang mit der Liebesgöttin an ihn denkt?"

Thomas' Stimme verursachte ihr ein Prickeln auf der Haut. Gestern Abend noch hatten seine Hände ihren Körper zärtlich und kraftvoll zugleich erkundet.

„Ich sollte besser an Amor denken. Denn die blonde und wohlgerundete Venus ist die Verkörperung eurer geheimen sexuellen Wünsche."

„Die Inkarnation meiner sexuellen Wünsche, die keineswegs geheim sind, hat blondes Haar und grüne Augen, die ein guter Freund von ihr, auf den ich im Geheimen eifersüchtig bin, treffend als seegrün beschreibt."

Er sagte es so, dass sie spürte, wie ihr Puls sich beschleunigte. Emma holte tief Luft. „Thomas, du bist nicht im Ernst eifersüchtig auf den alten Max?"

„Na gut, nur auf die Tatsache, dass er dich fast dein Leben lang kennt." Er lachte. „Bleiben wir lieber bei der Liebesgöttin. Was kannst du mir über sie erzählen?"

Aha, Thomas konnte den Professor für Germanistik und Semantik nicht verleugnen. „Gib zu, bei dem Stichwort Venus läuft dir nicht anders als dem hungrigen Hund, wenn er ein Stück Fleischwurst riecht, das Wasser im Mund zusammen."

Das lange Seufzen war Antwort genug.

„Also gut", erbarmte sie sich in gespielter Großmütigkeit. „Venus hat unglaublich lange Haare, wie mit der Brennschere gelockte Wellen. Die wallende Haarpracht reicht bis zum Po oder bis zu den Knien. Botticellis Venus schützt mit den Spitzen ihrer vom Wind bewegten, goldblonden Locken ihre Scham. Dagegen rafft Tizians Venus die Haare, um sie nach dem Bad auszuwringen. Deren Farbe ist rötlich, poliertes Kupfer."

„Du beschreibst nur, was du siehst."

„Das liegt an den meisterlich gemalten zarten Rundungen des nackten Körpers, den Händen, die die nassen Locken umfassen."

„Das Vergnügen hatte ich gestern Abend auch, dazu muss ich nicht ins Internet. Meine Venus hat da so einen süßen kleinen Leberfleck …"

„Was soll das werden? Telefonsex?", unterbrach Emma mit plötzlicher Heftigkeit, die ihn hätte warnen sollen.

„Es wäre mein erster." Seine sonore Stimme streichelte sie. „Aber wenn du mir hilfst, Lust hätte ich schon."

„Ich aber nicht."

Emma schleuderte das Handy von sich. Es landete auf dem Diwan mit dem zerschlissenen grünen Bezug. Ekel drückte ihr die Kehle zu.

Damals, bei der Suche nach ihrer Schwester, hatte sie sich zwanghaft unter anderem Snuffvideos im Internet angesehen. Dass die Erinnerung an die Bilder und die ordinäre Sprache bei manchen Bemerkungen aus den hintersten Hirnwindungen hervorschoss, ließ sich nicht kontrollieren. Auf der Reise in Neuseeland war es schon einmal vorgekommen, in dem Motel auf dem Weg von Christchurch nach Invercargill. Thomas hatte mit geschlossenen Augen rücklings auf dem Bett gelegen, als sie aus der Dusche gekommen war und über ihn gebeugt gefragt hatte, wie es nun mit ihnen weitergehen solle.

„Wie wäre es damit?", hatte er geantwortet, sie an sich gezogen, dass sie auf ihm zu liegen kam, und begonnen, ihr zärtlich Zweideutigkeiten ins Ohr zu murmeln. Da war das Gemisch aus pornografischen Bildern und Lauten in ihrem Kopf explodiert. Sie hatte sich vom Bett gerollt, aufsteigende Übelkeit vorgeschützt und war ins Bad geflohen.

Würde sie jemals völlig unbefangen Sex genießen können? Seufzend griff sie zum Handy.

„Tut mir leid, Thomas, ich war wohl etwas heftig."

„Das kann man wohl sagen."

In seiner Stimme schwangen Irritation und Ratlosigkeit. „Wirst du mir erzählen, warum?"

Niemals! „Ich erzähle dir lieber, warum ich mich mit Venus beschäftige."

„Ich vermute, du hast einen neuen Auftrag."

Abgeblockt zu werden, war Thomas von ihr gewohnt. Klang er deshalb eine Spur reservierter?

„Dr. Kirch, ein Kunsthistoriker, hat sich an das Germanistische Institut gewandt", plapperte Emma fröhlicher los, als ihr zumute war. „Deine Sekretärin dort ..."

„Nicht meine, ich teile sie mit vielen."

„Jedenfalls hat sie mir das Thema vor einer halben Stunde durchgegeben, *Darstellungen von Venus und Mutter Gottes im Vergleich*. Allerdings war sie wieder so umständlich, dass ich ihr am liebsten den Hals umgedreht hätte."

„Wofür dir vermutlich eine Reihe von Leuten im Institut dankbar gewesen wäre", bemerkte Thomas trocken. „Mich eingeschlossen."

Emma straffte den Rücken. Beruflicher Erfolg und Anerkennung richteten sie auf. „Offensichtlich spricht es sich langsam herum, dass Emma Rohan exzeptionelle und exzellente Recherchen zu jedem gewünschten Thema macht."

„Wenn du meine Hilfe brauchst ..."

„Lass mich erst meinem inneren Kompass folgen. Du weißt, ich habe meine eigenen Methoden."

Eine ziemlich schnöde Beendigung des Gesprächs.

Nachdenklich warf Emma das Handy zurück auf den Diwan. Seit drei Monaten waren Thomas Strassberg und sie befreundet. Sie schliefen miteinander, trafen sich in ihrer Freizeit. Sie hatte ihn zu einem wissenschaftlichen Kongress nach Neuseeland begleitet. Doch waren sie das, was man ein Paar nannte? Oder war Thomas nur zur Stelle gewesen, als sie dringend einen Menschen brauchte, der ihr über die fürchterliche Einsamkeit hinweghalf? Der Mensch, den der Himmel, das Schicksal – oder wer auch immer – ihr geschickt hatte, damit sie die Gewissheit ertragen konnte, dass sie ihre Schwester endgültig verloren hatte?

„Ohne Thomas hätte ich die vergangenen Monate nicht überstanden", flüsterte sie. Der Satz tat als Mantra seine Wirkung. „Aber sind wir deshalb ein Liebespaar?"

Sekundenlang verharrten ihre Finger bewegungslos über der Tastatur. Sie war unfähig, die Antwort auf die Frage, ob sie ihn liebte, zu finden.

„Venus, sag du es mir." Emma räusperte sich, warf ihren Zopf auf den Rücken und versuchte, sich auf die Bilder zu konzentrieren.

Venus Anadyome? Das war Griechisch, ein Partizip. Plötzlich fiel es ihr wieder ein, na klar: die aus dem Meer Aufsteigende. Die Grazie der Darstellung berührte Emma ebenso wie die delikate Farbgebung. Über den Brüsten, der linken Schulter und beiden Armen lag ein perlmuttfarbener Schimmer, ein stimulierender Kontrast zu dem dunkler glänzenden Kupferhaar und dem zur Seite geneigten Gesicht, dem der Schatten eine Maske aufsetzte. Der Blick der Liebesgöttin war ins Unbestimmbare gerichtet.

Das Thema gefiel ihr. Emma kannte ihren Auftraggeber nicht, nur die auf dem Campus kursierenden seltsamen Gerüchte über Dr. Kirch. Dass er Studentinnen bessere Noten gebe, wenn sie ihm gefielen, lange Haare hätten. Seine Sache, dachte Emma, trommelte mit dem Fineliner einen munteren Takt. Das Thema seiner Habilitation war dann ja genau das richtige.

Apropos Haare, sie musste ihre dringend waschen. Emma gab

dem Impuls nach, speicherte das Bild in dem neu angelegten Ordner und fuhr den Computer herunter. Als sie im winzigen Bad nackt vor dem Spiegel stand, dröselte sie die drei zum Zopf verflochtenen Stränge auf und kopierte die Haltung von Tizians Venus. Nicht gut. Ihre Gesichtszüge waren weniger ebenmäßig. Ihr Mund zu breit. Schade, auch ihr Körper reichte an das Vorbild nicht heran, gestand Emma sich selbstkritisch ein. Dann schüttelte sie lachend die Haare nach hinten. Männerfantasien. Tizian hatte keine reale Frau, sondern sein Idealbild einer Frau gemalt.

Als sie in der Dusche die Haare einschäumte, pfiff sie vor sich hin. Jeder neue Rechercheauftrag, besonders wenn er mit Kunstgeschichte oder Literatur zu tun hatte, rief bei ihr Vorfreude hervor. Ihre Recherchen vermittelten ihr bruchstückhafte, manchmal sehr spezielle Kenntnisse, aber kein profundes Wissen. Ihr Kopf war, behauptete sie oft, ein Pool für Kuriositäten. Doch ihre Fähigkeit, intuitiv zunächst abwegig erscheinende Zusammenhänge zu finden, vermutete sie, hing damit zusammen.

Emma hatte das Haar fast trocken geföhnt, als es an der Tür klingelte. Das musste endlich der Briefträger mit dem Scheck des Journalisten sein, für den sie Informationen zu dem Architekten Renzo Piano gesammelt hatte. Emma zerrte das tomatenrote Badelaken vom Halter, wickelte sich darin ein. Sechs Wochen Neuseeland, Hotel, Essen, Ausflüge durchs Land und die kleinen Extras hatten das Honorar, das ihre Freundin Christie für die Recherche zu den November-Morden mehr als großzügig bemessen hatte, fast verschlungen.

Die Erinnerung nagelte Emma für Sekunden mitten im Wohnraum auf dem alten Flickenteppich fest. Die verflossenen Monate hatten die Wunde nicht heilen lassen.

Emma fröstelte, zog die Schultern hoch. Fuhr sich mit dem rechten Arm übers Gesicht, als könnte sie die Gedanken an Hannah beiseitewischen.

Dann sah sie die schattenhafte Gestalt vor den Scheiben. Jemand beschirmte mit beiden Händen die Augen und schaute durch eines der Sprossenfenster. Gleich darauf klingelte es erneut, diesmal zaghafter.

„Ja?"

Emma riss die Tür auf, spürte den kalten Lufthauch, den der Ankömmling vorausschickte. Ihre Besucherin – Türkin vielleicht – trug einen knöchellangen schwarzen Mantel. Das Haar war unter einem ebenfalls schwarzen Tuch verborgen, das eng um die Stirn lag. Wie alt mochte sie sein? Schwer zu schätzen. Sie war auf jeden Fall noch sehr jung. Vielleicht 16, 17? Sehr hübsch, ein rundliches Gesicht mit weich geschwungenen Lippen. Ihre Nase war bis auf einen winzigen Höcker gerade.

„Ups." Emmas Aufmachung musste für ihre Besucherin ein Kulturschock sein. Unwillkürlich raffte Emma das rote Badehandtuch über der Brust fester zusammen. „Hallo."

„Ich muss meine Schwester finden. Helfen Sie mir, bitte", bat ihr Gegenüber in so wohlgesetzten Worten, als habe sie den Satz vorher einstudiert. „Ich bin Aischa Celik."

„Komm rein. Leg ab." Emma deutete zu dem Diwan. „Ich ziehe mir schnell etwas an."

Dass jemand wegen eines Auftrags in ihrer Wohnscheune am Eulenbergweg aufkreuzte, war neu. Sagte ihr das zu? Bisher hatte Emma die zwei Zimmer mit den unverputzten Wänden, der winzigen gekachelten Küchenzeile und den zwölf Quadratmetern Garten davor als ihre Zuflucht betrachtet. Die Rheinwiesen mit Kopfweiden und dem bald blühenden Weißdorn hatten etwas ungemein Tröstliches, wenn sie sich einsam fühlte.

Rasch streifte Emma im Bad eine Jeans über und griff nach dem fliederfarbenen Kapuzensweatshirt. Während sie die Haare zurückstrich, betrat sie den Wohnraum.

Ihre Besucherin hockte auf der äußersten Diwankante, verschränkte die Hände im Schoß. Sie hatte den Mantel nur aufgeknöpft, trug darunter einen ebenso langen Rock und einen Pullover, beide wie der Mantel schwarz. Emma glaubte, einen leisen Hauch von Zedernholz und Zimt wahrzunehmen.

„Warum glaubst du, dass ich dir helfen kann? Und warum kommst du gerade zu mir?"

Aischa öffnete die kleine schwarze Ledertasche, die neben ihr lag, und zog einen mehrfach geknifften Zeitungsausschnitt heraus. Sie faltete ihn auseinander und hielt ihn Emma so hin, dass ihr die Schlagzeile ins Auge sprang. „Ich habe in der Zeitung gelesen, dass Sie ..."

„Emma und du."

„Dass du deine Schwester gefunden hast. Deshalb dachte ich, du kannst auch meine finden."

Die Frau, die ihre Schwester suchte – verflixt! Es war Emma nicht gelungen, sich die Presse vom Hals zu halten. Dafür waren die November-Morde zu spektakulär, sie in das Geschehen zu sehr involviert und die Reporter zu findig gewesen. Um die schmerzlichen Gedanken an Hannah zu unterdrücken, bohrte Emma die Fingernägel in die Handflächen, dass es schmerzte.

Den Auftrag ihrer Freundin Christie, den Tod von deren Cousine Dana aufzuklären, hatte sie damals zwar erfolgreich erledigt. Doch im Nachhinein zweifelte Emma, ob man das so nennen durfte, ob es nicht eine beschönigende Übertreibung war. Durfte sie von Gelingen sprechen, wenn das Ergebnis Familien- und Freundschaftsbande zerstörte, so viel Schmerz und Trauer verursachte? Auch deshalb hatte sie sich geschworen, keinen Rechercheauftrag mehr anzunehmen, der nur im Entferntesten detektivische Arbeit von ihr forderte.

„Ich muss meine Schwester finden", wiederholte Aischa ihre Bitte.

Die Schwester zu verlieren, war eine Katastrophe. Niemand wusste das besser als sie. Emma gelang es nur mühsam, sich der Einflüsterung zu entziehen. Am liebsten hätte sie der Fremden ins Gesicht geschrien: „Lass es sein! Ich habe meine Schwester gefunden, aber um welchen Preis."

Stattdessen hob sie in einer Geste der Abwehr die Hände. „Ich bin keine Detektivin."

„Ich bezahle dafür, ich bezahle gut." Aischa begann, erneut in der Ledertasche zu kramen.

„He, es geht nicht um Geld", stellte Emma richtig. Sie wollte ihren Schwur nicht brechen. Trotzdem konnte sie sich zumindest anhören, was Aischa von ihr wünschte. Sie einfach wegzuschicken, brachte sie nicht übers Herz.

Emma ging hinüber zur Küchenzeile, schob den Espressokocher auf die Elektroplatte und schaltete sie an. „Wenn ich denken soll, brauche ich einen Espresso. Willst du auch einen? Ist beinahe so gut wie türkischer Mokka."

Ein Hauch von Röte färbte Aischas Wangen. Ihre Frage hatte sie in Verlegenheit gebracht. Warum?

„Ein Wasser vielleicht, bitte?", wisperte ihre Besucherin.

Das Geräusch des kochenden Wassers, das gewohnte Zischen, als es durch das Kaffeemehl gepresst wurde, beruhigten Emma. Als das bittere Aroma ihr in die Nase stieg, atmete sie tief durch.

Mit dem Espresso in der einen und dem Glas Wasser für Aischa in der anderen Hand ging sie in den Wohnraum zurück und stellte beides auf dem gelben Hocker ab. Dann zog Emma einen Stuhl heran und setzte sich ihrer Besucherin gegenüber. „Seit wann ist deine Schwester verschwunden?"

„Seit fünf Wochen. Wir haben schon überall gefragt, bei Freundinnen, in der Schule, in der sie ihre Ausbildung macht." Aischa holte tief Luft, als müsse sie erst Mut fassen. „Meine Eltern sind mit meinen beiden Brüdern aus der Türkei nach Deutschland gekommen, das ist 19 Jahre her. Da war Bülent acht, er ist mein *Abi*, Kadir war damals sieben", erzählte sie stockend. „Unsere Familie kommt aus Güllüce."

Wo in der Türkei, um Himmels willen, lag der Ort? Emma runzelte die Stirn. Ihre geografischen Kenntnisse des bei Deutschen so beliebten Urlaubslandes waren gleich null, sie hatte auch noch keine Reise in die Türkei gemacht.

„In der Nähe von Kaysiri", half Aischa, die ihre Mimik richtig interpretierte.

Aha. Emma unterdrückte ein Schulterzucken, notierte im Kopf stattdessen *Abi* und Kaysiri. Ein Wörterbuch und das AutoRoute-Programm auf ihrem PC würden ihr auf die Sprünge helfen.

„Warum sind deine Eltern nach Düsseldorf gekommen?", fragte sie.

„Der Bruder von meinem Vater lebte hier. Er hatte einen Gemüsehandel, sodass mein Vater dort arbeiten konnte. Als der Onkel starb, hat mein Vater das Geschäft übernommen. Vielleicht kennst du es, *Mehmets Obst- + Gemüsegarten* auf dem Carlsplatz."

Ein gut gehender Stand, Emma kaufte dort manchmal ein.

„Serap und ich, wir sind hier geboren. Ich bin die Jüngste, ich werde im Juni 17. Serap ist 18."

„Und jetzt ist Serap verschwunden."

Aischa nickte.

„Hast du ein Foto von deiner Schwester?"

Wortlos zog das Mädchen einen blauen Umschlag aus seiner Tasche und reichte ihn Emma. Auf dem Foto, einem Geschwisterbild, hatte Serap ihre jüngere Schwester untergehakt. Die beiden sahen sich ähnlich, obwohl ihre Aufmachung nicht unterschiedlicher hätte sein können. In einem orangeroten, weit ausgeschnittenen T-Shirt die eine, die andere in einem schwarzen Rollkragenpulli. Anders als Aischa trug Serap das Haar, eine schwarz glänzende Flut, offen.

Hinter deinem Schleier gleicht dein Haar wohl einer Ziegenherde, die sich herab am Gileadberge lagert. Hieß es nicht so im Hohelied Salomos? Emma musterte kurz das schwarze Tuch, das Aischa bis in die Stirn gezogen hatte. Ob sich darunter auch so eine beneidenswerte Mähne verbarg?

„Serap trägt kein Kopftuch?"

Als Aischa nicht gleich etwas sagte, kippte Emma den letzten Schluck Espresso hinunter und setzte die Tasse auf den Unterteller zurück. Das leise Klicken wurde als das verstanden, was es war, ein Zeichen der Ungeduld. Die Türkin schüttelte den Kopf, so unmerklich, dass Emma es beinahe übersehen hätte.

„Warum?", fragte Emma beiläufig, als käme es nicht darauf an, dass Aischa antwortete.

„Sie mag es nicht tragen."

Die Antwort befriedigte Emma nicht, sondern machte sie neugierig. Dass eine Schwester den Mut aufbrachte, sich gegen die Tradition zu stellen, während die andere sich dem religiösen Brauch fügte, war für

Emma unvorstellbar. Hannah und ihr wäre das nicht passiert. Oder war das doch nur eine Illusion? Erst drei Tage zuvor hatte ihr Christie vorgehalten, sie idealisiere Hannah und damit auch das geschwisterliche Verhältnis, das sie heute haben würden. Wenn Hannah noch lebte.

Emma nagte an ihrer Unterlippe. Dass sie Hannahs Schicksal inzwischen kannte, auch ihren Tod durch die Nachforschungen zu den November-Morden aufgeklärt hatte, machte die Sache nicht leichter. Sie räusperte sich und nahm den Faden wieder auf. „Hast du eine Vermutung, warum deine Schwester verschwunden ist? Schwestern erzählen sich doch sicher alles, vertrauen sich gegenseitig ihre Geheimnisse an."

Stimmte das? Sie, Emma, hatte die Erfahrung nicht machen dürfen.

Aischa senkte den Kopf so tief, dass Emma nur noch das schwarze Tuch sah. Ihr Finger zog ein Muster durch den stumpf schwarzen Rockstoff. Dann schaute die Türkin sie mit einem Blick an, den Emma nicht zu deuten vermochte.

„Meine Eltern wollen, dass sie Rashid heiratet. *Kahvesi icildi*. Verstehst du, es wurde ihr Mokka getrunken. Aber ..."

Mokka? Emma hoffte auf eine Eingebung, bevor sie Aischa ins Wort fiel. „... aber sie möchte ihn nicht heiraten."

Wenn eine Türkin, die hier geboren war, von zu Hause ausriss, konnte es dafür – schloss sie ein Verbrechen aus – nur drei Gründe geben: Der Lebenswandel des Mädchens war in den Augen der Eltern zu freizügig und verletzte ihr Ehrgefühl; sie hatte einen Freund, den die Familie nicht akzeptieren konnte, oder sie wollte den ihr bestimmten Ehemann nicht heiraten. Das war alles, was Emma bislang aus den Medien aufgeschnappt hatte.

„Was kannst du mir über Rashid sagen?", fragte sie.

Eifrig zählte Aischa die Vorzüge des potenziellen Ehemannes auf. „Er ist ein guter Mann, der Sohn von einem Vetter meiner Mutter. Ein Geschäftsmann. Bei ihm hätte Serap ein gutes Leben."

Mit ihm auch? „Vielleicht denkt deine Schwester, dass zur Ehe mehr gehört. Vielleicht mag sie ihn nicht besonders, liebt ihn nicht."

„Ich weiß es nicht."

„Sag mir bitte eines: Warum kümmern sich deine Eltern nicht darum? Oder deine Brüder?"

Als Aischa die Lippen zusammenkniff und ihre Augen sich verdunkelten, verstand Emma. „Deine Eltern wissen gar nicht, dass du hier bist?"

„Sie glauben, dass ich in der Schule bin."

„Wie werden deine Eltern und deine Brüder reagieren, wenn es mir gelingt, Serap aufzuspüren?"

„Sie ist die älteste Tochter, unsere Schwester", sagte Aischa mit einem Lächeln, schien Emmas Bedenken zerstreuen zu wollen. „Wir alle machen uns große Sorgen um Serap."

Emma zögerte, konnte das leise Grummeln in ihrem Bauch nicht überhören. Zwangsheirat, Parallelwelt und fundamentalistische Haustyrannen, dann der Karikaturenstreit – wenn sie sich selbst gegenüber ehrlich war, musste Emma zugeben, dass sie von den Problemen der in Deutschland lebenden Muslima keine Ahnung hatte.

„Weißt du, die Medien haben in letzter Zeit viel über Ehrenmorde berichtet", begann sie zögernd. „Ich muss sicher sein, dass Serap nichts passiert, wenn ich sie finde."

„Ich könnte meiner Schwester nichts Böses antun. Sie ist meine *Abla*."

Abla, Emma prägte sich das Wort ein. Zweifelnd sah sie in die dunklen Augen ihrer Besucherin. Konnte sie Aischa trauen? Sagte sie die Wahrheit?

„Aber was ist mit deinen Brüdern?", hakte sie nach. „Deinem Vater?"

„Ich werde, ich will sie überzeugen, dass es besser ist, wenn Serap nach Hause kommen und ihre Ausbildung machen darf, bevor sie heiratet. Aber vorher muss ich Serap sprechen. Dann kann ich einen Plan mit ihr entwerfen, die Argumente überlegen, die dafürsprechen, verstehst du? Ich muss sie finden."

„Und du glaubst, du schaffst es, deine Familie zu überzeugen? Bestimmt hat Serap es doch schon versucht und keinen Erfolg gehabt.

Denn sonst wäre sie nicht verschwunden. Ich kann nicht deine Schwester suchen und dann …"

„Ich verstehe. Du kannst mir nicht vertrauen."

Die Mundwinkel der Türkin zuckten, ihre Augen glänzten verdächtig von aufsteigenden Tränen. Sie erhob sich, strich den langen Rock glatt, knöpfte ihren Mantel zu. Einen Moment stand sie mit hängenden Schultern da. Dann richtete Aischa sich auf, nahm ihre Tasche und ging mit entschlossenen Schritten Richtung Wohnungstür.

„Du willst meine Schwester nicht suchen. Ich muss sie aber finden, und ich dachte, gerade du verstehst das."

„Warte", rief Emma. Sie konnte sich nicht anders entscheiden. Auch für Aischa war es eine Katastrophe, dass die Schwester verschwunden war.

„Ich werde Serap für dich finden", versprach Emma.

„Warum hast du es dir anders überlegt?" Aischa blieb stehen. „Ist es, weil ich eine Türkin bin?"

Emma war klar, dass sich Fremdenfeindlichkeit auch darin zeigen konnte, jemanden zu begünstigen. Für ihre Entscheidung traf das nicht zu. Emma schüttelte den Kopf. „Nein, weil du eine Schwester bist."

Der Blick durchs Fernglas bestätigte, dass der Täter das Haar des Opfers mit einem Seil verknotet und dieses um die Äste geschlungen hatte. Der Strick schimmerte hellblau, war vermutlich versiegelt. Genaueres konnte Matthesius nicht erkennen.

„Das wird ein hartes Stück Arbeit", prophezeite Schwitter.

Matthesius hätte am liebsten gleich Hand angelegt. Egal in welcher Höhe sich ein Tatort befand, einer musste ihn sich ansehen. Dann war die Leiche von dort oben zu bergen. Vor den Augen der gaffenden Menge, die darauf lauerte, alles bis ins letzte Detail mitzubekommen. Er schob den Gedanken an die unzähligen Objektive und Fotohandys, die auf die im Baum hängende Frau gerichtet waren, beiseite.

„Ohne Gerät schaffen wir es nicht", stellte Schwitter fest. „Aber die Feuerwehr kommt hier nicht durch."

Schieder von der Baugesellschaft wagte einen Vorschlag. „Wie wär's mit dem Manitou?"

Manitu, der Gott der Indianer? Wie sollte der hier helfen? Doch Matthesius sah dem Bauleiter an, dass der Vorschlag ernst gemeint war.

Schieder deutete zu der Baustelle hinüber. „Der Teleskoplader dort. Ein TSS 625, der ist ziemlich kompakt, aber nur 1,80 Meter breit."

Sofort fasste Schwitter das blaue Gefährt ins Auge. „Ein Rotor?"

„Ja."

„Das ist das genau das, was wir brauchen, Max. Bei dem ist der Oberwagen mit der Kabine auf einem Drehkreuz montiert, sodass man im Stand einen Umkreis von 360 Grad abgreifen kann. Wir brauchen nicht in das Gelände zu fahren, und die Leute von der Spurensicherung können drinnen weitermachen. Außerdem schonen wir die Spuren in unmittelbarer Nähe des Baumes."

Dass Schwitter sich so gut mit Teleskopladern auskannte, überraschte Matthesius. Er verkniff sich jedoch eine Bemerkung. „Gut, her damit."

Der Bauleiter stapfte davon, um das Gerät zu holen. Unterdessen begann Matthesius, den Tatort hinter dem Bauzaun und die nähere Umgebung in Augenschein zu nehmen, indem er sich wie der Rotor langsam um seine eigene Achse drehte. Alles, was er sich einprägte, würde er sich später in Erinnerung rufen können. Sein Kopf speicherte die Bilder so, dass sie sogar in der Zuordnung zueinander der Realität entsprachen.

Das Flatterband, das neuerdings den Aufdruck Polizeiabsperrung trug, sicherte den Platz um die Kastanie großräumig. Die Kollegen der Spurensicherung in ihren weißen Schutzanzügen gingen ihrer Arbeit nach, nahmen jeden Zentimeter der Baumscheibe, des Asphalts und des Bürgersteigs unter die Lupe. Gab es Auffälligkeiten, markierten sie diese mit einem Zahlenschild, ehe der Polizeifotograf die Stelle ablichtete. Einer von ihnen hatte sich das Gittertor vorgenommen. Zwei andere untersuchten den Baumstamm, an dessen

Rinde sich in unterschiedlicher Höhe größere und kleinere Schrammen und Kratzer zeigten.

„Vom Hochklettern", vermutete Kawelke, der seine Hände gegeneinanderrieb. Ob ihn die kühle Morgenluft frösteln ließ oder die an ihren Haaren aufgehängte nackte Frau, hätte Matthesius nicht sagen können.

„Hier sind Blutspuren", meldete Albert von der Spurensicherung. Sein Latexfinger wies auf mehrere dunkelbraune Flecken, bevor er vorsichtig etwas von der Rinde in einen durchsichtigen Plastikbeutel schabte. „Könnten entstanden sein, als er sie in den Baum hochgezogen hat."

Schwitter, der sein Augenmerk auf den Boden am Tor gerichtet hatte, beugte sich über eine Spur winziger Staubkörnchen, die aussahen, als habe der Wind sie zu einer schwachen Linie zusammengefegt. „Sieht nach Schleifspuren aus, oder?" Noch während er fragte, winkte er einen Mann von der Spurensicherung heran.

Inzwischen war der Manitou dicht genug herangefahren, um mit dem Teleskoparm an den Baum heranzureichen.

„Einer von uns beiden sollte da hoch, Max", sagte Schwitter, machte jedoch keine Anstalten, den Part zu übernehmen.

„Klar doch." Matthesius sah zu dem Helikopter hoch, der über ihnen kreiste.

Der Teleskoplader löste das logistische Problem. Doch Matthesius kam das Gefährt reichlich monströs vor. Er sah zu, wie der Teleskoparm sich in Bewegung setzte und die zwei Gabeln bodentief ausstreckte. Schieder hatte sich entschlossen, das Gerät selbst zu steuern. Matthesius signalisierte ihm, dass er sich auf die rechte Gabel stellen würde.

„Wir nehmen die andere, wenn Sie nichts dagegen haben." Noch vor ihm sprangen der Polizeifotograf und Albert auf die linke Gabel.

Anders als seinen beiden Kollegen machte Matthesius die Aussicht, 20 Meter über den Boden gehoben zu werden, viel aus. Sie waren jünger und wendiger, gestand er sich widerstrebend ein. Litten zudem nicht unter der Höhenangst, die Matthesius ein flaues Gefühl in der Magengegend verursachte. Es war keine ausgeprägte Phobie, und er hatte gelernt, sie durch Atmen zu unterdrücken, sodass sie bisher niemandem aufgefallen war. Nur – die Angst war da.

Matthesius atmete tief ein und aus, bevor er auf die rechte Gabel trat. Dann umfasste er mit beiden Händen einen Eisensparren und gab Schieder ein Zeichen. Als der Teleskoparm in die Höhe fuhr, versuchte er, die zunehmende Tiefe auszublenden. Vergeblich. Eine Sekunde genügte. Der Boden unter ihm verschwamm und schien sich zu dehnen. Es kostete Matthesius Anstrengung, den Kopf zu heben, während Schweiß aus allen Poren trat und seine Hände sich um das Eisen krampften.

Einatmen, ausatmen, einatmen, ausatmen.

Plötzlich war es vorbei, und Matthesius konnte wieder klar denken.

„Noch ein Stück höher", forderte Albert. Er hielt schon den Daumen in die Höhe, ehe Matthesius widersprechen konnte.

Hinter den getönten Kabinenscheiben bediente Schieder den Steuerhebel. Der Teleskoparm hob sich weiter aufwärts und brachte die Gabeln auf die Höhe der Baumkrone. Matthesius gab das Handzeichen Halt. Er hatte das Opfer jetzt unmittelbar vor sich, vermochte aus seiner Perspektive nur den auf dem Ast aufliegenden Rücken zu sehen.

Mehr nach links, gab er mit einem Wink zu verstehen.

Die Nähe machte, was Matthesius sah, nur schlimmer. Wer kam nur auf so eine perverse Idee? Und warum zeigte das Gesicht der Toten nichts von dem Entsetzen, das der Betrachter empfand, sondern sah so entspannt aus?

Die Frau war nicht nur hübsch, sondern auch gepflegt. Die Brauen waren dunkler als die Farbe des straff nach oben gezogenen Haars und in sorgfältige Bögen gezupft. Grüner Lidschatten vergrößerte die Augen, die vermutlich blau waren. Ihr Körper war schlank und wohlgeformt, mit festen Brüsten. Das Schamhaar war rasiert.

Warum bloß hatte der Mörder sie nackt aufgehängt? Wut stieg in Matthesius hoch. Keine Frau, kein Mensch hatte es verdient, derart erniedrigt zu werden.

Während Albert das Kennzeichnungsschild ausstreckte und der Fotograf eine Aufnahme machte, fokussierte Matthesius den Ast. Er hatte sich nicht geirrt. Der Mörder hatte das Seil geschickt mit den Haaren verflochten und um die Äste verknotet. Es war versiegelt. Nicht nur die Art der Knoten würde ihnen erste Erkenntnisse über den Täter liefern. Sie konnten darauf hoffen, dass er auf der glatten Ummantelung Fingerspuren hinterlassen hatte.

Matthesius drückte Zweige auseinander, lehnte sich nach rechts. Auch Kawelkes Vermutung hinsichtlich der Blutspuren am Baumstamm bestätigte sich. Der Rücken des Opfers, der an einem der Leitäste lag, wies mehrere kleinere Schürfwunden und eine größere am linken Schulterblatt auf.

„Albert, ich kriege ein Foto davon."

„Kein Problem, wenn wir auf Ihre Gabel können, sobald Sie fertig sind."

„Das bin ich", sagte Matthesius. Fix und fertig, fügte er für sich hinzu. Er atmete erleichtert auf, als die Gabel niedrig genug war, um auf den Boden zu springen.

„Wenigstens haben wir Spuren, bei denen wir ansetzen können." In Schwitters Stimme schwang Zuversicht, als wenig später die Bergung beginnen konnte.

„Ich würde ein Jahresgehalt dafür geben, wenn wir schon wüssten, wer sie ist …"

„Mensch, Max", Schwitter fuhr sich mit der Hand über den kahlen Schädel, „du bist nicht der Einzige, der hofft, dass die Angehörigen nicht aus dem Fernsehen erfahren, was man ihr angetan hat."

2. KAPITEL

„Du könntest mich wenigstens beneiden", brummte Schwitter, während er in dem Stapel Zeitungen blätterte, der auf dem Tisch im Besprechungsraum lag.

„Dass sie dich zum Leiter der MK Kastanie gemacht haben?", fragte Matthesius kopfschüttelnd. „Den Teufel werde ich tun, Kurt."

Er meinte es ehrlich. Schwitter, mit dem ihn seit Jahren eine lockere Freundschaft verband, war für den Job wie geschaffen. Er zog das Büro der Straße vor, ließ sich nicht einmal in der Hektik eines schwierigen Mordfalles aus der Ruhe bringen und – Matthesius sah auf das sorgsam eingewickelte Brötchen neben dem Telefon – liebte regelmäßige Frühstückspausen.

Er selbst versuchte, sich vor der Aufgabe zu drücken. Wer eine Mordkommission leitete, kam vom Schreibtisch nicht weg. War damit beschäftigt, den Einsatz der einzelnen Ermittlerteams zu regeln, die Arbeitsaufträge zu koordinieren, die Ergebnisse zu sammeln und die Vorgesetzten zu beschwichtigen, die einem im Nacken saßen und denen die Ergebnisse nie schnell genug kamen. Matthesius dagegen folgte gern seiner Nase, am liebsten allein. Da die Vorschriften das nicht erlaubten, arbeitete er notgedrungen im Team, mit einem Partner, der ihm nicht passte.

„Wenn alle Fäden der Ermittlung in deiner Hand liegen, Kurt, bin ich wenigstens sicher, dass wir nicht der Staatsanwältin zuliebe voreilige Ergebnisse präsentieren."

Schwitter schob die Akte, die vor ihm lag, beiseite, fischte einen Zettel aus den übrigen Unterlagen und heftete ihn ein.

Matthesius war morgens um halb sieben ins Polizeipräsidium gekommen, um seine Instinkte zu füttern. Das bedeutete nichts anderes, als die schon vorliegenden Berichte der Spurensicherung gründlich durchzusehen, die Bilder in seinem Kopf aufzurufen und auf seine Intuition zu hoffen. Auch die Artikel und Reportagen in den Printmedien würde er studieren. Man konnte nie wissen, ob es darin nicht einen versteckten Hinweis gab, dem nachzugehen sich lohnte.

Matthesius wandte sich der Tafel mit den Fotos vom Fundort zu. „Ich habe so eine dumpfe Ahnung, dieser Fall ist ziemlich vertrackt."

„Übrigens, Rigalski kommt heute zurück."

Matthesius fuhr herum. „Ich dachte, den bin ich für zehn Tage los. Sollte der Lehrgang nicht länger dauern?"

„Da hast du dich zu früh gefreut. Wir brauchen jeden Mann, Max. Also habe ich ihn gestern angerufen. Oder willst du die neue junge Kollegin unter deine Fittiche nehmen?"

Matthesius hatte eine schwache Ahnung von blauen Augen und drahtig gewelltem Haar. Wie war bloß ihr Name? Schenk? Schanz? „Das ist nicht dein Ernst? Ich eigne mich nicht als Babysitter und ..."

„Und ob", schnitt Schwitter ihm das Wort ab, „gerade ein versierter Ermittler wie du sollte seine Erfahrung und alle seine Tricks an die Jüngeren weitergeben."

„Das fehlte mir gerade noch", brummte Matthesius. „Dann ziehe ich sogar Kellerassel Rigalski vor."

„Na prima, dann will ich auch kein Gejammer hören, verstanden?" Schwitter griff zum Hörer, als das Telefon klingelte, hörte wortkarg zu und notierte etwas auf einem Block. Dann nickte er zufrieden und legte auf. „Unser Opfer heißt Paula Linden, sie war Studentin, Max."

„Wer hat sie identifiziert?"

„Eine Nachbarin hat sie in einem Bericht der Lokalnachrichten erkannt. Die Eltern waren schon in der Gerichtsmedizin und haben es bestätigt. Ich will, dass du nach der Obduktion gleich mit ihnen redest. Also beeile dich, dass du pünktlich bei Gerber bist. Die Staatsanwältin wird ebenfalls da sein. Wenn Rigalski auftaucht, schicke ich ihn hinüber."

15 Minuten später spähte Matthesius durch die Glastür, die zum Sektionsraum führte. Er konnte den Körper auf dem Nirostatisch nur schemenhaft erkennen. Deshalb musste der Ypsilonschnitt, den er zu sehen meinte, ein Trugbild sein.

Ein Schatten bewegte sich hinter der Tür. Der Gehilfe ordnete die Gefäße mit den Gewebeproben, um sie ins Labor zu bringen, stellte neue bereit. Dann schob er die nächste Bahre herein.

Wenn Gerber nicht mehr im Obduktionssaal war, gab es nur einen Ort, wo er sich nun aufhalten konnte. Matthesius öffnete die Tür des Nebenraums.

„Du kommst wie gerufen. Machst du uns Espresso?"

Hannes Gerber wies mit dem Kinn zu dem Halbautomaten, der auf der Fensterbank stand. Er war dabei, seinen grünen Kittel abzustreifen.

„Nur dir, mein Quantum für heute Vormittag ist längst erfüllt." Während Gerber sich die Hände wusch, klopfte Matthesius über dem Papierkorb den Kaffeesatz aus dem Siebhalter, füllte ihn neu und drehte ihn in die Halterung. Als er den Knopf gedrückt hatte, lief der Espresso in den Plastikbecher. Sein Freund Gerber liebte ihn schwarz und süß. Matthesius gab reichlich Zucker in den Becher.

„Weißt du, was bei meiner Arbeit wirklich scheiße ist?"

Eine rhetorische Frage, deren Antwort Matthesius längst kannte. Sein Freund klagte häufig darüber, dass er sich bei der Arbeit ständig über den Tisch beugen müsste.

Gerber reckte sich und versuchte, den Rücken zu straffen, ehe er seinen Espresso in einem Schluck hinunterkippte und sich mit dem Handrücken über den Mund wischte. „Bis ich in Rente gehe, bin ich krumm wie ein Bischofsstab."

Matthesius lachte auf. „Solange du Barolo- und Espressotrinken für Ausgleichssport hältst, wird sich daran nichts ändern."

Gerber griff nach einer grünen Haube, um sie über seine grauen Haarstoppeln zu stülpen. „Die Frau im Baum, sie hat jetzt also einen Namen", sagte er unvermittelt.

„Klingt wie ein Filmtitel", brummte Matthesius. „Kannst du mir schon etwas über den Tathergang sagen? Sie war bereits tot, als er sie aufgehängt hat, stimmt's?"

„Was genau er ihr gegeben hat, wird das Labor herausfinden müssen. Ich vermute ein Barbiturat."

Ein Schlafmittel also, wie auch Matthesius vermutet hatte. Auch der Notarzt hatte am Fundort bei Paula Linden bis auf die Schrammen am Rücken keinerlei äußere Verletzung gefunden, weder Prellungen noch Hämatome. Sie war nicht niedergeschlagen worden.

„Zumindest haben wir damit einen Anhaltspunkt. Er muss ihr das Zeug irgendwie verabreicht haben. Wenn er es ihr in einen Drink geben konnte, hat er sie möglicherweise gekannt."

„Manchmal lassen sich Frauen von Fremden einen Drink spendieren", gab Gerber zu bedenken. „Nur keine Angst, Max, wenn ihr das nicht herausfindet, tut es die Presse."

„Mit der werden wir noch viel Freude haben." Matthesius verzog das Gesicht zu einer Grimasse.

„Wann bist du mit deiner Aussage zu den November-Morden vor Gericht dran?", wechselte Gerber unvermittelt das Thema.

„Weiß ich noch nicht. Ich gestehe jedoch, dass ich stattdessen lieber nackt über die Kö laufen würde."

„Das hätte kaum denselben Effekt. Was hast du denn erwartet? Der Sankt-Martins-Fall hat den Blätterwald der Boulevardpresse mächtig rauschen lassen. Ist doch klar, dass sich das beim Prozess wiederholen wird."

„Momentan kann ich keinerlei Ablenkung gebrauchen."

Gerber blickte über seine randlose Brille. „Macht dir die Staatsanwältin zu schaffen?"

„Sagen wir mal so, Staatsanwältin Claire von Vittringhausen ist derzeit nicht mein Problem, und zum Glück haben sie ja Schwitter die Leitung übertragen."

Gerber griff nach einem Paar Latexhandschuhe und streifte es über. „Er wird dir aus der Patsche helfen, falls du dich in die Nesseln setzt, stimmt's, Max?"

„In die Nesseln? Ich wüsste nicht, wie." Matthesius zuckte die Achseln.

Da wurde die Tür aufgerissen. Rigalski steckte den Kopf herein. „Die Staatsanwältin ist hier."

Jemand lief so dicht hinter ihr, dass er fast ihre rechte Schulter berührte und sie ihn atmen hören konnte. Als sie schneller ging, beschleunigte der andere ebenfalls sein Tempo.

Sie war schon oft hier entlanggegangen. Es gab nichts, was ihr Angst machen müsste. Neben dem Treidelweg floss der Rhein träge dahin. Doch im schummrigen Licht der Dämmerung vermochte sie das andere Ufer kaum zu erkennen. Die vagen Konturen erschienen ihr fremd, als gehörten sie in eine andere Landschaft. Es war still um sie herum, sehr still. Sie hörte weder das übliche Plätschern und Glucksen, wenn die Wellen sich an den Steinen brachen. Noch drang irgendein Geräusch der Stadt zu ihr, nicht das Hupen eines Autos oder das Dröhnen eines Flugzeuges, das in Richtung Westen gestartet war. Das Einzige, das sie hörte, war das Atmen ihres Verfolgers.

Emma konzentrierte sich. Dann hörte sie Schritte. Leise Bewegungen, die Schritte einer Frau. Wer war das? Wurde sie verfolgt? Nein. Jemand trieb sie vor sich her. Auf ein unbekanntes Ziel zu. Emma spürte, dass ihr Puls sich beschleunigte. Sie fasste sich ein Herz und spähte hinter sich, sah eine nebelhafte Gestalt. Sie besaß in etwa ihre Größe und kam ihr vertraut vor, hatte die Haare seitlich zu einem Pferdeschwanz gebunden. Wie Hannah. Als Emma sich jäh umdrehte, zerstob der Schemen in abertausend Teilchen, die die Dämmerung aufsog.

„Nein!"

Ihr eigener Aufschrei weckte sie.

Während sich die Umrisse des Kleiderschrankes und der Weichholztruhe peu à peu zu der vertrauten Umgebung ihres Schlafzimmers zusammensetzten, schob Emma die Bettdecke von den verschwitzten Schultern, bis sie vom Bett rutschte und als Daunengebirge auf den Fliesen landete. Dann befreite sie sich aus dem zerknüllten Laken. Albträume waren für sie nichts Neues. Seit sie ihre damals 9-jährige Schwester verloren hatte, war Emma immer wieder von ihnen heimgesucht worden. Doch nachdem sie im vergangenen November die Wahrheit über Hannahs Tod aufgedeckt hatte, waren sie verschwunden.

Dass sie nun in neuer Gestalt auftraten, beunruhigte sie. Emma hätte zu gern mit jemandem darüber gesprochen. Christie jedoch durfte sie den Traum auf keinen Fall erzählen. Die Freundin würde ihr nur wieder in den Ohren liegen, sich einer Therapie zu unterziehen.

„Glaube bloß nicht, dass du jetzt schon alles hinter dir hast", hatte Christie sie erst am Tag zuvor gewarnt. „Gut, es hat sich alles aufgeklärt ..."

Als Emma sich geräuspert hatte, berichtigte Christie sich. „Du hast alles aufgeklärt. Verarbeitet hast du die Geschichte noch nicht. Also suche dir endlich professionelle Hilfe."

Emma hatte gelacht. „Ich bin nicht wie du in der Beraterbranche tätig. Also muss ich nicht an die Wirksamkeit von Consulting gleich welcher Art glauben."

Es war die richtige Antwort gewesen, jedenfalls gestern. Emma grummelte unzufrieden. Sie schwang sich aus dem Bett, taumelte in den Wohnraum und drückte den Knopf des Fernsehers, um die Szenen in ihrem Kopf durch andere zu verdrängen.

Mit dem gewohnten leisen Summen schob sich das Bild auf die schwarze Mattscheibe. Emma erstarrte. Im Geäst eines kaum belaubten Baumes hing eine menschliche Gestalt. Die Kamera umkreiste den Baum, zeigte den nackten Körper von der Seite. Den Körper einer Frau. Rücken und Glieder waren zwischen die Äste drapiert. Beim nächsten Kameraschwenk wurde das Gesicht der Frau herangezoomt. Was war mit den Haaren? Es sah so aus, als hätte ein Unsichtbarer ihre langen blonden Haare straff nach oben gezogen, zusammengerafft und als hielte er sie daran fest.

Jung, blond, sexy, war Emmas erster Gedanke. Allerdings zeigte das Gesicht der Frau schockierenden Gleichmut gegenüber der Tatsache, dass jemand sie völlig unbekleidet in die Baumkrone gehängt hatte. Kein Schmerz verzerrte ihr Gesicht, keine Regung ließ darauf schließen, dass die rüde und demütigende Behandlung sie störte.

Bestürzend und makaber, Emma schnappte nach Luft, dennoch seltsam faszinierend. Sie hockte sich dicht vor dem Fernseher auf die

Fersen, fixierte den Bildschirm. Ein weiterer Kameraschwenk. Nun erkannte Emma im Hintergrund die Fassade des Parkhotels, die Baustelle für die Wehrhahnlinie, die oben an der Kö gebaut wurde. Ein Schwenk zurück auf die Frau, die Unbarmherzigkeit des Teleobjektivs zeigte jede Linie des hübschen Gesichtes, die vollen Brüste mit rotbraunen Höfen, den herzförmigen Leberfleck auf dem linken Brustansatz. Sie war schlank, mit fraulichen Rundungen und zu strammen Oberschenkeln.

Und, erkannte Emma schaudernd, sie war tot, trotz der offenen Augen.

Wenigstens wusste die Frau nicht, dass sie nackt aller Welt preisgegeben war, dachte Emma, kam aus der Hocke hoch und ging ins Badezimmer, um sich den pelzigen Geschmack von Zähnen und Zunge zu schrubben.

Das Frühstücksangebot in ihrer Küchenzeile kam ihrer Appetitlosigkeit entgegen. Emma nahm zwei Zwiebäcke aus der silbernen Knistertüte, schob den Espressozubereiter auf die Kochplatte und holte, während das Wasser heiß wurde, die Zeitung aus dem Briefkasten.

Als Emma sie auseinanderfaltete, sprang ihr auf der Titelseite ein Foto der Frauenleiche entgegen. Das Punktraster legte es darauf an, durch die Vergrößerung Angst und Grauen zu schüren. Verdammt noch mal! Emma ließ das Blatt zu Boden fallen, drückte die Handballen gegen die Schläfen, als könnte sie die Bilder aus dem Hirn herauspressen.

„Konzentriere dich auf die Recherchen zu Darstellungen von Venus und Mutter Gottes", befahl Emma sich mit rauer Stimme. Sie nahm Zwiebackteller und Espresso, setzte beides auf eine frei geschobene Ecke auf ihrem Computertisch. Sie beschloss, dort weiterzumachen, wo Thomas' Anruf sie am Vortag unterbrochen hatte, bei Google. Während der Computer hochfuhr, sich nach einem Klick der Internet Explorer öffnete und die Verbindung herstellte, lenkte das Zeitungsfoto sie ab.

An den Haaren aufgehängt passte irgendwie zu ihrem Thema.

Oder nicht? Emma spürte einen jener intuitiven Impulse, die schon manches Mal zu überraschenden Ergebnissen geführt hatten. Ohne recht zu überlegen, tippte sie in das Feld der Suchmaschine „an den Haaren aufgehängt".

45.700 Treffer.

„Mist!"

Durchweg fand sich viel Schrott unter den Verlinkungen, als sie über die Seiten scrollte. Als sie die Treffer, bei denen die Sinnwörter „Haar" und „aufgehängt" unabhängig voneinander auftauchten, aussortierte, blieb eine abstruse Gruppe von Schicksalsgenossen übrig. Der biblische Absalom, Euphemia von Chalkedon und Juliana von Nikomedien, zwei Märtyrerinnen, waren an ihren Haaren aufgehängt worden. Ebenso die besiegten Barbaren in Ostpreußen und Inhaftierte im Irak unter Saddam Hussein.

Emma kehrte zum ersten Hinweis zurück, klickte ihn an. Unter dem Titel „Zopfhang" pendelte an seinem Zopf aufgehängt ein animiertes Strichmännchen hin und her wie das Perpendikel einer alten Standuhr. Eine Strichfrau, berichtigte Emma sich. Der Text erläuterte, dass der Zopfhang ein spektakulärer Trick von Zirkusartistinnen sei. Schmerzlos, wenn man ihn richtig ausführte. Zweifelnd verfolgte Emma die Pendelbewegung. Wenn das ohne Schmerzen abging, warum hatte das Figürchen, ein trauriger Smiley, die Mundwinkel nach unten gezogen?

Während Emma nachdenklich mit den Schneidezähnen an dem Zwieback herumkratzte, wechselte sie auf die Google-Bilderauswahl. Wie bei der Suche nach Madonna und Venus dezimierte sich die Anzahl der Treffer anders als am Vortag allerdings geradezu rapide auf nur zwei. Das eine zeigte die mehr als 600 Jahre alte Dorflinde im sächsischen Heynitz: Dort war im Dreißigjährigen Krieg eine rothaarige Frau an eben diesen roten Haaren als Hexe aufgehängt worden. Auch das zweite Bild zeigte weder Madonna noch Venus. Jemand – sicher ein sensationsgieriger Zuschauer am Tatort – hatte ein aktuelles Handyfoto der in Düsseldorf in die Baumkrone drapierten, toten Frau ins Netz gestellt.

Was für ein perverser Idiot! Emma schluckte mehrmals. Mit einer heftigen Bewegung schloss sie die Suchmaschine und landete auf der Website ihres Browsers, auf der sich Flatrate-Angebote für DSL und Antivirenkits neben bunten Bildern für Reisetipps und Gewinnspiele tummelten.

Unnötige Zeitvergeudung. Emma schob den Stuhl zurück, hob ihr Gesicht zur Zimmerdecke und fuhr mit allen Fingern durch ihre ungekämmte Mähne. Besser, sie konzentrierte sich auf die Suche nach Aischas Schwester.

Wie anfangen? Sie tippte die Webadresse der Landeshauptstadt ein, las die Eintragungen. Seit fünf Wochen, hatte Aischa gesagt, war ihre Schwester Serap nicht mehr nach Hause gekommen. Wohin konnte sich eine 18-Jährige wenden, die nicht zwangsweise verheiratet werden wollte?

Es gab in der Stadt Beratungsstellen, die Ausländerinnen, denen solch ein Schicksal drohte, weiterhelfen konnten. Emma klickte auf die entsprechende Rubrik, überging die Angebote der verschiedenen kirchlichen wie sozialen Einrichtungen für Arbeit Suchende und Gewaltopfer, landete bei den Frauenberatungsstellen. Wenig später hatte sie gefunden, was sie suchte: Es gab eine Beratungsstelle in der Ackerstraße mit dem Angebot „Migrantinnen beraten Migrantinnen". Dann ein internationales Frauenhaus und ein Frauenhaus des Vereins „Frauen helfen Frauen e.V." mit anonymem Standort.

Ob Serap wusste, dass es solche Einrichtungen gab? Die andere Frage war, würde sie sich dorthin wenden? Selbst wenn ihr jemand den Tipp gegeben hatte? Davon durfte Emma nicht ausgehen. Aischa hatte nichts davon erwähnt. Sie erwog andere Möglichkeiten. Freundinnen? Nur zwei hatte Aischa ihr genannt, bevor sie gegangen war. Hamida Öztürk war ebenfalls Türkin, Gülsen Junker hatte dem Namen nach vermutlich einen deutschen Vater. Oder einen deutschen Ehemann?

Auf den ersten Blick beides keine vielversprechenden Spuren. Aischa hatte bereits beide Freundinnen gefragt, ob sie wüssten, wo sich ihre Schwester aufhielt. Angeblich hatten beide keine Ahnung.

Das musste allerdings nichts heißen. Es kam vor, dass Menschen um absolute Verschwiegenheit auch der eigenen Familie gegenüber baten oder man selbst einen Vertrauten darum bitten musste. Das hatte Emma in langjähriger Freundschaft mit Christie zur Genüge erfahren.

Vielleicht wären Seraps Freundinnen ihr gegenüber offener. Emma nahm sich vor, mit beiden noch einmal zu sprechen.

Serap machte eine Ausbildung als Friseurin, ging zur Berufsschule. Hatte sie sich womöglich an eine Schulkameradin gewandt? Emma malte sich aus, wie sie in den Klassenraum marschierte und fragte: „He, Leute, könnt ihr mir sagen, wo Serap sich versteckt?"

Unmöglich. Niemand würde ihr dazu die Erlaubnis geben. Ihr blieb nichts anderes, als sich die Schülerinnen auf dem Schulhof herauszupicken oder nach Schulschluss auf sie zu warten.

Welche Möglichkeiten gab es außerdem? Emma überlegte weiter, während sie einen neuen Ordner für die Recherche anlegte. Als sie ihn benennen wollte, fiel ihr spontan die Bezeichnung *Die verschwundene Schwester* ein. Sollte sie sich das antun, jedes Mal, wenn sie den Ordner öffnete, erinnert zu werden? Obwohl sie einen schmerzlichen Stich spürte, gab Emma die drei Wörter ein. Dann drückte sie entschlossen Enter. Der Dateiname würde sie antreiben, Aischas Schwester schneller zu finden.

Das Übrige war Routine. Die gewohnten Handgriffe am Computer konnten nicht verhindern, dass das Zeitungsfoto auf dem Fußboden sie ablenkte. Die schlimme Vermutung lag so nah. Serap konnte einen Unfall gehabt haben. Oder – die schrecklichere Version – einem Verbrechen zum Opfer gefallen sein.

Emma fegte mit dem Zeigefinger die Krümel beiseite, die auf die Tastatur gerieselt waren. Jetzt bedauerte sie, dass ihre Polizeiausbildung nur vier Monate gedauert und sie sie vorzeitig abgebrochen hatte. „Es wäre eine Kleinigkeit, das in Krankenhäusern oder im Polizeicomputer zu checken", brummte sie. Sie kannte sogar jemanden, der ihr notfalls behilflich sein konnte, durfte die Geduld des ehemaligen Kollegen jedoch nicht überstrapazieren.

„Selbst ist die Frau", murmelte Emma, wobei sie die Stirn runzelte. Noch wichtiger als die Namensfindung war es, Rubriken einzurichten, in die sie die Ergebnisse ihrer Recherchen eintragen konnte. Sie liebte eine gewisse Systematik, die aber Raum für Intuition lassen musste. Mit flinken Fingern gab sie die Fragen ein:

```
War Serap bei einer Frauenberatungsstelle?
Frauenberatungsstelle in der Ackerstraße;
internationales Frauenhaus; Frauenhaus des
Vereins „Frauen helfen Frauen e.V."
(anonymer Standort)

Was wissen Seraps Freundinnen? Ist Serap
verliebt? Hat sie einen Freund?
Hamida Öztürk, Gülsen Junker

Was wissen Seraps Schulkameradinnen?
Berufsschule

Ist Serap ein Unfallopfer? Opfer eines
Verbrechens?
Mithilfe von Jens Jensen checken

Andere Quellen?
Seraps Brüder???
Rashid, der Mann, den Serap heiraten soll: Kann
ich Kontakt mit ihm aufnehmen???
```

Sie markierte mit einem dicken Trennstrich über die ganze Zeile den nächsten Abschnitt. Dort trug sie die beiden türkischen Ausdrücke ein, für die sie die Übersetzung im Internet gefunden hatte: *Abi* hieß ältester Bruder, *Abla* älteste Schwester.

Ohne zu überlegen, gab sie zum Schluss eine weitere Frage ein: *Was fällt mir auf?* Sie zuckte erst zusammen, als sie die Worte schon geschrieben hatte, sie in ihrer Lieblingsschrift Bookman Old Style auf dem Bildschirm standen. Hatte sie nicht genau dieselbe Frage bei ihren Recherchen im November gestellt? Die Antworten darauf hatten Tod und Tränen und viel Leid für alle Beteiligten gebracht.

Ich sollte die Frage löschen, dachte Emma, tat das Gegenteil und speicherte die Datei ab. Für den Anfang hatte sie genügend Stichpunkte.

Die Routine an ihrem Computer, die sie schon oft besser beruhigt hatte, als Valium es gekonnt hätte, zeigte diesmal keine Wirkung. Emma schob sich das letzte Stück Zwieback in den Mund und wischte sich die Krümel von den Lippen. Während der Computer herunterfuhr, sprang sie auf.

Ruhelosigkeit begegnete sie am besten durch Bewegung.

„Genau so habe ich mir das vorgestellt", knurrte Emma, nachdem sie ihren dunkelblauen Volvo 460 durch die Toreinfahrt in den Hinterhof gelenkt hatte. Kein freier Parkplatz. Sie fuhr suchend bis zum Ende, dann rückwärts, hielt an, um sich zu orientieren. Rechts gleich hinter dem Tor erstreckte sich die Terrasse eines Lokals. Besonders einladend war sie nicht. Wer wollte schon seinen Eisbecher oder Sommersalat neben parkenden Autos genießen? Das Wetter war über Nacht umgeschlagen. An diesem nieselig kalten Apriltag war die Vorstellung geradezu trostlos.

Links lehnte sich ein zweigeschossiges Gebäude an ein schmuddelig weißes Haus, das mehrere Stockwerke hoch war. Das Banner über dem Eingang in Weiß und Magenta machte Emma klar, dass sie am Ziel war. Die Glastür war einladend geöffnet.

„Die öffentliche Hand könnte ruhig mal zum Pinsel greifen", murrte Emma.

Sie zuckte zusammen, als jemand an das Autofenster auf ihrer Beifahrerseite klopfte. Nichts Gefährlicheres als aschblonder Haarflaum über einer hohen Stirn und ein fluseliger Backenbart. Zwei babyblaue Augen paarten sich mit einem scheu-charmanten Lächeln. Emma drückte den Knopf, der das Seitenfenster öffnete.

„Sie können meinen haben", sagte der Mann.

„Ihren was?"

„Den Parkplatz." Er wies zaghaft in Richtung der rechts geparkten Autos, offensichtlich in Zweifel, ob ihr das Angebot willkommen war.

Emma nickte, zum Zeichen, dass sie nun verstanden hatte. „Prima, danke."

„Na dann." Sekundenlang sah er sie an, als wollte er einen Flirt mit ihr beginnen. Doch stattdessen richtete er sich auf, ging zu einem roten BMW Z5 und stieg ein. Als er an ihr vorbeifuhr, langsam, weil ihre Kotflügel sich wegen der Enge fast berührten, schenkte er ihr ein schnelles Lächeln. Emma verfolgte im Rückspiegel, wie er hinter ihr Gas gab und durch das Tor auf die Straße bog.

„Okay, auf in den Kampf." Sie parkte ihren Volvo, schlug heftiger als nötig die Autotür zu. Die Beule am linken Kotflügel jedenfalls passte zu der etwas heruntergekommenen Umgebung. Wie das Banner machte das weißgrundige Schild mit Magentarand und der Aufschrift *Exklusiv für Frauen* in der rechten oberen Ecke der Eingangstür deutlich, worum es ging. Welche Strategie war wohl angesichts dieser Festungsmentalität die richtige? Aus einer nicht erklärbaren Scheu heraus hatte Emma gezögert, die Frauenberatungsstelle in der Ackerstraße aufzusuchen. Vorurteile, wie sie sich eingestand. Den frauenbewegten Ursprüngen solcher Einrichtungen gegenüber, die Männer verteufelten und am liebsten aus dem Leben der Frauen ausgeschlossen hätten. Die Frauen, die nicht alle Männer über ihren Kamm scheren mochten, heftig bekämpften. Daran waren die Erfahrungen, die ihre Tante gemacht hatte, nicht ganz unschuldig.

Beate Rohan, geschiedene Matiek, hatte sich in den 1970er-Jahren in der Frauenbewegung engagiert. Trotz ihrer Scheidung war sie nicht verbittert genug gewesen, sich dem allgemeinen Konsens der Emanzen, alle Männer seien Schweine, anzuschließen. Zwar teilte sie die Ideale, nicht aber den fanatischen Männerhass. Sie hatte die damals 4-jährige Emma und ihre drei Jahre ältere Schwester Hannah bei sich aufgenommen und sich bemüht, den Kindern den Tod der

Eltern überwinden zu helfen. Dabei hätte sie Unterstützung und Hilfe gebraucht. Doch die hatte sie nicht bekommen.

Schnee von gestern. Wenn Bea erzählte, wie sie für das Recht von Frauen, Arbeit ohne Erlaubnis des Ehemannes aufzunehmen, gleichen Stundenlohn oder das Recht auf Schwangerschaftsabbruch hatten kämpfen müssen, waren das für Emma Geschichten aus einer früheren Zeit. Sie fühlte sich aufgrund ihres Geschlechts nicht benachteiligt. Sie wusste, dass es ihren Altersgenossinnen ebenso ging. Stattdessen setzten moderne Frauen Vorteile, die das eigene Geschlecht bot, durchaus gezielt ein. So ausgebufft wie ihre Freundin Christie waren allerdings nur wenige. Die Chefin der Agentur *Optima-Consulting* machte mit ihrer zerbrechlich wirkenden Weiblichkeit oft genug Männer zu Sklaven.

Emma nagte an ihrer Unterlippe. Vorurteile verstellten den Blick. Trotzdem – selbst objektiv betrachtet war dies hier nicht gerade das Ambiente, das Frauen beflügelte, ihr Herz auszuschütten. Oder doch? Brachte dieser Anschein von beginnendem Verfall sie dazu, sich ihres Psychomülls leichter zu entledigen? Sie legte den Kopf in den Nacken und warf noch einen Blick auf die Hausfront. Dann trat sie entschlossen über die Schwelle, ging vorbei an dem Ständer mit unzähligen Flyern und blieb mitten im Raum, einer Mischung aus Büro und Wohnzimmer mit offener Küche, stehen.

Vor Kopf gab es eine Art Glaskabine, in der eine Frau mit schwarzer Lockenmähne auf die Tastatur ihres Computers einhämmerte, ohne aufzusehen. Die Tür zu dem Büro links stand offen. Dort waren zwei Frauen in ein Gespräch vertieft. Eine der beiden, eine rundliche Matrone – Emma schätzte sie auf Mitte 50 – mit braunem Bubikopf, saß hinter dem Schreibtisch und drehte einen Bleistift in ihren Händen. Die andere, wohl eine Kollegin, die das blondierte Kurzhaar zu Stacheln gegelt hatte, hielt die Lehne des Besucherstuhls umfasst, als wollte sie jemanden erwürgen.

Emma nahm den Raum näher in Augenschein. Dunkelblauer Teppichboden, etwas zu düster für ihren Geschmack. An der rechten Wand ein Bücherregal bis zu der Aufzugtür. Davor drei ovale Tische, zwei kleinere mit Marmorplatte, ein größerer wie ein Konferenztisch. Neben dem Glasfenster zum Büro jede Menge Zeitschriften in einem Hängegestell aus Draht: *Wir Frauen, Pro Mädchen* und die *Emma*. Was sonst?

Rosafarbene Stuhlkissen auf den um die Tische gruppierten Stühlen sollten dem Ganzen wohl eine frauliche Note geben. Emma ließ sich auf einen Stuhl fallen und wartete geduldig.

„Wie nett von ihm, dass er den Kostenvoranschlag gleich vorbeigebracht hat", tönte es aus dem Büro.

„Der blöde Kerl, dafür hätte er nicht herkommen müssen", widersprach ihr die andere mit einer Stimme, die vor Erregung zwei Oktaven höher stieg.

„Manfred sagt, er ist immer so hilfsbereit."

Emma lehnte sich auf ihrem Stuhl etwas zurück. Die in ihrer Ruhe fast klanglose Stimme gehörte der Matrone mit dem Bubikopf. Doch ihr Versuch zu besänftigen hatte nicht viel Erfolg.

„Ich habe ihm mehrfach erklärt, dass unser Haus für Männer tabu ist. Warum kapiert er das nicht?", ließ die Kurzhaarige ihrem Zorn freien Lauf.

„Aber charmant ist Schneider schon."

„Weder Fisch noch Fleisch, wenn du mich fragst."

„Keine Anmache, keine blöden Machosprüche."

Ihr Gegenüber war nicht überzeugt. „Hast du schon mal einen Mann erlebt, der in Ordnung war?"

„Nicht wirklich", die Matrone musterte ihre in einem Aprikosenton lackierten Fingernägel, „aber ihm kannst du ruhig vertrauen."

„Dem traue ich höchstens alles zu."

Emma räusperte sich.

Die Frau ließ die Stuhllehne los und drehte sich zu ihr um. Schlagartig entkrampften sich ihre Züge. Aus schwarzen Augen unter weißblonden Brauen sah sie Emma an. „Viktoria Rapior. Kann ich Ihnen helfen?"

„Bestimmt. Ich hoffe, dass Sie mir eine Frage beantworten können."

„Es kommt darauf an, welche." Die andere musterte Emmas Jeans, den türkisfarbenen Kaschmirpullover, der aus dem geöffneten Parka hervorblitzte. Ein winziger Funken Misstrauen flackerte in den schwarzen Augen, dann folgte die Einschätzung. „Für Öffentlichkeitsarbeit ist allerdings eine Kollegin zuständig."

„Ich bin keine Journalistin", stellte Emma richtig, obwohl sie um eine kleine Lüge nicht herumkam. „Ich bin auf der Suche nach einer Freundin, sie ist Türkin."

Rapior hob abwehrend die Hände. „Die Frauen, die zu uns kommen, verlassen sich darauf, dass wir absolut diskret sind. Wir dürfen nicht einmal Nachrichten weitergeben, weil das schon ein Eingeständnis wäre, dass wir die Frauen kennen."

Emma krauste die Nase. „Das habe ich mir fast gedacht. Aber irgendwo muss ich anfangen. Dürfen Sie mir denn sagen, ob es für Frauen mit Migrationshintergrund spezielle Ansprechpartner gibt?"

„Ansprechpartnerinnen."

„Ich verstehe. Exklusiv für Frauen." Erst nachdem sie es gesagt hatte, wurde Emma bewusst, wie ironisch das für ihr Gegenüber klingen musste. Sie hatte sich endgültig jede Sympathie verscherzt.

„Was glauben Sie eigentlich, was wir hier machen?", legte Rapior los, überschüttete Emma mit einem Wortschwall und marschierte zu der Aufzugtür, die sich nach Sekunden mit einem leisen Summen hinter ihr schloss.

Das fing ja gut an. Emma rammte wütend auf sich selbst ihre Fäuste in die Taschen ihres Parkas. Ungeschickter hätte sie es wirklich nicht anfangen können. Doch ihre Erfahrungen bei den Recherchen hatten sie gelehrt, dass sie oft penetrant sein musste, um ihr Ziel zu erreichen.

Emma spürte eine Hand auf ihrer Schulter. „Nehmen Sie es nicht so schwer", raunte ihr jemand ins Ohr, „Viktoria Rapior ist manchmal ein wenig …"

„Ruppig?"

Emma befreite sich mit einem Ruck und drehte sich um.

„Es gibt eine Fachstelle für Zwangsheirat, Zwangsarbeit und

Zwangsprostitution", gab die Matrone bereitwillig Auskunft. Sie bemühte sich, den Eindruck, den die Kollegin hinterlassen hatte, zu mildern. Ihr schneller Blick zum Aufzug verriet sie.

„Arbeiten da auch Männer?", fragte Emma mit Unschuldsmiene. Es war eine kleinliche Rache.

„Wir haben zwar seit Mitte der 1990er-Jahre einen Paradigmenwechsel in der Frauenbewegung, und seitdem arbeiten wir mit Männern in verschiedenen Bereichen zusammen. Aber hier dürfen sie eben nicht herein."

„Eben exklusiv für Frauen", wiederholte Emma, dachte im Stillen, dass diese Maßnahme durchaus verständlich war, wenn sie in Betracht zog, dass Frauen hier Schutz vor prügelnden Ehemännern, gewalttätigen Vätern oder Freunden suchten.

„Wir nehmen das sehr ernst. Es ist schon schwierig, wenn der Kopierer kaputt ist und wir keinen weiblichen Techniker bekommen."

„Oder ein blöder Kerl den Kostenvoranschlag bringt?"

Etwas reizte Emma weiterhin zum Widerspruch. Sie hätte nicht sagen können, was es war. Ihre noch nicht verrauchte Wut über die Abfuhr oder die Regung, den Mann, der ihr Parkplatzproblem gelöst hatte, noch nachträglich in Schutz zu nehmen?

„Und wenn ein Feuer ausbricht? Warten Sie dann, bis ein weiblicher Feuerwehrmann Sie rettet?"

Matthesius parkte seinen zivilen Einsatzwagen, den alten Opel, in der Merowingerstraße. Er stieg aus und dehnte seinen Rücken. Dann sah er sich um. Während er auf seinen Teampartner wartete, erinnerte er sich an seine Kinderzeit, an Besuche bei den Großeltern mütterlicherseits. Die Zeit war hier stehen geblieben. Alter Baumbestand säumte die Straße schon damals. Die Jahre hatten die dunkelroten Klinker der langen Häuserzeile, die sich bis zu der Nebenstraße Am Steinberg hinzog, nur dunkler werden lassen.

Matthesius kannte den Komplex dahinter noch als Firmengelände der Jagenberg-Werke. Den hohen roten Ziegelschornstein mit dem weißen Schriftzug Jagenberg gab es nicht mehr, leider. Die Zufahrt neben der Nummer 108 erinnerte an das alte Werkstor, hinter dem eine recht schmucke Ansammlung von Wohnhäusern entstanden war. Wann hatte man die gebaut? Er hatte es vergessen, wahrscheinlich Mitte der Achtzigerjahre des vergangenen Jahrhunderts. Architekten, interessierte Bürger, die Grünen, erinnerte Matthesius sich dunkel, hatten dafür gekämpft, dass wenigstens das ehemalige Verwaltungsgebäude erhalten blieb und unter Denkmalschutz gestellt wurde. Matthesius ging ein paar Schritte zum sogenannten Salzmannbau. Seine bemerkenswerte Fassade aus weiß glasierten Verblendsteinen schmückten Bänder und Kassettenmotive grüner Klinker. Irgendwo hatte er gelesen, dass solche weißen Verblendsteine im Rheinland relativ selten waren.

„Bist du schon so lange da, dass du Sightseeing machen kannst?", riss Rigalski ihn aus seinen Gedanken.

„Für den, der sich auskennt, ist es von der Moorenstraße hierher eben nur ein Katzensprung", entgegnete Matthesius leichthin. Rigalski brauchte nicht zu merken, dass er ihn nicht hatte kommen hören.

„Ganz schön nobel, die Häuser dort." Sein Teampartner musterte die schmucken Häuser neidvoll, während er sich seine schwarze Jacke lässig um die Schultern warf.

„Der eine gibt sein Geld für teure Kleidung aus, der andere fürs Wohnen." Matthesius konnte sich die Bemerkung nicht verkneifen. Dank seiner in der Modebranche tätigen Schwester wusste er, dass das handschuhweiche Nappaleder der Jacke seinen Preis haben musste.

„Was starrst du so?", fragte Rigalski, streichelte das Leder. „Pierre Cardin. Ist nicht schlecht, was?"

Dann reckte er den Hals. „Was ist das für ein hoher Kasten?"

„Der Salzmannbau", antwortete Matthesius, grinste. „Du solltest mal etwas für deine Bildung tun."

Rigalski schnaubte verächtlich und folgte ihm zum Hauseingang von 106. Der Summer ertönte sofort, nachdem sie geklingelt hatten, ganz so, als habe jemand auf ihr Kommen gewartet. Im ersten Stock stand eine junge Frau im Türrahmen. 18 oder 19 Jahre alt, schätzte

Matthesius. Sie trug ein dunkelblaues Sweatshirt zu schwarzen Jeans und eine Sporttasche über der Schulter. Mit der rechten Hand hielt sie das Türblatt fest, in der linken zerdrückte sie ein Paket Papiertaschentücher. Sie war blass, aber geweint hatte sie nicht. Ihre grauen Augen sahen ihnen ängstlich entgegen. Matthesius glaubte, einen gewissen Trotz darin zu entdecken. Er stellte sich und seinen Kollegen vor.

„Kommen Sie herein, bitte. Ich bin Marie."

Paula Lindens Schwester. Matthesius erkannte die Ähnlichkeit, als er sich das Bild der Toten ins Gedächtnis rief. Dennoch hatte die Schwester von allem etwas weniger: Sie war kleiner. Die bis zur Schulter reichenden Haare waren von einem dunkleren Blond. Das Gesicht überraschte mit einer eigenwilligen Stupsnase, die es weniger ebenmäßig als das der Schwester machte.

Marie ließ sie in einen fensterlosen Flur eintreten, der nur durch eine in der oberen Hälfte verglaste Tür Licht bekam. Sie führte zur Küche mit dem Balkon, wusste Matthesius, er hatte den Grundriss der Wohnung noch im Kopf. Daran schlossen sich nach hinten heraus das Bad und ein weiteres Zimmer an. Zur Straße lagen zwei Wohnräume, die ineinander übergingen. Seine Großeltern hatten sie als Wohn- und Esszimmer genutzt.

„Meine Eltern sind hier." Marie öffnete die verglaste Tür.

Für Sekunden war Matthesius der 10-jährige Junge, der von Plätzchenduft angelockt wurde und in die Küche schlich, um sich eins zu stibitzen. Seine Großmutter war die ungekrönte Königin im Backen echter rheinischer Mutzen, die, hatte sie stets betont, aus Hefeteig sein mussten. Die Erinnerung hatte etwas Irrationales, er drängte sie zurück.

Eine Wohnküche. Mit einer Küchenzeile an der linken Wand und einem Tisch unter dem Fenster, der gerade drei Personen Platz zum Essen bot. An der rechten Wand stand ein beigefarbenes Sofa, auf einen riesigen Flachbildfernseher ausgerichtet.

Die Eltern der Toten, Brigitte und Hans Linden, saßen sich am Tisch gegenüber, vor sich Kaffeetassen, daneben lag ein Bogen Papier.

Das Leid des Ehepaars war sehr real. Brigitte Linden, eine übergewichtige Frau in den Fünfzigern, schluchzte leise und hatte vom Weinen rot verquollene Augen. Ihr Mann Hans verbarg seinen Schmerz hinter einer eisernen Miene. Nur die Linke, die er fortwährend zur Faust ballte und wieder öffnete, ließ auf innere Erschütterung schließen.

„Die Polizei, Papa", sagte Marie. Sie ließ die Sporttasche fallen und blieb neben der Tür stehen. „Hauptkommissar Matthesius und …"

„Kommissar Rigalski", half Matthesius, bevor sein Teampartner etwas sagen konnte.

„Ich kann nicht aufstehen, um Sie zu begrüßen. Mein Bein, seit dem Unfall ist es steif."

Hans Linden klopfte gegen seinen linken Schenkel, lächelte bitter. Er wies zum Sofa. „Setzen Sie sich doch."

Feinfühligkeit war nicht unbedingt Rigalskis Stärke. Deshalb hatte Matthesius darauf bestanden, dass er mit den Eltern reden würde. Eine Regelung, mit der beide leben konnten. Rigalski scheute Emotionen und Berührungen. Er ließ sich auf der äußersten Ecke des Sofas nieder, bevor er sein Notizbuch und einen silbernen Stift zückte.

„Ich würde Ihnen gern ein paar Fragen stellen", begann Matthesius vorsichtig, nachdem er Paulas Eltern sein Mitgefühl zum Tod der Tochter ausgedrückt hatte. Er zog den dritten Stuhl vom Tisch weg und setzte sich.

„Was wollen Sie wissen?"

„Können Sie uns etwas über Ihre Tochter erzählen? Wie hat sie gelebt, was hat sie gewollt? Hatte sie Pläne?"

Matthesius entging nicht, dass Hans Linden die Augen misstrauisch zusammenkniff. „Wenn wir wissen, in welchem Umfeld Ihre Tochter lebte, haben wir Anhaltspunkte, wo wir den suchen können, der ihr das angetan hat."

„Paula ist …, war ein sehr kluges Mädchen. Schon immer. Dabei auch noch fleißig. Schon in der Schule gab es überhaupt keine Probleme mit ihr. Immer nur Einsen und Zweien."

Hans Linden blickte schnell zu Marie hinüber, ebenso rasch wieder weg.

Bei ihr, dachte Matthesius, war es in der Schule wohl anders gelaufen.

„Ihre Tochter war Studentin", warf Rigalski ein. „Was hat sie studiert?"

„Jura."

„Und wo?"

Brigitte Linden wischte mit dem Handrücken über ihre Augen. „Hier in Düsseldorf. Sie hatte schon ein Angebot von einer großen Kanzlei."

„Das war gleich, nachdem sie das Stipendium der Stiftung der Deutschen Wirtschaft bekommen hat", ergänzte ihr Mann. „Und jetzt ist das alles vorbei."

„Gab es vielleicht jemanden, mit dem sie Streit hatte?"

Das Ehepaar sah sich an, beide schüttelten den Kopf.

„Sie war ein liebes Mädchen", sagte Brigitte Linden, begann von Neuem zu weinen.

„Hier, Mama." Marie legte ihr das Päckchen Taschentücher hin, trat wieder zurück.

Matthesius fuhr fort mit dem üblichen Fragenkatalog. Hatte die Tote einen Freund? Kannten die Eltern oder die Schwester andere Freunde? Gab es Probleme?

Während der Antworten griff Hans Linden ab und zu nach der Hand seiner Frau und tätschelte sie. Aber alle Versuche, zu trösten, waren vergeblich. Brigitte Linden schluchzte weiter.

Freunde, sicher hatte ihre Tochter Freunde. Allerdings wussten sie keine Namen. Auseinandersetzungen oder Streit hatte Paula nie erwähnt.

Ein mageres Ergebnis. Matthesius stand auf. „Es kann durchaus sein, dass wir später noch weitere Fragen haben."

Hans Linden griff nach dem Block, der auf dem Tisch lag. Er räusperte sich und las die Frage ab. „Wann werden Sie unsere Tochter ... freigeben, sodass wir sie beerdigen können?"

Ein Spickzettel? Wer hatte dem Ehepaar die Fragen aufgeschrieben, die es stellen sollte? Oder hatten sie sich auf den Besuch der Polizei vorbereitet? Vielleicht hatten sie Angst, nicht die richtigen Fragen zu stellen, etwas zu vergessen, was sie unbedingt wissen wollten.

„Wir müssen ja alles vorbereiten. Paula soll doch eine schöne Trauerfeier haben, mit Musik und so, verstehen Sie?"

Die Aussicht tröstete Paulas Mutter sichtlich. „Wir sind doch so stolz auf die Paula gewesen."

„Ich denke, morgen können Sie Ihre Tochter abholen lassen."

„Bei meinen Eltern, da war alles sehr feierlich, ein schöner Sarg, der etwas hermachte, schöne Kränze", beteuerte Brigitte Linden, in ihrer Stimme klang Stolz. „Für unsere Paula wollen wir natürlich nur das Beste. Und der Reporter hat gesagt, für die Exklusivrechte bezahlen sie das."

„Verdammte Scheiße!", entfuhr es Marie. Sie drückte sich vom Türrahmen ab. „Warum könnt ihr niemals etwas selbst entscheiden? Immer tut ihr nur das, was andere euch sagen. Und jetzt, da Paula tot ist, kommt so ein dämlicher Journalist, und schon ist es wieder dasselbe", schrie sie ihre Eltern an und warf die Tür krachend hinter sich zu.

Ehe Matthesius dazu kam, mit einer leichten Bemerkung die Verlegenheit zu überbrücken, mischte sich Rigalski ein. „Mit ihrer Schwester hat sich Marie wohl nicht besonders gut verstanden?"

Statt einer Antwort zuckte Hans Linden nur die Schultern.

Die Augen seiner Frau weiteten sich entsetzt. „Was wollen Sie damit sagen?", flüsterte sie.

Das hätte Matthesius auch zu gern gewusst. Er schob das Kinn vor und sah seinen Teampartner voll unterdrückter Wut an.

3. KAPITEL

„Warum konntest du nicht einfach die Klappe halten?"

Matthesius' Zorn brach sich Bahn. „Du bist schlimmer als der sprichwörtliche Elefant im Porzellanladen. Glaubst du etwa, Marie Linden ist die Täterin? Dazu fehlt es ihr ganz sicher an Kraft."

Rigalski hatte alles verdorben. Die Eltern hatten ihnen zwar Paulas Zimmer gezeigt, aber kaum noch ein Wort gesagt. Marie hatten sie nicht mehr zu Gesicht bekommen.

„Ein Spezi kann ihr dabei geholfen haben. So eine braucht nur die Beine breit zu machen und schon …"

„Du bist solch ein Idiot!", fiel Matthesius ihm ins Wort, unterdrückte eine schlimmere Beleidigung. Er kannte Rigalski, Einsicht durfte er nicht erwarten. Er verfluchte das Schicksal, das sie zu einem Team zusammengeschweißt hatte.

Sein Kollege strich sich über das gegelte schwarze Haar, kniff ein Auge zusammen. „Sie hat dir gefallen, die Kleine", giftete er.

„Ach? Wie kommst du denn darauf?"

„Ich habe gemerkt, wie du sie angesehen hast."

„Habe ich das?"

„Als sie so getobt hat, klar." Rigalski grinste hinterhältig. „Jeder weiß, dass du auf temperamentvolle junge Tussis stehst." Ohne eine Antwort abzuwarten, schwang er sich in seinen Opel Vectra C und fuhr davon.

Die Anspielung auf Emma Rohan – nur die konnte gemeint sein – war ein Schlag unter die Gürtellinie. Rigalski war ein Schwein. Matthesius sah dem zivilen Fahrzeug nach, bis es um die Ecke verschwunden war. Auch das war typisch für seinen Teampartner. Eine alte Karre, wie Erster Hauptkommissar Matthesius sie fuhr, war für ihn nicht gut genug. Rigalski brauchte ein nagelneues Auto und schaffte es sogar, es sich unter den Nagel zu reißen.

„Was soll's?", murmelte Matthesius. Rigalski war eben eine miese Type, karrieregeil und geldgierig. Matthesius stieg in seinen Wagen, setzte ihn ein paar Meter zurück und schaltete den Motor wieder aus. Er ließ den Hauseingang 106 nicht aus den Augen und wartete.

So ganz Unrecht hatte Rigalski nicht, allerdings hatte er die falschen Schlüsse gezogen. Matthesius hatte Marie Linden beobachtet, als sie ihre Eltern plötzlich angeschrien hatte.

Der heftige Ausbruch passte nicht zu der jungen Frau, die einen eher zurückhaltenden, wenn nicht sogar schüchternen Eindruck gemacht hatte. Deshalb war er aufmerksam geworden. Warum regte sich Marie darüber auf, dass die Eltern sich nicht entscheiden konnten, welches Bestattungsunternehmen sie nehmen sollten? Was störte sie daran, dass der Reporter sich einmischte? Was hatte sie gegen den Spickzettel? Oder ging es um die Beeinflussung von außen?

Was genau hatte Marie den Eltern vorgeworfen? Der genaue Wortlaut war ihm entfallen, Matthesius vermochte den Vorwurf nur noch sinngemäß zu fassen: Die Eltern tun nur, was andere ihnen sagen. Andere? War damit auch die Schwester gemeint?

Als die Haustür von Nummer 106 zum vierten Mal geöffnet wurde, haderte Matthesius mit sich selbst. Er hatte vermutet, dass Marie auf dem Sprung zum Sport gewesen war, und deshalb Stellung bezogen. Er wollte mit ihr sprechen, ohne dass die Eltern zugegen waren. Nun kam ihm die Idee wie die reinste Zeitvergeudung vor. Rigalski, inzwischen längst im Präsidium, hatte seinen Bericht bestimmt schon geschrieben.

Plötzlich tauchte der Satz aus der Versenkung auf: „Und jetzt, wo Paula tot ist, kommt so ein dämlicher Reporter, und schon ist es wieder dasselbe."

Deswegen musste er mit ihr reden. Erleichtert sah Matthesius Marie mit der Sporttasche in der Hand aus dem Haus kommen und stieg aus seinem Wagen. Sie sah ihn misstrauisch an. „Was wollen Sie?"

„Reden. Trinken Sie einen Kaffee mit mir?"

„Ich muss zum Schwimmtraining. Am Salzmannbau gibt es ein Café, das liegt am Weg. Ist das okay?"

Die wenigen Schritte zu Fuß taten ihm gut. Als seine Begleiterin auf die schwarze Lederbank rutschte und einen Milchkaffee orderte, setzte er sich ihr gegenüber und tat dasselbe. Gemeinsamkeiten vermochten die Atmosphäre zu lockern, wusste er aus Erfahrung.

„Also, was wollen Sie von mir?" Marie lehnte sich vor, legte beide Arme auf den Tisch und sah ihn herausfordernd an. „Glauben Sie etwa, dass ich meine Schwester da oben ... in den Baum gehängt habe?"

„Ich hoffe, Sie erzählen mir das über Paula, was mir Ihre Eltern nicht gesagt haben."

„Sie haben es doch selbst gehört: Paula war perfekt."

„Kein Mensch ist perfekt."

„Haben Sie ihr Zimmer gesehen?"

Er nickte.

„Sie brauchte natürlich ein Zimmer für sich allein. Sie musste ja lernen." Marie sog die Luft scharf zwischen die Zähne. „Deshalb quetschen Papa, Mama und ich uns in den zwei anderen zusammen. Da schlafen wir drei. Ich habe da einen Schreibtisch. Ich muss schließlich auch fürs Abitur lernen."

Darum die Wohnküche. „Ihre Eltern sind eben sehr stolz darauf, dass Ihre Schwester so erfolgreich war."

„Trotzdem – alles sollte immer nach ihrem Kopf gehen", begehrte Marie auf, während sie ihre Hände knetete. „Dauernd wollte Paula mir Vorschriften machen, tu dies, tu das."

„Hat sie sich nur Ihnen gegenüber so verhalten?"

Marie schüttelte den Kopf, dass die Haare flogen. „Nein, bei Mama und Papa auch. Deshalb bin ich ja vorhin so wütend geworden. Eigentlich bei jedem, ihren Freunden, den Nachbarn. Sie hätten mal erleben sollen, wie Paula die Mieterin über uns dazu gebracht hat, nicht mehr ihre Müllbeutel vom Balkon zu schmeißen."

Paula Linden setzte ihren Willen durch. Rücksichtslos? Nachdenklich schob Matthesius den Zuckerspender auf dem Tisch hin und her.

Plötzlich flüsterte Marie: „Manchmal habe ich sie dafür gehasst und jetzt, da sie tot ist ..."

Sie verstummte. Er las in ihren grauen Augen Verzweiflung und Schuldbewusstsein.

„Es ist nicht Ihre Schuld, Marie, dass Ihrer Schwester das passiert ist", sagte Matthesius mit fester Stimme, obwohl er wusste, dass er Marie nicht so leicht überzeugen konnte. Irgendwann, hoffte er, würde sie einsehen, dass es zwischen ihrer Eifersucht und der Ermordung ihrer Schwester keinen ursächlichen Zusammenhang gab. Für seine Ermittlungen waren ihre Schuldgefühle völlig bedeutungslos.

Matthesius hatte genügend Erfahrung, um unterscheiden zu können, ob Gefühle für die Ermittlung relevant waren. Menschen, die Opfern nahestanden, Angehörige, Freunde, Arbeitskollegen, zeigten oft Anzeichen eines schlechten Gewissens. Damit machten sie sich zwar häufig genug verdächtig, Täter waren sie deshalb noch lange nicht. Ihre Schuldgefühle wurden aus anderen Quellen gespeist: durch Eifersucht, Neid, Hass, einen Streit, ein böses Wort oder eine Verwünschung.

Marie griff zu ihrem Glas und schob mit dem Strohhalm den Milchschaum zusammen, ehe sie ihn aufsog.

„Ich würde nach dem Abitur gern Kunst studieren", sagte sie dann, „doch Paula war der Ansicht, damit könnte ich kein Geld verdienen. Dabei hat sie selbst Vorlesungen in Kunstgeschichte gehört. Um ihren Horizont zu erweitern, hat sie behauptet. Das sei wichtig, wenn sie sich später bei den ganz großen Kanzleien bewerben würde. Aber ich sollte das nicht studieren, sie sagte, es sei ..."

Sie suchte nach dem richtigen Wort.

„Brotlose Kunst?"

Marie bedankte sich mit einem winzigen Lächeln, und Matthesius musste seinen ersten Eindruck revidieren. Sein Gegenüber war mindestens so hübsch wie die Schwester.

„Fassen wir zusammen, was wir wissen", sagte Schwitter, als alle Kollegen sich im Besprechungsraum versammelt hatten. „Paula Linden war 23 Jahre, Jura-Studentin, klug, ehrgeizig und erfolgreich. Sie hatte keinen festen Freund, wohnte noch bei den Eltern."

„Nach allem, was ich gehört habe", warf Matthesius ein, „war sie sehr dominant. Sie setzte ihren Willen durch."

„Davon hat niemand etwas gesagt." Rigalski witterte eine Chance. Triumphierend sah er die Kollegen der Reihe nach an. „Woher hat er das?"

Kellerassel ist nicht von mir, ging es Matthesius durch den Kopf, aber der Spitzname passte. Rigalski war jünger und fitter, scharf auf Matthesius' Job und setzte alles daran, Erster Hauptkommissar zu werden.

„Ich weiß es von der Schwester, die gleich nach uns aus dem Haus kam", entgegnete er ruhig. Dass das nicht ganz der Wahrheit entsprach, wusste außer ihm selbst nur einer im Raum. Doch Schwitter, dem er von dem Gespräch berichtet hatte, ordnete scheinbar unbeteiligt den Berg an Unterlagen vor sich.

„Du bist scharf auf die Kleine, gib's doch zu." Rigalski hob anzüglich die Mundwinkel.

Matthesius wurde einer Antwort enthoben. Das Klackern von hohen Absätzen auf dem Flur kündigte die Ankunft der zuständigen Staatsanwältin an. Gleich darauf stöckelte sie herein. Dr. Claire von Vittringhausen liebte es, mit großem Gefolge aufzutreten. Da sich alle Teams im Konferenzraum befanden, hatte sie sich mit dem Kollegen von der Schutzpolizei und der Polizeianwärterin begnügen müssen.

Matthesius stöhnte lautlos. Es war sein verdammtes Pech, abermals mit ihr zusammenarbeiten zu müssen. Der spektakuläre Fall im November hatte nicht dazu beigetragen, dass er sie sympathischer finden konnte.

Er musterte sie unter gesenkten Lidern. Eine gut aussehende Frau zwar, groß und schlank. Für seinen Geschmack jedoch zu makellos. Ihr ging es, im Aussehen und im Beruf, um Perfektion. Die blonden Haare waren zu einem akkuraten Helm geschnitten, ihr sepiafarbenes Kostüm maßgeschneidert. In der linken Hand hielt sie griffbereit ein blütenweißes Taschentuch. Auch an diesem Morgen strahlte sie genau die engagierte Professionalität aus, die sie von jedem der ermittelnden Beamten erwartete.

„Haben Sie inzwischen Zeugen aufgetrieben, die den Täter gesehen haben, als er die Frau auf den Baum geschafft hat? Die Kö ist ja selbst nachts nicht menschenleer."

„Leider nein." Schwitter trat an die Stelltafel und zeigte auf die entsprechenden Fotos. „Der Baum steht innerhalb des Baugeländes, der Zaun ist zwei Meter hoch und nicht einsehbar. Zusätzlich ist der Fundort durch den hohen Baucontainer gegen den Kaufhof und gegen das Steigenberger Hotel abgeschirmt. Der Täter konnte also dahinter in aller Ruhe seine Vorbereitungen treffen, ehe er sie auf den Baum gezogen hat. Und das, obwohl der Baum direkt neben dem Eingangstor steht."

Die Staatsanwältin kräuselte die Lippen, ein sicheres Zeichen, dass sie unzufrieden war. „Können Sie schon etwas darüber sagen, wie genau er sie aufgehängt hat?"

„Ihr Haar ist zwar ungewöhnlich lang, reichte aber nicht aus, um es um den Ast zu knüpfen. Deshalb das Seil. Es ist noch zur kriminaltechnischen Untersuchung bei den Kollegen", fasste Matthesius zusammen. „Bisher wissen wir nur, oben am Ast hat er einen Rohringstek mit halbem Schlag benutzt."

Als Schwitter sah, dass die Staatsanwältin die Augenbrauen hob, nahm er den vorläufigen Bericht der KTU und setzte zu einer ausführlicheren Erläuterung an. „Er hat das Seil zweifach um den Ast gewunden und dann durch die Schlingen gezogen. Solch ein Knoten wird verwendet, um ein Seil an einem horizontalen Haltering zu befestigen, zum Beispiel von Alpinisten, der Feuerwehr, Pfadfindern oder Seglern."

„Eine lange Liste." Die Staatsanwältin glättete die Revers ihrer Kostümjacke. „Und ich vermute, jeder Laie kann sich die Kenntnisse aus dem Internet besorgen."

Ein allzu berechtigter Einwand.

Schwitter schlug eine Seite um. „Interessanter ist der Knoten, mit dem er Seil und Haare verbunden hat. Unser Experte sagt, es ist kein fest definierter Knoten wie der Rohringstek, sondern sozusagen eine Mischung aus zwei Knoten. Dem Zimmermannsstek, der um Holzplanken oder Baumstämme gelegt wird, damit man sie ziehen oder schleifen kann, und dem Henkerknoten. Das ist eine sogenannte zuziehende Schlinge, wie man sie in jedem Wildwestfilm sehen kann, in dem jemand aufgeknüpft wird."

Aufknüpfen, haderte Matthesius stumm, war ein zu euphemistischer Ausdruck fürs Hängen.

Nachdenklich betrachtete die Staatsanwältin die übrigen Fotos, wischte sich dann mit dem Taschentuch über die Hände. „Was meinen Sie, käme eine Frau als Täterin in Frage?"

Ehe Schwitter dem Gedankensprung folgen konnte, drehte sie sich abrupt um und verließ den Raum.

„Weißt du, was sie gesagt hat?" Emma war auf einen Sprung bei ihrer Tante in der Alten Landstraße vorbeigefahren. Während Bea in der Küche Teewasser aufsetzte, lehnte sie im Türrahmen.

„Ich kann es mir vorstellen."

„Da könne ja jede in die Beratungsstelle kommen, um sich nach einer Frau zu erkundigen", legte Emma los, imitierte die keifende Stimme. „Selbst wenn die Türkin bei ihnen gewesen wäre und sie ihren Aufenthaltsort wüssten, dürften sie ihn mir nicht sagen. Und überhaupt, wer mir das Recht gäbe, solch ein Ansinnen zu stellen. Ich könnte ja sogar von dem Vater oder den Brüdern geschickt worden sein, um die Frau zu finden und ihrer Familie auszuliefern."

„Nun, das kam der Wahrheit ziemlich nahe, Emma."

Beate vermochte sie nicht zu stoppen.

„Ja, ja, sie haben mir vorgeworfen, sie für blöd zu halten. Eine Freundin zu sein, die sich Sorgen mache, könne schließlich jede behaupten." Emma riss unwillig an einem Faden ihres Pullovers. „Den Weg hätte ich mir sparen können."

„Du hättest mich eben fragen sollen, ich meine, vorher."

„Aber …"

„Genau das wolltest du nicht, richtig?"

Beate setzte die dicke Lola, eine bauchige, braune Teekanne, auf ein Tablett und ging Emma voraus ins Wohnzimmer. Dort schenkte sie ein. „Hier, das wird dir guttun."

„Ich habe aber weder Liebeskummer noch Examensangst."

Ihre Tante winkte ab. „Roibusch ist gut für und gegen alles." Sie schob Emma einen Teller mit Plätzchen hin.

„Ich weiß, was du von Frauen, die sich für Frauen engagieren, hältst, Tante Bea."

Emma ließ sich auf das gelbe, durchgesessene Sofa fallen, griff nach einem Keks und schob ihn sich in voller Größe in den Mund, kaute. „Habe ich nicht seit meiner Kindheit gehört, dass diese Tussis, wie du sie genannt hast, die schlimmsten Feinde der Frauen sind?"

„Da verwechselst du ein paar Dinge gründlich", unterbrach Beate sie, „ich lehne nur die orthodoxe Ansicht mancher organisierter Frauen ab. Sie herrschte damals vor, und das war mir zu pauschal."

Sie klopfte eine Zigarette aus der Schachtel, steckte sie zwischen die Lippen und zündete sie an. Nach dem ersten tiefen Zug seufzte sie erleichtert.

„He, ich denke, du willst das Rauchen aufgeben", rief Emma.

Beate ignorierte ihren vorwurfsvollen Blick. „Die Arbeit in den Frauenhäusern, Liebes, ist notwendig und wichtig. Es gibt viel zu wenige davon. Weißt du, wer dahin kommt? Frauen, die geschlagen, missbraucht und vergewaltigt werden. So naiv kannst du wirklich nicht sein, zu glauben, du marschierst dort einfach hinein, und sie sagen: ‚Aber ja doch, Sie finden Serap in der Münsterstraße 13, erster Stock.'"

Dass Bea ihr ins Gewissen redete, war überflüssig. Emma hatte nur den eigenen Ärger mit ihr teilen wollen. „Die Einrichtungen als solche ziehe ich nicht in Zweifel. Ich war einfach so wütend."

„Das war ich damals manchmal auch."

Sie lächelten sich zu und schlürften in einvernehmlichem Schweigen ihren Tee.

„Beas Tee tut seine Wirkung", teilte Emma ihrem Computer mit. „Obwohl es nicht einfach ist, in der Alten Landstraße Frust loszuwerden."

Ihre Tante war ein nüchterner Mensch, der mit seiner Meinung nie zurückhielt. Schon als Kind hatte Emma die Erfahrung machen müssen, dass sie von ihr nicht immer die erhoffte Antwort bekam.

Doch der eigentliche Grund für Emmas seltsame Unruhe war Thomas. Seit der gestrigen kleinen Unstimmigkeit am Telefon hatte er nicht angerufen. Bloß eine Bagatelle, versuchte Emma sich zu beruhigen, strich sich die Haare aus der Stirn und öffnete die Datei. Viel einzutragen gab es nicht. Sie setzte ein Häkchen hinter *Frauenberatungsstelle in der Ackerstraße*.

Mehr konnte sie heute für Aischa nicht tun. Wenn sie ihren anderen Auftrag termingerecht erledigen wollte, durfte sie keine Zeit vertrödeln. Dienstag hatte sie noch spätnachts vor dem Bildschirm gesessen und Bilder von Venus und Madonna kopiert, ohne sie sich genauer anzusehen. Das wollte sie nun nachholen. Da ihr die Liebesgöttin offenbar zurzeit nicht gewogen war, wandte sie sich der Madonna zu. Als sie über die Seiten scrollte, stach ihr die *Madonna mit Nelken* ins Auge. Auch die hatte ein Kopftuch. Wie Aischa? Nein, Aischa verbarg durch das Kopftuch ihr Haar. Raffael dagegen hatte seiner Madonna eher einen zarten Schleier gemalt, der das Haar locker bedeckte, als sei es mit ihm verwoben. Einen Schleier trug die Madonna jedoch auf allen Bildern. Manchmal zusätzlich darüber ein Tuch in Rot, Weiß oder Grün. Teilweise war der Schleier wie auf dem Bild aus der Münchner Frauenkirche so lang, dass er zu einem weiten Mantel wurde, der einzelnen Figuren, Figurengruppen und sogar ganzen Burgen und Städten Schutz bot.

Was hatte der Schleier zu bedeuten? Emma sah sich die Kopfbedeckungen genauer an, verglich sie miteinander. Der mantelartige Schleier bot Schutz, er machte die Madonna zur Schutzmantelmadonna. Was war mit dem hauchzarten Tuch, das kaum verhüllte? Unter einigen Schleiern verschwand das Haar vollständig, ließ höchstens noch den Haaransatz erkennen. Andere erinnerten an eine Kapuze am Überwurf. Bei Giovanni Bellinis *Madonna der roten Engel* reichte er bis über den Kopf, ein weißes Tuch darunter bedeckte das Haar zusätzlich.

„Was nun?", murmelte Emma ratlos. Im selben Moment schellte es an ihrer Tür. Sie sprang auf und öffnete.

„Darf ich dich in den Arm nehmen und küssen?" Thomas Strassberg war ein gut aussehender Mann, so groß, dass sie trotz ihrer eins neunundsiebzig zu ihm aufschauen musste. Der Wind hatte sein schwarzes, von Silberfäden durchzogenes Haar durcheinandergeweht. Sie kannte ihn inzwischen so gut, dass sie in seinem Gesicht eine Spur von Zurückhaltung und Unsicherheit entdeckte.

„Ich wüsste nicht, was ich lieber hätte."

Er zog sie an sich. Als sie nach dem langen Kuss ein wenig atemlos zurücktrat, fragte er: „Hast du Lust auf einen Spaziergang?"

„Jederzeit, das weißt du doch", erwiderte Emma. Sie zeigte auf ihren Computer. „Allerdings habe ich gerade mit meinen Recherchen angefangen."

„Madonna und Venus?" Thomas griff zur Maus, überflog die Bilder, pfiff leise vor sich hin.

„Maria trägt einen Schleier", sagte Emma. „Dabei ist sie doch als Mutter Gottes Inbegriff des Christlichen und lebte vor Mohammeds Zeiten im Vorderen Orient. Also ist sie keine Muslimin."

„Maria bedeckt ihr Haar mit dem Maphorion."

„Aha, und was ist das?"

„Das griechische Wort für Schleier, Schal." Thomas grinste hinterhältig. „Du hast ja gesagt, du willst erst deinem inneren Kompass folgen. Darf ich dir dennoch einen Tipp geben?"

„Klar doch", sagte Emma lässig.

„Schau dir die christliche Marien-Ikonografie an. Maria bedeckt mit dem Maphorion Haar und Schultern. Du wirst kaum ein Bild finden, auf dem sie ohne zu sehen ist."

Ikonografie, verflixt, was war das noch? Emma krauste die Stirn.

„Hoffentlich weißt du wenigstens, dass Ikonografie ein Spezialgebiet deines Auftraggebers Dr. Kirch ist."

Thomas konnte in ihrem Gesicht mindestens so gut lesen wie sie in seinem.

„Einmal Professor, immer Professor, was?", spottete Emma. „Jetzt fällt es mir ein: Die Ikonografie erklärt, was Form und Inhalt alter Bildwerke bedeuten."

„Richtig, sie erfasst die religiösen, mythologischen, symbolischen und allegorischen Inhalte, heute auch die des 20. Jahrhunderts bis hin zur Pop-Art."

„Marias Schleier ist demnach ein fester Bestandteil ihrer Ikonografie wie …", Emma suchte einen passenden Vergleich, „der Schlüssel für Petrus, das Lamm für Christus und die Weltkugel für Gottvater."

„Ich glaub, jetzt hat sie's", rief Thomas mit theatralischem Pathos aus.

„Ja, ja", konterte Emma, „deshalb gibt es die erstaunliche Bandbreite von Schleiern bis hin zu dem hauchzarten Gespinst, das Raffael seiner Madonna mit den Nelken über die Haare legt. Doch warum bedeckt Maria ihr Haar?"

„Das, meine liebe Emma, ist eine Aufgabe, die du bis zum nächsten Mal zu lösen hast." Thomas bewegte den Cursor zurück zu einer Madonna von Botticelli, hob die Brauen. „Noch ein Tipp?"

„Aber gern doch, Professor."

„Lass bei Madonna und Venus nicht das Haar und seine vielfältige Bedeutung außer Acht. Ich könnte mir vorstellen, dass du da weiterkommst."

Thomas war eine Koryphäe auf dem Gebiet der Semiotik und Emblematik. Intuitiv erkannte Emma, dass der Hinweis eine gute Spur war. Sie strich über Thomas' bis auf Kinnhöhe reichende Koteletten, die seinen markanten Zügen einen etwas altmodischen Anstrich gaben. „Du wärst in *My Fair Lady* eine prima Besetzung für die Rolle des Professors gewesen."

„Meine Liebe, dir ein bisschen Systematik beizubringen, wäre mir das reinste Vergnügen. Du könntest es gebrauchen."

Emma blinzelte ihn an. „Du weißt doch …"

„… dass dein Kopf ein Pool für Kuriositäten, nicht für geordnetes Wissen ist. Du hast es schon mehrfach betont." Thomas lachte. „Du gleichst dem Geist, den du begreifst, nicht mir."

„Das ist gemein." Emma tat beleidigt. Böse sein konnte sie ihm nicht. Ihr Freund war wegen seiner scharfzüngigen Bemerkungen auch bei seinen Studenten so beliebt wie gefürchtet.

„Lass uns am Wochenende einen Ausflug nach Brügge machen", schlug Thomas übergangslos vor.

„Eine Bildungsreise?", fragte Emma neckend. „Falls das ein Versöhnungsangebot sein soll, kann ich es leider nicht annehmen. Ich habe mich fürs Wochenende bei Christie als Babysitter verdingt."

„Schade." Thomas beugte sich vor und küsste sie auf den Mund.

„Ich habe ein Handy", rief Emma, als er schon an der Tür war.

Kaum war Thomas gegangen, klingelte es erneut. War er zurückgekommen? Emma rannte zur Tür, riss sie auf.

„Überraschung!" Zwei Arme zogen sie in eine angedeutete Umarmung, während hauchzarte Küsse ihre Wangen streiften.

„Christie, du?"

„Herrje, du hast mich schon enthusiastischer empfangen. Ich bin deine Freundin."

„Die nicht oft den Weg in meine Wohnhöhle findet."

Die passende Bezeichnung für ihre umgebaute Scheune am Eulenbergweg. Roh verputzte Wände, Sprossenfenster, die neu gestrichen werden mussten, ein alter Flickenteppich, der kaum die zersprungenen Fußbodenkacheln verdeckte.

Emma entzog sich der Umarmung. „Willst du einen Espresso?"

„Da du kaum etwas Besseres haben dürftest …" Christie streifte ihre rohseidene Versace-Jacke ab und warf sie über eine Stuhllehne. „Ich habe extra auf Parfüm verzichtet."

Ein Entgegenkommen, das Emma noch vor vier Monaten zu schätzen gewusst hätte. „Du meinst wegen der Duftphobie? Unnötig. Ich habe seitdem keine Attacke mehr gehabt."

Seitdem – das Wort stand im Raum und erinnerte an die Schrecken der Martinszeit. Emmas eben noch gute Laune näherte sich dem Nullpunkt. *Seitdem* war darüber hinaus zum Merkmal einer unterschwelligen Entfremdung zwischen ihr und Christie geworden. Sie wusste nicht, woran es lag. An gegenseitigen Schuldzuweisungen, die nicht ausgesprochen wurden? Emma machte sich schnell daran, den Zubereiter mit Wasser zu füllen.

„Die Wahrheit ist, dass nur die Panikattacken wegbleiben", gab sie zu. „Meine sensorische Empfindlichkeit ist geblieben. Ich finde blumig-fruchtigen oder schwül-herben Parfümduft einfach eklig."

Christies Augen verschleierten sich für Sekunden in echtem Bedauern. „Schade! Maximilian hat mir von einer Geschäftsreise die neueste Duftkreation von Serge Lutens mitgebracht." Sie seufzte. Ihre zarte Hand mit den sorgfältig manikürten lachsroten Nägeln griff in das locker aufgesteckte, neuerdings zu Blond aufgehellte Kräuselhaar. „Also gut, warum machst du dich so rar?"

„Ich war verreist, erinnerst du dich?"

„Neuseeland", Christie ließ sich graziös auf dem harten Holzstuhl nieder, runzelte die schmal gezupften Brauen, „ist ein bisschen abwegig, findest du nicht?"

Wie ihre Beziehung zu Thomas Strassberg, dachte Emma, die Christie nicht guthieß. Seit sie Kinder gewesen waren, hatte die Freundin eine irrationale Eifersucht an den Tag gelegt. Aus Angst, in die zweite Reihe verwiesen zu werden? Möglich. So mochte Christie es auch nicht, dass Emma Hauptkommissar Matthesius gegenüber Anhänglichkeit zeigte. Sie schwieg.

„Brauchst du Geld? Du weißt, ich kann dir jederzeit ..." Wie absichtslos streifte Christie den zerschlissenen Bezug des Diwans mit einem Blick. „Die Reise hat bestimmt deine ganze Reserve verschlungen."

Die Reise, die Christies Auftrag erst ermöglicht hatte.

„Nach unserer Rückkehr musste ich erst einmal einiges erledigen. Im Übrigen habe ich einen neuen Auftrag." Emma ärgerte sich über sich selbst. Warum hatte sie bei Christie stets das Gefühl, sich rechtfertigen zu müssen?

„Ich nehme mir, wie du siehst, die Zeit, obwohl ich momentan wahnsinnig viel um die Ohren habe." Christie fingerte an ihrer schmalen Gucci-Tasche herum, die mit dem sanften Mauveton ihres Kostüms harmonierte.

„Ach", lachte Emma, „kehrst du jetzt die überaus beschäftigte Chefin der *Optima-Consulting* heraus?"

Christie vermittelte nicht nur Politikern, Schauspielern und den Spitzen der Düsseldorfer Gesellschaft das richtige Know-how zur gekonnten Selbstinszenierung, sie war selbst eine Meisterin darin.

„In der Agentur ist der Teufel los ist, und ich hetze von einem Termin zum nächsten."

„Ich habe sogar zwei neue Aufträge", sagte Emma betont beiläufig, um zu signalisieren, dass sie ebenso ausgebucht war.

„Du hast darüber hoffentlich nicht vergessen, dass du meine vier übers Wochenende hütest?"

„Im Gegenteil, ich freue mich darauf."

Christie hatte mit 23 geheiratet und kurz hintereinander ihre vier Kinder zur Welt gebracht. Sie hatte Emma gebeten, auf Laura, Jasmin, Theo und Benjamin aufzupassen, während sie mit ihrem Mann anlässlich des zwölften Hochzeitstages einen verlängerten Wochenendtrip nach Venedig machen wollte. Nur selten gönnte sie sich eine Auszeit ohne Kinder, sodass Emma gern bereit war, Babysitter zu spielen.

„Maximilian und ich fliegen morgen Nachmittag um halb vier. Damit ich mich noch in Ruhe fertig machen kann, schlage ich vor, du kommst schon zum Mittagessen."

Das ist kein Vorschlag, das ist ein Befehl, dachte Emma, während sie die Espressotassen auf den Tisch stellte und die Zuckerdose in Christies Reichweite schob.

„Einzelheiten können wir dann morgen besprechen. Du kommst doch pünktlich?"

Zu viel Espresso. Trotzdem sog Emma das herbe Aroma ein, bevor sie die Freundin beruhigte. „Ich werde pünktlich sein."

„Na, das will ich doch hoffen."

Christie gab zwei Löffelchen Zucker in ihre Tasse, rührte um. Dabei starrte sie auf die schaumigen, beige-weißen Ringe der Crema, als wollte sie daraus das zukünftige Schicksal ihrer Kinder ergründen. „Was sind das für Aufträge?"

Emma hatte keine Ahnung, wie die Freundin auf den Auftrag einer Muslimin reagieren würde. Vorsichtshalber nannte sie die unverfängliche Recherche zuerst. „Ein kunsthistorisch-literarisches Thema zu Venus und Mutter Gottes."

Unverfänglich? Himmel, da hatte sie sich gründlich geirrt.

„Die Mutter Gottes mit der Liebesgöttin in Verbindung zu bringen, das ist Blasphemie, Emma, findest du nicht?"

Christie, bekennende und praktizierende Katholikin, sprang auf. Sie trat ans Fenster. Doch sie zeigte keinerlei Interesse für die Rheinwiesen mit den Kopfweiden, sondern schüttelte heftig den Kopf. „Selbst wenn du glaubst, Gott grollen zu dürfen, hättest du den Auftrag ablehnen müssen. Die Kunstschaffenden – Künstler mag ich sie nicht nennen – erlauben sich heutzutage wirklich alles. Sie verletzen im Namen der Freiheit der Kunst nicht nur die religiösen Gefühle anderer. Sie kennen auch kein Tabu. Daran solltest du dich nicht beteiligen."

„Ist Maria nicht der Inbegriff der Liebe, der weltlichen wie der geistlichen?", fragte Emma mit Samtstimme, obwohl sie aufgebracht war. „Du lehnst etwas ab, obwohl du keine Ahnung davon hast. Du willst dich auch gar nicht damit auseinandersetzen. Ich finde das Thema Venus und Madonna ziemlich spannend."

„Bei Venus geht es, soviel ich weiß, um Sex."

„Du hast Werke von Picasso, Gerhard Richter und Markus Lüpertz zu Hause und in der Agentur an der Wand hängen, aber null Ahnung."

„Um zu erkennen, wo die Freiheit der Kunst in Geschmacklosigkeit umschlägt, brauche ich kein besonderes Kunstverständnis. Da genügt der gesunde Menschenverstand."

„Den du vergisst zu gebrauchen, wenn es um Kunst geht", entgegnete Emma, hielt inne.

Was machten sie hier eigentlich? Über Kunst hatte sie mit Christie schon gestritten, als sie gerade mal neun Jahre alt gewesen war, 1987, dachte Emma. Auch da war es um die Madonna gegangen.

Christie drehte sich um. Sie funkelten sich an, in einem Duell, das keine von ihnen gewinnen wollte. Dann prusteten sie los und fielen sich in die Arme.

Während sie sich hin und her wiegten, flüsterte Emma Christie ins Ohr: „Weißt du noch, damals in Münster?"

Christie rümpfte verächtlich die Nase. „Den Namen der Künstlerin habe ich vergessen, doch nicht die gelbe Madonna in der Fußgängerzone. Einfach obszön, wenn du mich fragst."

„Tu ich nicht. Du hast die übrigens abartig doof genannt", grinste Emma und ließ die Freundin los. „Ich helfe dir gern auf die Sprünge. Die Skulptur ist von Katharina Fritsche."

„Okay, ist ja gut." Christie ließ sich mit einem Seufzer auf den grünen Diwan fallen. „Du hast ein Gedächtnis wie ein Elefant, wenn es darum geht, worüber wir uns früher gestritten haben."

„Falsch, wenn es um Kunst geht." Emma griff nach ihrem kalt gewordenen Espresso, als Christie sich vorbeugte und auf das Zeitungsfoto zeigte, das Emma am unteren Rand ihres Computermonitors befestigt hatte.

„Ist das etwa dein zweiter Auftrag?", fragte sie entsetzt.

„Nein."

„Warum hast du es denn ausgeschnitten?"

Emma überlegte einen Moment. „Ich finde, es hat etwas Verstörendes."

Christie erschauerte, zog unwillkürlich die Schultern hoch. „Das kannst du laut sagen."

„Dafür sagst du es ziemlich leise." Emma legte den Kopf ein wenig zur Seite und forschte in Christies Miene. „Was ist los?"

„Was soll denn los sein?"

„Das ist die typische Frage, hinter der sich jemand verschanzt, der einer Antwort ausweichen will." Emma sah Christie durchdringend an. Die Freundin verschwieg etwas, das mit dem Foto zusammenhing.

„Ich sage es dir, wenn wir aus Venedig zurück sind, okay?" Christie entzog sich ihrem Blick und wechselte das Thema so routiniert, wie sie als Agenturchefin von einem Tagesordnungspunkt zum nächsten überging. „Dein anderer Auftrag?"

Emma deutete auf ihre Espressotasse. „Möchtest du noch einen?"

„Nein, nur eine Antwort."

Emma brachte die Tassen zum Spülbecken. „Hast du gesehen? Ich habe mir einen neuen Wasserkocher gekauft."

„Das ist kaum die Antwort auf meine Frage. Bist du jetzt diejenige, die Ausflüchte macht?"

Weil sie Zeit brauchte, den Auftrag harmlos klingen zu lassen, hielt Emma die Tassen unter den Wasserstrahl. Schließlich sagte sie: „Ich soll die Schwester von jemandem suchen."

Wenn sie gedacht hatte, die vage Beschreibung würde die Freundin zufriedenstellen, irrte sie sich.

„Wessen Schwester? Wieso ist die verschwunden? Und seit wann?" Christie warf ihr einen scharfen Blick zu. „Vermisste Personen zu suchen, ist ein Fall für die Polizei. Du müsstest die Nase gestrichen voll davon haben. Dachte ich jedenfalls. Wer hat dich damit beauftragt?"

„Die jüngere Schwester." Emma ging zurück an den Tisch, setzte sich und griff nach ihrem Zopf. „Wie du siehst, nichts Aufregendes."

Christie hob die Brauen. „Jedes Mal, wenn du deine Zopfenden knetest, hältst du mit etwas hinterm Berg."

Die Schattenseiten langjähriger Freundschaft. Emma musterte Christie. Jemanden durch und durch kennen, bei Freundinnen aus der Kinderzeit traf das zu. Sie konnten unbewusste kleine Gesten mit der Sicherheit eines Spezialisten interpretieren und vermochten in die hintersten Seelenwinkel vorzudringen. „Du tust doch dasselbe. Oder etwa nicht?"

„Ich habe dir gesagt, nach dem Venedigtrip."

„Bestimmt?"

Christie zögerte nur Sekunden. Dann streckte sie die Hand aus. „Ganz bestimmt."

Emma schlug ein.

„Die Namen, Emma."

Bei der Inquisition hatten Delinquenten wenig Chancen gehabt, bei Christie hätten sie überhaupt keine gehabt. „Aischa Celik. Ihre

Schwester, die verschwunden ist, heißt Serap", murmelte Emma resigniert.

„Sag mal, bist du wahnsinnig?"

„Sicher, nur so ist es zu erklären, dass ich mit dir seit meiner Kindheit befreundet bin."

„Netter Versuch, abzulenken. Diese Aischa ist eine ...?"

„Türkin, ja. Ich soll bloß ihre Schwester zu suchen."

„Komm mir nicht mit deinem bloß. Du musst mir deinen Auftrag schon ein bisschen näher erklären." Christie richtete sich auf.

Unmöglich, weitere Ausflüchte zu finden. Emma sah aus dem Fenster, Wind war aufgekommen. Während sie das unruhige Schattenspiel der Zweige auf dem winzigen Stück Wiese beobachtete, fasste sie zusammen, was Aischa ihr erzählt hatte. „Serap ist möglicherweise abgehauen, weil die Eltern sie zwangsverheiraten wollen."

Christie schnappte hörbar nach Luft. „Emma, den Auftrag kannst du unmöglich annehmen."

„Wieso?"

„Muss ich dir das wirklich erst erklären? Du weißt doch gar nicht, auf was du dich da unter Umständen einlässt. Die Medien sind voll von muslimischen Gewalttaten."

Christie redete sich in Rage. „Hier in Düsseldorf gibt es eine Anwältin, die sich um Frauen kümmert, die aus Angst vor ihrer Familie untertauchen wollen. Das habe ich in der Zeitung gelesen. Vielleicht suchst du genau so eine? Am besten rufst du diese Aischa sofort an und sagst ihr, du hättest es dir anders überlegt." Christie angelte sich Emmas Handy vom Schreibtisch und reichte es ihr. „Noch besser, du sagst, dir sei ein anderer wichtiger Auftrag dazwischengekommen."

„Mein Gott, Christie", entfuhr es Emma. Glaubte die Freundin tatsächlich, ihr Vorschriften machen zu dürfen? „Ich weiß, was in deinem Kopf vorgeht. Aischa ist aber doch keine Selbstmordattentäterin. Sie hat mich einfach nur gebeten, ihre Schwester Serap zu suchen."

„Wie kannst du so sicher sein? Was ist, wenn Aischas Vater oder die Brüder Serap bestrafen, wenn du sie gefunden hast?"

„Die wissen nicht, dass Aischa mich gebeten hat, sie zu suchen."

„Wenn Aischa erst weiß, wo ihre Schwester ist, könnte die Familie sie unter Druck setzen", beharrte Christie.

„Aischa will ja gerade verhindern, dass vor ihr jemand Serap findet."

„Also gibst du zu, dass immerhin die Gefahr besteht?"

„Aischa möchte nur, dass ihre Schwester wieder nach Hause kommt."

„Und du glaubst ihr?"

„Warum sollte ich nicht?"

„Weil du nicht so naiv bist, wie du tust?" Christie lehnte sich gegen das gelb gestreifte Kissen, das sie sich in den Rücken geschoben hatte. Sie warf einen raschen Blick auf ihre mit Diamanten besetzte Rolex, schien sich nicht entscheiden zu können, was momentan wichtiger war, die Agentur zu leiten oder ihre Freundin vor einer Dummheit zu bewahren.

„Wenn es um Schwestern geht, Emma, setzt dein Verstand wirklich aus."

„Wundert dich das?"

„Ja", sagte Christie, sah sie eindringlich an, „jetzt schon."

Ein Hieb in die alte, nie heilende Wunde. Emma spürte, wie sich ihr Magen zusammenzog.

„Aus eigener leidvoller Erfahrung kann ich dir sagen, Schwestern sind nicht immer ein Herz und eine Seele", fuhr Christie ungerührt fort. Sie hielt einen Moment inne, rieb die Spitzen von Daumen und Mittelfinger aneinander. Ihr gingen Familienbande über alles, deshalb gestand sie Differenzen und Streit unter Geschwistern ungern ein. „Meine jüngste Schwester ist ein egoistisches Biest. Sie hat schon als Kind geglaubt, der Nabel der Welt zu sein."

Rosemarie, die in London lebte, erinnerte sich Emma, eine Nachzüglerin, die mit zwölf Jahren das erste Mal von zu Hause ausgerissen war.

„Das Schlimme ist, du glorifizierst Schwestern. Vor allem deine eigene. Emma, du vergisst, wie oft ihr euch gezankt habt."

„Hannah und ich haben uns nie ...", fuhr Emma auf. Dann senkte sie den Kopf. Doch, sie hatten gestritten. Darum, wer von ihnen beiden die größeren Erdbeeren im Schälchen hatte, wer das Fernsehprogramm bestimmen durfte oder das grüne T-Shirt zerknautscht hatte. Einmal so heftig, dass Emma fürchterlich wütend geworden war. Sie hatte ihrer Schwester einen kräftigen Stoß versetzt, Hannah war gegen das eiserne Bettgestell gefallen und hatte sich den Kopf angeschlagen. Als die Beule größer und größer wurde, hatten sie befürchtet, dass Hannah eine Gehirnerschütterung haben könnte. Sie waren beide zu Tante Bea geschlichen, um den Streit zu beichten.

„Emma, bitte, du spinnst wirklich, wenn du solche Aufträge annimmst." Christie streckte in einem flehentlichen Appell die Hände aus. „Du solltest dir vielleicht doch professionelle Hilfe suchen."

„Wenn hier einer spinnt, bist du das", entgegnete Emma kühl. „Erst empfiehlst du mir die Couch eines Psychiaters, weil ich meine Schwester suche. Jetzt, wo ich Hannah gefunden habe ..."

Christie unterbrach sie. „Ich möchte doch nur nicht, dass du dich in Gefahr bringst." Sie sah erneut auf ihre Uhr, diesmal unverhohlen.

„In diesem Fall muss ich ja nicht im Seelenleben anderer Leute herumpulen." Die Anspielung auf Christies Auftrag im vergangenen November, herauszufinden, warum ihre Kusine sterben musste, konnte Emma sich nicht verkneifen. Da war es um Mord gegangen. „Also kann von gefährlich keine Rede sein."

Zu merken, dass sie Emma nicht hatte überzeugen können, ärgerte Christie. Sie sprang vom Diwan auf. „Wenn es um Schwestern geht, sollte man dir wirklich ..."

„Was? Handschellen anlegen?", blaffte Emma.

Christie legte den Zeigefinger an die Oberlippe, als müsste sie ihre Wortwahl überdenken. „Ich hatte eher an Stoppersocken gedacht."

Sie lachte leise, drückte Emma einen Kuss auf die Wange. Weg war sie.

Er sah den nackten Körper, die blonden, mit dem Seil in die Äste geflochtenen Haare und fluchte still vor sich hin. Das Bild der Toten im Geäst der Kastanie spukte durch seine Hirnwindungen, er konnte sich kaum konzentrieren. Matthesius hatte im Besprechungsraum die Berichte der Kollegen wiederholt gelesen, doch keinen entscheidenden Punkt gefunden, an dem sie bei ihren weiteren Ermittlungen ansetzen konnten. Auch sein Bauchgefühl, auf das er sich sonst durchaus verlassen konnte, schien zu streiken. Was sich ständig in den Vordergrund seiner Überlegungen schob, war sein erster Eindruck vom Fundort: Paula Linden war einer Schaufensterpuppe gleich in die Baumkrone dekoriert worden.

Die Art, wie der Täter die Frau aufgehängt hatte, gab ihm Fragen auf. Warum in einem Baum? Warum nackt? Warum an ihren Haaren?

„Meist geht es in solchen Fällen um Erniedrigung, der Täter will die Frau demütigen, indem er sie der Öffentlichkeit nackt präsentiert. Kann gut sein, dass er sich für selbst erlittene seelische Verletzungen rächen will", hatte ihm der Psychologe Dr. Schneider, ein Bekannter von Hannes Gerber, am Telefon das mögliche Motiv erläutert.

„Was können Sie mir zu dem Fundort und den Haaren sagen?"

„Ohne weitere Fakten leider nicht viel. Vielleicht ist der Fundort mit einer Erinnerung verknüpft oder hat einen besonderen Symbolgehalt für den Täter. Falls er nicht aus dem näheren Umfeld des Opfers stammt, könnte er die eigene Verletzung durch eine langhaarige Frau auf Paula Linden projiziert haben. Oder er war darauf aus, die Erniedrigung auf die Spitze zu treiben."

Matthesius brütete über den Notizen des Gesprächs. Hätte der Täter die Haare nicht eher abgeschnitten, wenn es ihm um Erniedrigung ginge?

„Wo sollen wir bei der Suche nach dem Täter ansetzen?", fragte Schwitter, der hinter ihm an einem Tisch saß.

„Am besten bei ihm selbst", murmelte Matthesius nachdenklich.

Schwitter nahm die vage Antwort gelassen, noch jedenfalls. „Wir werden alle, die Paula Linden gekannt haben, unter die Lupe nehmen müssen."

„Das können Hunderte sein." Matthesius schüttelte den Kopf. Der Gedanke, jeder Fremde, dem die Studentin bei einem Zug durch die Altstadt oder einem Rockkonzert begegnet war, käme infrage, peinigte ihn. So oder so, es würde zermürbende Kleinarbeit werden.

Matthesius drehte sich zu der Stelltafel um. Das Foto des Opfers bestätigte nur, was er im Kopf hatte. Das ovale Gesicht mit dem ausgeprägten Kinn. Die blonden, in sorgfältige Bögen gezupften Brauen, dunkler als die Haarfarbe. Grüner Lidschatten, der die blauen Augen vergrößerte. Eine hübsche Frau und noch so jung. Das weizenblonde Haar musste ihr, so hatte Gerber gemessen, bis zur Hüfte gereicht haben. War Paula Linden eine Loreley auf dem Felsen gewesen, die Männern Verderben brachte?

Matthesius drückte die Handballen gegen die Schläfen, als könnte er die Vision verscheuchen. Als er nach dem Stapel Berichte griff, ertönte das Schicksalsmotiv aus Beethovens fünfter Symphonie aus seinem Handy.

Ein Erdbeben der Stärke zehn hätte Matthesius nicht mehr verblüffen können als dieser Anruf.

„Schlimme Nachrichten, Max?", erkundigte sich Schwitter.

„Christine Glauser-Drilling."

Ausgerechnet Emmas Intimfreundin Christie, die ihm bislang nicht viel Wertschätzung entgegengebracht hatte. Ohne dass er es erklären musste, wusste Schwitter Bescheid.

„Dann geht es um deine kleine Freundin?"

„Um Emma Rohan, richtig."

„Was wollte sie?"

„Wenn ich das genau wüsste ..." Matthesius nahm die Lesebrille von der Nase, drehte sie am Bügel. „Emma hat einen neuen Rechercheauftrag und ihre Freundin will, dass ich ihr den ausrede."

„Wieso? Hast du mir nicht erzählt, dein Schützling verdient mit Recherchen ihr täglich Brot?"

Schützling, dachte Matthesius, konnte man Emma kaum nennen.

Im Gegenteil. Sein Versagen hatte dazu beigetragen, dass sie Suchen zum Beruf gemacht hatte. Deshalb war er nicht unschuldig daran, dass sie mit der Unermüdlichkeit eines Spürhundes die verschiedensten Aufträge annahm. Vor allem, wenn eine Schwester im Spiel war, gelang es niemandem, Emma aufzuhalten, nicht einmal der Freundin. Sie hatte richtig erkannt, wenn es um Schwestern ging, würde sich Emma, ohne zu überlegen, in Gefahr bringen.

„Das ist wohl nicht der springende Punkt." Matthesius fasste zusammen, was Christine Glauser-Drilling von ihm verlangt hatte.

Schwitter lehnte sich auf seinem Stuhl zurück und drehte seinen Stift zwischen den Fingern. „Hat sie etwas gegen den Auftrag oder gegen Türken?"

Wer den Fehler machte, von Kurt Schwitters langsamen Bewegungen auf die Geschwindigkeit seiner grauen Zellen zu schließen, irrte gewaltig.

„Vermutlich Letzteres." Auch Matthesius behagte der Gedanke, dass Emma nach dem türkischen Mädchen suchte, nicht. Jedoch aus anderen Gründen. Christies Anruf war psychologisch eine geschickte Taktik, ein Appell an seine Hilfsbereitschaft und zugleich an sein Verantwortungsgefühl. Sie hatte ihn bekniet, mit Emma zu sprechen. Was er jedoch am wenigsten brauchen konnte, waren Probleme mit Emma. Sie würden nicht nur Zeit kosten, sondern ihn von seinen Ermittlungen ablenken.

„Ausgerechnet jetzt", sagte Matthesius ärgerlich.

Das Stichwort für Schwitter. Er klopfte auf seine Uhr. „Der Polizeipräsident erwartet mich."

„Komplizierter Fall? Deshalb so finsteres Gesicht, Herr Hauptkommissar?"

„Sie sagen es, Abdul."

Statt Feierabend zu machen, war Matthesius in die entgegengesetzte Richtung nach Kaiserswerth gefahren. Er war jedoch nicht bei Emma vorbeigegangen, sondern an Abduls Frittenbude am Clemensplatz gestrandet. Der Türke hatte ihm gerade das Pappschälchen mit den Fritten auf die Theke gestellt, als Beate Matiek Matthesius auf seinem Handy anrief.

Eine weitere Ermahnung, Emma von der Suche nach dem verschwundenen Mädchen abzuhalten. Matthesius steckte das Handy wieder in die Hosentasche. „Mir reicht der Fall, an dem ich arbeite. Der ist kompliziert genug."

Abdul sah ihn neugierig an. „Was macht eigentlich Ihre Freundin Emma?"

„Woher wollen Sie wissen, dass es um sie ging?"

„Sie waren lange nicht hier, und sie wohnt in Kaiserswerth, richtig?" Abdul lenkte geschickt davon ab, dass er Matthesius belauscht hatte.

„Sie mischt sich in Dinge ein, von denen sie besser die Finger lassen sollte."

„Verstehe", sagte Abdul, versenkte Pommes frites im heißen Öl, „Ihre Freundin spielt wieder Detektiv."

„Das ist das Problem. Und niemand scheint zu wollen, dass sie den Auftrag übernimmt, weder ihre Tante noch ihre Freundin." Matthesius stopfte sich zwei Fritten in den Mund. „Warum glauben alle, ich könnte Emma davon abbringen, die Schwester zu suchen?"

„Die Schwester von wem?"

„Von Aischa Celik. Dabei kann ich da gar nichts tun. Emma ist sturer als ein Esel, wenn sie sich etwas in den Kopf gesetzt hat."

„Eine kleine Fanatikerin", meinte Abdul, griff nach dem Frittensieb und schwenkte es, als müsste er auch den kleinsten Tropfen Öl abschütteln.

Unschlüssig betrachtete Matthesius das letzte Kartoffelstückchen auf seinem Pappteller. War das eine zutreffende Charakterisierung Emmas? Er dachte an all die Jahre, in denen sie ihn bedrängt hatte, ihre Schwester zu suchen, statt die Akte als toten Vogel zu behandeln. Vergangenen November hatte sie, einmal auf der Fährte, sich in die Aufklärung geradezu verbissen und nicht lockergelassen, selbst als klar war, dass sie sich in tödliche Gefahr begeben würde.

Eine kleine Fanatikerin? Doch, da konnte Matthesius nur zustimmen. Abdul lag mit seiner Einschätzung nicht falsch. Was ihre Recherchen betraf, war Emma besessen. Wenn es gar, wie in diesem Fall, um eine verschwundene Schwester ging, würde sie selbst vor der Hölle nicht zurückscheuen.

„Wenn Serap Celik sich versteckt hat, gibt es möglicherweise Probleme mit ihrer Familie. Was meinen Sie?", fragte Matthesius. Er wusste, dass sein Gegenüber die türkische Szene kannte wie kaum ein anderer.

Abdul fuhr mit dem Zeigefinger über seine von einem Boxhieb platte Nase. „Kann mich erkundigen", schlug er vor.

„Tun Sie das." Zu barsch. Matthesius ahnte zwar, dass Abdul sich ihm verpflichtet fühlte, seit er ihm bei einer Schutzgeldaffäre geholfen hatte. Doch er durfte seine Dankbarkeit nicht überstrapazieren. „Das wäre sehr nett von Ihnen, Abdul."

4. KAPITEL

Sie hatten sich den ganzen Donnerstag lang die Hacken abgelaufen, waren jedoch bei ihren Ermittlungen keinen Schritt weitergekommen. Mehrere Teams hatten Verwandte befragt, einen Onkel, zwei Kusinen und die Großmutter. Der Tenor bei allen Angehörigen war derselbe wie bei den Eltern: Paula war begabt, fleißig, der Stolz aller. Außerdem sagte man über Tote nichts Schlechtes. Matthesius hatte mehrmals nachgehakt, ohne Erfolg. Keiner der Verwandten wollte bestätigen, dass Paula so gewesen war, wie Marie Linden ihre Schwester beschrieben hatte: ein Mensch, dem es darauf ankam, seinen Willen durchzusetzen und ihn notfalls anderen aufzuzwingen.

Sie hatten bislang keinen vielversprechenden Anhaltspunkt gefunden. Ein Grund mehr, warum Matthesius am Tag darauf schon frühmorgens in seinem Büro die neuen Berichte aller Kollegen gründlich studierte. Es schien keine Zeugen am nächtlichen Tatort gegeben zu haben, zumal der Bauzaun die Fläche weiträumig abschirmte. Die Befragung der Nachbarn hatte nichts gebracht. Der Chef und die Mitarbeiter der Kanzlei, von der Paula Linden ein Angebot erhalten hatte, konnten ihnen ebenso wenig weiterhelfen.

Matthesius hatte die Zusammenfassung des Teams, das Kommilitonen von Paula Linden befragt hatte, mehrfach durchgearbeitet, kam jedoch zu keinen anderen Schlussfolgerungen als seine Kollegen. Die Aussagen der Studenten enthielten keinen Hinweis, dem nachzugehen sich lohnte. Auch Gerber hatte ihm nichts Neues zu bieten, die Laborergebnisse der Obduktion ließen auf sich warten.

„Wenigstens der Zufall könnte uns zu Hilfe kommen", murrte Matthesius, mit sich und den bisherigen Ergebnissen unzufrieden. Die Person, die Paula Linden das angetan hatte, musste zu finden sein. Einen Fehler – und sei er noch so winzig – machte jeder. Schon ein klitzekleiner Hinweis hätte ihm genügt. Plötzlich packte ihn die Wut.

Sie war doch eine hübsche, junge Frau. Matthesius versuchte, sie sich lebend vorzustellen, attraktiv, blauäugig mit auffallend langen blonden Haaren. Temperamentvoll – wie Emma.

Sollte sich wirklich kein Mann für Paula Linden interessiert haben? Das war einfach unvorstellbar. Bestimmt hatte sie Männer angezogen, selbst wenn sie ein herrisches Wesen gehabt hatte. Davon ließen sich viele kaum abschrecken, anfangs merkten sie es vermutlich ohnehin nicht. Es musste einen Mann geben, war sich Matthesius intuitiv sicher, den Paula durch ihre überhebliche Art wie ihre Schwester Marie verletzt hatte. So verletzt hatte, dass er sie auf diese erniedrigende und schmachvolle Art getötet hatte.

Zeit, den Aktenstapel zurückzubringen. Matthesius griff ihn sich und verließ sein Büro. Im Besprechungsraum stand Schwitter vor der Tafel, die ihre Ergebnisse präsentierte. Er hielt ein Brötchen in der einen, einen Aktendeckel in der anderen Hand.

Noch an der Tür fragte Matthesius: „Kurt, kannst du dir vorstellen, dass Paula Linden keinen Freund, keinen Liebhaber hatte, so hübsch wie sie war?"

„Sie könnte gerade mit einem Schluss gemacht haben."

„Dann hätten wir ihn finden müssen."

„Vielleicht brauchte sie nach einer Beziehung einfach eine Sendepause. So nennt das meine Frau. Als ich sie kennenlernte, hatte sie gerade eine gehabt, eine ziemlich lange sogar. Weil mein Vorgänger sie so enttäuschte, hatte sie erst einmal von Männern die Nase voll. Später hat sie mir gestanden, dass die Sendepause anderthalb Jahre gedauert hat."

„Meinst du nicht, wenigstens die Schwester hätte davon gewusst?"

„Möglich, allerdings ist Marie Linden fünf Jahre jünger", Schwitter zuckte die Schultern. „Wenn sie etwas darüber weiß und nicht damit herausrückt, geht das auf deine Kappe, Max."

Schwitter hatte Recht. Er würde sich Marie Linden noch einmal vorknöpfen.

Matthesius kniff die Augen leicht zusammen, um das Signet auf der Akte, die Schwitter in der Hand hielt, zu erkennen. „Gibt es etwas Neues?"

„Der Bericht der KTU ist gerade hereingekommen. Es geht um das Seil."

Schon Schwitters Tonfall ließ Matthesius ahnen, dass die kriminaltechnische Untersuchung nicht viel ergeben hatte.

„Keine Fingerabdrücke", beantwortete Schwitter seine unausgesprochene Frage verdrossen. „Dafür wissen wir jetzt beinahe alles über das Seil. Ein Kernmantelseil, der Mantel besteht aus Nylon. Es kann etwa zwei bis vier Prozent Wasser aufnehmen, ist recht verrottungs- und lichtbeständig und hält eine Temperatur bis 100 Grad Celsius aus."

Matthesius nahm Schwitter, als der in sein Brötchen biss, die Akte aus der Hand und überflog den Inhalt. Nur weitere technische Details zur Reißfestigkeit allgemein und bei 50 Prozent Dehnung, zur Scheuerfestigkeit und zu den Eigenschaften bei dauerhafter Beanspruchung.

„Na toll, das Seil kann sich unter Dauerbelastung ausdehnen. Ich habe das Gefühl, wir dagegen schrumpfen unter Dauerbelastung." Matthesius schnaubte enttäuscht und streckte sich.

„So kunstvoll wie er die Frau aufgehängt hat, bestand keine Gefahr, dass das Seil sich ausdehnen könnte."

„Glaubst du etwa, es hilft uns jetzt weiter, zu wissen, dass das Seil zum Bergsteigen und Abseilen verwendet wird?" Matthesius warf die Akte zu den anderen auf den Tisch.

„Bergsteiger, Kletterer, davon gibt es Tausende", stimmte Schwitter missmutig zu. Er wandte sich wieder zur Stelltafel. Während er die mageren Ergebnisse betrachtete, erkundigte er sich beiläufig: „Wie läuft es mit Rigalski?"

„Er ist sauer, weil er von dem Lehrgang zurückgeholt wurde."

„Ist nicht deine Schuld."

„Aber ich eigne mich besser zum Blitzableiter als du, schon aus Gewohnheit."

Schwitter winkte mit dem Brötchen in der Hand ab. „So mediengeil wie er ist, wird ihn der Presseaufruhr schnell versöhnen."

„Bestimmt", pflichtete Matthesius ihm bei, „und was meinst du, wie sauer er erst gewesen wäre, hättest du ihn nicht zurückbeordert."

Als hätten sie das Stichwort geliefert, betrat Rigalski schwungvoll den Raum.

„Dieser Reporter von den Privaten, Markus Krieger, ist ein gewieftes Bürschchen, das kann ich euch sagen." Zufrieden mit sich selbst, schlug sich Rigalski auf seinen Waschbrettbauch. „Ich habe gerade im *Bazzar* einen kleinen Plausch mit ihm gehabt."

Im ersten Moment sprachlos, starrte Matthesius ihn an. Dass sein Kollege so wild darauf war, im Rampenlicht zu stehen, war nicht nur für ihn ein Problem. Er hatte seinen Partner schon mehrfach aufgefordert, er solle seine Klappe nicht so weit aufreißen und sich lieber jedes Kommentars enthalten. Kontakte zu den Medien waren Sache der Staatsanwältin, des Leiters der Mordkommission und der hausinternen Pressestelle. Besonders die Vittringhausen achtete pingelig auf die Wahrung ihrer Kompetenzen. Seine Appelle waren an Rigalski abgeprallt. Dass die Kellerassel ihm gegenüber nicht loyal war, wusste Matthesius. Auch dass er der Staatsanwältin Interna zutrug, vor allem über ihn.

Jetzt reichte es. „Du hast was?", brüllte er.

„Mann, bist du schwerhörig?", schnauzte Rigalski zurück. „Vielleicht hörst du mir erst einmal zu?"

Matthesius enthielt sich eines weiteren Kommentars. Im Gegensatz zu Rigalski, der kein guter Menschenkenner war, deutete er Schwitters Schweigen richtig. Scheinbar seelenruhig wickelte der Leiter der Mordkommission den Brötchenrest ein und ließ ihn in seiner Aktentasche verschwinden. Er sah nicht einmal auf, als die übrigen Kollegen zur Besprechung eintrudelten. Matthesius arbeitete lange genug mit ihm zusammen, um zu wissen, was nun folgen würde.

„Rigalski, bist du eigentlich von allen guten Geistern verlassen?", tobte Schwitter wie erwartet los. „Tausendmal habe ich euch eingeschärft: Haltet euch von den Journalisten fern. Aber nein, du musst dich vor denen produzieren. Glaubst du, du kannst dich einfach so über meine Anweisungen hinwegsetzen?" Schwitter atmete keuchend, rang um Fassung. „Mensch, Rigalski, auch noch ausgerechnet bei dem Fall? Wir haben bisher nichts, absolut nichts, was wir als Erfolg verbuchen können", fügte er in gemäßigtem Ton hinzu.

„Als ob das meine Schuld wäre", protestierte Rigalski. Er lehnte in lässiger Haltung am Fenster, beide Hände in den Hosentaschen seines Designeranzugs. „Vielleicht interessiert sich ja jemand dafür, was ich sonst noch habe?"

Er wartete, bis alle im Raum verstummten und in seine Richtung sahen. „Markus Krieger hat einen ehemaligen Freund Paula Lindens aufgetan, Jonas Hempel. Die beiden waren über zwei Jahre liiert."

„Und das hat Krieger dir einfach so erzählt?", fragte der Kollege Kalk.

„Nein, aber zwischendurch musste er pinkeln. Er hat seinen Notizblock nicht mit aufs Klo genommen." Rigalski grinste, erntete beifälliges Gemurmel.

Dass Rigalski den Reporter ausgetrickst hatte, schien auch Schwitter zu besänftigen. „Okay, der Sache gehen wir nach", sagte er, notierte den Namen. „Das übernehmt ihr beide, du und Matthesius. Befragt Hempel, und nehmt ihn ruhig ein bisschen in die Mangel."

Über Rigalskis Gesicht glitt ein selbstgefälliges Lächeln. Schwitter machte seiner guten Laune mit einer Handbewegung ein Ende. „Wenn du dich künftig hervortun willst, dann gefälligst bei der korrekten Ermittlungsarbeit, Rigalski. Ich erwarte, dass jeder von euch sein Bestes gibt. Er sah hinüber zu Matthesius. „Im Team."

Ach du liebe Zeit, schon so spät? Emma lief eilig über den Universitätscampus. Sie hatte sich mit Seraps Freundin Hamida Öztürk um halb drei in der Kaiserswerther Kneipe *Zum Einhor*n verabredet. Bis dahin blieben ihr noch genau 20 Minuten.

Es würde ohnehin knapp werden. Da sie das Mittagessen geschwänzt und sich so vor Christies punktgenauen Anweisungen gedrückt hatte, musste sie nun um halb vier in Wittlaer sein. Auf keinen Fall später, um die Kinder nicht zu enttäuschen, ihnen und sich einen schlechten Start ins Wochenende zu ersparen.

Emma umrundete in schnellem Tempo einen kleinen Teich, erreichte außer Atem ihr Auto. Als sie startete, stotterte der Motor ein bisschen, besann sich dann eines Besseren. Sie fuhr mit überhöhter Geschwindigkeit die Universitätsstraße entlang, die den Campus im Norden durchschnitt. Linker Hand sah sie die Gebäude der Universitätskliniken, als sie auf die B 8 einbog. Witzelstraße, Cornelius-, dann Hüttenstraße und Berliner Allee. Wenigstens musste sie die Strecke nicht zur Hauptverkehrszeit zurücklegen. Dennoch trommelte Emma an jeder roten Ampel ungeduldig aufs Lenkrad. Als sie am Kaiserswerther Markt parkte, war sie schon zehn Minuten zu spät, rannte die letzten paar Meter.

Die Kneipe *Zum Einhorn* war noch kaum besucht. Als Emma eintrat, hob eine dunkelhaarige Frau, die an einem Tisch neben dem Eingang saß, die Hand und winkte.

„Emma Rohan?"

Emma streifte ihre Kapuzenjacke ab und schob sich auf die Bank. „Tut mir leid, dass ich zu spät bin, Hamida."

Die Türkin hielt mit beiden Händen ein Glas Cola umfasst. „Ich habe nicht viel Zeit. Meine Schwester hat Nachtschicht. Wenn sie geht, muss ich zu Hause sein. Sie hat eine kleine Tochter, Leyla."

Emma bestellte bei der Kellnerin, die an den Tisch trat, ebenfalls eine Cola.

„Wie ich dir am Telefon schon erzählt habe, soll ich herausfinden, wo Serap sich aufhält", begann sie.

Hamida unterbrach Emma. „Keiner weiß, wo sie ist."

„Du bist ihre Freundin."

„Eine gute Freundin, wir kennen uns seit der Grundschule."

„Hast du dich nicht gewundert, dass Serap plötzlich verschwunden ist?"

„Zuerst dachte ich, sie sei krank. Nach einer Woche habe ich angenommen, sie wäre in die Türkei geschickt worden. Manchmal ist das so, bringt die Familie ein Mädchen zu Verwandten. Aber dann hat ihre Schwester angerufen und mich gefragt, ob ich wüsste, wo Serap ist. Da wurde mir klar, dass etwas nicht stimmt, dass sie von zu Hause fortgelaufen sein muss."

„Wenn ihr schon so lange befreundet seid, habt ihr bestimmt über vieles gesprochen. Hat sie dir nicht gesagt, was sie vorhat?"

Hamida schüttelte den Kopf und sah zum Tresen hinüber, hinter dem ein Mann mit Gläsern hantierte.

Wich sie ihr aus? Emma war sich nicht sicher. Wenn Serap ihr ein Geheimnis anvertraut hatte, würde sie es als gute Freundin nicht ohne Weiteres einer Fremden verraten. Wie konnte sie Hamida zum Reden bringen?

Die junge Frau war keine madonnenhafte Schönheit wie Aischa. Ihr Gesicht mit den goldbraunen Augen wurde durch eine markante, leicht gebogene Nase geprägt, ihr dunkelbraunes Haar war kinnlang. Anders als Aischa trug sie Jeans und einen rosafarbenen Fleecepullover.

„Ich mache mir große Sorgen", sagte Hamida unvermittelt.

Emma nickte. „Serap muss einen Grund haben, wenn sie untertaucht, nicht einmal ihrer Familie sagt, wohin sie geht. Hältst du es für möglich, dass ihr Verschwinden mit ihrer Familie zu tun hat? Hatte sie Angst vor jemandem? Ihrem Vater vielleicht? Oder ihren Brüdern?"

„Sie hatte Angst vor Rashid." Hamida zupfte nervös am Zipp ihres Pullovers. „Sie soll ihn heiraten. *Kahvesi icildi.*"

Diese Redewendung hatte auch Aischa benutzt und erklärend hinzugefügt: Es wurde ihr Mokka getrunken. Bislang hatte Emma nicht herausfinden können, was sie bedeutete.

„Erkläre mir bitte, was das heißt, Hamida."

„Wenn ein Mann ein Mädchen zur Frau nehmen will, kommen Brautwerber – das können seine Eltern oder andere Verwandte sein – zu den Eltern des Mädchens. Sie sitzen zusammen und verhandeln, ob und unter welchen Bedingungen es eine Heirat geben wird. Das Mädchen kocht und serviert ihnen Mokka, ist aber bei dem Gespräch nicht dabei."

„Das ist bei strenggläubigen Muslimen so, oder?"

„Noch bei viel zu vielen."

„Wann hat Serap dir von Rashid erzählt?"

„Als wir uns das letzte Mal gesehen haben, vor sechs Wochen, in der Berufsschule." Hamida trank einen Schluck Cola. „Weißt du, dass Serap nicht mehr zur Schule kommt, verstehe ich überhaupt nicht. Sie hat so gern gelernt. Und immer gesagt, wenn sie dürfte, würde sie gern noch ihr Abitur machen, wenn sie die Lehre beendet hat. Auf einer Abendschule."

„Hat sie erwähnt, dass jemand sie bedroht? Ihr zusetzt, weil sie Rashid nicht heiraten will?"

Hamida wich Emmas Blick aus und sah zur Seite. „Ich glaube, Serap hatte Angst, dass es ihr eines Tages wie Nilgün ergehen könnte."

„Nilgün?"

„Meine Schwester. Hast du es nicht gelesen? Es stand in allen Zeitungen. Eine furchtbare Geschichte." Hamida drehte ihre Cola zwischen den Händen. „Sie hat einen Mann aus der Familie meiner Mutter geheiratet. Ertan. Sie hat es unserer Mutter zuliebe getan. Es hätte die Ehre von Mutters Familie verletzt, wenn Nilgün ihn abgelehnt hätte. Wir kannten Ertan ja, er war nett. Er war für uns wie ein *Abi*, verstehst du?"

Der große Bruder, Emma nickte. Inzwischen hatte sie recherchiert, dass er für die Ehre der Schwestern einstehen musste, dafür verantwortlich war. Nicht nur seine, die Ehre der gesamten Familie hing vom Wohlverhalten der Schwester ab.

„Und nach der Hochzeit?", fragte sie.

„Zuerst war Ertan zu Nilgün gut, nachdem sie geheiratet hatten. Nur Ertans Mutter wurde immer unzufriedener mit ihrer Schwiegertochter. Ihr gefielen die Freundinnen nicht, die Nilgün hatte, nicht, wie sie sich anzog, kochte und ihre Wohnung einrichtete. Als Leyla zur Welt gekommen war, wurde es ganz schlimm. Sie hat sich in die Erziehung eingemischt, Nilgün beschimpft, sie herumkommandiert und sogar geohrfeigt. Auch Erkan fing an, sie zu schlagen. Zuletzt bei der geringsten Kleinigkeit, immer öfter." Hamida beugte sich näher zu Emma, sah sie nun direkt an. „Eines Tages hat sie ihn verlassen und die Scheidung eingereicht. Da war Leyla gerade vier Jahre."

„Das war bestimmt schwer für deine Schwester."

„Sie hat das Sorgerecht bekommen. Das war ihr sehr wichtig."
Hamidas Augen füllten sich mit Tränen. „Ertan hatte aber Besuchsrecht. Und dann hat er Leyla nach Neujahr nicht zurückgebracht. Er ist einfach mit ihr in die Türkei gefahren."

„Er hat ihr die Tochter weggenommen?", fragte Emma entsetzt. „Das ist doch Kindesentführung."

„Die deutschen Behörden können in der Türkei nichts machen. Doch wir hatten großes Glück. Es gibt ein Abkommen, dass die türkische Polizei in solchen Fällen helfen muss."

„Hat sie es getan?"

„Allah sei Dank, ja." Hamidas Stimme wurde sehr leise. „Es hat aber Wochen gedauert, bis die Polizei ihn und Leyla aufgestöbert hatte."

„Deshalb passt du auf die Kleine auf, während deine Schwester arbeitet."

Hamida nickte und zog ihre Geldbörse heraus. „Ja, und deshalb muss ich jetzt los."

„Lass mal, ich bezahle das, du bist schließlich schon den weiten Weg hierhergekommen."

„Danke", sagte Hamida. „Wenn du etwas von Serap hörst, sagst du mir Bescheid?"

„Klar, wenn sie das möchte. Nur weiß ich im Moment noch gar nicht, wie ich Serap finden kann. Sie scheint spurlos verschwunden zu sein."

Hamida zögerte, warf Emma einen abwägenden Blick zu. „Sie hat mir geschrieben."

Das Mädchen zog eine verknitterte Karte aus ihrer Tasche und legte sie mit der Schrift nach oben vor Emma auf den Tisch. „Du kannst sie behalten. Tut mir leid, aber mehr kann ich nicht für dich tun."

„Vielleicht hilft sie mir weiter, vielen Dank, Hamida."

Endlich eine Spur. Als Hamida die Kneipe verlassen hatte, nahm Emma die Karte hoch, las: *Hamida, es geht mir gut. Herzliche Grüße, S.*

Eine Kunstpostkarte, verriet der Aufdruck, von Carol Pilars de Pilars *Streunender Hund*. Emma betrachtete das Bild auf der Vorderseite. Vor einer hellen Wand, die leicht bläulich schimmerte, war ein etwa zwei Meter langes schmales Holzstück montiert. Es konnte Treibholz sein, war glatt und abgeschliffen. Darauf lief ein aus Ton modellierter Hund, mit waagerecht abstehendem Schwanz und vorgestrecktem, nur wenig gesenktem Kopf.

Emma lachte laut auf, so bitter, dass es sie selbst erschreckte. Das Sujet passte ja wunderbar. Die Einsamkeit des Hundes wirkte fast greifbar. Ebenso seine unerschütterliche Zielstrebigkeit, mit der er ins Irgendwo lief, stur seiner Nase folgte, nicht ahnend, wohin es ihn trieb. War es das, was Serap fühlte? Und erging es ihr selbst bei der Suche nach Aischas Schwester nicht ebenso? Wurde sie nicht Tag für Tag erinnert, dass das Ende einer anderen Suche nicht lange zurücklag? Der einsame Spürhund. Spiegelte das Bild das Schicksal aller Rechercheure? Oder nur ihres?

Emma schauderte. Sie hob den Arm, um der Kellnerin zu winken, fühlte, dass jemand ihre Hand umschloss.

„Wozu darf ich dich einladen?", fragte die geliebte sonore Stimme. „Bier? Schnaps? Oder …"

„Sag jetzt nicht Tee." Emma strahlte, die trüben Gedanken verflogen.

„Das Allheilmittel für Körper und Seele überlasse ich gern deiner Tante."

Thomas Strassberg setzte sich auf den Stuhl, auf dem kurz zuvor Hamida gesessen hatte, und musterte ihr Gesicht. „Deinem Aussehen nach brauchst du einen Schnaps."

Die Freude, ihn zu sehen, schnürte Emma für Sekunden den Hals zu. Sie hatte ihn in den vergangenen Tagen schmerzlich vermisst und streckte unwillkürlich die Hand nach ihm aus.

„Ja?" Er hatte die Bewegung bemerkt.

„Nichts." Emma spürte, dass sie errötete, und griff schnell zu einem Bierdeckel. Sie wäre am liebsten mit den Fingern über sein Gesicht gefahren, die markanten Züge, den sensiblen Mund, die unmodisch langen Koteletten. Nur, um sich zu vergewissern, dass er tatsächlich bei ihr saß. Doch das konnte sie ihm nicht sagen. Erleichtert sah sie, dass die Kellnerin kam und sie aus ihrer Verlegenheit rettete.

Nachdem er zwei Klare bestellt hatte, sah Thomas sich um. „Ich dachte mir, dass ich dich hier finden könnte. *Das Einhorn* scheint unser bevorzugter Treffpunkt zu sein."

„Was könnte zutreffender sein als das Symbol der Reinheit und Unschuld?", neckte Emma ihn. „Ich war mit jemandem verabredet, aber es hat weniger lange gedauert, als ich dachte."

„Nach deinem Gesichtsausdruck zu urteilen, keine erfreuliche Begegnung."

„Eher keine besonders erfolgreiche. Hamida konnte mir nicht sehr helfen."

„Hamida?" Thomas runzelte die Stirn. „Emma, du hast den Auftrag doch nicht etwa angenommen?"

„Woher weißt du davon?" Außer ihrer Freundin Christie und Tante Bea hatte Emma niemandem davon erzählt.

Die Art, wie Thomas sich bückte, um einen Schnürsenkel neu zu binden, war Antwort genug. Typisch Christie. Wenn es ihr selbst nicht gelang, Emma von etwas abzubringen, mobilisierte sie die ganze Welt. Nun sogar Thomas.

„Ich habe euch nicht miteinander bekannt gemacht, damit ihr euch hinter meinem Rücken gegen mich verbündet", maulte Emma.

Thomas räusperte sich verlegen, versuchte zu verbergen, dass er sich in der Defensive befand. Sein Blick blieb an der Kunstpostkarte hängen. „Was ist das?"

„Emma als Spürhund."

Sollte sie ihm erzählen, dass das Schicksal von Hamidas Schwester sie beschäftigte? Nein, sie ahnte, was er sagen würde, zumal Christie ihn schon wegen Aischas Auftrag entsprechend geimpft hatte. Lieber das Thema wechseln. Emma zupfte den Bierdeckel in kleine Fetzen. „Kennst du Dr. Kirch eigentlich näher?"

„Warum fragst du?"

„Nur so."

„Emma, du fragst nie nur so. Du machst immer noch ein Gesicht, als ob dich etwas bedrückt. Also sag schon, hat er dir etwa einen unanständigen Antrag gemacht?"

So einer war ihr Auftraggeber also. Emma ließ sich nicht anmerken, dass sie die Information speicherte. „Was würdest du tun, wenn es so wäre?"

„Ich bin kein Held, der sich für eine Frau prügelt", sagte Thomas bemüht ernst. Seine graublauen Augen blitzten sie an. „Aber ... ich würde mir etwas einfallen lassen."

Emma beugte sich vor und küsste ihn auf die Wange. „Das klingt schon heldenhaft genug in meinen Ohren." Sie schob die Bierdeckelbrösel mit dem Zeigefinger zusammen. Ohne es zu wissen, hatte Thomas ihr verraten, dass sie sich vor Dr. Kirch in Acht nehmen musste.

Sie hatten Jonas Hempel gefunden. Nur kooperativ zeigte sich ihr Zeuge nicht. Als Matthesius telefonisch einen Termin mit ihm verabreden wollte, hatte er sich geweigert, die beiden Kriminalbeamten bei sich zu Hause empfangen.

„Glauben Sie etwa, ich will Thema Nummer eins im Nachbarschaftsklatsch werden?", hatte er gefaucht. „Ich muss auf meinen Ruf achten, sonst kann ich meine Karriere in der Kanzlei, in der ich arbeite, gleich vergessen."

„Wir kommen nicht mit Blaulicht, sondern in zivilen Fahrzeugen", hatte Matthesius ihm versichert.

„Auf keinen Fall. Ich weiß sowieso nicht, was das Ganze soll. Die Sache mit Paula liegt so lange zurück. Ich weiß gar nicht mehr, wann ich sie das letzte Mal gesehen habe. Das muss Monate her sein."

„Wir würden uns trotzdem gern mit Ihnen unterhalten." Doch Matthesius war auf Granit gestoßen.

„Nicht bei mir zu Hause."

„Dann im Präsidium, und zwar heute noch."

Der Bitte war Hempel erst nachgekommen, als Matthesius ihm angedroht hatte, ihn mit Blaulicht abholen zu lassen. Seine hartnäckige Weigerung war der Grund, warum Rigalski und Matthesius das Gespräch nicht in einem Büro, sondern im Verhörraum 1 führen wollten. Die kahlen grauen Wände und die karge Möblierung, die aus einem Resopaltisch und zwei Holzstühlen bestand, hatten schon so manche Vernehmung beschleunigt.

„Ich wette, das klopft ihn weich", prophezeite Rigalski, bevor er tatendurstig die Tür öffnete.

Matthesius genügte eine Sekunde, um zu wissen, dass sein Partner die Wette verloren hätte. Jonas Hempel würde sich als schwieriger Kandidat erweisen. Er hatte nicht Platz genommen, sondern stand breitbeinig mitten im Raum vor dem Tisch. Ein schlanker Mann, etwa eins siebzig groß, mit rosigem Teint, einer dunkelblonden Haartolle und braunen Augen hinter einer rechteckigen Hornbrille.

Einer, dem es darauf ankommt, nach der neuesten Mode gekleidet zu sein, dachte Matthesius. Davon zeugten die Designerjeans, das elegante Sakko und der teure Herrenduft, der in der Luft lag.

Sie stellten sich vor, Rigalski deutete auf einen der Stühle, setzte sich an der gegenüberliegenden Tischseite auf den anderen. Dann legte er eine Akte vor sich, seinen silbernen Drehkuli daneben, und zog ein leeres Blatt heraus. Rigalski hielt viel von solchen Spielchen.

Matthesius unterdrückte ein Grinsen, lehnte sich lässig gegen die Wand gleich neben der Tür. Sie hatten abgesprochen, dass Rigalski Hempel befragen würde, während er den stillen Beobachter spielte. Er hatte dieses Zugeständnis notgedrungen machen müssen. Schließlich war sein Partner derjenige, der den Zeugen aufgestöbert hatte.

Rigalski kam nicht dazu, seine Fragen zu stellen. Hempel umfasste die Stuhllehne und riss die Initiative an sich. „Zuerst will ich wissen, was Sie mir vorwerfen, eher sage ich kein Wort."

Er deutete mit dem Finger auf die Wände. „Hier finden Verhöre statt, aber ich lasse mich nicht für dumm verkaufen. Wenn Sie glauben, ich habe ein Verbrechen begangen, möchte ich wissen, welches."

Ärgerlich strich er sein Sakko glatt und setzte sich.

„Wir sind mit dem Mord an Paula Linden befasst", begann Rigalski, „und haben Sie …"

„Dachte ich es mir doch", unterbrach Hempel ihn. „Ich bin zwar Wirtschaftsrechtler, aber ich weiß, wie das bei Ihnen läuft. Wenn Sie mich als Täter verdächtigen, habe ich das Recht, dass mein Anwalt an diesem Gespräch teilnimmt, und darauf bestehe ich."

Die Augen hinter der Brille glitzerten zufrieden. Er hielt sich für sehr clever, dachte Matthesius, spürte aber nicht, dass er gerade einen großen Fehler beging. Rigalski durfte man nicht provozieren.

„Für uns sind Sie nur ein Zeuge. Wir wissen, dass Sie mit Paula Linden befreundet waren", sagte Rigalski, die Liebenswürdigkeit in Person. Er beugte sich zu Hempel hinüber, lächelte, ehe er in beißendem Ton hinzufügte: „Wann hat Paula mit Ihnen Schluss gemacht?"

Hempel hob abwehrend beide Hände. „Nein, das ging nicht von ihr aus. Ich habe ihr gesagt, sie solle sich zum Teufel scheren."

„Nicht die feinste Art, sich von einer Frau zu trennen, wenn man zwei Jahre lang mit ihr liiert war."

Hempel war überrascht. Seine schmalen Hände, die er auf die Tischplatte gelegt hatte, zuckten nervös.

„War es nicht umgekehrt?", fragte Rigalski, sah ihn lauernd an.

„Wenn ich es Ihnen doch sage, ich habe die Verbindung gelöst. Ich hatte einfach genug von ihr."

„Einfach so, das können Sie Ihrer Großmutter erzählen. Man trennt sich nicht ohne Grund. War Eifersucht im Spiel? Ist Paula etwa fremdgegangen und hat Sie in Ihrer Männlichkeit gekränkt?"

„Nichts dergleichen", wies Hempel die Unterstellung zurück.

Rigalski schnalzte mit der Zunge. „Hat Paula Linden schon eine Nachfolgerin?"

„Wie meinen Sie das?"

„Ich wüsste gern, ob Sie eine neue Freundin haben."

Hempel sah von Rigalski zu Matthesius. Als beide schwiegen, rötete sich sein Gesicht. „Das geht Sie nun wirklich nichts an."

„Es wird ein Leichtes sein, es herauszufinden."

„Nein, verdammt noch mal, ich habe zurzeit keine Freundin." Er nahm seine Brille ab, strich sich über die Nasenwurzel, setzte sie wieder auf.

Matthesius' Einschätzung nach lief das Gespräch in eine Sackgasse. Er vermutete, dass Paula Lindens Freund seit der Trennung Single geblieben war, weil nicht nur Frauen, sondern auch Männer manchmal eine Sendepause nach einer Beziehungskrise benötigten.

„Vermutlich hatten Sie erst einmal ...", sagte er freundlich.

„... die Schnauze voll, ja." Hempel stützte beide Handflächen auf die Tischplatte. Unter seiner Nase bildeten sich winzige Schweißperlen. „Sie war – wie soll ich es sagen? Eine Frau sollte doch ein wenig nachgiebig sein, auf die Wünsche und Vorstellungen des Mannes eingehen."

Und eine solche Frau war Paula Linden nicht? Matthesius wartete auf die entsprechende Frage, doch Rigalski folgte einer anderen Spur. Er sah von seinen Notizen auf. „Wann haben Sie sich getrennt?"

„Das war vor Ewigkeiten, vor zehn oder elf Monaten."

Wasser auf Rigalskis Mühle. Er zog die Brauen hoch. „Das ist tatsächlich ziemlich lange her, Herr Hempel."

War das lange genug, um den Zorn über die Trennung zu überwinden? Die Scham und das Gefühl der Erniedrigung, falls Paula Linden ihm den Laufpass gegeben hatte? Matthesius glaubte nicht, dass Hempel es gewesen war, der die Verbindung gelöst hatte. Er betonte zwar, dass die Initiative von ihm ausgegangen sei. Aber gerade die Hartnäckigkeit, mit der er darauf bestand, deutete für Matthesius aufs Gegenteil.

Rigalski bohrte nach. „Wenn es so lange dauert, bis Sie wieder Gefallen an Frauen finden, muss Ihnen Paula Linden einen ziemlichen Hieb versetzt haben."

Hempel sog die Luft tief in die Nase, atmete langsam aus. Dann hatte er sich wieder gefangen. „Ich bin beruflich sehr eingespannt. Ich arbeite zehn bis zwölf Stunden täglich in einer europaweit agierenden Wirtschaftskanzlei. Da bleibt wenig Zeit für Privates."

„Das ist nicht zufällig dieselbe Kanzlei, die Paula Linden ein Angebot gemacht hat?"

„Nicht, dass ich wüsste." Jonas Hempel legte eine Visitenkarte auf den Tisch.

Ein Abgleich war nicht nötig. Matthesius erinnerte sich an den Namen der Kanzlei, die Paula Linden hatte einstellen wollen.

Er warf Rigalski einen Blick zu, schüttelte fast unmerklich den Kopf. Sie mussten Hempel gehen lassen.

„Dem ist schwer beizukommen", sagte Rigalski mürrisch, als Hempel den Raum verlassen hatte. Er nahm die Visitenkarte und steckte sie zu seinen Notizen in den Aktendeckel. „Wir müssen ihn noch einmal richtig in die Mangel nehmen."

„Bisher haben wir nichts, um ein weiteres Verhör zu rechtfertigen", bremste Matthesius. „Mir scheint der Grund, warum er sich von Paula Linden getrennt hat, interessant."

„Was? Dass sie nicht so nachgiebig war, wie Frauen seiner Ansicht nach sein sollen?"

„Genau. Das stimmt mit dem überein, was Marie Linden über den Charakter ihrer Schwester gesagt hat."

Das Schicksalsmotiv aus Beethovens fünfter Symphonie unterbrach Matthesius. Er griff nach seinem Handy, schaute auf das Display. Seine Schwester.

„Ich habe überhaupt keine Zeit, Vicky."

Er blickte Rigalski nach, der grinsend im Büro verschwand.

„Wem sagst du das, mein lieber Bruder? Zeit, Guten Tag zu sagen, wird doch wohl sein. Also grüß dich, Bruderherz."

„Lass den Quatsch und komm zur Sache."

Vicky, nunmehr 56 Jahre, würde stets seine kleine Schwester bleiben. Er stellte sie sich in ihrer Modeboutique vor, eine zierliche, energische Person, die sich gern in elegantes Schwarz und Weiß kleidete. Neben ihrer unverwechselbaren Art zu gehen war das der Grund, warum sie ihn an eine Bachstelze erinnerte. Von jeher konnte er ihr kaum eine Bitte abschlagen. Und dass sie eine Bitte hatte, war klar. Warum sonst sollte sie ihn im Dienst anrufen?

„Kannst du am Wochenende Vater besuchen?"

„Das klappt zeitlich nicht, leider." Matthesius atmete auf, am Telefon fiel es ihm leichter, Nein zu sagen.

„Ich nehme an, dir macht die Frau zu schaffen, die ihr an der Kö gefunden habt?"

„Sie nicht, aber der, der ihr das angetan hat", brummte Matthesius, „den suchen wir nämlich noch."

„Eine schreckliche Sache. Warum hat er sie bloß an ihren Haaren aufgehängt? Das scheint mir ein solch symbolischer Akt zu sein." Seine Schwester räusperte sich. „Weißt du, welcher Gedanke mir als Erstes durch den Kopf gegangen ist, als ich das Foto in der Zeitung gesehen habe?"

Wollte er es wissen? Matthesius zupfte an seiner Unterlippe. Die Frauen in seinem Team hatten sich nicht wesentlich anders geäußert als die männlichen Kollegen. Sie waren durch ihren Beruf einiges gewohnt.

„Klar, du hast sie um die langen Haare beneidet", erwiderte Matthesius spöttisch.

„Das ist hundsgemein, und du kannst froh sein, dass ich merke, was du vorhast."

„Hellseherin?"

„Nein, hellhörig. Du willst mich aus der Reserve locken."

Vicky kannte ihn gut. Matthesius lachte leise. „Also sag schon, was war dein erster Gedanke, als du das Bild von Paula Linden gesehen hast?"

„Ich dachte, wenn der Mörder hinter Frauen mit langen Haaren her ist, muss ich sie mir zum Glück nicht abschneiden lassen", gestand Vicky ungewöhnlich kleinlaut. „Hinterher habe ich mich fürchterlich geschämt. Gerade das mit den Haaren ist so schrecklich. Es könnte nicht schlimmer sein, wenn er sie ihr abgeschnitten oder sie kahl rasiert hätte. Es hat so etwas unaussprechlich Demütigendes."

Er hörte, wie seine Schwester einer Mitarbeiterin halblaut eine kurze Anweisung gab. Gleich darauf fragte sie: „Kannst du wirklich nicht einmal eine halbe Stunde für Vater erübrigen?"

Nicht gerechnet eine halbe Stunde bis Essen und die ebenso lange Rückfahrt. Noch länger, wenn er in einen Stau auf der B1 kam. Matthesius verdeckte den Hörer, hustete, um Zeit zu gewinnen.

Sein Vater lebte schon 15 Jahre in einem Wohnstift. Notwendige

Pflichtbesuche zeigten jedes Mal deutlicher, dass der alte Mann allmählich ein Fremder wurde.

Vickys helle, drängende Stimme riss ihn aus seinen Gedanken. „Max, ich würde dich ja sonst nicht darum bitten, aber die Vorbereitungen für die *Igedo* wachsen mir einfach über den Kopf. Ich werde das Wochenende im Büro verbringen müssen."

„Mir geht es nicht anders."

„Max, bitte!"

„Ich werde es versuchen." Ein Versprechen, das Matthesius nicht zu halten gedachte.

Im Verlauf ihres Telefonats mit Matthesius hatte Christine Glauser-Drilling nebenbei erwähnt, Emma werde am kommenden Wochenende als Babysitter einspringen. Er hoffte, dass damit nicht auch schon der Freitagabend gemeint war. Emma zufolge war Christie eine ausgesprochen engagierte Mutter. „Ein Muttertier, das seine Jungen mit Zähnen und Klauen verteidigt", er hatte Emmas Worte noch im Ohr. Er hatte gelacht, behauptet, er sehe darin einen Widerspruch, für ihn passe das nicht zu der knallharten Geschäftsfrau. Emma hatte ihm jedoch versichert, knallhart sei Christie auch, wenn es um das Wohl ihrer Kinder gehe.

Es war spät geworden. Matthesius sah auf seine Armbanduhr, als er die Wohnscheune am Eulenbergweg erreichte. Halb zehn. Er klingelte trotzdem.

„Pscht." Emma machte die Tür auf, legte einen Zeigefinger über den Mund. Dann winkte sie ihn herein und flüsterte: „Max, seien Sie um Himmels willen bloß leise. Die vier schlafen schon."

Matthesius hängte seine Jacke über eine Stuhllehne und dämpfte seine Stimme. „Sie passen hier auf die Kinder auf? Ich hätte nie gedacht, dass Ihre Freundin das erlaubt."

Emma feixte. „Tut sie auch nicht. Die Kinder haben so gequengelt, sie wollten unbedingt bei mir übernachten. Da konnte ich nicht Nein sagen."

Sie drehte sich langsam einmal im Kreis, taxierte ihr Mobiliar, die zwei alten Holzstühle vom Sperrmüll, den ausgefransten Teppich. „Na gut, meine Höhle ist vielleicht nicht das richtige Ambiente für Upperclass-Kinder."

„Bestimmt ein gewaltiger Unterschied zu dem, was sie sonst haben." Matthesius bemühte sich, ernst zu bleiben. Doch Emma strahlte ihn so vergnügt an, dass er mitlachte.

„Und ob. Zu Hause hat jeder von ihnen ein eigenes Zimmer. Darum finden sie es super, dass sie heute alle zusammen in meinem Schlafzimmer übernachten dürfen. Mein Bett ist einen Meter sechzig breit, aber nicht groß genug, dass alle vier Platz haben. Also musste eine Luftmatratze her." Emma kicherte. „Ich kann Ihnen sagen, ich hatte meine liebe Not, den Streit zu schlichten, wer darauf schlafen darf."

„Wer hat gewonnen?"

„Jasmin", Emma rümpfte die Nase, „aber ich glaube, sie hat gemogelt."

Matthesius erinnerte sich gut an das niedliche Mädchen mit den Kraushaarzöpfen.

„Für Laura, Jasmin, Theo und Benjamin ist es jedenfalls Abenteuer pur!", stellte Emma fest. Offenbar war es auch für sie eines. „Und Christie braucht es ja nicht zu erfahren."

„Sie muss Sie für sehr zuverlässig halten, wenn Sie Ihnen die vier anvertraut." Matthesius sackte auf den Holzstuhl, streckte die müden Beine von sich.

„Oh, das bin ich doch, Max." Sie sah ihn mit großen Augen an und tat erstaunt. „Oder etwa nicht?"

Als er nicht gleich antwortete, richtete sie sich zu voller Größe auf. „Ich bin die Zuverlässigkeit in Person. Sehen Sie mich an."

Er kam der Aufforderung nach und musterte sie. Emma war groß und schlank, selbst in ihrer lässigen Aufmachung attraktiv. Sie hatte das lange dunkelblonde Haar nur lose zusammengebunden, trug Jeans und ein grünes Kapuzen-Sweatshirt, das die Farbe ihrer Augen betonte. Vor allem aber sah sie jung und unbeschwert aus, und das war für Matthesius ein Grund, sich zu freuen. Er hatte sie schon anders erlebt.

„Um Ihre Frage zu beantworten: Es kommt darauf an", sagte er.
„Worauf?"
„Wenn Sie sich irgendwelche Recherchen in den Kopf gesetzt haben, sind Sie geradezu leichtsinnig."
„Das müssen Sie mir genauer erklären", forderte Emma. „Ich habe eine Flasche Wein geöffnet, möchten Sie ein Glas?"

Ohne seine Antwort abzuwarten, brachte Emma aus der Küchenzeile zwei Gläser und die Flasche. Er sah zu, wie sie die opake purpurrote Flüssigkeit ins Glas goss, studierte das Etikett. Château Sanctus Saint Émilion, 2001. Er hob anerkennend die Brauen.

„Ein Schnäppchen aus Frankreich", bekundete Emma obenhin. „Dafür müsste ich gut und gern 58 Euro hinlegen."

„Von Gerry?"

Emma hatte ihm schon öfter Wein aus dieser Quelle angeboten. Hochwürden Gerald Drilling, der Vetter ihrer Freundin Christie, war in Kaiserswerth Priester in der St.-Suitbertus-Basilika und liebte offenbar nicht nur den Messwein. Emma kannte ihn seit ihrer Kindheit, und Matthesius wusste, dass sie ihn nie gemocht hatte.

„Sie sagen es."

„Passt ja zum Sanctus. Wie geht es Gerry?"

„Gut, nehme ich an." Emma hob ihr Glas und prostete ihm zu.

„Worauf trinken wir, Emma?"

„Dass er sich den Hals bricht?"

Matthesius grinste, hielt seine Nase in das Weinglas und machte in dem lieblichen Bouquet einen Hauch von Kirsche, Schwarzer Johannisbeere, Lakritze und Espresso aus.

Espresso? Er runzelte die Stirn. „Haben Sie vor Kurzem Espresso zubereitet?"

„Sie haben eine feine Nase. Es ist der Wein, Max, gerösteter Espresso." Emma tippte an ihr Glas.

Sie kosteten beide, spürten dem Aroma nach. Dann kam Emma auf das Thema zurück, das sie innerlich zu beschäftigen schien. „Wieso bin ich bei meinen Recherchen nicht zuverlässig? Bisher habe ich alle meine Kunden zufriedenstellen können."

„Emma, Sie wissen, worauf ich hinauswollte. Sie schießen leicht übers Ziel hinaus, selbst wenn es für Sie gefährlich werden kann. Sie sind dann für alle Ratschläge und Warnungen taub." Matthesius trank noch einen Schluck, ehe er hinzufügte: „Das ist übrigens nicht nur meine Meinung." Schlagartig war es mit Emmas guter Laune vorbei. Sie presste die Lippen zusammen und sah ihn durchdringend an. Ihre Augen verdunkelten sich vor Zorn. Matthesius versuchte der Musterung standzuhalten, ohne eine Miene zu verziehen, merkte an Emmas Reaktion, dass es ihm nicht gelungen war.

„Ich verstehe! Das hier ist gar kein Freundschaftsbesuch." Sie sprang auf. „Sie sind nicht vorbeigekommen, um einfach Hallo zu sagen, um sich nach meinem Wohlergehen zu erkundigen, wie Sie es sonst tun."

Ja und nein, wäre die richtige Antwort gewesen. Gleich nach Christies Anruf hatte Matthesius das unbestimmte Gefühl gehabt, Emma nach ihrem Auftrag fragen zu müssen. Nachdem er mit Beate Matiek telefoniert hatte, war er sich sicher gewesen, dass er nachhaken musste. Nur, deswegen hatte er den Weg nach Feierabend nicht auf sich genommen. Er fühlte sich mit Emma auf eine nicht genau bestimmbare Art verbunden. Aus diesem Grund schaute er ab und zu bei ihr vorbei, wollte er sich immer wieder vergewissern, dass alles in Ordnung war, dass es ihr gut ging. Diese Stippvisiten waren ihm lieb, nein, berichtigte er sich selbst, unverzichtbar geworden. Ob er ihr das erklären konnte?

„Man hat mich gebeten, Sie wegen der Suche nach dem türkischen Mädchen …"

„Man? Lassen Sie mich raten. Tante Beate?", fiel ihm Emma ins Wort.

„Und Ihre Freundin Christie."

Es kam selten vor, dass es Emma die Sprache verschlug. Sie sah ihn sekundenlang an. Dann durchquerte sie mit großen Schritten das Zimmer, zog den Vorhang am Fenster fester zu, hob Zettel von ihrem Computertisch auf, legte sie wieder zurück.

„Das muss ich erst wirken lassen", sagte sie wütend. „Ziemlich hinterhältig, dass Sie gemeinsam mit Christie und Tante Bea meine Arbeit boykottieren wollen."

„So würde ich das nicht nennen", entgegnete Matthesius in ernstem Ton, „wenn Menschen, die Sie gern haben, sich um Sie sorgen."

Emma ließ sich auf ihren Stuhl fallen, dass das Holz knackte. „Die Recherche, die ich für Aischa machen soll, ist eine einfache Sache, völlig unkompliziert."

Matthesius war klar, dass sie den Auftrag absichtlich als Recherche ausgab. Es sollte harmlos klingen. Für dumm verkaufen sollte sie ihn nicht. „Seien Sie trotzdem vorsichtig. Ich will Sie nicht plötzlich in eine Familientragödie verwickelt finden."

„Ich passe auf mich auf." Emma hielt ihm die Hand hin. „Frieden, Max?"

„Kommt darauf an, was Sie mir bieten."

„Wie wäre es damit: Ich bin unzuverlässig, Sie sind hinterhältig."

Ihr versöhnliches Lächeln entwaffnete ihn. Er nahm die angebotene Hand und drückte sie.

Als er sich entspannt zurücklehnte, entdeckte er das Foto von Paula Linden an Emmas Bildschirm. Matthesius spürte, wie sich seine Nackenhaare aufrichteten.

„Verdammt noch mal, Emma", er wies auf den Monitor, hob unwillkürlich seine Stimme, „haben Sie vor, sich damit zu befassen? Lassen Sie die Finger davon."

„Ich wollte nur herausfinden …", Emma verstummte.

„Etwas darüber herauszufinden, ist meine Aufgabe. Ich bin hier der Polizist."

„Als ob ich das nicht wüsste", konterte Emma. Sie warf ihm einen herausfordernden Blick zu, hob den Daumen. „Erstens sehen Sie wie einer aus."

Sie fixierte ihn. Matthesius wusste, was sie dachte. Ein Polizist wie aus dem Bilderbuch, eher unauffällig, Bürstenhaarschnitt. Unregelmäßige, aber sympathische Gesichtszüge, die ihr schon lange vertraut waren.

Emma zählte weiter an den Fingern ab. „Zweitens erkenne ich den Fahndungsblick wieder, dem nichts entgeht."

„Fein, dann sagen Sie mir, warum Sie den Zeitungsausschnitt aufgehoben haben."

„Wegen der Haare."

Es klang eine Spur zu trotzig. „Was soll das heißen?"

Emma setzte gerade zu einer Erklärung an, als Matthesius abgelenkt wurde. War die Tür zum Schlafzimmer die ganze Zeit nur angelehnt gewesen? Er hatte den Eindruck, dass sie sich bewegte, stoppte Emma mit einer Handbewegung, sah unauffällig hin. Kein Irrtum. „So, wie es aussieht, waren wir wohl doch zu laut." Matthesius zeigte auf die drei Kinder, die vorsichtig aus dem Türspalt lugten.

Kaum waren sie entdeckt worden, wagten sie sich aus ihrem Versteck. Eine kleine Mannschaft auf Zehenspitzen, alle in blau-rot gestreiften Schlafanzügen, deren Hosen bis auf die nackten Füße reichten.

„Wir können nicht schlafen", klagte Theo.

„Aber Benjamin schläft ganz fest", versicherte Laura eifrig. Ein niedlicher Fratz mit zerwuscheltem hellbraunem Kraushaar und vor Müdigkeit riesengroßen Augen. Sie war das älteste der vier Kinder, acht oder neun. Sie sah schon heute ihrer Mutter sehr ähnlich. Jasmin wartete Emmas Reaktion gar nicht erst ab. Den Daumen im Mund, blieb sie vor ihr stehen und sah sie an. Emma ließ sich erweichen und zog das Kind auf ihren Schoß.

„Ganz fest", wiederholte Laura und zog Emma am Hosenbein. Sie fand wohl, dass ihre Fürsorglichkeit nicht richtig gewürdigt wurde. „Benjamin braucht viel mehr Schlaf als wir anderen, weil er noch so klein ist."

Theo nickte heftig. „Er ist ja fast noch ein Baby." Damit war die Sache für ihn erledigt. Er stemmte beide Arme in die Seite und betrachtete Matthesius von oben bis unten. Was er sah, bereitete ihm offensichtlich Probleme. „Sind Sie wirklich Polizist?", wollte er wissen.

„Aber ja doch."

„Sie sehen aber nicht so aus."

Hatte er doch nicht das Aussehen eines Bilderbuchpolizisten? Matthesius verbiss sich das Lachen.

„Haben Sie eine Pistole?"

Das interessierte die beiden Mädchen gleichfalls brennend. Laura hockte sich auf den Flickenteppich und ließ ihn nicht aus den Augen. Jasmin nahm den Daumen aus dem Mund und schielte zu ihm hinüber.

„Jeder Polizist hat eine Pistole. Ich habe sie nur nicht bei mir." Matthesius sah den Kindern an, dass seine Antwort sie schwer enttäuschte. Etwas Tröstliches war vonnöten. Er strich Theo über die glatten braunen Haare. „Wenn wir uns das nächste Mal sehen, kann ich euch vielleicht mein Polizeiauto zeigen."

Die Aussicht stellte die Kinder zufrieden. Jasmin lehnte den Kopf an Emmas Schulter, gähnte laut.

„Damit sind alle eure Fragen beantwortet, hoffe ich", sagte Emma.

„Alle nicht", behauptete Theo.

„Trotzdem, jetzt ab ins Bett mit euch." Emma stand mit Jasmin im Arm auf. „Max kann euch beim nächsten Besuch mehr erzählen."

„Versprochen?", fragte Laura.

„Versprochen." Matthesius hob die Finger zum Schwur und sah Emma nach, als sie mit den Kindern in ihr Schlafzimmer hinüberging. Er nahm das Weinglas, drehte es zwischen den Händen und wartete, bis das Getuschel nebenan verstummte und Emma zurückkam.

„Sie sind toll, nicht wahr?" Emma griff nach der Rotweinflasche, schenkte ihnen beiden nach.

„Haare haben mit meinem zweiten Auftrag zu tun", nahm sie unvermittelt ihr Gespräch wieder auf. „Recherchen über ein kunstgeschichtliches Thema, bei dem es um die Madonna und Venus geht. Thomas hat mir den Tipp gegeben, die Symbolik von Haaren mit heranzuziehen."

Sie zeigte auf das Zeitungsfoto. „Dass der Täter sie an den Haaren aufgehängt hat, ist irgendwie besonders schrecklich."

„Sie sind heute schon die zweite Frau, die etwas in der Art äußert", sagte Matthesius. Seine Schwester hatte die Tat als demütigenden Akt bezeichnet.

Als hätte sie seine Gedanken gelesen, breitete Emma die ersten Ergebnisse ihrer Recherchen vor Matthesius aus. „Haare, so viel weiß ich inzwischen, haben in der Mythologie etwas mit der Seele zu tun. In ihnen soll unsere Seelenkraft liegen. Werden sie abgeschnitten, verlieren wir diese Kraft. Das ist bei Männern und Frauen so. Denken Sie an den biblischen Samson. Er ist körperlich stark, doch als man ihm die Haare abschneidet, wird er zum Schwächling. Das ist doch interessant. Wenn ich mehr darüber herausfinde, wollen Sie die Ergebnisse dann haben?"

Emma sah ihn erwartungsvoll an.

Matthesius konnte sich nicht vorstellen, dass solche Haarsymbolik besonders relevant für seine Ermittlungen war. Falls doch, würde er die notwendigen Informationen aus anderer Quelle beziehen. „Nein, nicht nötig", wehrte er ab, ignorierte geflissentlich ihren gekränkten Blick.

Den Teufel würde er tun, Emma auf eine Spur zu hetzen.

5. KAPITEL

„Guten Morgen, Hauptkommissar." Olga, Matthesius' Putzfrau, blieb im Türrahmen stehen und stemmte die Arme voller Tatendrang in die Hüften. „Sie frühstücken in Ruhe, ich fange im Schlafzimmer an."

„Nein, nein, Sie können hier schon aufräumen, ich muss ohnehin los." Matthesius fühlte sich ertappt und schob die Fotos auf dem Küchentisch zusammen. Sie waren in dem dicken Einschreiben gewesen. Fotos von Marc und einer Janice, die sein Sohn heiraten und die für Matthesius eine Fremde bleiben würde. Trotz des Flugtickets, das Marc ihm gleich mitgeschickt hatte.

„Ich komme, Sie gehen, so ist es immer."

„Was soll ich machen?" Matthesius steckte die Fotos in den Umschlag zurück und stand auf.

Olga kam geschäftig in die Küche, bückte sich und hob ein Foto auf, das ihm heruntergefallen sein musste. „Ihr Sohn?" Sie nickte beifällig. „Hübscher Kerl. Aber längst nicht so ein hübscher Kerl wie sein Vater." Sie lachte und stieß ihm den Ellbogen in die Seite, ein etwas schmerzhaftes Kompliment.

Olga hatte eine Vorliebe für leuchtende Farben, an diesem Samstagmorgen ein knallrotes T-Shirt gewählt, das sich stramm um ihre vollen Brüste und die fleischigen Arme legte. Über ihrem Hintern spannte sich eine grasgrüne Jeans.

„Schick sehen Sie heute aus." Matthesius unterdrückte ein Grinsen. Seine Schwester würde ihm das nicht einmal als Notlüge durchgehen lassen. Er schob das Foto seines Sohnes zwischen die übrigen und legte den Umschlag in die Schublade des Küchentisches.

Olga sah an sich herab. „In schlechten Zeiten, man braucht Farbe, die macht munter."

„Da haben Sie Recht." Matthesius wusste, dass sie durchaus ein Glücksfall für ihn war. Als sich die gebürtige Ukrainerin vor Monaten bei ihm vorgestellt hatte, war ihr erster Satz gewesen: „Ich putzen gern." Sie hatte nicht übertrieben, wenn er heute Abend nach Hause käme, würden alle Räume in seiner Wohnung vor Sauberkeit blitzen.

„Was machen Ihre Kinder?", fragte Matthesius, trank den letzten Schluck Kaffee.

„Valeri ist und bleibt fauler Junge", schimpfte Olga. „Ich sage ihm oft genug, wenn er faul, er bald arbeitslos. Aber Dariva ist ein braves Mädchen, sehr fleißig."

Über den 17-Jährigen, der eine Lehre als Autoschlosser machte, hatte Olga schon öfter geklagt. Der ganze Stolz der Mutter war die ein Jahr jüngere Tochter, die das Max-Planck-Gymnasium besuchte und Abitur machen wollte. Als Matthesius das Frühstücksgeschirr zusammensetzte, um es in die Spüle zu stellen, nahm Olga es ihm aus der Hand. „Ist keine Arbeit für einen Mann."

Matthesius deutete auf einen Einkaufszettel und das Geld, das er bereitgelegt hatte. „Könnten Sie heute auch für mich einkaufen? Ginge das?"

Olga nahm den Zettel hoch und studierte, was er aufgeschrieben hatte. „Gut, kein Problem", sagte sie. Dann schüttelte sie den Kopf. So vorwurfsvoll, dass er sich unwillkürlich an seine Mutter erinnert fühlte. „Sie brauchen Obst und Gemüse. Ist gut für Gesundheit. Bringe ich mit."

Es gibt tatsächlich wieder eine Frau, die um mein Wohlergehen besorgt ist, dachte Matthesius auf dem Weg zu seinem Auto schmunzelnd. Ihre Ernährungstipps erinnerten ihn an die Versuche seiner Exfrau, ihn mit Müsli und anderem Körnerfutter in Form zu bringen. Nun also Olga, die mehr Kilo auf die Waage stemmte, als empfehlenswert sein konnte.

So früh am Samstag hielt sich der Verkehr noch in Grenzen. Matthesius stellte den Wagen auf dem Parkplatz für die Einsatzfahrzeuge ab. Er grüßte den Wachhabenden in seinem Glaskasten am Eingang, ehe er das Treppenhaus mit seinen drei Etagen kreisrunder Flure betrat, die mausgraue Brüstungen sicherten. Während der Paternoster ihn rumpelnd in den zweiten Stock beförderte, spürte er einen Anflug von Resignation. Vier Tage waren schon vergangen, ohne dass sie mit der Aufklärung nur einen Schritt weitergekommen wären. 96 Stunden fruchtlos vergeudete Zeit, in der die Spuren kälter und kälter wurden. Bei seiner Arbeit mühte er sich gemeinsam mit den Kollegen täglich und oft ohne Erfolg, stockende Ermittlungen in Gang zu bringen. Kein Wunder, dass sie sich in dem kreisrunden Flur wie Hamster in ihrem Laufrad fühlten.

Seine Stimmung wurde nicht besser, als er im KK 11 den Flur entlangeilte.

Die Tür zu Schwitters Büro war geschlossen, ein sicheres Zeichen, dass sich der Leiter der Mordkommission Kastanie schon im Besprechungsraum befand. Er hatte alle Ermittlungsteams für neun Uhr zu einer Besprechung bestellt.

Schwitter sah kurz von seinen Unterlagen auf, als Matthesius eintrat, machte sich dann eine Notiz. Das war ja etwas ganz Neues, dachte Matthesius irritiert. Gab es neuerdings eine Strichliste für Pünktlichkeit und Wohlverhalten? Er blickte sich unauffällig um, war nicht der Letzte. Der dicke Kalk, Grober und Rigalski fehlten noch.

„Was die Ermittlungen bisher ergeben haben, ist alles andere als zufriedenstellend", begann Schwitter. Seine Zusammenfassung brachte es auf den Punkt. Sie hatten kaum etwas Brauchbares in der Hand, keine konkrete Spur, nichts, was die Ermittlungen voranbringen würde, keinen Verdächtigen, den sie der Staatsanwältin präsentieren konnten. „Dabei ist der Druck, wie ihr euch sicher denken könnt, von oben enorm. Ich habe die Staatsanwältin beinahe stündlich am Telefon. Den Chef auch. Sein Tenor ist stets derselbe: Er will, dass die Schlagzeilen, die unsere Arbeit infrage stellen, aufhören. Und das am liebsten gestern schon."

Als Rigalski durch die Tür schlüpfte, unterbrach sich Schwitter, schwieg, bis der Kollege sich gesetzt hatte. „Ich dachte, erhöhte Einsatzbereitschaft sei in einem solchen Fall selbstverständlich. Dazu gehört, dass ihr sofort eure Berichte abliefert, dass ihr pünktlich zu unseren Besprechungen da seid", sagte er erbost. „Und keine Extratouren. Haben wir uns verstanden? Rigalski? Max?"

Matthesius nahm die Zurechtweisung vor versammelter Mannschaft mit Gleichmut. Sein ehrgeiziger Partner nicht. Rigalski wusste, dass eine solche Rüge seiner angestrebten schnellen Beförderung zum Ersten Hauptkommissar im Wege stehen konnte.

„Ich wollte ...", setzte er zu einer Rechtfertigung an.

Der dicke Kalk, der mit Polizeianwärter Grober hereinkam, beendete seinen Protest. „Der Drucker hat nicht so funktioniert, wie er sollte." Er fuchtelte mit mehreren eng beschriebenen Seiten.

„Na gut, dann fang gleich an", befahl Schwitter.

„Über Haare gibt es im Internet so viel, dass man nicht weiß, wo man anfangen soll", sagte Kalk einleitend. Dann überließ er es wie gewohnt Grober, zu berichten.

„Zu Haaren findet sich von Frisuren bis zu Haarwuchsmitteln und Ähnlichem jede Menge. Zuerst etwas zur Farbe: Goldenes Haar verweist auf Wertschätzung, rotes Haar aufs Gegenteil. Für unseren Fall wissen wir noch nicht, ob die Haarfarbe überhaupt eine Rolle spielt."

„Es sei denn, unser Mann steht ausschließlich auf flotte Blondinen", rief Rigalski.

Das Scharren der Füße, das Gemurmel störte Matthesius. Er sah sich um. Schon bevor der Polizeianwärter richtig angefangen hatte, bewahrten die meisten Kollegen kaum Ruhe. Er konnte an ihren Gesichtern ablesen, dass sie sich fragten, welchen Nutzen dieses Hintergrundwissen bringen sollte.

Grober schlug die erste Seite um, ohne sich stören zu lassen. „Zur Reißfestigkeit hat es im Fernsehen 2005 verschiedene Versuche gegeben. Verantwortlich für die Festigkeit und Stabilität von Haar ist Keratin, bei dem Proteinstränge durch Schwefelbrücken vernetzt sind." Grober blätterte weiter. „Nun zur Symbolik: Haar wird in der Mythologie als Sitz der Seele angesehen. Deshalb wurde es für Zaubersprüche benutzt. Früher trugen Verliebte oft eine Locke des anderen bei sich. Dafür gab es eigene Medaillons."

„Na, verliebt war unser Mörder wohl kaum."

Schwitter bremste den Witzbold in der hinteren Reihe mit einem eisigen Blick, strich in einer Geste des Bedauerns über seinen kahlen Schädel. „Volles Haar symbolisiert demnach volle Lebenskraft?"

„Nur in der Mythologie, bei den Ägyptern, Griechen und Römern", bestätigte Grober verlegen. Er fasste sich nervös an die Nasenspitze. „Soll ich Beispiele aufzählen?"

„Überspringen Sie die." Schwitter hatte die Unruhe der Kollegen bemerkt, das versteckte Grinsen.

Dennoch schien der Ermittlungsleiter den Ausflug in die Kulturgeschichte für wichtig zu halten. Matthesius fragte sich, warum. Glaubte er, sie hätten es mit einem gebildeten Täter zu tun? Der die Symbolik nutzte, um eine Botschaft zu übermitteln?

Möglich wäre es, entschied Matthesius. Dann müssten sie in zwei Richtungen suchen. Der Täter hatte sein Opfer an den Haaren aufgehängt, das konnte eine Botschaft sein. Er hatte die Tote zudem so bewusst in die Baumkrone dekoriert, dass die Assoziation einer Schaufensterpuppe nahelag. Wollte etwa ein Künstler auf solch perverse Art auf sich aufmerksam machen? Im Zeitalter der Plastifizierung hielt Matthesius alles für möglich.

Er wurde aufmerksam, als Grober in seinem Bericht auf das Aufhängen zu sprechen kam.

„Historisch finden sich einige Fälle von Frauen, die an ihren Haaren aufgehängt wurden, um sie zu bestrafen oder zu foltern, unter anderen die heilige Euphemia. Auch Königin Alexandria, nachdem sie sich zum Christentum bekannt hatte. Davon gibt es sogar in der Kirche St. Georg in Graubünden eine Abbildung. In Sachsen wurde im Dreißigjährigen Krieg eine Frau, die man für eine Hexe hielt, an ihren roten Haaren aufgehängt."

Während der Hexenverfolgung, erinnerte sich Matthesius, hatte es manchmal genügt, dass eine Frau rote Haare hatte, um als Hexe gebrandmarkt zu werden. Paula Linden war zwar blond gewesen. Trotzdem konnte sich der Täter von dem alten Hexenmythos inspiriert gefühlt haben.

Ein Anruf unterbrach Grobers Abhandlung, Schwitter griff zum Hörer. Er lauschte, strich über seine Kehle. „Soll heraufkommen."

Nachdem er sich eine Notiz gemacht hatte, wandte er sich dem Team wieder zu.

Mit Schwung. Es musste eine gute Nachricht gewesen sein.

„In arabischen Ländern", fuhr Grober fort, „ist Aufhängen an den Haaren ein Mittel der Folter. Dazu ein Zitat von Latif Yahia, der als Doppelgänger von Saddam Husseins Sohn gelebt hat: ‚Frauen werden an Händen und Beinen gefesselt und an den Haaren aufgehängt. Ehemann und Kinder müssen zusehen.'"

Unwillkürlich runzelte Matthesius die Stirn. In ihrem Fall war Bestrafung womöglich ein Motiv, Folter eher nicht. Wenn es dem Täter darum gegangen wäre, sein Opfer zu quälen, hätte er Paula Linden nicht vor dem Aufhängen getötet. Mit einem Barbiturat, wie die Laborergebnisse gezeigt hatten. Matthesius schauderte. Er hatte in seiner Laufbahn schon viel gesehen, doch die Vorstellung, dass in islamischen Ländern solche Foltermethoden noch an Frauen durchgeführt wurden, entsetzte ihn zutiefst.

„Ist doch eine Möglichkeit, sie sich vom Hals zu schaffen, wenn sie einem ein Kind unterjubeln wollen." Der Witzbold in der hinteren Reihe konnte seine Klappe nicht halten.

Matthesius zuckte zusammen und sah zu Schwitter hinüber. Christa, die Ehefrau seines Kollegen, war im siebten Monat schwanger.

„Raus", zischte Schwitter, sein Gesicht lief rot an, „Scheißhausparolen kann ich nicht brauchen."

Als Grober ansetzte, seinen Bericht zu beenden, betrat ein Kollege in der blauen Uniform der Schutzpolizei den Raum.

„Polizeimeister Schuck von der Polizeiwache Stadtmitte. Es haben sich Zeugen im Mordfall Kastanie gemeldet", erklärte er eilfertig. „Ich habe ihre Aussage aufgenommen und dachte, es ist besser, ich komme selbst."

„Dann los, Mann", forderte Schwitter kurz angebunden, noch immer wütend.

„Die Zeugen haben Paula Linden am Montagabend in einem Lokal in der Andreasstraße gesehen, *Benders Marie*. Sie hat sich dort mit einem Mann gestritten, der kurz an ihren Tisch kam. Das Paar hat ihn auf einem Zeitungsfoto erkannt. Es ist der ehemalige Freund des Opfers, Jonas Hempel."

Schwitter wartete, bis Schuck die Zeugenaussage und die Zeitung auf den Tisch legte, schrieb die Adresse auf einen Zettel.

„Eure Zeugen, Max", sagte er und reichte Matthesius die Notiz, „das übernehmt ihr."

„Das ist saudoof", maulte Benjamin. Die Aussicht auf einen Ausflug zum Carlsplatz lockte die Kinder nicht. Emma las an den Gesichtern ab, dass der 4-Jährige nur aussprach, was die Geschwister dachten.

Der Düsseldorfer Wochenmarkt, auf dem Kunden an sechs Tagen einkaufen konnten, war für erwachsene Müßiggänger, die sich an Farben, Düften und Leckerbissen erfreuen wollten, ein Paradies der Sinne. Ebenso für Hausfrauen und Köche, die frisches Obst, Gemüse, Fleisch, Wurst, Geflügel oder Fisch suchten. Emma dagegen brauchte nicht zu kochen. Fürs leibliche Wohl sorgte die Haushälterin, die Christie von ihrer Mutter fürs Wochenende ausgeliehen hatte.

„Wenn es regnet, sind wir dort geschützt", versuchte Emma die vier zu überzeugen. Der Markt war vor einiger Zeit durch eine Glasbedachung und neue Verkaufspavillons mit blau-weiß-rot gestreiften Markisen modernisiert worden. Um den Charakter des ehemaligen Bauernmarktes zu erhalten, waren nur die Gänge zwischen den Verkaufsständen überdacht.

„Es sieht gar nicht nach Regen aus", jammerte Jasmin.

Wind trieb bauschige weiße Wolken über den Himmel, dazwischen stahl sich ab und zu die Sonne hervor.

„Können wir nicht lieber zur Pfalz fahren?" Der 6-jährige Theo interessierte sich ausschließlich für Ritter und Burgen. „Nanny fährt immer mit uns zur Pfalz."

„Nanny hat eine Blinddarmentzündung und liegt im Krankenhaus", erwiderte Emma, hatte plötzlich eine Idee. „Wir fahren mit dem Boot zurück."

Ins Schwarze getroffen, die Kinder waren hellauf begeistert.

Dabei war es ein Trick. Emmas eigentliches Ziel war *Mehmets Obst- + Gemüsegarten* in der Nordwestecke des Carlsplatzes. Dass sie am Wochenende nicht dazu kommen würde, nach Aischas Schwester zu suchen, machte sie unzufrieden. Um nicht völlig untätig zu sein, wollte sie den Bummel über den Markt dazu nutzen, Aischas Eltern und vor allem ihre Brüder unauffällig zu beobachten. Sicherlich würde einer von ihnen am Stand helfen, vielleicht würde sie sogar beide antreffen. Ehrenmord. Das Wort spukte durch ihre Gedanken. Wenn Emma abends die Datei *Die verschwundene Schwester* öffnete, um ihre Ergebnisse einzutragen, tauchte es plötzlich auf. Sie hatte Christie heftig widersprochen, dass Aischa mit unlauteren Absichten zu ihr gekommen sein könnte. Dennoch hatten die Diskussionen mit ihrer Freundin und ihrer Tante sie verunsichert. Auch Bea hatte sie eindringlich gebeten, sich nicht in die familiären Auseinandersetzungen der Celiks einzumischen.

Sie würde sich die Brüder wenigstens ansehen, hatte Emma sich vorgenommen. Wenn Bülent und Kadir auf sie den Eindruck machten, dass sie Serap Böses antun könnten, würde sie nicht weiter nach ihr suchen. Allerdings, musste Emma sich eingestehen, konnte der erste Eindruck täuschen. Man kann Menschen nur vor den Kopf sehen. Behauptete Bea das nicht stets?

Auf dem Carlsplatz herrschte samstäglich lebhaftes Treiben. Schon nach den ersten Metern verfluchte Emma ihren Einfall. Mit vier Kindern durch die Gänge zwischen den Ständen zu schlendern, war schlimmer, als Flöhe zu hüten. Es gab kaum ein Durchkommen. Die Kinder wuselten durch die Menschenmenge, blieben stehen, um gleich darauf loszurennen.

„Ihr fasst euch an den Händen! Keiner lässt den anderen los!", schärfte Emma ihnen ein. Den Jüngsten nahm sie selbst an die Hand.

Trotzdem blieb es ein Hindernislauf, der mit einer Katastrophe enden konnte. Wenn die beiden Mädchen zu einem Stand zogen, drängten die Jungen zu einem anderen. Plötzlich weckten Uhren Theos Interesse, während Laura die Süßigkeiten lockten. Emma hatte pausenlos Angst, eines der Kinder zu verlieren.

„Wo geht es da hin?"

Theo hatte den Fahrstuhl hinter dem trotz der Verglasung unwirtlich wirkenden Lokal entdeckt, das den Carlsplatz zur Bilker

Straße begrenzte und aus dem ein viereckiger, steinerner Turm herausragte.

„Vermutlich in den Bunker. Unter dem Platz gibt es noch einen aus dem Zweiten Weltkrieg. Da haben die Anwohner Schutz gesucht", erklärte Emma, wobei sie unauffällig zu dem Obststand hinüberlugte.

Sie fragte sich insgeheim, ob Christie es gern hören würde, dass sie den Kindern von dem Bunker und den Bombenangriffen erzählte. Die Freundin würde es vorziehen, wenn Emma auf den Kurfürsten Carl Theodor hinwies. Der große Förderer von Kunst und Musik hatte Schloss Benrath erbaut. Sein Name und die Daten seiner Regierungszeit, 1742–1799, waren oben am Turm festgehalten.

Den Hinweis, dass der Bunker ein Monument der Zeitgeschichte sei, würde Christie nicht gelten lassen. Sie wollte alles Böse dieser Welt von ihren vieren fernhalten, sie sollten so lange wie möglich in einer heilen Kinderwelt leben, ihre Kindheit unbeschwert genießen. Deshalb waren Fernsehen, Videos und DVDs, Spielkonsolen und MP3-Player für Laura, Jasmin, Theo und Benjamin verboten.

„Stimmt es, dass Theo gestern Abend einen Polizisten gesehen hat?", fragte Benjamin. Der 4-Jährige blieb wie angewurzelt stehen.

Emma hockte sich neben ihn. „Ja, warum fragst du?"

Er bearbeitete mit seiner kleinen Faust ihre Wange. „Ich will ihn auch mal sehen", bettelte er. „Darf ich den auch mal treffen?"

„Klar doch", Emma lachte leise, „ich werde ihn fragen, wann er Zeit hat. Kannst du so lange warten?" Benjamin nickte, fasste nach ihrer Hand und begann, wie ein Flummi zu hopsen.

„Mir ist total langweilig", quengelte Theo.

Benjamin schielte hinüber zu dem Gebäckstand und leckte sich die Lippen. „Kann ich ein Schoko-Kid haben?"

„Ich auch, bitte." Jasmin strahlte sie an. Emma schob alle vier erleichtert zu dem Stand mit den köstlich riechenden Backwaren. Sie kaufte die Teilchen für Benjamin und Jasmin. Die beiden anderen wollten Obst.

„Wir kaufen das Obst dahinten", sagte sie und lenkte die Kinder in Richtung von *Mehmets Obst- + Gemüsegarten*. „Meine Tante Bea sagt, dort ist es am besten."

Eine Lüge. Doch Theo konnte das nicht wissen. Es musste einen anderen Grund geben, aus dem sich sein Gesicht verfinsterte.

„Weißt du was?", stieß er hervor. Unter zusammengezogenen Brauen blickte er Emma finster an. „Der Ausflug ist beschissen."

Aus dem Mund eines wohlerzogenen 6-Jährigen war das so seltsam wie Senf auf Schokolade.

„He, wenn deine Mutter das hört, wird sie glauben, ich bin schuld, dass du solche Ausdrücke benutzt, und mir den Kopf abreißen."

„Oder dich an den Haaren aufhängen." Unter gesenkten Lidern schielte der Junge zu ihr hoch, gespannt, was sie wohl darauf antworten würde.

So viel zur heilen Kinderwelt, fluchte Emma still vor sich hin. Jetzt sprangen auch ihr die Titelseiten der Boulevardpresse am Zeitungskiosk ins Auge. Die Fotos zeigten das Opfer in der Baumkrone aus verschiedenen Perspektiven mit stark vergrößerten Details, die mit dem Seil verknoteten Haare und die nackten Brüste. Theo ging schnell daran vorbei und zog die Geschwister mit sich.

Emma seufzte. Wahrscheinlich war kaum einem Kind das Verbrechen verborgen geblieben. Die Frau in der Baumkrone war sicher für viele zu einem Albtraum geworden. Wie sollten sie die schrecklichen Bilder in ihre Welt einordnen können?

„Theo, es ist furchtbar böse, was da jemand der Frau angetan hat", bemühte sich Emma, den Jungen zu besänftigen. „Deshalb solltest du so etwas nicht sagen. Auch früher, im Mittelalter, das dich so interessiert, hat es nicht nur tapfere Ritter und tolle Burgen gegeben. Damals kannten die Menschen schon sehr grausame Strafen."

„Sie haben ihnen eiserne Masken aufgesetzt."

„Woher weißt du das denn?"

„Ich habe bei meinem Freund Anton *Der Mann mit der eisernen Maske* gesehen", Theos Augen leuchteten vor Begeisterung.

Na dann. Emma unterdrückte ein Grinsen. „Auch das Aufhängen an den Haaren diente damals als Strafe."

„Was hat die Frau denn Böses gemacht?", mischte sich Laura ein. Sie zerrte an ihrem Zopfende und wickelte es dann um den Zeigefinger. Ein Zeichen innerer Unruhe, das Emma nur zu gut kannte. Sie zog Laura näher zu sich heran und legte ihr die Hand auf die Schulter.

„Die Frau muss nichts Böses getan haben. Vielleicht hat jemand nur geglaubt, sie hätte etwas getan." Emma überlegte. „Ihr wisst doch, dass man sich manchmal etwas einbildet, das gar nicht stimmt, und trotzdem sehr wütend ist."

Theo senkte den Kopf und malte mit der Schuhspitze geheimnisvolle Kreise auf den Asphalt. „Ich habe einmal gedacht, dass Jasmin mich verpetzt hat. Da hätte ich sie am liebsten gehauen."

„Du hast es aber nicht getan, Theo, das ist wichtig."

„Sie war es auch gar nicht", er funkelte seine große Schwester bitterböse an, „Laura war's."

„Kommt jetzt." Froh, das Thema wechseln zu können, ging Emma mit ihnen zu Mehmets Stand, an dem eine große Auswahl exotischer Früchte angeboten wurde.

Verflixt noch mal, warum stellten die Kinder nicht ihrer Mutter solche Fragen? Sollte Christie doch mal versuchen, ihnen eine Antwort zu geben, die ihnen keine Angst machen würde.

Als die Geschwister vor den Auslagen von *Mehmets Obst- + Gemüsegarten* stehen blieben, hielt Emma sich im Hintergrund. Mehmet und zwei Frauen kümmerten sich um die Kunden. Den Besitzer kannte Emma. Wahrscheinlich war sie auch schon von Aischas Mutter oder einem ihrer Brüder bedient worden. Nur hatte sie bisher keinen Grund gehabt, darauf zu achten. Neben Mehmet legte eine ältere Türkin gerade Birnen in eine Tüte. Die Mutter? Emma musterte sie verstohlen. Das Alter passte. Sie war etwa eins sechzig groß, trug einen wadenlangen bunten Rock, dazu einen dunkelgrünen Pullover. Anders als Aischa trug sie kein Kopftuch.

Die Türkin sah abschätzend zu ihnen herüber, ehe sie weiterbediente. Glaubte sie, die Kinder wollten Obst stibitzen?

Sie musste Aischas Mutter sein, Emma war nun sicher. Die Frau hatte Aischas dunkelbraune Augen, nur lagen sie etwas tiefer in den

Höhlen und waren von Falten umgeben. Während Emma scheinbar interessiert das Angebot studierte, spähte sie seitlich hinter den Stand. Ein Mann lud neue Ware von einem Kleinlaster ab, sein Gesicht blieb jedoch hinter einer Kiste auf seiner Schulter verborgen.

Die Kinder diskutierten eifrig. Die vielen fremden Früchte interessierten sie besonders. Jasmin deutete auf einzelne von ihnen und entzifferte die Namen auf den kleinen weißen Schildern. „Mango, Papaya, Li ... Litschie, Kiwano ..."

„Was ist das? Eine Banane?", fragte Theo. Er zeigte auf eine längliche gelbe Frucht. Ausgezeichnet war sie als Curuba.

„Guck mal, Emma, das Osterei hat Stacheln." Benjamin tastete mit dem Zeigefinger vorsichtig über die orangefarbene Schale einer Kiwano. „Kann ich die haben?"

Jasmin zog eine Schnute. „Schmeckt die denn?"

„Keine Ahnung", sagte Emma, „wir können eine kaufen und sie zu Hause probieren. Was haltet ihr davon?"

„Igitt", rief Laura und verzog das Gesicht, „ich esse das auf keinen Fall."

„Ich schon", behauptete Theo, obwohl er die Frucht misstrauisch beäugte.

Jasmin schmiegte sich an Emma und fragte: „Muss ich das essen?"

„Natürlich nicht, nur wenn du möchtest."

Also eine Kiwano, beschloss Emma, und vorsichtshalber noch zwei Mangos. Sie trat näher an den Stand heran. Mehmet sah sie kommen, rief, da er selbst eine Kundin bediente: „Kadir."

Ein junger Mann eilte von der Seite des Standes herbei, Aischas 25-jähriger Bruder. Er trug eine Jeans und ein weißes Sweatshirt. Sein Haar war mit Gel glatt zurückgekämmt, sodass es tiefschwarz glänzte. Eine leicht gebogene Nase, glänzende braune Augen. Gut aussehend und auf Anhieb sympathisch, dachte Emma. Er war etwa so groß wie sie. Emma hatte den Eindruck, dass er sich streckte, als er auf sie zutrat und nach ihren Wünschen fragte.

„Was kann ich für Sie tun?" Er wiegte sich in den Hüften.

Ein Macho, der sich seiner Wirkung auf Frauen bewusst war. Emma zog Benjamin, der nach einer Okraschote greifen wollte, dichter zu sich heran.

„Für dich." Kadir drückte dem Kind die Okraschote in die Hand. Dann fragte er Emma abermals: „Was darf es sein?"

Sie bedauerte, ihn nicht auf seine Schwester ansprechen zu können. Aischa hatte darauf bestanden, niemand aus ihrer Familie dürfe davon wissen, dass sie Emma um Hilfe gebeten habe. Doch sie konnte sich, als sie Kadir nun gegenüberstand, nicht vorstellen, dass er seinen Schwestern gegenüber gewalttätig werden würde.

„Eine Kiwano und zwei Mangos, bitte."

Das Linienboot der Weißen Flotte legte pünktlich um zwölf Uhr vom Kai am Rathausufer ab. Die Kinder waren mit Obsttüten bepackt, müde und quengelig gewesen, aber kaum an Deck änderte sich ihre Laune schlagartig. Sie standen am Bug aufgeregt an der Reling, als das Schiff Fahrt aufnahm.

Das strudelnde Wasser ihres Lieblingsflusses führte braunen Lehm mit sich, gurgelte leise. Emma erfreute sich an dem vorüberziehenden Panorama, der Altstadtsilhouette mit dem Schlossturm und dem leicht schiefen Turm der Lambertuskirche. Nachdem sie die Oberkasseler Brücke unterquert hatten, tauchte der Rheinpark auf, in dem sich Spaziergänger und Hunde tummelten. Kahle Bäume, zwischen denen vereinzelt Weißdorn blühte.

An der Rheinterrasse stiegen Passagiere zu. Doch die Kinder drehten nicht einmal die Köpfe. Sie waren damit beschäftigt, ins Wasser zu spucken.

„Emma, guck mal, ich bin eine Möwe." Benjamin segelte mit ausgebreiteten Armen, so schnell ihn seine kleinen Beine trugen, auf sie zu. Emma fing ihn auf, trat einen Schritt zurück, um den Schwung zu bremsen. Sie stolperte, fühlte eine Hand im Rücken, die sie abfing.

Mit dem Kind im Arm drehte sie sich um. „Habe ich Ihnen wehgetan?"

„Nein, ich glaube, es ist kein bleibender Schaden." Der Mann in der roten Fleecejacke zwinkerte Benjamin zu, der ihn mit aufgerissenen Augen anstarrte. „Donnerwetter, deine Mama ist aber stark. Mich hätte die Möwe glatt umgehauen."

Kichernd verbarg der 4-Jährige sein Gesicht an Emmas Hals, sodass sein feines weißblondes Haar sie kitzelte. Über seinen Kopf hinweg sahen sie sich an. Emma überlegte, wo sie ihn schon gesehen hatte. Als er sie anlächelte, beinahe vorsichtig, erkannte sie ihn wieder.

„Am Frauenhaus", platzte sie heraus, „da hast du mir den Parkplatz überlassen. Ein roter BMW Z5."

„Ein dunkelblauer Volvo 460", hielt er dagegen, „rechts eine Beule am Kotflügel."

Sie mussten beide lachen.

„Na toll, da habe ich ja richtig Eindruck gemacht." Sie streckte ihm die Hand hin. „Emma, Emma Rohan. Du sollst mich nicht als ‚die mit dem zerbeulten Volvo 460' im Gedächtnis behalten."

„Davor brauchst du nun wirklich keine Angst zu haben."

Er duzte sie nicht ganz so selbstverständlich wie sie ihn. Sein Blick huschte über ihr Gesicht. „Ich meine, so gut wie du aussiehst."

Er war nicht sonderlich selbstbewusst, eher schüchtern, dachte Emma, und er gefiel ihr. Der Fahrtwind fuhr durch seine aschblonden Haare, die sie an den Flaum von Küken erinnerten und ihn wohl jünger aussehen ließen, als er war. Er hatte seinen Namen noch nicht genannt. Sie sah ihn abwartend an.

„Ein netter Junge, hoffentlich ..." Er deutete auf Benjamin, sah plötzlich besorgt aus.

Emma ahnte, was er dachte. Sie schüttelte den Kopf. „Keine Angst, ein prügelnder Ehemann, der mich und die Kinder bedroht, ist nicht der Grund, warum ich im Frauenhaus war."

„Einen Grund wird es schon geben. Aber entschuldige, ich wollte nicht indiskret sein."

„Bist du nicht. Ich suche jemanden und dachte, dort könnte man mir weiterhelfen."

„So etwas fragt man Frauen trotzdem nicht."

Er war noch immer verlegen. Dann runzelte er plötzlich die Stirn. „Sagtest du Kinder?"

„Es sind vier, allerdings nicht meine, sondern die meiner Freundin Christie. Ich hüte sie nur übers Wochenende."

Emma setzte den Kleinen ab und wies auf seine Geschwister, die sich noch immer an der Reling vergnügten. „Lauf zu den anderen, Benjamin."

„Benjamin?" Der Mann hob anerkennend seinen Daumen. „Da sind wir ja fast Namensvettern. Ich bin Ben."

Benjamin, die Pausbacken hochrot vom Wind, musterte den Fremden. „Kenne ich den, Emma?", fragte er. „Mama sagt, ich darf nicht mit Fremden sprechen."

„Du hast doch gehört, das ist Ben. Er ist Ingenieur."

„Ingenschieur." Benjamin hatte Schwierigkeiten, das Wort auszusprechen, übte es, während er zu seinen Geschwistern lief.

„Übrigens, ich heiße Ben Schneider. Woher weißt du, dass ich Ingenieur bin?" Ben warf ihr einen neugierigen Blick zu. „Sieht man mir den Beruf an?"

„Ich habe es zufällig gehört, im Frauenhaus."

„Lass mich raten, die scharfzüngige Blonde, Rapior?"

Emma dachte an das vernichtende Urteil, das die Frau über Ben abgegeben hatte. „Sie hat nicht nur auf dem Kopf Stacheln."

„Ich verstehe."

„Eigentlich wollte ich dort nur etwas fragen."

Während sie nebeneinander an der Reling lehnten, erzählte Emma von ihrer Suche. Da sie es sich zum Prinzip gemacht hatte, bei ihren Recherchen diskret vorzugehen, erwähnte sie weder Namen noch die Tatsache, dass die Verschwundene Türkin war.

„Das ist sicher nicht einfach." Ben verfolgte den Verlauf der Bugwellen, die sanfter wurden und ans Ufer schwappten. „Das Einwohnermeldeamt? Wer in Deutschland wohnt, muss ja registriert sein. Hast du es da schon versucht?"

„Der Anruf war ein noch schlimmeres Desaster als der Versuch im Frauenhaus." Emma zuckte die Achseln. „Sie wollten die Adresse nicht herausrücken. Vielleicht hat die Frau, die ich suche, eine Geheimadresse beantragt."

„Ob so etwas geht, weiß ich nicht. Aber es gibt eine Auskunftssperre, das hat mir ein Kollege erzählt. Man kann sie beantragen, wenn es um schutzwürdige Belange geht. So wird das wohl genannt."

Ben schaute nachdenklich ans Ufer. Plötzlich schlug er mit der Hand auf die Reling. „Ich weiß, was dir weiterhelfen kann: berechtigtes Interesse."

Das sagte Emma überhaupt nichts.

„Ein berechtigtes Interesse etwa liegt vor, wenn jemand dir Geld schuldet", erklärte Ben. „Du könntest behaupten, dass du der Frau einen Mahnbescheid schicken willst. Oder, wenn die Frau ein Kind hätte, könntest du das Umgangsrecht als berechtigtes Interesse des Vaters angeben. Das passt aber auf deinen Fall wohl eher nicht."

„Und bei berechtigtem Interesse sagen sie mir die Adresse?"

„Wie es genau funktioniert, weiß ich leider nicht."

„Auf jeden Fall ein guter Tipp. Vielleicht bringt mich das weiter als die Kunstpostkarte."

Als Ben sie fragend ansah, nahm Emma die Karte, die ihr Hamida gegeben hatte, aus ihrer Schultertasche. Er betrachtete das Bild, runzelte die Stirn. „Pilars de Pilar?"

„*Streunender Hund.*" Emma stupste ihn anerkennend. „Du kennst dich aber gut aus."

„Ist so was wie ein Hobby von mir", murmelte Ben, las die Rückseite. „Ob sie von einer Ausstellung stammt? Das muss sich doch feststellen lassen. Wenn du willst, könnte ich es versuchen."

Spontan kramte Emma nach einem Stift, schrieb etwas auf die Karte und drückte sie ihm in die Hand. „Im Moment kann ich jede Hilfe brauchen. Meine Handynummer steht auf der Rückseite. Rufst du mich an, wenn du etwas herausfindest?"

Ben nickte mehrmals. Ihr Vertrauen machte ihn so verlegen, dass er rot wurde. Dann wandte er sich ihr zu und sah sie voller Bewunderung an. „Dann bist du ja fast so etwas wie eine Detektivin."

„Ich habe eigentlich ganz andere Aufträge", wehrte Emma ab. „Ich recherchiere gerade zu einem kunstgeschichtlichen Thema, Madonna und Venus."

„Vergiss die Dienstbotenmadonna nicht. Als meine Firma mich nach Wien geschickt hat, konnte ich sie mir ansehen, im Dom."

„Was macht deine Firma?"

„Heizungs-, Lüftungs- und Klimaanlagen."

„Ich wünsche mir auch eine Firma, die mich nach Wien schickt. Schon wegen Gustav Klimt."

„Was Jugendstil betrifft, bietet die Stadt jede Menge", schwärmte Ben.

Das Schiff fuhr unter der Theodor-Heuss-Brücke hindurch und steuerte den Anleger Messe-Nordpark an. Ben war offenbar ein Kunstkenner. Dennoch glaubte Emma, ihren Wunsch näher erklären zu müssen. „Bilder, die es nicht nur auf Postern, sondern auch auf Sektkelchen, Trüffelpackungen und Zifferblättern von Armbanduhren gibt, würde ich lieber einmal im Original sehen."

„Klimts berühmter *Kuss* ist gerade in einer Sonderausstellung im Schloss Belvedere zu sehen." Ben schaute geistesabwesend aufs Wasser, schien in eine Erinnerung versunken.

„Ich muss aussteigen", sagte er unvermittelt, als das Schiff anlegte, zögerte dann.

Jetzt fragt er nach einer Verabredung, dachte Emma. Doch sie irrte sich. Ben hob nur die Hand, winkte kurz. „Viel Glück bei deiner Suche nach der Schwester."

Er eilte davon, ohne sich umzusehen.

Schade. Emma hob die Schultern. Sie hätten Freunde werden können. Ein bisschen seltsam war er schon, aber auch sympathisch, charmant. Weder Fisch noch Fleisch? Nein, nur zu schüchtern, vermutete sie und gesellte sich zu den Kindern.

Nachdem sie Mönchenwerth passiert hatten, kam in Sicht, worauf Theo schon gelauert hatte, die Ruine der Kaiserpfalz. Ihre feldgrauen Steinmauern ragten zwei Stockwerke hoch aus dem noch kahlen Buschwerk heraus. Sie konnten die runden Bögen der Fenster und die schmaleren Schießscharten erkennen.

„Toll, nicht wahr?" Theo streckte beide Arme durch das Geländer, als wollte er nach der Burg greifen.

Mit vor Begeisterung leuchtenden Augen sah er zu ihr hoch. Emma wusste, ohne dass er es aussprach, was von ihr erwartet wurde.

„Also gut, die Geschichte vom Königsraub", begann sie, lächelte Theo zu. „Ihr müsst wissen, als sein Vater 1056 starb, war Heinrich sechs Jahre alt, genau wie Theo jetzt. Da konnte er noch nicht regieren, also hat seine Mutter Agnes es für ihn übernommen. Den Reichsfürsten passte das überhaupt nicht. Anders als heute, da wir eine Bundeskanzlerin haben, mochten die Männer es damals gar nicht, wenn eine Frau die Regentschaft führte. Außerdem dachten sie, wenn sie selbst für die Erziehung Heinrichs sorgen könnten, wäre er später ein König, der das machte, was sie wünschten. Daher haben sie einen bösen Plan geschmiedet."

„Das nennt man eine Verschwörung", wusste Laura.

„Ja", pflichtete Emma ihr bei. „An der Spitze der Verschwörer stand der Erzbischof Anno von Köln. Er war derjenige, der den Plan ausgeführt hat. 1062 ist er mit seinen Männern nach Kaiserswerth gekommen, so wie wir heute mit dem Schiff. Er hat behauptet, er wolle die Pfalz besichtigen. Das war jedoch bloß ein Vorwand. Seine Leute haben den kleinen Heinrich geschnappt und auf das Schiff gebracht. Ehe seine Mutter begriffen hatte, was passierte, sind sie dann mit Heinrich davongefahren."

Theo hörte wie gebannt zu. Auch die Mädchen bewegte das Schicksal des 6-jährigen Heinrich. „Hat er sein Zuhause nicht vermisst?", fragte Jasmin.

„Sehr sogar. Er ist nur noch einmal hier gewesen, zu einer Fürstenversammlung 1101. Er hatte wegen seiner Entführung eine große Wut auf den Erzbischof Anno. Jedenfalls hat er sich sein Leben lang mit den Männern der Kirche nicht gut verstanden."

„Onkel Gerry ist ein Mann der Kirche, nicht?", erkundigte Laura sich.

Emma nickte.

„Er hätte so etwas Böses nie getan", sagte Jasmin im Brustton der Überzeugung. Obwohl Emma, was Gerry betraf, ihre Zweifel hatte, hütete sie sich, dem Mädchen zu widersprechen. Sie nahm Benjamin, der seine Arme zu ihr emporreckte, auf den Arm und verließ mit den Kindern das Schiff, als es in Kaiserswerth anlegte.

„*Fiftyfifty*. Wollen Sie eine *Fifty* kaufen?"

Emma kannte den Mann mit dem zerfurchten Gesicht, der die Obdachlosen-Zeitung anbot. Wie gewohnt trug er über einem Trainingsanzug ein altes kariertes Sakko.

„Hallo, Edmund, mal wieder hier?", grüßte sie ihn.

Laura, Jasmin und Theo zogen sich hinter Emma zurück.

„Wir dürfen mit denen nicht sprechen", flüsterte Laura ihr zu.

„Mit Fremden?", fragte Emma. „Da hat eure Mutter Recht. Edmund ist aber ein alter Bekannter. Er schreibt ganz tolle Gedichte."

Sie wandte sich ihm zu. „Haben Sie wieder eines verfasst?"

Er tippte auf die Zeitung. „Ist hier drin. Ein Frühlingsgedicht."

Mit der freien Hand kramte Emma in ihrer Umhängetasche nach dem Portemonnaie, drückte es Laura in die Hand. „Gib Edmund bitte zwei Euro."

Laura pulte das Geld aus dem Münzfach und legte es vorsichtig auf Edmunds ausgestreckte Hand.

„Danke, Mädchen." Edmund reichte ihr die Zeitung.

„Bis zum nächsten Mal, Edmund. Bin schon gespannt auf Ihr Gedicht", verabschiedete sich Emma.

Sie deutete auf Benjamin, der an ihrer Schulter eingeschlafen war. „Ab nach Hause, ihr Räuber. Benjamin muss ins Bett."

Sofort nach der Dienstbesprechung hatten sie sich mit Jonas Hempel verabreden wollen. Vergeblich. Er hatte sein Handy offenbar ausgestellt. Trotzdem bestand Matthesius darauf, dass sie sich diesmal Paula Lindens Freund zu Hause vornehmen würden. „Wenn er wieder Nein sagt, drohe ich ihm mit einem Durchsuchungsbeschluss. Ich will ihn in seinem eigenen Umfeld erleben. Das sagt mehr über ihn aus, als wenn er mir im KK 11 gegenübersitzt."

„Aber er ist nicht da."

„Mensch, Rigalski, er wird einkaufen sein oder in der Kanzlei arbeiten. Der läuft uns schon nicht weg."

Matthesius zuckte die Achseln, wählte eine andere Nummer und hatte mehr Glück. Er verabredete sich mit dem Paar, das sich auf der Polizeiwache Stadtmitte als Zeugen gemeldet hatte, für halb fünf im *Café Madrid*.

„Wozu soll das gut sein? Alles, was wir brauchen, steht hier drin", sagte Rigalski. Er wedelte mit dem Protokoll, das Polizeimeister Schuck ihnen gebracht hatte. „Dir die Geschichte von den Zeugen noch einmal anzuhören, ist reinste Zeitverschwendung, wenn du mich fragst."

Anders als sein Kollege hatte Matthesius schon beim Lesen der Aussage das Gefühl gehabt, noch einmal nachhaken zu müssen. Die Zeugen hatten Paula Linden angeblich im Restaurant *Benders Marie* gesehen und einen Streit mitangehört.

Ein Paar trennte sich. Der Freund konnte die Trennung nicht verwinden. Sie trafen sich – zufällig? –, sie stritten, und er wurde zum Mörder. Nein, dachte Matthesius, so simpel war ihr Fall nicht. Ein durch nichts begründetes Gefühl, doch er vertraute seiner Intuition.

Sein Partner dagegen hegte keinerlei Zweifel. „Der Freund, Jonas Hempel, ist unser Mann, darauf gehe ich jede Wette ein."

„Wie viel?", fragte Matthesius.

Überrascht kniff Rigalski die Augen zusammen. „Zehn Euro."

Das kam einem Rückzieher gleich.

„In Ordnung, und da du mit den Zeugen zu sprechen für überflüssig hältst, schlage ich vor, du legst dich vor Hempels Wohnung auf die Lauer und fängst ihn ab, wenn er auftaucht. Dann rufst du mich an. Ich kann in weniger als einer Viertelstunde bei euch sein."

Matthesius' Ziel lag in der Düsseldorfer Altstadt, wo sich ein spanisches Restaurant ans andere reihte, Schneider-Wibbel-Gasse/Ecke Bolkerstraße. Noch als er zum verabredeten Zeitpunkt die Tür des *Café Madrid* aufzog, musste er innerlich feixen. Sich auf die Lauer zu legen, war nicht Rigalskis Ding.

Matthesius überflog mit einem Blick die Räumlichkeiten. Dunkles Mobiliar. Eine barock anmutende Theke, viel glänzendes Messing. Ein verglaster Flaschenschrank mit einem Durchgang diente als

Abtrennung zum benachbarten *Café Chico*. Spanisches Flair verbreiteten die gewaltigen Ventilatoren an der Decke, die durch Lederriemen zu einem System verbunden waren. Stehtische mit hohen Hockern nahmen eine Hälfte des Cafés ein, in der anderen gab es Tische und bequeme Stühle.

Von dort winkte ihm jemand zu. Matthesius steuerte auf die Tische unter dem riesigen geschnitzten Weißkopfadler zu und musterte die Zeugen. Mitte 20, schätzte er. Beide legten viel Geld für den Friseur hin. Tessa Hörster für ihre asymmetrisch kurz geschnittenen Haare. Seitlich hing ihr eine kinnlange Strähne ins Gesicht. Ihr Freund Janis Schiff hatte die Haare bis zwei Zentimeter über den Ohren auf Millimeter rasiert, darüber die goldblond gefärbten Haare streng nach hinten gegelt.

„Hi!", begrüßte ihn die junge Frau, sah aus schwarz umrandeten Augen zu Matthesius hoch. „Sie sind doch dieser Kommissar, der uns sprechen wollte?"

„Ganz recht."

Froh, nicht einen Hocker nehmen zu müssen, ließ Matthesius sich auf dem Stuhl neben ihr nieder. Er griff zur Karte. Brot mit Aioli, Queso Manchego und Serranoschinken. Ihm lief das Wasser im Mund zusammen. Leider zeigte die Waage in letzter Zeit mehr Kilo an, als ihm lieb war. Besser nur wie die beiden Zeugen Café con leche.

„Ich möchte noch einmal hören, was genau Sie beobachtet haben."

Im Wesentlichen wiederholten die beiden ihre Aussage, die bereits im Protokoll stand. Tessa und Janis waren am Tatabend durch mehrere Lokale gezogen, gegen halb neun ins *Benders Marie* gegangen. Paula Linden hatte allein am Nebentisch gesessen. Noch während sie auf ihr Essen warteten, hatte Jonas Hempel das Lokal betreten und war bei Paula stehen geblieben. Tessa und Janis hatten zunächst das Gespräch des Paares nicht mitangehört, doch dann hatten die beiden am Nebentisch laut zu streiten begonnen.

„Haben Sie mitbekommen, worum es ging?"

„Sie hat ihm Vorwürfe gemacht, dass er ...", Tessa runzelte die Stirn, sah ihren Freund an. „Wie hat sie das noch genannt?"

„Irgendetwas mit Potenzial", Janis überlegte, „ach ja, dass er sein Potenzial nicht ausschöpfe."

„Er war ganz schön wütend darüber, hat sie angeschrien, das ginge sie gar nichts mehr an", bestätigte Tessa. „Und ihr Potenzial ginge ihm schon lange auf den Sack."

„Wie hat Paula Linden das aufgenommen?"

„Sie hat ihn angezischt, Gossensprache passe zu ihm, sie habe aber keinen Bock mehr auf so etwas. Daraufhin ist er gegangen."

Matthesius sah nachdenklich aus dem Fenster. Polizeimeister Schuck hatte den Streit im Protokoll weniger drastisch wiedergegeben. Die verbale Entgleisung deckte sich so gar nicht mit dem Eindruck, den Hempel bei Matthesius hinterlassen hatte. Ein karriereorientierter Rechtsanwalt, sehr kontrolliert. Ein winziger Widerspruch, bei dem er im Gespräch mit Hempel ansetzen konnte.

„Und Sie sind sicher, dass es das Mordopfer war und dass der Mann, mit dem sie gestritten hat, Jonas Hempel gewesen ist?", vergewisserte er sich.

Beide nickten. „Die Bilder von denen waren doch in der Zeitung."

„Danke, dass Sie sich die Mühe gemacht haben, Ihre Beobachtungen noch einmal zu schildern", sagte Matthesius, winkte der Kellnerin, um zu zahlen. „Ist Ihnen sonst noch etwas aufgefallen? Haben Sie vielleicht gesehen, wann Paula Linden das Café verlassen hat?"

„Nein, wir sind bald danach weitergezogen. Aber wegen des Streits brauchen Sie die Frau nicht zu bedauern. Sie hat sich schnell getröstet."

Tessa lächelte plötzlich, als wollte sie ihm etwas Aufmunterndes mit auf den Weg geben.

Matthesius war wie elektrisiert. Ehe er fragen konnte, sagte Tessa: „Als wir aus dem Lokal abgehauen sind, saß sie jedenfalls nicht mehr allein am Tisch."

6. KAPITEL

Er würde sie aufspüren. Er hatte sie beobachtet, wusste, wohin sie nachts ging. Einem tierischen Instinkt gleich zog es ihn auf ihre Fährte.

Er bog um die Ecke, lief die Ratinger Straße hinter dem Landgericht zum Rhein hinunter. Hier blies ihm ein kalter Wind ins Gesicht. Er zog die Kapuze über den Kopf, lauschte auf seine beinahe lautlosen Schritte.

Pechschwarze Wolkenbänke hingen über der Altstadt. Ihm war das recht. Bei seinen Streifzügen mied er die belebten Straßen, zog die schmalen, menschenleeren Gassen vor, war als Einzelgänger unterwegs.

Der Stiftsplatz lag dunkel und verlassen vor ihm, er beschleunigte seine Schritte. Eine Haustür öffnete sich, gleißendes Licht blendete ihn.

Plötzlich brach ihm der Schweiß aus. Die Erinnerung an einen anderen Ort, die Hölle, der er doch zu entrinnen suchte.

Das Haus ist so schwarz wie die Nacht, er steht in einem finsteren Flur, wagt kaum zu atmen. Da ist der helle Spalt, ein senkrechter Lichtstreif, der ihn lockt.

Komm her! Schau dir das an!

Er muss sehen, was sich hinter der Tür verbirgt, dort im Licht, darf keine Angst haben, er ist doch schon 14. Langsam schleicht er näher, schaut durch den Spalt.

Sie steht da, nackt, breitbeinig. Das Haar fällt ihr über die Schulter und die riesigen Brüste – Möpse, Titten, Melonen, für die kennt er alle Namen, hört sie von seinen Schulkameraden.

Zwischen ihren Beinen hängt ein Faden. Ein dünner Schwanz? Sie zieht daran und eine Maus glitscht heraus, eine dicke rote Maus.

Er zuckt zurück, stößt an die Tür.

Du Schwächling, was gaffst du so? Hast Angst davor, was? Sie lacht und schwenkt die eklige rote Maus vor seiner Nase hin und her, sieht sein entsetztes Gesicht, lacht laut, lauter. Sie wirft die Maus ins Klo, drückt ihm ihre Haarbrüste in die Hand. *Mach schon ...!*

Sein Penis erigiert, wieder lacht sie. Lacht ihn aus. Noch lauter als zuvor. *Bei deinen Freundinnen kriegst du keinen hoch, was?*

Die Tür fiel mit einem lauten Knall ins Schloss. Er taumelte an eine Hauswand, versuchte sich zu orientieren, blickte über den verlassen vor ihm liegenden Platz.

Altstadt, Stiftsplatz. Er biss die Zähne aufeinander, verdrängte die Bilder in seinem Kopf. Dies hier war sein Revier, hier gab es nichts, das er fürchten musste. Hier waren es die anderen, die ihm ausgeliefert sein würden.

Er machte sich wieder auf den Weg.

Ihr Haar war zu Zöpfen geflochten und lag wie eine Krone um ihr Haupt. Die Deckenstrahler der *Mai Tai Bar* ließen es jedes Mal, wenn sie sich ihrem Begleiter zuwandte, golden aufschimmern. Es war mehr als lang genug. Bei ihr würde er nicht einmal das Seil benötigen.

Konnte sie zu den Richtigen gehören? Möglich. Noch war er sich nicht sicher. Sie war höchstens Anfang 30, der Alte dagegen weit über 70.

Sein Interesse war sofort geweckt gewesen, als das ungleiche Paar das *Louisana* betreten hatte. Von dort war er ihnen in die *Melody-Bar* gefolgt, dann ins *Mai Tai* in der Hunsrückenstraße. Hier sollten Rattan, Bambus und Palmen die Gäste an die Südsee erinnern, sie in Urlaubsstimmung versetzen.

Ihn nicht. Er hatte sich von der lächelnden Asiatin hinter der hellen Holztheke einen *Long Island Iced Tea* mixen lassen, drehte die kleine Visitenkarte der Bar zwischen den Fingern. *Mai tai* war polynesisch und hieß „das Beste". Na ja, er schnaubte verächtlich. Das war nicht das, was er suchte. Es musste *die* Beste sein.

Das Paar saß aneinandergeschmiegt an einem Tisch. Cocktails vor sich, bunt, mit Obst und Schirmchen. Die Frau war hübsch, eine Spur zu auffällig geschminkt. Ihr Glitzertop ließ viel von den üppigen Brüsten sehen, wenn sie sich zu dem Alten hinbeugte. Das tat sie oft. Er war ihr Opfer, ein Schwächling, der ihre Absichten nicht durchschaute. Ein alter Sack, betucht. Der Anzug aus Kamelhaar. Auffallende Ringe an den Fingern. Als er seinen Cocktail leerte, glänzte seine goldene Uhr am Handgelenk.

Schau in den Spiegel, Mann! Da kannst du deine Falten, die Tränensäcke, die spärlichen Strähnen, die du dir über deinen fast kahlen Schädel gekämmt hast, sehen. Der Alte hätte es besser wissen sollen. Doch im Grunde war er ihm völlig egal. Ihn interessierte, ob sie die Richtige, nein, die Beste war. Das Aussehen hatte sie.

Die laute Musik, irgendein Song von Frank Sinatra, übertönte das Geturtel. Er nahm seinen Cocktail und näherte sich unauffällig dem Tisch, als wollte er die geschnitzten Holzmasken an der Wand betrachten. Jetzt stand er so nah, dass er verstehen konnte, was die beiden miteinander redeten.

Plötzlich stand sie auf, ging Richtung Toiletten. Raffiniertes Aas, das sie war, nahm sie nicht den direkten Weg, sondern lief über die gewölbte Brücke. Drehte sich zu dem Alten um, wackelte mit den Hüften und kicherte.

„Ich dachte, hübscher geht nicht mehr", der Alte griff nach ihrer Hand, als sie sich Minuten später wieder neben ihn quetschte, drückte einen Kuss darauf. „Ich habe mich geirrt."

„Oh, Karl-Leo, du machst so schöne Komplimente."

„Schöne Komplimente für eine schöne Frau, Jana, für mein Herzblatt."

Der Alte holte ein viereckiges, in Goldpapier eingeschlagenes Päckchen aus der Seitentasche seines Jacketts und legte es vor ihr auf den Tisch.

Er sah die Gier in ihren Augen. Warum griff sie nicht zu?

„Du sollst mir nichts schenken", sie schob das Päckchen zurück, sah den Alten an, dann an ihm vorbei. Ihre Augen huschten durch den Raum, als hätte sie Angst.

Wovor? Etwa dass jemand sie beobachten könnte? Er unterdrückte ein Grinsen.

„Pack aus, Jana, dann bestelle ich uns noch zwei *Kamasutra*."

„Weißt du überhaupt, was das heißt, Kamasutra?" Sie deutete in die Cocktailkarte, las vor. „Da steht: Erfüllung."

Nein, die nicht. Er verzog das Gesicht. Sie war die Falsche. Er würde warten, bis die Richtige kam. Geduldig, wachsam.

„Du bist ein Idiot, Jens!"

Die helle Frauenstimme übertönte mühelos die Lautsprecher, als die Schwingtüren aus Bambus aufflogen. Er drehte sich um. Eine blonde Frau in schwarzer Felljacke und beigefarbener Dreiviertelhose. Um den Hals hatte sie einen Schal in der Farbe der Hose geschlungen.

„Jens, du Vollidiot", wiederholte sie unvermindert laut, als sie an ihm vorbei zum Tresen ging.

Er sah das Haar, das zum Pferdeschwanz gebunden über den Rücken hing. Langes Haar. Genügend lang.

„Wenn du woandershin willst, such dir gefälligst eine neue Freundin. Ich will in die Karibik, und da fahre ich hin."

Sie stieg auf einen Barhocker, befahl Jens mit einer schnellen Geste, sich neben sie zu setzen. „Es wird dir gefallen."

Der Freund öffnete den Mund, um etwas zu entgegnen, war zu langsam.

„Nichts aber", sagte sie, „du nervst."

Er hatte sich nicht geirrt, sie stand auf der Liste genau wie die andere. Sie war die Beste. Er schlenderte hinüber zur Theke, stellte sich etwas abseits. Mit einem Blick auf ihr Gesicht im Spiegel vergewisserte er sich.

Wut kochte hoch. Er spürte, wie sein Penis erigierte und sich Speichel in seinen Mundwinkeln sammelte.

Claires Herz stolperte, sie schrak auf. Ein Frosch saß auf ihrer Brust. Beäugte sie bösartig. Sein glitschiger Körper glänzte eklig vor Schleim.

Claire wagte nicht, sich zu rühren, nicht einmal den Kopf zu drehen, atmete flach.

Sie brauchte Licht. Millimeterweise schob sie ihre Hand unter der

Bettdecke hervor zum Nachttisch, bis sie den Druckschalter der Lampe gefunden hatte.

Sie fuhr im Bett hoch, tastete ihr Nachthemd ab. Es war schweißnass. Sie verzog angewidert das Gesicht und hastete ins Bad.

„Ein Traum", flüsterte Claire, drehte die Dusche auf.

In einem frischen Hemd unter dem Morgenmantel eilte sie zum Fenster, löschte das Licht, bevor sie es aufriss.

Der Mordfall war schuld, dass die Albträume wieder begonnen hatten, dachte Claire. Ein ungewöhnlicher Fall, zumal die Art, wie der Täter die ermordete Frau in den Baum gehängt hatte, furchtbare Assoziationen hervorrief.

Der Frosch-Traum plagte Claire in unberechenbaren Abständen, ohne dass sie hätte sagen können, was er bedeutete. Im November, als sie die verantwortliche Staatsanwältin für die Sankt-Martin-Morde gewesen war, hatte er sie fast jede Nacht aus dem Schlaf hochschrecken lassen.

Claire atmete tief ein und aus. Das Astwerk der Bäume und Büsche wirkte plötzlich unheilvoll. Sie glaubte eine Gestalt zu erkennen und versuchte, die dunklen Schatten in der Krone des Apfelbaums zu entwirren. Unmöglich! Im Garten ihrer Mutter gab es keine an den Haaren aufgehängte Frau.

Irgendwo fiepte ein Mäuschen. Dann hörte sie es, leise und deutlich. Ein Quaken.

Claire fuhr zusammen, als wäre ihr Traum Wirklichkeit geworden, schlug das Fenster zu, verriegelte es. Danach strich sie sich erleichtert über ihr Gesicht. Das waren nur die Frösche im Teich des Nachbarn gewesen. Ihretwegen schlief sie selbst im Sommer bei geschlossenem Fenster.

Froschphobie. Es gab sogar einen Fachausdruck dafür: Bufonophobie. Claire lachte bitter. Ihre Furcht vor Fröschen war offenbar unheilbar. Warum bekam sie ihre Angst nicht in den Griff, warum musste ausgerechnet sie unter einer solchen Phobie leiden?, dachte sie zornig. Bislang war sie noch mit jedem Problem fertig geworden, in der Schule, beim Studium, bei der Staatsanwaltschaft. Sie hatte sich stets auf ihre Intelligenz und Kompetenz verlassen können, wenn es darum ging, eine Lösung zu finden.

Vor allem aber war Claire wütend auf ihre Mutter. Wozu war sie Psychotherapeutin, wenn sie nicht einmal ihrer Tochter helfen konnte? Wenn sie nicht hatte verhindern können, dass sich bei ihrer Tochter eine Phobie entwickelte?

Mit Ettas Fachkenntnissen war es anscheinend nicht weit her, auch wenn sie in Fachkreisen einen ausgezeichneten Ruf besaß. Was war es doch gleich, das Etta erst vor Kurzem behauptet hatte? „Die Symptome einer Phobie können völlig verschwinden, sofern man den Auslöser für die krankhafte Angst entdeckt hat. Dein Bekannter müsste also herausfinden, warum ihm Frösche Angst machen."

Ohne sich selbst ins Spiel zu bringen, hatte Claire ihre Mutter zu Phobien befragt. Etta zum Reden zu bringen, war nicht schwierig. Claire musste nur die richtigen Fragen stellen.

„Und wie findet man diesen Auslöser?"

„Bei Fröschen würde ich als Psychotherapeutin davon ausgehen, dass eine Verschiebung vorliegt, die aus der Kinderzeit herrührt. Das ist, wie du vielleicht weißt, ein Abwehrmechanismus. Die Angst vor etwas Schlimmen wird verdrängt und auf ein anderes Objekt übertragen. In dem Fall, den du geschildert hast, also auf einen Frosch."

„Warum findet diese Übertragung statt?"

„Weil es leichter ist, einem Frosch aus dem Weg zu gehen als zum Beispiel einem Onkel, der das Kind sexuell belästigt. Verschiebungen sind ein höchst interessantes Phänomen, das nicht nur Kinder betrifft." Etta hatte aus einem Stapel Papiere zwei Blätter herausgezogen und ihr in die Hand gedrückt. „Hier in meinem Aufsatz geht es um Verschiebungen, die Erwachsene vornehmen, um Konflikte in ihren Beziehungen zu vermeiden. Du solltest ihn lesen, Claire. Zur Therapie selbst kann ich dir nur sagen: Wenn der Freund, den du erwähnt hast, zu mir käme, würde ich vermutlich das Konfrontationsverfahren mit Gesprächspsychotherapie kombinieren."

Als Claires Stirnrunzeln Etta klargemacht hatte, dass sie zu viel Fachjargon benutzte, hatte sie sich beeilt zu erläutern: „Wenn jemand eine krankhafte Furcht vor Fröschen hat, neigt er dazu, ihnen aus dem Weg zu gehen und jede Berührung mit ihnen zu vermeiden. Im Konfrontationsverfahren wird der Klient dem Stimulus, der seine Phobie auslöst, ausgesetzt. Dabei erkennt er, dass die Situation als solche ungefährlich ist, und lernt, seine Angst zu überwinden, zumindest sie zu ertragen."

„Du würdest ihm den Rat geben, beispielsweise einen Teich aufzusuchen, an dem es viele Frösche gibt?"

„Ja. Noch wirkungsvoller wäre es, wenn er sich überwinden könnte, einen Frosch in die Hand zu nehmen."

Allein bei dieser Vorstellung hatte sich alles in Claire zusammengezogen. Ihr Ekel war so übermächtig gewesen, dass sie am liebsten ins Bad gestürzt wäre, um sich zu übergeben. Nur die antrainierte Selbstdisziplin hatte ihr geholfen. Sie hatte – scheinbar nachdenklich – die Hand zum Mund gehoben und Ettas Arbeitszimmer gemessenen Schrittes verlassen.

Überrascht hatte die Mutter ihr noch nachgerufen: „Für die weitere Abklärung ist ein therapeutisches Gespräch nötig. Aber ich nehme an, dass die Angst habituieren, das heißt, nachlassen kann."

„Bei mir nicht", beklagte Claire sich bei den Schatten im nächtlichen Garten.

Doch zum Glück gab es außer psychotherapeutischen noch andere Möglichkeiten. Zuerst hatte sie es mit Echtem Johanniskraut versucht. Lachhaft! Die Träume waren geblieben, ebenso ihre Angst. Sie brauchte einen stärkeren Wirkstoff. Mit Fluoxetin hatte sie schließlich gefunden, was sie suchte. Es sollte dafür sorgen, dass der Gehalt von Serotonin, einem Glückshormon, gesteigert wurde. War das nicht genau, wonach sie sich sehnte? Psychische Balance?

Claire nahm die Schachtel aus der Nachttischschublade, in der sie auch den Aufsatz ihrer Mutter vergraben hatte. Mit zittrigen Fingern löste sie eine Filmtablette aus der Umhüllung und spülte sie mit Wasser hinunter. Hoffte, dass stimmte, was sie über die Nebenwirkungen gelesen hatte: keine beruhigenden oder dämpfenden Effekte. Für den komplizierten Mordfall musste sie hellwach sein und einen klaren Kopf behalten.

Sechs Uhr war irre früh. Janine Berend gähnte, trat schneller in die Pedale. Der Job als Fahrradkurier war eine Chance. Die durfte sie nicht vermasseln, nur weil ihre Schwester vergangene Nacht ihren vierzigsten Geburtstag gefeiert und sie selbst nur zwei Stunden Schlaf bekommen hatte. 40 war einfach unvorstellbar alt. Unaufhörlich jammerte Nixe, ihre biologische Uhr ticke, es wäre höchste Zeit für ein Baby.

Der Wind blies gegen den Schirm ihrer Baseballkappe. Janine zog sie tiefer in die Stirn, bog von der Lindenstraße rechts in die Birkenstraße ab. Früher hatten die Leute das Torschlusspanik genannt, dachte sie. Super Ausdruck. Vielleicht hatte ihre Schwester ja Glück, war mit den Genen ihrer Mutter gesegnet, die auch schon 45 Jahre alt gewesen war, als sie mit Janine schwanger wurde.

„Du könntest meine Tochter sein", sagte Nixe manchmal. Sie war allemal lustiger als ihre Mutter, die sie regelmäßig um ein paar Euros anschnorrte, um sich Gin kaufen zu können.

Janine überquerte die Pempelforter Straße. Pünktlich zu sein, war nicht genug. Wenn sie den Job behalten wollte, musste sie den anderen voraus sein. Früher anfangen, schneller ausliefern, sich rascher zurückmelden. Deshalb würde sie die blöde Kappe heute den ganzen Tag aufbehalten müssen. Sie hatte keine Zeit gehabt, sich die Haare zu waschen. Über die Strecke an der nördlichen Düssel entlang durch den Hofgarten und am Schauspielhaus vorbei würde sie wenigstens fünf Minuten sparen, überlegte sie.

Janine biss die Zähne zusammen. Sie kriegte das schon auf die Reihe. Mit dem Job als Fahrradkurier war der Anfang gemacht. Irgendwann würde sie die Abendschule besuchen, vielleicht das Abitur nachholen. Studieren. Alles, was sie dazu brauchte, war Geld.

Zum Glück ließ Nixe sie bei sich wohnen. Von ihr hatte sie auch das Bianchi Fitnessbike 2008, und ein Handy. Nixe verlangte nichts dafür. Sagte nur: „Mach etwas aus deinem Leben."

„Ich bin dabei", rief Janine den kahlen Bäumen zu, die ihre Äste in den klaren Himmel streckten. Sie fühlte sich plötzlich unbezwingbar. Als sie das von niedrigen Hecken umsäumte Rasenrondell vor dem Theaterkomplex erreichte, nahm sie die Kurve an der Bronzefigur Karl Immermanns vorbei.

„Hallo, Karl", grüßte sie den Mann im langen Mantel fröhlich. Janine richtete sich in den Pedalen auf und spurtete über den Weg, der leicht bergauf zur Terrasse des Hofgarten-Restaurants und zum Theater führte. Ihr Schwung reichte bis oben. Da sprang die Kette ab.

Janine verlor das Gleichgewicht, das Fahrrad rutschte weg. Sie schleuderte, konnte den Sturz gerade noch abfangen. Als sie sich aufrichtete, spürte sie einen stechenden Schmerz im Knöchel.

„Scheiße! Verdammter Mist!"

Janine bückte sich, befühlte vorsichtig ihren Fuß. Abermals durchzuckte sie der Schmerz, sie fuhr hoch.

Was sie sah, ließ sie erstarren. Eine Frau im Baum direkt neben dem Denkmal.

Janine sah sich Hilfe suchend um. Da war niemand.

Sie humpelte zu der kleinen Mauer, die die Terrasse begrenzte und von der man auf die Eibenbüsche mit der Bronzefigur hintersah. Nun etwa auf halber Höhe mit dem Stamm schien die Frau zum Greifen nah. Janine erkannte jede Einzelheit. Sie war nackt, hing dort in den Ästen. Ihre blonden Haare waren an einem Ast weiter oben festgebunden.

Als Janine ihr ins Gesicht sah, schlug sie die Hand vor den Mund. Die Frau starrte aus toten Augen zurück. Janine würgte, zerrte mit zitternden Fingern ihr Handy aus der Jeansjacke, wollte wählen, hielt inne. Sie blickte sich erneut um. Noch immer kein Mensch weit und breit. Außer der Toten.

Sie hatte die Leiche entdeckt. Als Erste.

Janine betrachtete das Display. Das hier war ihre Chance.

Die Gelegenheit, sich das Geld für ihre Träume zu beschaffen.

Janine hob das Handy, schoss mehrere Fotos. Dann rief sie die Notfallnummer an.

„Besser als alles, was die Ermittlungen bisher ergeben haben, trotzdem bleibt es eine vage Möglichkeit."

Als Matthesius am Samstagabend Schwitter angerufen und informiert hatte, war dem Leiter der Mordkommission anzuhören gewesen, dass ihn selbst der kleinste Hinweis heißmachte.

„Wenn der Fall nicht bald gelöst ist, haben wir ein echtes Problem, Max. Dann werden uns die Zeitungen zerreißen und die Stadtoberen in Grund und Boden stampfen."

„Wobei ihnen die Staatsanwältin helfen wird."

„Wem sagst du das? Die Vittringhausen liegt mir fast stündlich in den Ohren, dass wir bisher jede Effizienz vermissen lassen."

Effizienz. Ihr Lieblingswort. Immerhin, dachte Matthesius, die Sache war ins Rollen gebracht. Schwitter würde ein Team losschicken. Die Kollegen, die bestimmt nicht begeistert waren, am Wochenende Überstunden zu schieben, würden in *Benders Marie* Personal und Gäste befragen. Sie hofften, dass sich jemand an den Mann erinnern würde, der sich zu Paula Linden an den Tisch gesetzt hatte.

Dass sie den Täter bislang nicht gefunden hatten, machte alle übernervös, nicht nur die Staatsanwältin und die Ermittler. Es gab besorgte Anfragen aus der Bevölkerung, ob Frauen sich noch auf den Straßen sicher fühlen durften. Die Stadtväter dagegen beschäftigte nicht nur das Wohl der Bevölkerung, sondern auch der Gedanke an ihre Wiederwahl.

Am Wochenende hatte Matthesius sich wie ein Läufer gefühlt, der angespannt, doch vergeblich auf den Startschuss wartete. Jonas Hempel war noch immer nicht zu erreichen gewesen.

Von Unruhe getrieben und mit dem Gefühl, kaum ins Bett gekommen zu sein, fuhr Matthesius am Montag in aller Frühe ins Präsidium. In Schwitters Büro war Licht.

„Hast du etwa hier übernachtet?" Matthesius betrat den Raum, der in seiner Enge nicht mehr Platz bot, als die Hundezwingerverordnung für Vierbeiner vorschrieb.

Einem Sachbearbeiter standen neun Quadratmeter zu. Schwitters Büro hatte zehn, wirkte durch die vollgestopften Regale und den

Verhau auf seinem Schreibtisch noch kleiner. Daran konnten die Seestücke und Yachtmodelle an den weißen Wänden nichts ändern. Matthesius hatte sich längst abgewöhnt, über den Wust aus Akten und überquellender Ablage verwundert zu sein. Dass aber die Plätzchenschachtel und der Kaffeebecher leer waren, sogar die in Butterbrotpapier eingewickelten Brötchen fehlten, war ungewöhnlich. Hatte Schwitter tatsächlich die Nacht im Büro verbracht?

„Du siehst aus wie ausgespuckt", stellte Matthesius fest.

Schwitter saß zusammengesunken an seinem Schreibtisch, hatte tiefe Ringe unter den Augen, dunkle Schatten auf Kinn und Wangen.

„Genau das, was ich jetzt brauche, ein aufbauendes Kompliment." Schwitter sah ihn erschöpft an.

„Jederzeit gern." Matthesius betrachtete ihn. „Der Dreitagebart steht dir gut."

„Es ist ein Fünftagebart", behauptete Schwitter, rieb das müde Gesicht.

„Dann solltest du dir ein Haarwuchsmittel kaufen."

Die Anspielung auf Schwitters Kahlköpfigkeit gehörte zum Repertoire ihrer gegenseitigen Hänselei.

„Damit meine Seelenkräfte wachsen?" Schwitters Stirn umwölkte sich. „Ich habe Christa ins Krankenhaus bringen müssen. Blutungen. Sie wollen sie ein paar Tage dortbehalten, zur Beobachtung."

Ehe Matthesius Bedauern äußern oder mit einer Geste Verständnis signalisieren konnte, klingelte das Telefon.

Schwitter fixierte den Hörer, bevor er danach griff, als schwante ihm nichts Gutes. Dann hob er ihn ans Ohr, hörte zu.

Matthesius sah den Bericht der Kollegen, die das Personal in *Benders Marie* befragt hatten, auf dem Tisch liegen. Als er danach greifen wollte, fragte Schwitter: „Wo genau?"

Matthesius warf ihm einen Blick zu und spürte, dass seine Muskeln sich spannten. Schwitters Miene veränderte sich zusehends. Seine Züge belebten sich. Aufregung färbte Wangen und Stirn. Die vor Müdigkeit und Erschöpfung rot geränderten Augen waren plötzlich hellwach.

Schwitter legte auf, sah Matthesius einen Moment an, ehe er sagte: „Eine Tote in einem Baum. Eine Streife hat es an die Leitstelle durchgegeben. Der Diensthabende hat schon die Kollegen von der Kriminalwache losgeschickt."

Was weiter geschehen würde, hing von der Rückmeldung der Streife ab. Doch Matthesius gab sich keinerlei Illusionen hin. „Er wird die Mordbereitschaft alarmieren müssen."

„Verdammt, Max, ein zweites Opfer, und wir sind beim ersten kaum einen Schritt weitergekommen." Schwitter schlug wütend auf den Wust von Unterlagen.

Auch Matthesius zermürbte die Tatsache, dass sie kein handfestes Ergebnis vorweisen konnten. „Wo?", fragte er, zwang sich zur Ruhe.

„Hinterm Schauspielhaus, in einem Baum direkt vor dem Hofgarten-Restaurant. Muss ich dir sagen, was das heißt?"

Nein, das brauchte er nicht. Eine zweite Mordkommission. Weitere Teams, die sich die Hacken abliefen. Zunehmender Druck von oben.

Matthesius hütete sich, seine Überlegungen laut auszusprechen. Sein Instinkt sagte ihm, dass sie es mit ein und demselben Mörder zu tun hatten. Deshalb würde man die beiden Mordkommissionen zusammenlegen.

„Ich sehe mir das mal an", sagte er, griff nach dem Protokoll der Zeugenbefragung vom Wochenende.

„Das brauchst du nicht." Schwitter strich sich mit der Hand über den kahlen Kopf. „Nur eine Bedienung glaubt sich an den Mann erinnern zu können, der sich zu Paula Linden an den Tisch gesetzt hat. Blond sei er gewesen oder eher mittelblond. Sie hat ihn nur von hinten gesehen. Kurze Haare, irgendwie sportlich gekleidet. Sie hat eine Kollegin abgelöst, die ihn auch bemerkt haben könnte."

Schwitter zeigte auf den Einsatzplan. „Kalk soll da dranbleiben. Er hat die zweite Serviererin schon erreicht. Allerdings kann er sie erst morgen oder übermorgen sprechen. Sie musste mit ihrem Baby ins Krankenhaus, irgendetwas mit Pseudokrupp."

Daran konnte ein Kind ersticken. Matthesius war froh, dass sein Handy klingelte und er einer Antwort enthoben wurde. Alles, was mit Babys zu tun hatte, war bei Schwitter momentan ein heikles Thema.

Hempel sei um halb sieben in seine Wohnung zurückgekehrt, informierte ihn der Posten, der die Wohnung beobachtete.

„Siehst du, es geht voran", sagte Schwitter.

„Im Schneckentempo."

„Was hast du gegen Schnecken, Max? Die schmecken gar nicht mal so schlecht."

„Ich würde Fleisch von Leoparden vorziehen, die sind schneller", sagte Matthesius, schon an der Tür.

„Und als Nachtisch kriegst du ein Bonbon", hielt ihn Schwitter zurück. „Die zweite Serviererin behauptet, sie könne sich recht gut an den Mann erinnern."

Eine Viertelstunde später traf Matthesius in Oberkassel ein. Rigalski wartete vor dem Mietshaus, in dem Hempel wohnte.

Matthesius hielt sich nicht mit einer Begrüßung auf. „Du weißt, dass noch eine Frau in einem Baum gefunden wurde?"

Rigalski zuckte nicht mit der Wimper. „Sollte ich das?"

„Hast du es nicht über Funk gehört?" Matthesius zog den Kragen höher. Trotz des wolkenlosen Himmels blies ein kalter Wind.

Rigalski deutete ein Gähnen an. „So früh am Morgen ziehe ich WDR 5 vor."

Matthesius stöhnte leise, klärte seinen Partner über die neueste Entwicklung auf, während er sich umblickte.

Hempel wohnte in der Cheruskerstraße. Der dreistöckige Wohnblock, an dem der Putz schmutzig gelb war und stellenweise abbröckelte, stach von den Neubauten nebenan und gegenüber ab. Deren Mieten lagen bestimmt weit höher. Die konnte Hempel sich wohl nicht leisten, aber immerhin eine Adresse in einem der teuersten Stadtteile Düsseldorfs vorweisen. Das passte zu einem Mann, der aus kleinen Verhältnissen stammte und es darauf anlegte, Karriere zu machen.

Jonas Hempel war sichtlich überrascht, als er die Tür öffnete. Er sah frisch geduscht aus, sein Haar glänzte feucht. Das weiße Hemd war nur halb zugeknöpft. Reflexartig stemmte er den rechten Arm gegen den Rahmen, als wollte er ihnen den Weg verstellen.

Matthesius registrierte die Abwehrbewegung, beschloss, sie zu ignorieren, und sagte freundlich: „Herr Hempel, wir würden gern noch einmal mit Ihnen sprechen. Wenn wir das drinnen erledigen könnten? Sie haben angedeutet, Kontakte zur Polizei könnten Ihnen beruflich schaden. Also ist es wohl besser, Sie bitten uns herein."

„Sie glauben, wenn Sie hier zu zweit auftauchen, ist das unauffällig? Die Nachbarn haben das längst mitbekommen." Hempel richtete sich auf und wich keinen Schritt zurück. „Tut mir leid, nicht jetzt. Ich habe keine Zeit, ich muss ins Büro."

„Dann werden wir Sie vorladen müssen."

„Wir können Sie auch gleich ins Präsidium mitnehmen", warf Rigalski ein.

Die Drohung wirkte. Hempel trat beiseite. Er führte sie durch einen dunklen Flur in das zur Straße liegende Wohnzimmer.

„Ich hole nur meine Brille", sagte er.

Das hielt Rigalski nicht ab, ihm zu folgen.

Der Raum wirkte steril. Nur das Notwendigste an Möbeln. Ein Bücherregal. Dicke juristische Werke in roten Einbänden. Die Buchrücken bildeten schnurgerade Reihen. Kein Band war einen Millimeter verschoben, stand zu tief oder nicht tief genug zwischen den anderen. Neben dem Regal ein einzelner Stuhl. Näher am Fenster ein runder Glastisch mit zwei quadratischen Sesseln auf Stahlrohrbeinen. Die ziemlich abgenutzten Bezüge schwarz wie das gesamte Mobiliar. Eine Farbe, die Eleganz ausstrahlen sollte, dachte Matthesius, und die seine Exfrau gleichfalls bevorzugt hatte. Ihm dagegen schlugen schwarze Möbel, Schwarz überhaupt aufs Gemüt. Auf dem Tisch keine Zeitung oder ein Buch, nicht einmal eine Fernbedienung. Möbel, die so angeordnet waren, als seien es Ausstellungsstücke. Dekoration. Allein eine Vase deutete auf das Bemühen, das Zimmer wohnlich zu gestalten. Eine Kugelvase, die seine Schwester Vicky geschmäcklerisch genannt hätte.

„Wollen Sie Platz nehmen?", fragte Hempel. Er hatte ein Sakko angezogen, rückte seine rechteckige Hornbrille zurecht. Es klang, als hoffte er, dass sie Nein sagten.

Rigalski zog den Stuhl ein Stück von der Wand ab und ließ sich darauf nieder, nahm Notizbuch und Kugelschreiber aus der Jackentasche.

Matthesius wählte den Sessel am Fenster, sodass Hempel ihm gegenüber Platz nehmen musste. Er wendete gern den alten Verhörtrick an, der den Zeugen ins Licht rückte, während der Ermittler im Schatten saß.

„Wir konnten Sie am Wochenende nicht erreichen."

„Ich bin weggefahren, das ist ja wohl kein Verbrechen."

Als Matthesius nichts erwiderte, fügte er hinzu: „Ich war auf einem Lehrgang in Frankfurt, der ziemlich viel Geld kostet. Soll ich Ihnen den Teilnehmerausweis zeigen?"

„Ja, zeigen Sie ihn meinem Kollegen."

Diese Antwort schien Hempel nicht erwartet zu haben. Er griff in die Brusttasche, zog den Ausweis heraus und warf ihn mit spitzen Fingern Rigalski zu.

Sie würden Hempels Teilnahme an dem Lehrgang später überprüfen. Trotzdem wartete Matthesius, bis sein Partner den Ausweis kontrolliert und sich in aller Ruhe Notizen gemacht hatte. Künstliche Pausen verunsicherten die meisten Verdächtigen.

Erst dann fragte er: „Herr Hempel, wann, sagten Sie, haben Sie Ihre Beziehung zu Paula Linden beendet?"

„Das haben Sie mich doch schon gefragt." Hempel warf Rigalski einen giftigen Blick zu. Das taktische Manöver hatte ihn aggressiver gemacht. „Hat Ihr Kollege wohl vergessen, aufzuschreiben?"

„Wir müssen uns vergewissern."

„Und das soll ich Ihnen glauben? Für wie blöd halten Sie mich eigentlich?"

Matthesius hob in einer Geste der Entschuldigung die Schultern. „Nun ja, Sie haben behauptet, Sie hätten sich vor zehn oder elf Monaten getrennt."

„Das stimmt ja auch."

„Sie haben uns allerdings verschwiegen, dass Sie Paula am vergangenen Montag bei *Benders Marie* getroffen haben."

Hempel zwinkerte.

„Ich soll sie getroffen haben?" Er lachte gezwungen auf.

„Wir haben zwei Zeugen, die Sie eindeutig identifiziert haben", sagte Matthesius sanft, ehe er in scharfem Ton nachlegte: „Warum haben Sie uns das nicht gesagt?"

„Sie haben nicht danach gefragt." Hempel zögerte. „Außerdem konnte ich mir ja denken, dass Sie mich dann mit dem Mord in Zusammenhang bringen. Mich womöglich verdächtigen."

„Das tun wir nun erst recht."

„Wir haben uns rein zufällig getroffen. Ich hatte gehofft, auch ohne Reservierung noch einen Tisch zu bekommen. Da habe ich sie dort sitzen sehen."

„Und dann?"

„Wir haben Hallo gesagt, das war alles."

Hempel verschwieg ihnen etwas, dachte Matthesius. Doch das musste nicht heißen, dass er ihr Täter war. Zeugen logen oft und machten sich damit verdächtig. Aus Scham, Angst, verletztem Stolz, aus Unsicherheit. Oder, weil sie etwas verbergen wollten, das ihnen peinlich war, aus Dummheit, Eitelkeit. Er sah, dass Rigalski seinen Stift ungeduldig zwischen den Fingern rollte. Sein Partner hatte sich schon ein Urteil gebildet, hielt Hempel für schuldig.

„Worum ging es in Ihrem Streit?", fragte Matthesius übergangslos.

Obwohl der Glastisch zwischen ihnen stand, wich Hempel zurück. Er presste den Rücken gegen die schwarzen Polster, lief rot an. Schweißperlen bildeten sich auf seiner Stirn.

„Ich ... Paula hat ..."

„Wie war das doch?", unterbrach ihn Rigalski, tat, als müsste er überlegen, und tippte mit dem Stift gegen seine Stirn. „Als Sie sich von Paula trennten, haben Sie gesagt, sie solle sich zum Teufel scheren. Haben Sie es nicht so ausgedrückt?"

Hempel senkte den Kopf, schluckte mehrmals.

„Wer so etwas sagt, ist wütend, sauwütend, richtig?" Rigalski kniff die Augen zusammen. „Und als Sie Paula am Montag gesehen haben, kam die Wut wieder hoch, und da haben Sie ..."

„Ich habe Paula nicht umgebracht", Hempels Stimme überschlug sich.

„Und seitdem treibt es Sie um", fuhr Rigalski unbeeindruckt fort. „Sie sehen eine Frau, die wie Ihre Exfreundin lange Haare hat und schon ..."

Matthesius bremste ihn mit einem Husten. Rigalski verrannte sich, verletzter Stolz war als Motiv zu dürftig. Er bezweifelte, dass sie es mit einem Mord im Affekt zu tun hatten.

„Sagen Sie uns einfach, worum es ging", forderte er den Zeugen auf.

Hempel beugte sich vor, atmete tief ein.

„Ja, ich bin wütend geworden", sagte er. „Sie war arrogant wie gewohnt. Arrogant und überheblich. Hat mich heruntergeputzt, wollte nicht einmal zugeben, dass die Kanzlei, für die ich arbeite, angesehener ist als die, die ihr ein Angebot gemacht hatte. Sie glauben doch nicht wirklich, dass ich sie deswegen umgebracht hätte? Ich weiß, was ich an meinem Job habe. Außerdem – ich bin doch kein Unmensch. Töte eine Frau, ziehe sie nackt aus und hänge sie dann in einen Baum."

Hempel war ausgesprochen unsympathisch. Ein Aufsteiger, ehrgeizig und vermutlich skrupellos im Job, ein Kontrollfreak, fast schon krankhaft. Matthesius mochte ihn nicht. Doch er glaubte ihm.

„Noch eine letzte Frage", sagte er. „Haben Sie gesehen, dass sich jemand zu ihrer Exfreundin gesetzt hat, nachdem Sie den Tisch verlassen hatten?"

„Gibt es also doch noch einen anderen, den Sie verdächtigen?" Hempel lehnte sich zurück. „Fragen Sie doch den, ob er Paula ermordet hat."

„Das werden wir, Herr Hempel." Matthesius stand auf. „Halten Sie sich trotzdem weiterhin zu unserer Verfügung."

Als die Haustür hinter ihnen zuschlug, drehte sich Rigalski wütend zu Matthesius um. „Warum hast du ihn nicht festgenagelt?"

„Weil es keinen Grund dafür gab?"

„Wenn dir der Biss fehlt, seit du die Dritten hast, lass mich das machen."

„Um mir von einem Milchbubi, bei dem die grauen Zellen unterentwickelt sind, in die Suppe sabbern zu lassen? Glaubst du Idiot wirklich, du könntest Hempel beide Morde anlasten?"

„Warum nicht?"

Matthesius bemühte sich, seine Fassung wiederzugewinnen. „Erstens war es kein Mord im Affekt."

„Es könnte einer sein."

„Und da hat Hempel für den Fall, dass er seine Exfreundin in einem Restaurant trifft, das Barbiturat bei sich, weiß in seiner Wut, in welchen Baum er sein Opfer hängt, und hat dafür auch gleich das passende Seil."

Rigalski konnte ihn nicht widerlegen, riss stattdessen die Tür seines Wagens auf.

„Zweitens hat er kein erkennbares Motiv."

„Es muss einen Grund geben, warum er ihr den Laufpass gegeben hat. Danach hättest du ihn fragen sollen."

„Wenn er sie verlassen hat. Und wenn sie die Beziehung beendet hat?"

Rigalski stieg ein, winkte ab. „Dann finde es doch heraus ..."

Matthesius sah ihm nach. Rigalskis höhnische Bemerkung über die Dritten hatte ihn getroffen. Obwohl er es seiner Schwester so gut wie versprochen hatte, war er am Wochenende nicht zu ihrem Vater gefahren, der tatsächlich nicht mehr zubeißen konnte. Wenn Matthesius ehrlich war, hätte er mit etwas gutem Willen Zeit für den allwöchentlichen Besuch finden müssen, auf den Vicky und er sich geeinigt hatten.

Emma probierte es mit dem Trick, zu dem Ben ihr geraten hatte.

„Ein Mahnbescheid? Warten Sie, ich sehe nach." Sie hörte das Klicken der Tasten. „Es gibt eine Serap Celik in Oberbilk."

Die Adresse, die eine emotionslose Frauenstimme ihr diktierte, war die von Seraps Elternhaus. „Können Sie bitte nachsehen, ob sie umgezogen ist und für die neue Adresse eine Auskunftssperre beantragt hat?"

„Das ist nicht nötig. Wenn sie eine neue Adresse hätte, wäre die Anschrift, die ich Ihnen eben genannt habe, gelöscht worden."

Schade. Emma legte ihr Handy zur Seite und tippte die Notiz in die Datei *Die verschwundene Schwester*.

Das Ergebnis ihrer Suche war bislang gleich null. Sie setzte darauf, dass Seraps andere Freundin Gülsen Junker ihr mehr sagen konnte. Emma sah auf ihre Armbanduhr, Christie hatte ihren Besuch angekündigt. Bis dahin befasste sie sich besser mit Madonna und Venus. Sie hatte gerade den Cursor auf den entsprechenden Ordner gesetzt, als ihr Handy *A Foggy Day in London Town* meldete.

„Emma, ich bin's, Christie." Die Stimme klang weit entfernt, seltsam gedrückt. „Ich wollte eben zu dir fahren. Sag mal, kannst du stattdessen bei mir vorbeikommen? Bitte."

„Ist etwas mit den Kindern? Ist eines krank?"

„Nein, alles in Ordnung."

Die Antwort kam leise. Zu leise.

„Ich saß schon im Auto, aber dann ... Ich weiß nicht, ich fühle mich nicht so gut."

Funkstille.

Dass Christie eine Antwort gar nicht erst abwartete, kam zwar öfter vor. Wenn sie einen Wunsch äußerte, glich das manchmal einem Befehl. Doch dieser Anruf war anders.

Ich fühle mich nicht gut. Das passte nicht zu Christie. Natürlich hatte Emma sie im Laufe der Jahre schon mit Menstruationsbeschwerden, einer Grippe, mit Magenverstimmung oder einer Erkältung erlebt. Ihre Freundin neigte jedoch nicht zu Unpässlichkeit, schon gar nicht zu solch vagen Umschreibungen.

In fliegender Eile schloss Emma die Datei und schaltete den Computer aus. Sie schnappte sich die Autoschlüssel vom Küchentresen, zerrte eine Wolljacke vom Haken und stürzte los.

Vom Eulenbergweg bis zu Christies Haus in Wittlaer musste sie nur zweimal links abbiegen und benötigte im Normalfall zehn Minuten. Sie hatte es in sieben geschafft, als sie vor dem Haus mit den glatt geputzten Flächen zwischen roten Klinkern scharf bremste.

Emma betrachtete die im Anklang an die Neue Sachlichkeit der 1930er-Jahre gehaltene Villa, Christies sportlichen mintgrünen BMW Z3, der in der Einfahrt stand. Was war passiert?

Sie stieg aus ihrem Volvo und durchquerte den Vorgarten, blieb stehen. Christie hatte sogar vergessen, ihren Wagen wieder zu verriegeln. Das Autoradio lief noch.

Auf ihr Klingeln öffnete Laura die Tür.

„Hallo." Emmas Versuch, normal zu klingen, misslang kläglich.

Laura schaute mit ängstlichen Augen zu ihr hoch, flüsterte: „Mama ist im Wohnzimmer."

Emma strich ihr über das hellbraune Kräuselhaar. „He, alles wird gut. Ich mache das schon, versprochen."

Ein winziges Lächeln stahl sich in Lauras Mundwinkel. Sie zeigte in Richtung Wohnzimmer und huschte die Treppe hinauf.

Emma atmete tief ein, ehe sie die Tür öffnete.

Die strengen geometrischen Linien und Formen, die die Architektur des Hauses bestimmten, wurden innen durch die Einrichtung gemildert. Sie entdeckte Christie inmitten eines Bergs kuscheliger Seidenkissen auf der Sofalandschaft. Als Emma sich ihr näherte, versanken ihre Füße bei jedem Schritt in weichem Teppich.

Christie war blass und sah ihr ungewohnt verzagt entgegen. Sie trug einen Hausanzug aus Nickistoff, musste sich zwischenzeitlich umgezogen haben. Vor ihr auf dem Tisch stand ein hübscher rot-weiß-grüner Karton, daneben ein halbleeres Kognakglas.

Emma setzte sich zu der Freundin. „Okay, wir besaufen uns gemeinsam, wenn es schlimm genug ist. Zuerst sagst du mir jedoch, was passiert ist."

Statt zu antworten, nahm Christie das bunte Päckchen und stellte es ihr auf den Schoß. „Für dich, aus Venedig, weil du so lieb auf meine vier aufgepasst hast."

Christies Miene verriet, dass sie noch einen Moment brauchte, bevor sie erzählen konnte, was ihr Kummer machte. Emma hob den Deckel ab und schaute in den Karton.

„Oh, wie schön, Doktor Bartolo", entfuhr es ihr.

Schon als Kind hatte Emma die Figuren der Commedia dell'Arte geliebt. Sie zog die weiße Maske mit der gewaltigen Nase und der durch schwarze Striche um die Augen angedeuteten Brille heraus. „Wie hast du die bloß gefunden? Als ich in Venedig war, habe ich vergeblich danach gesucht. Ich habe nur den Ramsch gesehen, den sie da für Touristen verkaufen."

Emma hob die Maske hoch, hielt sie sich vors Gesicht. „Wie sehe ich aus?"

„Kannst du die Maske aufbehalten? Vielleicht fällt es mir dann leichter …", Christie verstummte.

„Was? Zu beichten?" Emma lehnte sich zurück und sah die Freundin von der Seite an. „Dann mal los."

„Du weißt noch, dass ich bei dir das fürchterliche Zeitungsfoto gesehen habe?"

„Sicher, und du hast versprochen, mir nach deinem Venedigtrip zu erzählen, warum es dich so beunruhigt."

„Ich weiß gar nicht, wo ich anfangen soll." Christie streckte die Hand nach ihrem Glas aus.

„Vielleicht damit, dass du mir auch einen Kognak eingießt?"

In der nächsten Sekunde bereute Emma ihren Wunsch. Warum gab sie ihrer Freundin Gelegenheit, den Moment der Wahrheit hinauszuschieben?

Christie verließ prompt den Schutzwall aus Kissen und kam ihren Gastgeberpflichten nach. „Möchtest du noch etwas anderes? Ich kann dir auch gern einen Imbiss machen lassen."

„Nein, nur das, was du da trinkst."

Emma sah zu, wie die Freundin öfter als nötig hin und her eilte, ein Glas aus dem Barschrank nahm und zum Tisch brachte, die Kognakflasche holte.

„Ich schenke mir selbst ein, du erzählst."

„Paula Linden, die Frau ..."

„Ja", unterbrach Emma, „ich weiß."

„Sie steht in meiner Kundendatei", hauchte Christie.

„Du meine Güte, und das hast du heute entdeckt?"

„Nein, schon vergangene Woche, bevor wir nach Venedig geflogen sind."

Die Polizei in den Büros der *Optima-Consulting*. Kein Wunder, dass die Vorstellung ihrer Freundin gegen den Strich ging und sie aus der Ruhe brachte. „Ich verstehe", sagte Emma, „du hast die Kripo informiert und die krempeln dir jetzt dein Büro um."

Christie schüttelte den Kopf. „Ich wollte sie auf der Stelle anrufen. Dann habe ich gedacht, vielleicht ist es gar nicht nötig. Es hätte ja sein können, dass sie den Mörder finden, während wir in Venedig sind."

Emma war fassungslos. „Bei einer Ermittlung zählt jeder Hinweis. Das müsstest du doch wissen."

„Ich hatte Angst, dass die Medien davon erfahren. Meine Familie hat den Skandal durch die November-Morde gerade erst überwunden."

Christie war stolz, dass sie eine Drilling und damit Mitglied einer Familie war, die in Düsseldorf eine Reihe bedeutender Persönlichkeiten hervorgebracht hatte. Manager, Minister und einen Bildhauer, eine Professorin, einen Dompropst und Gerry, der auf seine Berufung in den Vatikan wartete.

„Das verstehst du doch, oder?"

„Nein", entgegnete Emma. Sie übersah die flehenden Blicke der Freundin geflissentlich. „Du kennst Matthesius, er hätte deinen Hinweis diskret behandelt."

Schamröte färbte Christies Wangen, sie zupfte nervös an ihren Kräusellocken. „Was ist mit der Agentur? Wenn es sich doch herumspricht, dass ich bei der Polizei war, habe ich die Journalisten wieder vor der Tür."

Christie war ehrgeizig, arbeitete hart. Sie hatte mit ihrer Agentur auf Klienten aus den höheren gesellschaftlichen Schichten gesetzt.

„So, wie ich dich kenne, regelst du das schon", sagte Emma. „Zuerst musst du jetzt sofort Matthesius anrufen."

„Ich …"

Christies Mienenspiel verriet Emma mehr, als Worte es gekonnt hätten. Christie hatte Angst, ein schlechtes Gewissen und fürchtete unangenehme Fragen. Doch da war noch etwas, ahnte Emma. Christie wirkte, als würde sie jeden Moment in Tränen ausbrechen.

Emma legte ihr den Arm um die Schulter. „Was hältst du davon, wenn ich erst einmal mit Matthesius spreche?"

„Du weißt noch nicht das Schlimmste", flüsterte Christie.

„Das Schlimmste wäre, wenn Maximilian die Frau in den Baum gehängt hätte", sagte Emma bemüht munter. „Aber das hat er doch nicht, oder?"

„Nein, natürlich nicht", Christie rang sich ein kleines Lächeln ab, wurde wieder ernst. „Aber sie haben noch eine Frau gefunden. Ich habe es eben im Autoradio gehört."

Unwillkürlich drückte Emma die Freundin an sich. „Das wusste ich nicht."

„Sie war wieder nackt und wie die andere Frau in einem Baum an ihren Haaren aufgehängt, diesmal hinter dem Schauspielhaus."

„Ist schon klar, wer sie ist?"

„Sarah Winter, die Zahnärztin."

Die Zahnärztin? Merkwürdige Antwort, dachte Emma, ihr sagte der Name nichts.

Christie räusperte sich, wich ihrem Blick aus. „Sarah Winter steht auch in meiner Kundenkartei."

7. KAPITEL

Sie hatten KOK zum Leiter der zweiten Mordkommission gemacht. Kriminaloberkommissar Hölter nannte die Abkürzung seines Dienstgrades so oft, dass sie zu seinem Spitznamen geworden war. Eine betont barsche Art gehörte für ihn zu einem Ermittler wie die gestreiften Tommy-Hilfiger-Hemden, die er stets trug.

„Ein Verwandter von dir, was, Rigalski?", fragte Matthesius.

„Hat aber nicht meine Klasse", brummte sein Partner.

Matthesius war froh über den spöttischen Wortwechsel. Als sie beide im KK 11 aufgetaucht waren, Rigalski wütend über den Verlauf des Verhörs, Matthesius angesäuert, hatte Schwitter, dem ihre Stimmungslage nicht entgangen war, sie um genauen Bericht gebeten und anschließend fürchterlich zusammengestaucht. Klipp und klar hatte er ihnen erklärt, dass er solche Differenzen, geschweige denn offen ausgetragenen Streit, bei den Ermittlungen nicht dulden werde, schon gar nicht, wenn sie so erfolglos blieben.

Immerhin, bei KOK hatte Rigalski Recht. Nicht nur, was die Kleidung betraf, sondern auch in Bezug auf seine geistigen Fähigkeiten. Bei allen Querelen, die er mit seinem Partner hatte, musste Matthesius eingestehen, dass Rigalski ein brauchbarer und einsatzbereiter Ermittler war. KOK dagegen hatte sich bisher weder durch Arbeitseifer noch einen scharfen Verstand hervorgetan.

„Warum haben sie den bloß zum LK gemacht?", wunderte Matthesius sich über die Entscheidung.

„Die Wege des Herrn...", Rigalski zeigte zur Zimmerdecke.

Sein Kollege gehörte selbst zu jenen, die weitreichende Beziehungsfäden gespannt hatten und um eines Vorteils willen gern Kontakte spielen ließen, war so auch über die Netzwerke der Kollegen bestens informiert. Anders als Matthesius.

Er vertiefte sich missmutig in das Vernehmungsprotokoll, das er vom Aktenhalter der Mordkommission Eiche ausgeliehen hatte, um nach einem Anhaltspunkt für ihren Fall zu forschen.

„Das zweite Opfer ist Sarah Winter, Zahnärztin, 29 Jahre. Die Eltern wollten gerade ihre Tochter als vermisst melden, da kam die Nachricht wegen der Frauenleiche über den Ticker."

Rigalski, der seinen Laptop in den Besprechungsraum mitgenommen hatte und seinen Bericht schrieb, sah vom Bildschirm auf.

„Sarah, so die Eltern, habe ihnen nur Freude bereitet. Zügig studiert. Mit 25 Jahren ihr Examen bestanden. Sie hatte sich gerade eine eigene Praxis gekauft."

„Mit 29?", fragte Rigalski überrascht.

„Kommt dir das nicht bekannt vor?"

„Kann ich nicht sagen. Mein Zahnarzt ist ein alter Sack."

„Sarah Winter war jung und genau wie unser erstes Opfer ausgesprochen zielstrebig."

„Und vom Aussehen her eine Klassefrau. Von der hätte ich mir den Backenzahn ziehen lassen sollen."

Im nächsten Moment hob Rigalski die Brauen über seinen grünbraunen Augen, während er mit einer Hand automatisch durch seine schwarzen Haare fuhr.

Eine Frau, wusste Matthesius, der mit dem Rücken zur Tür saß. Wenn er die Reaktion seines Kollegen richtig einschätzte, eine gut aussehende Frau. Er drehte sich um.

Emma? Er zog die Lesebrille von der Nase und stand auf. Sie war es nicht, die ihn verblüffte. Emma hatte ihn schon häufiger im KK 11 aufgesucht. Sie schaffte es stets, sich an der Pforte vorbeizumogeln, ohne dass der Wachhabende ihn über ihr Kommen informieren konnte. Doch diesmal war Emma nicht allein, sondern in Begleitung von Christine Glauser-Drilling, ihrer Freundin, die nicht unbedingt auch seine war.

„Max, kann ich Sie sprechen?", fragte Emma.

„Soll ich Sie kurz allein lassen?", fragte Rigalski ungewohnt zuvorkommend und marschierte auch schon unaufgefordert zur Tür hinaus.

Matthesius begrüßte beide Frauen, bot ihnen aber absichtlich keinen Stuhl an. Besuche von Emma im Büro verhießen nie Gutes. Meist wollte sie etwas von ihm, das seinen Beruf tangierte und das er ihr ohne Verletzung seiner Dienstpflichten nicht geben durfte, und stahl ihm nur seine Zeit.

„Emma, können wir das nicht vertagen?", fragte er. „Für Ihre Recherchespielchen habe ich jetzt keinen Sinn. Der Mordfall Linden. Wir suchen einen Mörder, und wir ..."

„Sagen Sie's ruhig, Sie stecken fest. Deshalb sind wir gekommen, um Ihnen ein wenig auf die Sprünge zu helfen."

Machte sie sich über ihn lustig? Matthesius spürte, wie Ärger in ihm aufwallte. Doch ihre grünen Augen schillerten vor Übermut, gleichermaßen spöttisch wie liebevoll. Er konnte ihr nicht böse sein. Sie war die Tochter, die er gern gehabt hätte. Matthesius verschränkte die Arme vor der Brust. „Also gut, dann fangen Sie an."

„Versprechen Sie, sich zuerst alles in Ruhe anzuhören? Nicht zu schimpfen oder grob zu werden?"

„Den Teufel werde ich! Mit Versprechen habe ich bei Ihnen schlechte Erfahrungen gemacht."

Emma trat an ihn heran, legte einen Finger an sein Kinn. „Max, bitte, es ist wichtig."

„Emma, Sie brauchen mir nicht um den Bart zu gehen."

Matthesius drückte ihre Hand weg. „Ich verspreche es, wenn ich es mit meinem Gewissen vereinbaren kann. Setzen Sie sich, bitte."

Emma öffnete ihren Parka, unter dem sie einen grünweiß gestreiften Baumwollpullover trug. Dann zog sie einen Stuhl dicht an seine Seite. Damit sie mich notfalls bremsen kann, das raffinierte Biest, dachte Matthesius belustigt.

„Max, es geht um die beiden Frauen, die ...", Emma holte Luft.

„Also doch!", fuhr Matthesius sie an. „Sie konnten die Finger nicht davonlassen."

„Hören Sie doch erst einmal zu!" Emma packte mit beiden Händen seinen Arm. „Es geht um Christies Agentur."

„Was für Probleme es auch sein mögen, ich bin überzeugt, Ihre Freundin wird allein damit fertig."

„Diesmal nicht. Christie hat die Namen der Mordopfer in der *Optima-Consulting*-Kundenkartei gefunden."

„Paula Linden und Sarah Winter?"

Matthesius war plötzlich hellwach. Seine Gedanken überschlugen sich. War das ein neuer Ansatzpunkt? Konnten sie so den Täterkreis eingrenzen? Wenn beide Frauen in der Kundenkartei auftauchten, waren sie sich vielleicht begegnet oder hatten gemeinsame Bekannte. Würden sie über die Agentur eine mögliche Verbindung zwischen den Frauen entdecken? Die Gemeinsamkeit, die sie in den Augen des Mörders zu Opfern ausersehen hatte?

„Beide Frauen waren Klientinnen der *Optima-Consulting*, Frau Glauser-Drilling?", vergewisserte sich Matthesius.

„Ja", murmelte Christie, grub ihre regelmäßigen weißen Zähne kaum sichtbar in die Unterlippe.

„Das ist durchaus interessant."

Es passte zu dem Persönlichkeitsbild, das er von Paula Linden im Sinn hatte, dass sie sich in erfolgreicher Selbstdarstellung hatte beraten lassen.

„Ich finde es weniger großartig."

Der Tonfall, in dem Christine Glauser-Drilling antwortete, ließ ihn stutzen. Sie saß ihm in der anerzogenen Haltung einer Dame der Gesellschaft gegenüber. Mit geradem Rücken, die Beine parallel zueinander schräg gestellt, die Hände locker im Schoß. Nein, berichtigte er sich, kaum sichtbar ineinander verkrampft. Warum machte sie einen so schuldbewussten Eindruck?

„Sie brauchen deshalb kein schlechtes Gewissen zu haben", sagte Matthesius. „Es sei denn, Sie haben schon gestern gewusst, dass Paula Linden in Ihrer Kundendatei stand."

„Es ist noch schlimmer, Max", antwortete Emma. „Christie hat es bereits vorigen Mittwoch gewusst."

Matthesius schwieg überrascht, wandte sich Emmas Freundin zu.

„Sie hätten sich sofort melden müssen, das ist Ihnen doch klar? Inzwischen ist wertvolle Zeit verstrichen."

„Max, bitte", unterbrach ihn Emma, „denken Sie an Ihr Versprechen."

„Was für eine Idylle!"

Unbemerkt hatten Schwitter und die Staatsanwältin den Raum betreten. Claire von Vittringhausen musterte die kleine Gruppe.

„Ein ungewöhnlicher Ort, um Zeugen zu befragen. Nicht gerade geeignet, um die Geheimhaltung unserer Ermittlungsergebnisse zu gewährleisten", monierte sie, warf Schwitter einen Blick zu. „Ist es bei Ihnen üblich, dafür den Besprechungsraum zu benutzen, Hauptkommissar?"

Dem Angesprochenen schwollen die Schläfenadern. Schwitter war es nicht gewohnt, vor anderen zurechtgewiesen zu werden. Doch er kam nicht dazu, etwas zu erwidern.

„Guten Tag, Frau Glauser-Drilling." Claire von Vittringhausen reichte ihr die Hand. Dann wandte sie sich zu Emma. „Wie schön, Sie wiederzusehen. Ich hoffe, es geht Ihnen gut?"

Während die Staatsanwältin ein weißes Taschentuch herauszog und sich die Handflächen abtupfte, gab sie sich Mühe, zu lächeln.

„Hauptkommissar Matthesius, Sie haben ein Versprechen gegeben? Ich bin ganz Ohr. Als Chefin des Ermittlungsverfahrens wüsste ich zu gern, worum es geht."

„Es ist harmloser, als Sie denken", rettete Emma ihn aus der Verlegenheit. „Wir haben eine wichtige Information gemeldet, allerdings ein bisschen spät."

„Besser spät als nie, heißt es nicht so? Gut, darüber kann Hauptkommissar Matthesius mich gleich informieren. Ich bin in ein paar Minuten zurück. Bis dahin hat er seine Gäste wohl verabschiedet."

Matthesius hatte Emma und Christine Glauser-Drilling zum Paternoster begleitet und sich dort mit dem Hinweis verabschiedet, dass ein Ermittlungsteam noch im Laufe des Tages in die Agentur käme.

Im Besprechungsraum lümmelte Rigalski auf einem Stuhl und streckte die Beine weit von sich. Matthesius ging zu Schwitter, der vor dem Pinboard stand, an dem die Fotos der Fundorte hingen.

Eines zeigte Paula Linden in der Kastanie, ein anderes Sarah Winter in der Eiche. Der Leiter der Mordkommission hatte mit Absicht Fotos aus gleicher Perspektive gewählt, schräg von unten aufgenommen.

„Sehen Sie sich das bitte an", wandte sich Schwitter an die Staatsanwältin, als sie den Raum wieder betrat. „Sieht man die Fotos so nebeneinander, könnte man denken, es handele sich um dieselbe Frau. Sarah Winter wurde in der gleichen Stellung wie das erste Opfer in der Baumkrone positioniert. Ihr Haar wurde ebenfalls mit einem blauen Seil an den Ästen befestigt. Die KTU ist schon dabei, zu klären, ob es dasselbe Fabrikat ist."

Die Staatsanwältin legte den Zeigefinger über die Lippen, während ihr Blick zwischen den Fotos hin und her wanderte.

Meist sah sie Tatortfotos nur flüchtig an, diesmal ließ sie sich Zeit. Die Erklärung lag für Matthesius auf der Hand. Es waren völlig unblutige Bilder.

„Die Ähnlichkeit ist frappierend, gewiss", bestätigte sie. „Doch dafür, dass es sich um denselben Täter handelt, haben Sie keine schlüssigen Beweise geliefert."

„Was habe ich gesagt", stimmte Rigalski ihr beflissen zu und gesellte sich zu ihnen. „Es könnte ebenso gut ein Nachahmungstäter sein."

Die Staatsanwältin nickte. „Dafür spricht in der Tat einiges. Solche und ähnliche Fotos sind durch alle Medien gegangen."

„Das ist genau der Punkt. Alles, was man braucht, ist ein Zeitungsfoto, und schon kann jeder ..."

„Was denn? Zum Mörder werden?", unterbrach Matthesius schroff. „Schau richtig hin. Beide Frauen neigen den Kopf kaum merklich nach rechts. Das ist kein Zufall, aber es fällt nur auf, wenn man genau hinsieht. Ich kann mir schwer vorstellen, dass ein Nachahmungstäter auf diese Feinheit geachtet hätte."

„Er hat eben das Foto vor der Tat genau studiert."

So schnell gab Rigalski nicht auf. Er beugte sich dicht zu den Fotos und kniff die Augen zusammen. „Ich kann die Neigung nach rechts nicht erkennen."

Matthesius überging den Einwand. Er musste nicht seinen Partner, sondern die Staatsanwältin überzeugen. „Wenn Sie mich fragen ..."

„Tu ich nicht", konterte sie, „vor allem, da ich ja weiß, dass Sie zu vorschnellen Schlüssen neigen."

Anders als ich, sollte das heißen, dachte Matthesius, und das musste sie ihm demonstrieren. Sie trat ebenfalls näher an die Stelltafel heran und fasste die beiden Fotos schärfer ins Auge.

„Eine gewisse Ähnlichkeit ist zwar vorhanden. Dennoch können wir bei der aktuellen Beweislage nicht davon ausgehen, dass wir es in beiden Fällen mit demselben Täter zu tun haben."

„Für einen zweiten Täter spricht auch, dass das erste Opfer in eine Kastanie, das zweite in eine Eiche gehängt wurde." Rigalski gab nicht auf.

Ein schwaches Argument. Schwitter hüstelte und betrachtete seine abgetragenen Bärschuhe. Wenn er eine Mordkommission leitete, konnten seine Leute sich darauf verlassen, dass er ihnen den Rücken stärkte. Meistens jedenfalls. Doch wenn Rigalski sich verrannte, ließ er ihn rennen.

„Was ist mit dem ehemaligen Freund Paula Lindens? Er hatte die Gelegenheit und er hat ein Motiv", ging die Staatsanwältin über Rigalskis bemühte Beweisführung hinweg.

„Kein echtes Motiv. Die Trennung ist lange her", antwortete Schwitter.

„Und der Mann, der sich zu Paula Linden an den Tisch gesetzt haben soll? Haben Sie die Bedienung befragen können?"

„Wir arbeiten daran. Sie hat sich einverstanden erklärt, mit uns zu sprechen, sobald es ihrem Kind besser geht."

„Die Wahrscheinlichkeit, dass der Kerl in beiden Fällen der Täter ist, ist nicht größer, als im Lotto zu gewinnen", sagte Rigalski, trat ungeduldig von einem Fuß auf den anderen.

„Eins zu 14 Millionen ist besser als nichts", widersprach Matthesius, „es sei denn, der Fall Winter liefert uns neue Anhaltspunkte."

„Ein Serienmörder mit Vorliebe für urdeutsche Bäume", höhnte sein Kollege. „Was kommt als Nächstes, eine Buche?"

„Kastanie oder Eiche – das ist derzeit doch völlig irrelevant."

Matthesius kannte das Spiel. In Fallbesprechungen bemühte sich Rigalski stets, die Aufmerksamkeit der Staatsanwältin auf sich zu ziehen und für ihre Theorien Argumente zu liefern.

„Wir wissen jetzt, dass beide Frauen in der Kundenkartei der *Optima-Consulting* stehen", brachte Schwitter die neue Spur ins Spiel.

„Richtig", sagte Claire von Vittringhausen, „Ihr Versprechen, das Sie mir noch erklären wollten, hätte ich beinahe vergessen, Hauptkommissar Matthesius."

Der pure Hohn, dachte Matthesius. Die Staatsanwältin vergaß nie etwas. „Ich hatte versprochen, Ruhe zu bewahren. Aber wir haben durch die späte Meldung kostbare Zeit verloren", sagte er. „Wir werden uns die Agentur vornehmen müssen, die Angestellten, die Klienten."

„Langsam. Frau Glauser-Drilling ist doch zur Zusammenarbeit bereit. Da lassen wir es erst einmal bei einem Gespräch vor Ort bewenden. Nur, wenn Sie auf handfeste Indizien stoßen, dass der Täter unter den Klienten oder Mitarbeitern der Agentur zu finden ist, werde ich Ihnen einen Durchsuchungsbeschluss ausstellen."

„In Ordnung", Schwitter nickte, „dass beide Opfer die Agentur in Anspruch genommen haben, könnte Zufall sein."

„Das wollen wir doch nicht hoffen", erwiderte die Staatsanwältin süffisant, „bei einer Chance von eins zu 14 Millionen."

„Wir sollten trotzdem beten, dass es einer ist", beharrte Matthesius. Er ignorierte, dass Schwitter die Stirn runzelte und die Staatsanwältin ihn fixierte. Die Art, wie sie die Lippen vorschob, hätte ihn warnen sollen.

„Lassen Sie mich raten. Weil …", ihr Ton wurde schneidend, „die Inhaberin der Agentur Ihrer kleinen Freundin nahesteht? Sehe ich da Anzeichen von Begünstigung?"

„Nein, von Besorgnis. Es wäre für die Medien ein gefundenes Fressen."

„Das mag sein."

Claire von Vittringhausen fasste das Revers ihrer Kostümjacke. „Wir müssen die Ermittlungen bei *Optima-Consulting* selbstverständlich mit aller Diskretion vornehmen. Die Familie hat weitreichende Verbindungen."

„Wenn es kein Zufall ist, wird sich Aufsehen nicht vermeiden lassen", bemerkte Matthesius trocken. „Sollte es einen Zusammenhang geben, müssen wir befürchten, dass sich unter den Klienten nicht nur ein mögliches nächstes Opfer befindet, sondern auch der Täter."

Die Staatsanwältin erfasste die Tragweite auf Anhieb. „Es würde die Agentur in den Mittelpunkt unserer Ermittlungen rücken." Sie musterte Matthesius. „Scheuen Sie etwa Befragungen im Zentrum der Macht, Hauptkommissar?"

Zentrum der Macht. Matthesius musste zugeben, dass das eine treffende Beschreibung war. In Sichtweite der Agentur im Düsseldorfer Medienhafen lagen sowohl das Stadttor mit dem Sitz der nordrhein-westfälischen Landesregierung als auch der Landtag.

Matthesius zuckte die Schultern. Welche Teams wo eingesetzt wurden, war nicht die Entscheidung der Staatsanwältin.

Schwitter nahm ihre Einmischung ebenfalls gelassen, gab ihm nur eine Warnung mit auf den Weg: „Max, denk daran, dort lauern überall Fettnäpfchen."

Das Kaicenter war genau die richtige Adresse für die anvisierte Klientel der Agentur, die Schickeria, die darauf aus war, die gekonnte Selbstinszenierung zu lernen oder zu verfeinern.

Effizienter zu machen, Matthesius grinste in Gedanken an die Staatsanwältin. Ihn würde es nicht wundern, wenn sie selbst in der Kundenkartei der *Optima-Consulting* stünde. Irgendwo musste sie doch das Know-how, sich in Szene zu setzen, gelernt haben. Oder gab es ein Gen dafür?

Vom Jürgensplatz war es nur ein Katzensprung zu seinem Ziel. Als Matthesius von der Hammerstraße in Richtung Handelshafen abbog, hatte er wie häufig in diesem Stadtteil das Gefühl, auf einem anderen Stern zu sein. Das moderne Flair einer Weltstadt kennzeichnete die Macht- und Medienmeile. Neben dem asymmetrisch u-förmigen Landesstudio des WDR befand sich das aus Glas und Stahl konstruierte Stadttor. Die vorgetäuschte Transparenz machte die dort betriebene Politik nicht durchschaubarer.

„Die Vorliebe der Bauherren für das U steht wohl eher für Undurchsichtigkeit."

Matthesius' spöttische Bemerkung ging ins Leere. Er saß allein im Wagen, parkte neben Rigalski direkt vor dem zum Rhein gelegenen Eingang des Kaicenters. Dort reihten sich Werbeagenturen, Galerien, Studios für Funk und Fernsehen aneinander, wetteiferten in der Zahl mit Kneipen und den Restaurants der gehobenen Klasse.

„Wäre nicht schlecht, hier zu arbeiten", sagte Rigalski, während er die gläserne Fassade und die zum Stadtzentrum weisende Spitze der Konstruktion betrachtete.

„Ein bemerkenswertes Stück Architektur", pflichtete Matthesius ihm bei, „doch kaum für Landesbeamte gedacht."

Die frei schwingende Scheibe vor dem Gebäude nahm die Biegung der Straße auf, reflektierte benachbarte Bauwerke und das Hafenbecken. Auch die nahe stehenden Gehry-Häuser mit ihrem schwungvoll gerundeten Baukörper, den kippenden Wänden und in den Mauern verkanteten Fenstern waren noch immer eine Attraktion, allerdings bei genauerem Hinsehen in die Jahre gekommen.

Aber wer war das nicht, dachte Matthesius, betrat die Agentur und traf auf eine völlig veränderte Christine Glauser-Drilling. Im KK 11 hatte es sie Mühe gekostet, die Aura kühler Geschäftsmäßigkeit zu wahren. Sie war nervös und unsicher gewesen. Nun hatte er die Chefin der *Optima-Consulting* vor sich, eine entschlossene Managerin, die willens war, jeden Fußbreit ihres Terrains zu verteidigen. Er durfte sie nicht unterschätzen. Matthesius wusste, sie hatte Volkswirtschaft und Werbedesign studiert. Er hätte seine Hand dafür ins Feuer gelegt, dass sie bereits ihren Anwalt informiert hatte.

Das Büro war ihre Welt, schien ihr Halt und Selbstvertrauen zu geben. Der palastartige Raum war mit eleganten, schwarzen Möbeln und viel Glas ausgestattet. Er lief in einen ungewöhnlich spitzen Winkel aus und bot einen fantastischen Blick auf das Hafenbecken und das gegenüberliegende Rheinufer. In dieses Ambiente, dachte Matthesius, passte sein modebewusster Partner besser als er in seinen schon reichlich ramponierten Jeans.

Nachdem Christine Glauser-Drilling sie begrüßt hatte, war sie hinter ihren Schreibtisch getreten. Auf der blanken Glasfläche stand neben ihrem Laptop ein Silberrahmen. Ein Foto ihrer Kinder, mutmaßte Matthesius. Direkt vor ihr in Griffweite lagen einige Papiere.

Die Agenturchefin betrachtete Rigalski, der zum Fenster gegangen war, mit abschätzend professionellem Interesse. Überlegte sie, ob er ein potenzieller Klient war? Nach dem Motto, er hatte das Outfit, ihm fehlte es nur an dem notwendigen Schliff, an Haltung und Eleganz der Bewegung? Matthesius beobachtete die beiden belustigt, verbiss sich ein Grinsen.

„Die Aussicht erfreut mich jeden Morgen. Zwei besonders markante Sehenswürdigkeiten Düsseldorfs so unmittelbar vor Augen zu haben, ist sehr anregend", sagte Christine Glauser-Drilling, versuchte, die Atmosphäre mit Small Talk zu lockern.

„Großartig", begeisterte sich Rigalski, tat, als sähe er das alles zum ersten Mal. „Das hohe, bunte Gebäude dort drüben gefällt mir."

„Das Colorium. Seiner farbenfrohen Fassade hat das Gebäude mit dem roten Technikgeschoss seinen Namen zu verdanken."

Sie wies in die entgegengesetzte Richtung. „Wenn Sie an dieser Backsteinfassade vorbeischauen, sehen Sie den Rheinturm."

Für Sekunden war Matthesius abgelenkt. Von dort oben bot sich eine tolle Rundsicht über die Landeshauptstadt. Bei klarem Wetter war es möglich, bis zum Kölner Dom zu blicken. Eigentlich kein Wunder, dass Christine Glauser-Drilling hoch hinauswollte. Wer gleich zwei hohe Gebäude vor Augen hatte, konnte vielleicht nicht anders. Die Agenturchefin wirkte in diesem Moment ebenso irritierend wie die Architektur Gehrys, die Matthesius im Hintergrund entdeckte.

„Sie sind aber sicher nicht gekommen, um die architektonischen Meisterwerke zu bewundern", unterbrach sie seine Gedanken.

„Wir sind hier, um einen, möglicherweise zwei Morde aufzuklären", antwortete Matthesius.

„Bitte, nehmen Sie Platz. Kann ich Ihnen etwas anbieten? Kaffee? Tee?"

Matthesius lehnte dankend ab, hielt Rigalski mit einem warnenden Blick zurück, ehe er sich auf den Lederkissen eines Corbusier-

Sessels niederließ. Christine Glauser-Drilling entging nicht, dass er zu den Papieren auf dem Schreibtisch sah. Sie schaltete sofort auf kompetente Beraterin. „Ich habe Ihnen die Karteikarten kopieren lassen. Auf ihnen stehen alle Daten, über die ich verfüge. Die Kurse, an denen die beiden Damen teilgenommen haben, die jeweiligen Coaches, die die Leitung hatten. Es tut mir leid, wenn Sie den Eindruck gewonnen haben, als wollte ich Informationen zurückhalten."

Matthesius ignorierte die Kopien, sodass Rigalski sie nehmen musste und sich darin vertiefte.

„Bitte erklären Sie uns kurz, wie die Beratung durch Ihre Agentur aussieht."

„Wir stellen unseren Klienten unser Können und unser kreatives Denken zur Verfügung. Wenn man erfolgreich sein will, genügt es nicht, ein bestimmtes Fachwissen zu besitzen. Man muss die Fähigkeit entwickeln und trainieren, sich neuen Anforderungen zu stellen. Dafür haben wir, je nachdem, was verlangt wird, Konzepte. Menschen, die zu uns kommen, lernen, wie man Motivation demonstriert, neue Aufgaben übernimmt, neue Fähigkeiten in sich entdeckt und einsetzt."

„Und die eigene Person ins rechte Licht rückt?"

Für Matthesius klang der Consulting-Jargon nach hohlem Wortzauber. Doch er wusste, dass selbst gestandene Manager und Politiker solche Kurse belegten, weil sie sich einen Gewinn davon versprachen.

„Es ist nicht nur das", erwiderte Christine Glauser-Drilling. „Wir geben unseren Klienten Konzepte an die Hand, die ihnen erlauben, das, was sie erleben, in einen Reifeprozess, der von außen wahrgenommen wird, einzugliedern. Dazu entwickeln wir für jeden ein auf seine Persönlichkeit abgestimmtes Programm."

„Menschen, die Ihre Hilfe in Anspruch nehmen, sind demnach ehrgeizig, auf Macht und Wirkung aus. Wäre eine solche Charakterisierung zutreffend?"

„Die Beweggründe sind bei jedem unterschiedlich", erklärte sie. „Unser Anliegen ist es, unseren Klienten eine Vision für die Zukunft zu geben."

„Solche Kurse, vermute ich, sind nicht billig."

„Sarah Winter hatte im September 2007 einen zweiwöchigen Lehrgang gebucht. Der hat natürlich seinen Preis. Sie war Zahnärztin mit eigener Praxis. Sie konnte sich das leisten. Und ich kann Ihnen versichern, dass unsere Kurse und Seminare den Preis wert sind."

„Paula Linden hatte zwar die Aussicht, von einer renommierten Anwaltskanzlei angestellt zu werden, war aber noch Studentin."

„Aus den Unterlagen geht hervor, dass Frau Linden ein Test-Wochenendseminar gebucht hatte. Solche Seminare dauern nur drei Stunden. Es sind, wenn Sie so wollen, Schnupperseminare. Ihr Preis ist für jeden Interessierten erschwinglich."

Das hatte sie fein ausgedrückt, dachte Matthesius. Menschen zahlten für das, was im Fokus ihres Interesses stand, wohl gern auch mehr.

„Na ja, 400 Euro für drei Stunden sind keine Peanuts", hielt Rigalski dagegen, sah von den Kopien auf.

Matthesius fürchtete, dass sie ihre Zeit vergeudeten. Was sie brauchten, war Handfesteres als unterschiedliche Kursgebühren. Nur wenn es neben der Tatsache, dass beide Opfer die Dienste der *Optima-Consulting* in Anspruch genommen hatten, weitere Übereinstimmungen gab, kämen sie einen Schritt weiter.

„Wurden beide Frauen vom selben Coach betreut?"

Christine Glauser-Drilling schaute auf den Laptop. „Die Antwort ist Nein. Da ich annehme, dass Ihnen an möglichen Parallelen gelegen ist, habe ich die Teilnehmerlisten bereits abgeglichen. Es taucht kein Name zweimal auf."

Als hätte sie seine Gedanken gelesen.

„Wer hat Zugang zu Ihrer Klientenkartei?", wechselte Matthesius das Thema.

„Meine persönliche Assistentin, eine Mitarbeiterin in der Buchhaltung und natürlich ich."

„Wäre es denkbar, dass andere Mitarbeiter, zum Beispiel ein Coach, eine Sekretärin sich Zugang verschaffen?"

„Die Klientendatei ist durch ein Passwortsystem mehrfach gesichert."

„Passwörter kann man knacken", sagte Rigalski skeptisch.

„Bei unserem System unmöglich. Durch eine aufwendige Mehrfachverschlüsselung gilt es als absolut sicher."

„Das klingt, als würden Sie Ihre Kundendaten in einer Art virtuellem Panzerschrank aufbewahren", sagte Matthesius. „Ist dieser Aufwand nötig?"

„Ich kann Ihnen versichern, dass wir gute Gründe dafür haben."

„Gründe, die für mich alles andere als einleuchtend sind. Es geht ja nicht um Geheimnisträger."

„Viele der Klienten wollen jedoch als solche behandelt werden. Darum ist Diskretion unser oberstes Gebot. Wir bemühen uns, den Wünschen in jeder Hinsicht entgegenzukommen."

Christine Glauser-Drilling verzog die Lippen kaum merklich. „Ich hoffe, Sie berücksichtigen das bei Ihren weiteren Ermittlungen hier in der Agentur."

„Selbstverständlich", sagte Matthesius. „Wir benötigen dennoch außer den Daten der beiden Opfer eine Liste Ihrer Klienten und sämtlicher Mitarbeiter. Zunächst würden wir jetzt gern mit Ihrer persönlichen Assistentin sprechen."

„Ich nehme an, dass Sie das Gespräch ohne mich führen möchten?"

Matthesius nickte. Er war sicher, dass Christine Glauser-Drilling ihre Angestellten längst genau instruiert hatte, was sie der Polizei gegenüber sagen und worüber sie kein Wort verlieren sollten.

„Ulf, bitte!"

Sie stand so nah vor ihm, dass ihr Busen in dem tief ausgeschnittenen T-Shirt gegen seine Brust federte. „Siehst du dir mein Referat noch mal an?"

Ihre Lippen waren nur wenige Zentimeter von seinem Mund entfernt, während sie mit blauen Kulleraugen bettelte. „Bestimmt lässt sich an der Benotung noch etwas ändern."

„Wir werden sehen, Ina", sagte er, sah einen Hoffnungsschimmer über ihr Gesicht huschen.

Sie rührte sich nicht vom Fleck. Was erwartete sie? Sollte er hier auf der Stelle eine flotte Nummer schieben, auf seinem Schreibtisch womöglich? Dumme Gans! Glaubte sie tatsächlich, er stünde auf vor Gel starrende Haarfransen und Tattoos auf üppigen Brüsten?

Viele der jungen Frauen, die sich für Kunstgeschichte einschrieben, nur weil sie in der Schule mit einem mäßigen Referat über Paul Klee eine gute Note erzielt hatten, glaubten, sie könnten mit Sex wettmachen, was ihnen an Inspiration fehlte. Von wahrer Schönheit und Vollkommenheit hatten sie keine Ahnung. Manchmal ließ er sich auf ihre Angebote ein. Dann reagierte er als Mann, nicht als Ästhet. Mit der Realität des Campus hatte das nichts zu tun. Jedenfalls nicht mit der seines Campus. Er war Kunsthistoriker geworden, weil ihn Schönheit ansprach, die vollkommene Schönheit der klassischen Kunst. Sie als Einziges konnte ihn tief berühren.

Ina war im landläufigen Sinn ein hübsches Ding, doch beileibe keine Schönheit. Dazu waren die Wangen eine Spur zu weich und rund, die Stupsnase zu klein. Warum nur ließen Frauen sich das Haar abschneiden, um es dann mit Gel zuzukleistern?

Sie legte die Arme um seinen Hals und hauchte: „Wie kann ich dir bloß meine Dankbarkeit zeigen?"

„Indem du einfach gehst."

Er griff sich mit der Hand in den Nacken, wehrte ihren Annäherungsversuch ab.

Sie zog einen Schmollmund und den Ausschnitt ihres T-Shirts noch ein Stück tiefer. „Bist du sicher, dass ich gehen soll, Ulf?"

„Ja, ganz sicher."

In ihren Augen flackerte Unsicherheit auf. Sie trat zurück, wandte sich rasch zur Tür. Dort berührte sie ihre Finger mit den Lippen und hauchte ihm einen Luftkuss zu. „Du hast es versprochen, Ulf."

Er starrte auf die geschlossene Tür. Es war ihm verhasst, dass sie ihn beim Vornamen nannten. Im Gegensatz zu ihnen hatte er hart und lange arbeiten müssen. Jetzt war er Dr. Kirch, Dozent an der Heinrich-Heine-Universität, stand kurz davor, sich zu habilitieren. Mit dem Thema *Haare in der Darstellung der Weiblichkeit*.

Haare hatten ihn von jeher fasziniert. Wenn er es recht bedachte, von Kindheit an. An der Illustration zu Rapunzel in seinem Märchenbuch hatte er sich nicht sattsehen können. Dabei war Rapunzel selbst gar nicht darauf zu sehen. Da stand nur der Turm mit dem winzigen Fenster ganz oben, aus dem der lange Zopf, an dem der Prinz emporkletterte, hing.

Ein Klopfen verjagte seine Erinnerungen, die Tür wurde aufgerissen. Eine Studentin, die er nicht kannte? Ziemlich groß, schlank, hübsch. Nein, mehr als das. Die kaum geschwungenen Brauen vertieften das auffällige Grün ihrer Augen, gaben ihrem Gesicht den Hauch von Unebenheit, den wahre Schönheit brauchte. Als sie den Raum betrat und die Tür hinter sich schloss, bemerkte er ihr Haar. Wunderschönes Haar, dicht und dunkelblond. Sie trug es zu einem Zopf geflochten, der vom Nacken in die Kapuze ihrer Jacke fiel.

„Was wollen Sie?", fragte er, zwischen Ärger und Neugier schwankend.

„Ich? Gar nichts. Sie sind es, der etwas von mir will. Deshalb wäre ein bisschen mehr Freundlichkeit nicht schlecht", entgegnete seine Besucherin, nahm mit einem spitzbübischen Lächeln ihren Worten die Schärfe. „Emma Rohan, Sie haben Recherchen bei mir bestellt und wollten die ersten Ergebnisse sehen."

Während Emma den Reißverschluss ihrer grünen Kapuzenjacke öffnete, legte sie sich eine Taktik zurecht. Die Campusgerüchte schienen zu stimmen, er gehörte zu den Männern, die Frauen taxierten. Sie war nicht scharf auf Komplikationen gleich welcher Art. Besonders nicht auf solche, bei denen sie sich ihren Auftraggeber vom Leib halten müsste. Außerdem, Emma schickte einen schnellen Gedanken in ein anderes Gebäude auf dem Campus, ein Professor genügte. Was Liebe und Sex betraf, war sie in festen Händen. Glaubte sie wenigstens, obwohl Thomas sich nicht mehr gemeldet hatte. Seit fünf Tagen nicht.

„Tut mir leid, die Studenten gehen hier ein und aus", sagte Dr. Kirch, nun durchaus höflich. „Möchten Sie nicht Platz nehmen, Frau Rohan?" Er setzte sich an seinen Schreibtisch, stützte beide Ellbogen auf und legte die Handflächen zusammen.

„Danke, aber ich habe noch einen Termin."

Emma zog einen Ordner aus ihrer Schultertasche und legte ihn auf den Schreibtisch. „Bitte sehen Sie die Notizen kurz durch."

„Sehr gut", sagte Dr. Kirch, deutete auf den USB-Stick, den sie beigelegt hatte, und steckte ihn in seinen Laptop.

Emma trat an das Fenster hinter seinem Schreibtisch, schielte ihm über die Schulter. Sein Desktop zeigte zahlreiche Verzeichnisse. Als sie die Ordnersymbole erkannte, stutzte sie, legte unwillkürlich die Hand über den Mund.

Was Emma sah, veranlasste sie, ihren Auftraggeber, der ihr noch immer den Rücken zukehrte, eingehend zu mustern.

Am Telefon hatte sie sich einen anderen Typ vorgestellt, seriös, grau meliert, vielleicht mit Bart. Der Dozent vor ihr erinnerte dagegen eher an einen Eiskunstläufer. Recht gut aussehend, mit geschmeidigen Bewegungen, die auf sportliche Aktivitäten hindeuteten, vermutlich Schwarm aller Studentinnen. Sie schätzte ihn auf Anfang bis Mitte 40, obwohl er durch seine dunkelbraunen Haare, die schulterlang und am Hinterkopf zusammengebunden waren, jünger wirkte. Zu der Assoziation eines Eiskunstläufers passte auch das weiße, gefältelte Hemd, das locker über seiner schwarzen Hose hing.

„Gut, sehr gut", wiederholte Kirch, scrollte über die Datei.

Er war so vertieft in die Betrachtung der Bilder und ihrer Notizen, dass er sie nicht mehr beachtete.

Emma ließ die Augen durch den Raum schweifen. Ein Garderobenschrank, eine Magnetwand, auf der Zettel und Prospekte klemmten. Mehrere Bücherregale mit dickleibigen kunsthistorischen Werken. Sie schrak zurück, als ihr Blick auf einen Zopf fiel, der an der Wand hing. In einer Lücke zwischen zwei Regalen, dem Schreibtisch direkt gegenüber.

Ein Zopf, wie Tizians Venus sich ihn hätte flechten können, wenn sie hellblond gewesen wäre. Drei dicke, miteinander verflochtene Stränge, die mehr als einen Meter lang sein mussten. Das obere Ende hielt eine schmale, das untere eine breitere hellblaue Schleife zusammen. Emma ging ein paar Schritte näher heran.

„Den haben Sie wohl passend zu Ihrem Habilitationsthema an die Wand gehängt?"

Dr. Kirch sah kurz von ihren Notizen auf. „Von meiner Großmutter. Ist er nicht wunderschön?"

„Ziemlich makaber."

„Finden Sie?", fragte er erstaunt. „Ich kann mir als Inspiration kaum etwas Besseres denken." Er griff sich an den Hinterkopf und umfasste seinen Zopf. „Haare haben etwas Magisches für mich."

„Auch noch, nachdem zwei Frauen ermordet und an ihren Haaren aufgehängt wurden?"

„Was wollen Sie damit andeuten?"

„Dass Haare für den Mörder wahrscheinlich auch etwas Magisches haben?"

Das hörte sich ja an, als ob sie ihn verdächtigte, Emma verstummte. Zu spät. Wenn er ihr nun den Rechercheauftrag entzog, weil sie ihre Zunge nicht im Zaum halten konnte, war sie selbst schuld.

Kirch war blass geworden, seine Nasenflügel spannten sich. Er sprang auf, trat an ein Regal, schien einen bestimmten Band zu suchen. Seine Reaktion verblüffte Emma. Sie hätte verstanden, wenn er ärgerlich geworden wäre, mit Empörung reagiert hätte. Doch er wollte offenbar nur vermeiden, sie ansehen zu müssen. Seine Finger glitten über die Buchrücken.

„Hier ist es ja", murmelte er, zog ein Buch heraus und schlug es auf, nickte mehrmals. Dann stellte er es zurück. „Ich wollte Sie heute bitten, die Kopfbedeckung Marias zu berücksichtigen. Aber ich sehe, Sie haben schon daran gedacht."

„Im Verlauf der Recherche habe ich festgestellt, dass das Maphorion fester Bestandteil der Mutter-Gottes-Ikonografie ist", sagte Emma.

„Sehr gut, es wird ein wichtiger Aspekt meiner Arbeit sein." Dr. Kirch ging zurück an seinen Schreibtisch, beugte sich über ihren Ordner. Emma war perplex. Er hatte nicht die Absicht, sie zur Rede zu stellen, den unausgesprochenen Verdacht von sich zu weisen. Kirch verhielt sich, als sei er völlig von den Ergebnissen zu Madonna und Venus absorbiert, die sie ihm geliefert hatte. Warum wies er sie nicht zurecht?

„Dann werde ich weitere Belege zum Schleier sammeln", ging sie auf seinen professionellen Ton ein, steckte den USB-Stick in ihre Tasche. „Auf Wiedersehen, Dr. Kirch. Ich melde mich wieder."

„Ich freue mich darauf."

Als er Emma die Tür öffnete und sie auf den Flur trat, spürte sie es. Dicht hinter sich fühlte sie eine Bewegung, ganz wie in ihrem Traum, dann strich etwas über ihr Haar. Sie zuckte zusammen, wandte sich ruckartig um, blickte in Kirchs braune Augen. Harmlos und unschuldig. Trotzdem beschleunigte sie ihre Schritte. Sie hätte beschworen, dass er ihren Zopf berührt hatte, schauderte unwillkürlich.

Der Abendhimmel zog sich mit schieferfarbenen Wolken zu, allmählich wurde es dämmrig. In der Ferne waren Autos zu hören, das Lachen von Studenten, die über den Campus eilten. Emma atmete mehrmals tief ein und aus, nahm ihren Zopf nach vorn.

Sie hatte das Gefühl, einer unbestimmten Gefahr entronnen zu sein.

8. KAPITEL

Schrilles Klingeln riss Matthesius aus tiefstem Schlaf. Er tastete nach dem Wecker, drückte die Aus-Taste. Der nervtötende Ton blieb. Jemand war an der Haustür.

Verflucht! Noch eine Frau ermordet? Der Gedanke ließ Matthesius hochfahren. Nach einer unruhigen Nacht hatte er erst gegen Morgen in den Schlaf finden können. Er schüttelte die Müdigkeit ab, stand auf und warf seinen Bademantel über. Erst dann sah er auf die Uhr, schlurfte über den Flur.

Es klingelte erneut. Ziemlich ungeduldiger Besuch. Matthesius drückte den Summer, öffnete die Wohnungtür und lauschte. Als eilige, leichte Schritte die Treppe heraufstürmten, zog er den Bademantel über dem Bauch zusammen und verknotete den Gürtel.

„Wissen Sie eigentlich, wie spät es ist?"

„Kurz vor sechs?"

Es kam häufiger vor, dass Emmas Anblick ihm den Wind aus den Segeln nahm. Sie brachte einen Hauch von Morgenfrische mit, stand vor ihm in Jeans und einem apfelgrünen Pullover.

Emma war eine Schönheit, dachte Matthesius, mutmaßlich nicht nach gängigen Maßstäben, aber nach seinen.

„Ich muss Sie dringend sprechen, Max."

Sie überging seinen vorwurfsvollen Blick, sah ihn bittend an. „Ich habe die ganze Nacht nicht geschlafen."

Beneidenswerte Jugend. Sie kam ihm hellwach vor, trotz der Schatten unter den Augen.

„Ich auch nicht", grummelte Matthesius.

„Lassen Sie mich trotzdem herein?"

„Nur unter Protest."

Emma fand allein den Weg in seine Küche. „Sie sind ein alter Brummbär", neckte sie ihn, streichelte über die abgewetzten Flusen seines Bademantels. „Sie sollten sich einen neuen zulegen, das würde Sie sicher milder stimmen."

Sie war nach seiner Schwester die zweite Frau, die ihn dazu aufforderte. Matthesius sah an sich herab. Er konnte sich nicht von dem alten Ding trennen, selbst wenn es an einen Bär mit Räude erinnerte. Fühlte er sich nicht manchmal so?

„Geben Sie mir eine Viertelstunde. Ungewaschen kann ich nicht denken."

„Ich dachte, dafür ist nur Espresso nötig."

Er brauchte weniger als zehn Minuten, bis er geduscht und rasiert, in Jeans und einem hellblauen Sweatshirt in die Küche zurückkehrte. Überrascht blieb er in der Tür stehen. „Donnerwetter, Emma. Wollen Sie mich bestechen?"

Sie hatte den Tisch für zwei Personen gedeckt. Knusprige Brötchen in einen Korb gelegt, Butter, Marmelade hingestellt, Eier gekocht. Zu dem Espresso hatte sie Milch für Café au Lait erwärmt.

„Ich will Sie nur ein bisschen verwöhnen."

„Na dann", Matthesius setzte sich, nahm ein Brötchen und schnitt es auf. „Was haben Sie angestellt?"

Emma, die heiße Milch in die Becher goss, hielt inne. „Ich habe die ganze Nacht nicht schlafen können, weil ..."

Auf ihren unschuldigen Augenaufschlag fiel Matthesius schon lange nicht mehr herein. Er strich dick Butter auf die Brötchenhälften.

„Weil?"

„Zuerst wegen Thomas", murmelte Emma.

Ihm entging nicht, dass ihr bei diesem Bekenntnis Farbe in die Wangen schoss.

„Ich hoffe, der Professor hat nichts gesagt oder getan, was Sie beunruhigt? Ist er schuld an den Augenringen?"

Emma fuhr mit den Fingern unter ihren Lidern entlang. „Sie sollten Ihre sehen, schwarze Gräben der Hoffnungslosigkeit. Kommen Sie in Ihrem Fall nicht weiter? Trotz des Tipps mit der Kundendatei?"

Entweder wollte sie ablenken oder sie wusste nicht, wie sie auf das zu sprechen kommen sollte, was sie bedrückte, dachte Matthesius.

„Wir sind noch nicht fertig mit der Überprüfung. Aber viel bringen wird es vermutlich nicht."

„Weil es Zufall sein kann, dass beide Frauen Christies Agentur in Anspruch genommen haben?"

„Ja", stimmte er zu, löffelte genussvoll das Eigelb. „Was würden Sie an meiner Stelle tun?"

„Ich hätte mich auf die Haare konzentriert."

„Glauben Sie, das hätten wir nicht getan?"

„Sie sind das Auffälligste an den Morden", beharrte sie. „Der Mörder will doch etwas mitteilen, indem er die Frauen an den Haaren aufhängt. Die Haare sind sozusagen seine Botschaft."

„Sind Sie jetzt unter die Profiler gegangen? Sie sehen zu viel fern, Emma."

Als sie schwieg und ihn unwillig ansah, seufzte er. „Also gut, wen würden Sie verdächtigen?"

„Da kommen eine Menge infrage. Ich würde mir alle vorknöpfen, die sich auf irgendeine Weise mit dem Thema Haare befassen."

„Friseure?" Matthesius lächelte verschmitzt.

„Quatsch!", fegte Emma seinen Einwurf fort. „Ich habe Ihnen doch von meinem neuen Auftrag erzählt, *Madonna und Venus im Vergleich,* Haarsymbolik und so weiter."

„Und Samsons Männerkräfte, ja."

Matthesius schielte zum Herd, wo die Espressokanne noch auf der Platte stand.

„Ich mache uns noch einen."

Emma sprang auf. Während sie den Siebkorb abschraubte, ihn mit frischem Pulver füllte und Wasser in den Behälter gab, beobachtete er sie.

„Sie bewegen sich in meiner Küche, als ob sie Ihnen gehörte."

„Bei mir geht es schneller."

Sie platzte förmlich vor Energie. Plötzlich fühlte Matthesius sich alt. Keiner von ihnen sagte ein Wort, bis das Wasser zischend durchgelaufen war, das bitter-würzige Kaffeearoma in ihre Nasen stieg und Emma die Tassen gefüllt hatte.

„Ich war gestern bei Dr. Kirch. Er ist der Dozent, von dem ich den neuen Rechercheauftrag habe."

„Jetzt kommen Sie endlich zur Sache", unterbrach Matthesius. „Doch bevor Sie mir die ganze Geschichte erzählen, sagen Sie mir eines, Emma: Warum solche Umschweife?"

„Ich will niemanden zu Unrecht beschuldigen oder in Verdacht bringen", sagte sie zögernd. „Ich bin gestern zum Kunsthistorischen Institut gefahren, um Dr. Kirch die ersten Ergebnisse zu bringen. Er hat sie sich gleich angesehen und während er damit beschäftigt war, habe ich …"

Emma verstummte, wippte den Kaffeelöffel zwischen zwei Fingern.

„Ich weiß, wie neugierig Sie sind."

„Mir war langweilig, und da habe ich ein bisschen auf die Dateien in seinem Computer gelinst."

„Sie haben demnach hinter ihm gestanden."

„Sie werden langsam wach, Max." Emma zwinkerte ihm zu. „Alle Ordner zeigten Bilder von Frauen mit langen Haaren. Ich weiß natürlich, dass sein Habilitationsthema *Haare in der Darstellung der Weiblichkeit* ist. Trotzdem – wieso gibt er ihnen nicht Namen wie jeder andere Wissenschaftler?"

„Könnte es Material für seine Arbeit sein?"

„Es waren mehr als 40 Ordner. Bilder werden vom Computerprogramm nicht sortiert, Namen schon. Wie hält er sie auseinander? Und dann war da noch etwas …"

Matthesius fragte sich, wo Emmas Problem lag. „Sie haben keine Hemmungen, wenn es darum geht, Ihre Neugier zu befriedigen. Wissen Sie, was Sie heute Nacht nicht hat schlafen lassen? Scham über sich selbst."

„Nein, der Zopf!"

Emma beugte sich über den Tisch, hob die Stimme. „Max, er hat einen Zopf an der Wand hängen, direkt vis-à-vis von seinem Schreibtisch, sodass er ihn fortwährend im Blick hat."

„Einen Zopf?"

Matthesius strich sich über die Stirn. Ihre Enthüllung war nicht der erwartete Paukenschlag.

„Blond, sehr lang, mehr als einen Meter. Oben hält die Haare ein schmales Band zusammen, unten eine richtig schöne, breite Schleife."

Emma schwieg, holte tief Luft und sah ihn erwartungsvoll an.

Was sollte er dazu sagen? Matthesius biss sich auf die Unterlippe. In ihrer Jugend, hatte ihm seine Großmutter beim Durchblättern eines Fotoalbums erzählt, ließen Frauen sich als Akt der Befreiung die Haare abschneiden und hoben ihre Zöpfe auf. Als Erinnerung, Souvenir an die Jugendzeit. Manche von ihnen hatten sie verkauft.

Glaubte Emma allen Ernstes, der Zopf, der bei dem Dozenten an der Wand hing, hätte eine schreckliche Bedeutung? Dass Kirch ihm eine spezielle Symbolik zuschrieb, mit ihnen ein Erlebnis, ein Ereignis verband, das ihn zum Mörder werden ließ?

„Emma, der Zopf ist kein Indiz dafür, dass Dr. Kirch Frauen an ihren Haaren aufhängt."

„Ich dachte mir, dass Sie das sagen würden. Ich habe auch nicht unterstellt, es sei eines."

Matthesius nahm einen Schluck Espresso. Emma tat es ihm gleich, zerkrümelte einen Brötchenrest auf dem Teller. Er sah ihr an, dass sie noch etwas zurückhielt. „Vielleicht ist der Zopf bloß ein Andenken an die Großmutter, die er über alles geliebt hat", sagte er.

„Genau das hat er behauptet", Emma ergriff seine Hand, „aber jetzt raten Sie, welche Farbe die beiden Bänder haben."

Er ahnte es. „Blau?"

„Hellblau!"

Die Farbe des Kernmantelseils, das der Täter benutzt hatte. War die Übereinstimmung ein Hinweis auf Dr. Kirch als Täter? Sie konnte ein Zufall sein. Zu viele Zufälle für seinen Geschmack, dachte Matthesius. Er würde sich den Dozenten vornehmen, beschloss er.

„Haben Sie bereits jemandem davon erzählt, Emma?"

„Nein, niemandem."

Die Antwort kam prompt. Er hatte keinen Grund zu bezweifeln, dass sie die Wahrheit sagte. Um sie aus der Reserve zu locken, neckte er sie dennoch: „Nicht einmal dem Professor, der Sie heute Nacht wach gehalten hat?"

„Nein, nur Ihnen."

Ihr Vertrauen rührte ihn. Matthesius legte seine Hand auf ihre. „Dabei sollte es vorläufig bleiben. Versprechen Sie mir das?"

Er forschte in ihrem Gesicht. Emma sah abwesend zu Boden, zupfte an ihrem Zopfende. Sie hatte schönes Haar in der Farbe reifen Roggens. Matthesius erstarrte. Sie passte ins Profil, flocht ihr Haar häufig zu einem Zopf. Und Dr. Kirch war ihr Auftraggeber.

Doch bevor er etwas sagen konnte, hob Emma den Blick und flüsterte: „Das Unheimlichste wissen Sie noch nicht."

Matthesius griff unter ihr Kinn, damit sie ihm in die Augen sehen musste. „Hat er Ihnen etwas angetan?"

„Er hat meinen Zopf angefasst."

Sie erschauderte, ihre Augen verdunkelten sich. Aus Wut, dachte er, und aus Angst.

„Wie ist es dazu gekommen?"

„Nachdem ich mich verabschiedet hatte, brachte er mich zur Tür, und als ich an ihm vorbeiging ... Hier, sehen Sie!" Emma streifte einen Pulloverärmel hoch. Ihr Arm war mit Gänsehaut überzogen. „Die bekomme ich jedes Mal, wenn ich nur daran denke. Es war grauenhaft, einfach widerlich!"

Matthesius streichelte sanft über ihre Schläfe, war sich klar, dass er mit der beruhigenden Geste die eigene Besorgnis überspielte. „Beschreiben Sie mir die Situation genauer, Emma."

„Zuerst war er ziemlich kurz angebunden, als ich auftauchte."

Emma stand auf, schilderte ihm die Einzelheiten, während sie nervös in der Küche umherlief. Sie so zu sehen, weckte Matthesius' schlimmste Befürchtungen. Brach ihre Rastlosigkeit, von der er gehofft hatte, sie sei überwunden, wieder durch? Dass Emma ihm vertraute, verstärkte sein Gefühl, für ihr Wohlergehen und ihre Sicherheit verantwortlich zu sein. Sie war und blieb seine Eumenide, die Verkörperung des schlechten Gewissens, das, wie die alten Griechen schon wussten, Menschen keine Ruhe lässt.

„So, nun wissen Sie alles", beendete Emma ihren Bericht und begann, das Geschirr zur Spüle zu bringen.

„Lassen Sie das", Matthesius fasste sie am Arm, „sagen Sie mir lieber, ob Sie Ihre Ergebnisse als E-Mail an Dr. Kirch schicken können."

„Warum interessiert Sie das? Glauben Sie, dass er mit den Morden zu tun hat?"

„Gegenfragen sind keine Antwort."

„Sicher geht das."

Es klang eine Spur zu forsch, zudem verhieß etwas in Emmas Miene nichts Gutes.

„Dann halten Sie sich von Ihrem Auftraggeber fern", forderte er, „wenigstens in den nächsten Tagen. Versprechen Sie mir das?"

„Klar doch."

Sie nahm ihre Jacke, verabschiedete sich mit einem Kuss auf seine Wange. „Danke, Max."

Matthesius stand am Fenster, als sie unten vor dem Haus in den Volvo stieg. Er musste ein Auge auf sie haben. Emma hatte die Neigung, sich in Gefahr zu bringen.

Der schwarz-weiße Weltmeisterball hüpfte zum Bordstein und rollte auf die Fahrbahn. Im Augenwinkel erahnte Matthesius einen dunkelgrünen Schatten, der sich mit hoher Geschwindigkeit näherte, hörte den getunten Motor, Hupen.

„Mein Ball!", kreischte der kleine Junge in dem blaugelben Trikot, riss sich von der Hand seiner Mutter und rannte auf die Straße.

Matthesius' Körper reagierte schneller als sein Verstand. Er spurtete, packte das Kind, rollte sich, beide Arme um den Jungen geschlungen, ab. Prallte mit der linken Schulter hart gegen den Bordstein.

Er rappelte sich mit dem stocksteifen Jungen im Arm auf, kam schwankend auf die Füße, blieb wie betäubt stehen. Für Sekunden nahm er nichts wahr als ein fürchterliches Stechen in der linken Körperhälfte. Dann bemerkte er die Frau, eine Muslimin mit Kopftuch, die ihn mit aufgerissenen Augen anstarrte und ihr Kind an sich zog.

„Tesekkür ediyorum, size cok tesekkür ediyorum."

Türkisch. Matthesius hatte ein paar Vokabeln bei Abdul aufgeschnappt. Wieder durchfuhr ihn ein Schmerz, als würde die letzte

Nervenfaser durchtrennt. Er zwang sich, ruhig zu atmen, während er mit der rechten Hand vorsichtig seine Schulter abtastete. Musste er unbedingt Superman spielen? Mit knapp 58?

Er sah auf den Haarschopf des Jungen nieder. Ja, er lächelte, musste er.

Der Kleine reckte den Kopf. „Wo ist mein Ball?"

Matthesius bückte sich nach dem Fußball, der direkt neben ihnen im Rinnstein lag. Die falsche Bewegung, er biss die Zähne aufeinander, richtete sich wieder auf.

„Hier, dem Ball ist nichts passiert. Dir zum Glück auch nichts."

„Lütfen isminizi söyleyin", hielt ihn die Türkin zurück, als er sich zum Gehen wandte.

Sein Name tat nichts zur Sache.

„Ben sizin icin dua edecem, anladinizmi?"

Nicht das Schlechteste, wenn ihn jemand in seine Gebete einschloss, dachte Matthesius.

Er blieb stehen und drehte sich um. „Max, Max Matthesius."

Bis zum Polizeipräsidium am Jürgensplatz musste er keine hundert Schritte laufen, aber jeder einzelne war eine Qual.

Erleichtert blieb er auf der ersten Stufe am Eingang stehen, rang nach Luft. Er war nicht zur Polizei gegangen, um den Helden zu spielen, er hatte instinktiv reagiert. Abrollen hatte er während der Ausbildung sprichwörtlich bis zum Umfallen trainiert, doch die Übung seit Jahren nicht mehr anwenden müssen. Matthesius überlegte, ob er auf einen Sprung zu seinem Freund Hannes Gerber in die Gerichtsmedizin fahren sollte. Zerschlagen wie er sich fühlte, war das die richtige Adresse.

„Mann, du siehst vielleicht erbärmlich aus", sagte jemand neben ihm. Die Schadenfreude und der rheinische Dialekt in der öligen Stimme waren unüberhörbar. Kellerassel Rigalski. „Bist du in den Fleischwolf geraten?"

Er schnalzte mit der Zunge. Rigalskis Art, Mitgefühl auszudrücken. Matthesius winkte ab, spürte ein ätzendes Brennen an seiner Handkante. Eine tiefe Schürfwunde.

„So wie du aussiehst, ist eine Krankschreibung fällig, Max", sagte Rigalski, klang nun hoffnungsvoll.

„Für die Beerdigung ist es noch zu früh", entgegnete Matthesius, ignorierte den Schmerz und stapfte am Pförtnerhaus vorbei.

Im zweiten Stock kam ihm die Staatsanwältin mit ihrer neuen Kollegin Helga Schimmel entgegen, die für den Mordfall Sarah Winter zuständig war. Auch das noch, Matthesius fluchte lautlos. Er registrierte, dass die Staatsanwältin der aus Bayern ins Rheinland übergesiedelten Kollegin etwas zuflüsterte. Wahrscheinlich einen Kommentar, der ihn betraf, und nicht unbedingt einen positiven.

Staatsanwältin Schimmel stemmte die Fäuste in die Seiten und musterte ihn. „Ja mei, das hoab i gern", sagte sie, wechselte mühelos ins Hochdeutsche, „Einsatz über das normale Maß, liebe Kollegin von Vittringhausen, Sie sind um den Mitarbeiter zu beneiden." Sie wies auf seine geschundene Hand. „Lassen Sie mal sehen."

Da sie Matthesius nur bis zur Schulter reichte, konnte er ihren Haaransatz betrachten. Ergraute Strähnen unter gefärbtem Rostrot, das an alte Zäune erinnerte. Eine scheußliche Farbe, die ihre Falten und scharfen Linien um Mund und Augen unvorteilhaft betonte.

Sie hielt noch immer seine Hand fest. „Damit ist nicht zu scherzen. Ein Sanitäter müsste das behandeln. Im ersten Stock gibt es einen Erste-Hilfe-Kasten. Liebe Kollegin, sollten Sie ihn nicht für einen Arztbesuch freistellen?"

Gegenüber dieser diffus mütterlichen Annäherung fühlte Matthesius sich hilfloser als bei den Wortgefechten mit Staatsanwältin von Vittringhausen. „Wenn ich Zeit habe, gehe ich später in die Gerichtsmedizin hinüber." Er entzog ihr seine Hand.

„Halbtot vielleicht", Schimmel neigte den Kopf zur Seite und lächelte, „doch keine Angst, nicht reif für die Pathologie."

„Nicht Ihre Obduktion, Hauptkommissar Matthesius, sondern die Sarah Winters ist auf halb zehn angesetzt", schickte Staatsanwältin von Vittringhausen gleich noch eine Spitze hinterher. „Ich erwarte Sie pünktlich bei Gerber. Man hat beide Mordkommissionen zusammengelegt."

Und ihr die Verantwortung übertragen, dachte Matthesius, ihm blieb wirklich nichts erspart.

„Was ist?", fragte sie und hob die Brauen, als er schwieg. „Hätte man Sie vorher fragen sollen?"

Matthesius sah den beiden Frauen nach. Nun las die Staatsanwältin schon die geheimste Regung von seinem Gesicht ab. Er musste sein Mienenspiel stärker kontrollieren.

„Max, du bist ein Bild des Jammers", stellte Gerber trocken fest, als Matthesius in der Rechtsmedizin auftauchte. Er stellte einen Plastikbecher auf die Fensterbank, tastete mit professioneller Routine Matthesius' Schulter ab, nachdem er die Wunde an der Hand verarztet hatte. „Soweit ich sehen kann, ist nichts gebrochen. Um sicherzugehen, solltest du es röntgen lassen."

„Keine Zeit." Matthesius, deutete mit dem Daumen zur Wand.

Stimmengewirr aus dem Nebenraum. Die raue Tonlage des Sektionsgehilfen übertönte eine helle Frauenstimme.

„Die Vittringhausen ist dein Sturmdämon", zog Gerber ihn auf. „Sie wird dich quälen, wie die Harpyien Phineus gequält haben."

„Du meinst, sie wird mir ins Essen spucken?"

Mit Hannes Gerber befreundet zu sein hieß auch, seiner Vorliebe für mythologische Anspielungen zu folgen. Von ihm wusste Matthesius, dass die Harpyien, geflügelte Sturmdämonen in Mädchengestalt, Phineus auf solche Weise zugesetzt hatten.

„So ähnlich."

„War Phineus nicht ein blinder Seher?"

„Ja. Warum?"

„Manchmal fühle ich mich so."

Die Bilder der aufgehängten Frauen rumorten in Matthesius' Kopf. „Lass uns anfangen. Unsere Leiche wird warm", forderte er Gerber auf.

Sturmdämon. Keine zutreffende Charakterisierung für Claire von Vittringhausen, dachte Matthesius, als sie den Obduktionssaal betraten. Ihre schlanke Gestalt, das hellblonde Haar hatten eher etwas Unterkühltes, Starres. Mit ihrer Ausstrahlung passte sie perfekt in die sterile Atmosphäre der Leichenhalle.

Gerber trat an den Sektionstisch, griff sein Mikro und begann mit der äußeren Besichtigung von Sarah Winters Körper. Matthesius versuchte, sich zu konzentrieren und den Schmerz auszublenden, der ihn durchfuhr, sobald er nur das Standbein wechselte.

„Die fotografisch dokumentierte Art, wie der Täter die Frau in der Eiche aufgehängt hat, stimmt mit der beim ersten Opfer überein, obwohl es ein anderer Baum war und die Neigung des Astes zum Stamm hin steiler ist. Wieder gibt es keine Verletzungen durch irgendeine Art äußerer Gewalteinwirkung", sagte Gerber.

„Mit anderen Worten", unterbrach die Staatsanwältin, „gestattet das vorläufige Ergebnis den Rückschluss, dass wir es mit demselben Täter zu tun haben."

„Bei Sarah Winter finden sich im oberen Rückenbereich, an den Schulterblättern, Hautabschürfungen. Es überwiegt die Abtragung der oberflächlichen Epithelschichten von oben nach unten. Demnach ist die Richtung der schürfenden Gewalteinwirkung ebenfalls von oben nach unten. Die vermehrte Transparenz der Haut ergibt sich durch postmortale Vertrocknung, die Blutgefäße sichtbar werden lässt. Die anhaftenden Spuren bei dem Opfer sind vermutlich Eichenrinde. Grund dafür ist mit ziemlicher Sicherheit, dass der Täter die Frau ein Stück über den Baumstamm gezogen hat."

„Müssten solche Verletzungen dann nicht am ganzen Rücken zu erwarten sein?"

Gerber sah über seine Brille hinweg zu Claire von Vittringhausen. „Nur, wenn er sie nackt den Stamm heraufgezogen hätte. Da zwar am Baum Spuren, am Körper jedoch keine zu finden sind, könnte eine Erklärung sein, dass er das Opfer verpackt hat."

„In einen Plastiksack?"

„Ich tippe auf einen gepolsterten Schlafsack."

Matthesius interessierten weitere Gemeinsamkeiten. „Hat er wieder ein Barbiturat benutzt?"

„Danach sieht es aus."

„Gut."

Matthesius fühlte sich erschöpft, hätte Gerber gern um Schmerztabletten gebeten. Doch es war noch nicht überstanden.

„Ihnen mag das genügen, Hauptkommissar", sagte die Staatsanwältin scharf.

„Vorerst ja."

„Das Wort eines Freundes, ich verstehe."

„Wohl kaum. Mir geht es um zusätzliche Übereinstimmungen."

„Mir dagegen um Beweise, die vor Gericht standhalten. Grundlage für die rechtliche Bewertung einer Gewalttat kann die Leichenöffnung nur sein, wenn sie uns Fakten, nicht Vermutungen liefert."

Die Staatsanwältin wandte sich wieder Gerber zu. „Wann können wir mit weiteren Ergebnissen rechnen?"

„Wir schicken die Proben gleich ins Labor."

Emma hatte ihr Auto im Parkhaus auf der Berliner Allee abgestellt. Zu Fuß war sie, nicht nur wegen der Straßenbauarbeiten, schneller, allerdings dem Höllenlärm der Baumaschinen ausgesetzt. Die Aprilsonne wärmte ihr Gesicht. Der Himmel hatte aufgeklart, dank eines scharfen Windes, der auch Alibi für die Mütze war, die Emma sich übergezogen hatte.

Es war albern, verrückt, dachte sie, sie trug fast nie eine Mütze, nur in sehr frostigen Winterzeiten. Doch bevor sie zu ihrem Termin losgefahren war, hatte sie im Kleiderschrank so verbissen nach ihr gesucht wie nach einer verlorenen Datei. Dieser Mistkerl Dr. Kirch war schuld, warum nur hatte er heimlich ihren Zopf berührt? Hatten Haare auf ihn solche Anziehungskraft, dass er die Finger nicht davonlassen konnte?

Während ihrer Recherchen zu Madonna und Venus waren Emma Haare nur als Schmuck, als attraktives Attribut der Weiblichkeit erschienen. In prüderen Zeiten hatten Künstler manchmal langes Haar gemalt, um die Scham zu bedecken. Nachdem die Morde passiert waren, hatte Emma sich zu erklären versucht, warum der Täter die Frauen an den Haaren aufhängte, und sich gefragt, welche erotische Wirkung von Haaren ausgehen konnte, ob auch die Muslima, die ihr Haar bedeckten, sexuelle Signale vermeiden wollten und deshalb den Schleier trugen.

Nun aber beschlich Emma eine Angst, die sie nicht in Worte fassen konnte. Es war verrückt. Das Gespräch mit Max hatte ihre Irritation eher verstärkt. Die Mütze sollte ihr ein Gefühl von Sicherheit geben.

Sie lief in Richtung Bahnhof die Graf-Adolf-Straße entlang, erreichte die türkische Enklave. Verschleierte Frauen, viele türkische Geschäfte, ein türkisches Reisebüro, eine türkische Bank. In den Hauseingängen standen auf den Klingelschildern vorwiegend türkische Namen. An einem Kiosk lagen neben deutschen auch türkische Zeitungen. Warum auch nicht? Auf der Immermannstraße, nicht weit entfernt, gab es das Pendant für die recht große japanische Kolonie Düsseldorfs.

Die Rechtsanwältin Cemre Coskun, hatte Emma im Internet gelesen, half Frauen, ihre Rechte in Deutschland durchzusetzen. Sie setzte sich für Türkinnen ein, wenn arrangierte Ehen und Zwangsheirat drohten, sie sich scheiden lassen wollten und um das Sorgerecht für ihre Kinder kämpfen mussten. Als Emma die Kanzlei erreichte, zögerte sie einen Moment. Sie hatte nur die halbe Wahrheit erzählt, als sie um einen Termin bat, und behauptet, sie wolle einer türkischen Freundin helfen. Weder Aischa noch Serap durfte sie so nennen. Sie hatte ein schlechtes Gewissen gespürt, als die Anwältin sich überaus freundlich bereit erklärte, mit ihr zu sprechen.

„Ausgerechnet Christie!", murmelte Emma. Ohne es zu ahnen, hatte die Freundin ihr einen brauchbaren Tipp gegeben, als sie die Rechtsanwältin erwähnte, von der sie in der Zeitung gelesen hatte.

Emma drückte die Haustür auf und fuhr mit dem Aufzug in den vierten Stock. Als sie klingelte, öffnete eine junge Frau, zu jung, um die Anwältin zu sein.

„Kommen Sie hier entlang, Frau Coskun erwartet Sie schon."

Früher mussten die Räume eine Wohnung gewesen sein, die nun zur Kanzlei umfunktioniert war. Die Tür zum Büro der Anwältin stand offen. Die Frau hinter dem Schreibtisch, der schräg in den Raum gestellt war, sah auf und kam Emma entgegen, um sie zu begrüßen.

Unbefangen, hübsch, überraschenderweise blond. Die spontane Sympathie würde ihr das Gespräch leichter machen, dachte Emma.

„Danke, dass Sie mir so schnell einen Termin gegeben haben."

„Sagen Sie mir, was ich für Sie tun kann." Cemre Coskun deutete auf den Sessel vor ihrem Schreibtisch.

„Blond und blauäugig ist ziemlich ungewöhnlich für eine Türkin", entfuhr es Emma.

Die Anwältin strich sich mit der Hand über das schulterlange Haar. „Nicht so bemerkenswert, wenn man weiß, dass meine Großmutter Tscherkessin war."

„Im Internet heißt es, dass Sie eine Expertin für Frauenfragen und insbesondere für arrangierte Ehen sind. Was genau machen Sie?"

„Ich gehe in die Schulen und berate türkische Mädchen. Nur selten auch Jungen." Ein Lächeln huschte über ihr Gesicht. Sie nahm einen Bleistift, drehte ihn zwischen den Fingern. „Sie sind doch nicht gekommen, um mich zu interviewen. Wie kann ich Ihnen helfen?"

„Ich bin auf der Suche nach einer jungen Türkin", begann Emma, erklärte, dass sie mit Recherchen verschiedenster Art ihr Geld verdiente, ehe sie auf Aischas Auftrag zu sprechen kam.

„Serap ist seit sechs Wochen verschwunden. Weder ihre Freundinnen noch die Mitschüler in der Berufsschule wissen, wo sie sich zurzeit aufhält. Ihre Familie macht sich große Sorgen."

„Sind Sie mit der Familie befreundet?"

„Nein, ich kenne außer der Schwester niemanden."

„Demnach haben Sie nie mit Serap gesprochen, kennen die häuslichen Verhältnisse nicht?"

„Ich weiß nur das, was Aischa mir erzählt hat."

„Hat die Schwester einen Grund genannt, warum Serap verschwunden sein könnte?"

„Die Familie möchte, dass Serap einen Mann namens Rashid heiratet, und sie scheint von der Idee nicht begeistert zu sein. Dass sie deswegen fortgelaufen sein könnte, ist nur eine Vermutung. Ich kann mir auch nicht vorstellen ..."

„Ich mir schon", unterbrach Cemre Coskun. „Ihre Geschichte klingt nach einer Ehe, die arrangiert werden soll. Dabei spielt der Wunsch des Mädchens, der Frau, keine Rolle. Glauben Sie mir, das kann Grund genug sein, unterzutauchen."

Sie rollte den Bleistift zwischen ihren Handflächen, überlegte. „Was für ein Mensch ist Aischa?"

„Ich habe ein Foto von den beiden Schwestern." Emma griff nach ihrer Umhängetasche, kramte einen Hefter heraus. Sie reichte der Anwältin das Foto und tippte auf Aischa. „Das ist sie."

„Sie trägt ein Kopftuch, ihre Schwester nicht?"

Cemre Coskun vertiefte sich in das Foto. In ihre Stirn grub sich eine nachdenklich Falte. Ihr langes Schweigen verunsicherte Emma.

„Aischa ist ein nettes Mädchen. Sie macht sich wirklich große Sorgen, seit Serap verschwunden ist."

„Wie steht sie dazu, dass ihre Schwester kein Kopftuch trägt?"

Emma hatte Aischa dieselbe Frage gestellt. Serap mochte es nicht tragen, hatte das Mädchen geantwortet, erinnerte sie sich.

„Es ist ihr gleichgültig, nehme ich an. Aischa hält sich nur strenger als Serap an die Tradition."

„Was meinen Sie, warum junge Frauen das Kopftuch tragen?"

„Aischa ist 16 Jahre alt. Kann es sein, dass sie einfach ihren Eltern gehorchen will?"

„Es ist mehr als das. Oft fühlen Mädchen und Frauen sich über andere erhaben, wenn sie den in ihrer Wahrnehmung rechten Glauben hochhalten. Sie fühlen sich im Recht, diejenigen, die das Kopftuch ablehnen, zu verachten oder sogar zu schikanieren."

„Das kann doch jede halten, wie sie möchte. Sind Aischa und Serap nicht ein gutes Beispiel für Toleranz?"

„Gerade das wage ich zu bezweifeln", widersprach die Anwältin. „Oft genug sind Frauen, die das Kopftuch tragen, sehr intolerant. Sie betrachten jene, und nicht nur andere türkische Frauen, die es nicht tun, als unrein. Vielleicht hat Serap sich aus diesem Grund von ihrer Familie getrennt."

Sie sah Emma eindringlich an.

„Aber die freie Ausübung religiöser Gebräuche ..."

„Damit hat das Kopftuch wenig zu tun. Es steht für ein archaisches Frauenbild, dem diese Frauen sich unterwerfen." Cemre Coskun lachte bitter. „Als Deutsche türkischer Herkunft stelle ich häufig fest, dass ihr mit diesem Argument den anderen schützen wollt, um euch die eigene Toleranz zu bestätigen."

Emma stutzte. Stimmte, was Cemre Coskun behauptete? War sie nur tolerant aus Angst, zu diskriminieren?

„Sagt Ihnen der Name Necla Kelek etwas?", fragte die Anwältin, fügte, als Emma nickte, hinzu: „In einem ihrer Bücher bringt sie das auf die Formel: Die Deutschen sehen in einem Ausländer den Wiedergänger eines vor dem Holocaust zu rettenden Juden."

„Aber ..."

Cemre Coskun ignorierte Emmas Protest. „Sie glauben, wenn Sie Aischa helfen, ihre Schwester zu finden, zeigen Sie sich ihr gegenüber tolerant", sagte sie, „aber wo bleibt Ihre Toleranz der Schwester gegenüber? Serap, nehme ich an, wird schwerwiegende Gründe haben, wenn sie die Trennung von der Familie vollzieht. Warum akzeptieren Sie das nicht einfach und hören auf, nach ihr zu suchen?"

„Aischa hat mir gesagt, dass sie ihrer Schwester helfen möchte, die Eltern und Brüder überreden will ..."

Die Rechtsanwältin schüttelte den Kopf. „Und Sie glauben tatsächlich, dass sie etwas erreichen kann?"

„Warum nicht? Sie liebt ihre Schwester, sie wird einen Weg finden." Emma strich mit dem Daumen über das Foto. Hätte sie es nicht genauso gemacht, wenn es um Hannah gegangen wäre? Hatten sie beide nicht als Kinder wie Pech und Schwefel zusammengehalten, wenn es galt, sich gegen Tante Beate durchzusetzen?

„In strenggläubigen Familien entscheiden nicht die besseren Argumente, sondern die Hierarchie. Wie die Tochter sich kleidet, mit wem sie befreundet ist, wie sie lebt, kann in ihren Augen die Ehre der

Familie verletzen." Cemre Coskun hatte die Stimme gehoben und warf den Bleistift hin. „Was der Vater oder der älteste der Brüder sagen, ist unantastbar. Es kommt also darauf an, was Aischas *Abi* will, wie er darüber denkt, dass seine Schwester den vom Familienrat gewählten Mann nicht heiraten will. Aischa will ihm widersprechen? Seien Sie nicht so naiv."

Emmas Tante hatte ihr ebenfalls den Vorwurf gemacht, unkritisch sein. Zu Recht?

„Aischa ist ein willensstarkes Mädchen. Sie ist heimlich und aus eigener Entscheidung zu mir gekommen."

„Möglich, dass sie zielstrebig ist. In erster Linie jedoch ist sie vermutlich die jüngere Schwester, die dem *Abi* zu gehorchen hat, ihn bedienen muss, vor allem ihm niemals widersprechen darf."

Emma lehnte sich zurück, verschränkte die Arme.

„Warum lächeln Sie?", fragte die Anwältin.

„Ich verstehe jetzt, warum man Sie eine Feministin nennt. Manches, was Sie sagen, erinnert mich an meine Tante."

„Ich habe nichts dagegen, dass man mich als Feministin türkischer Herkunft bezeichnet. Wer sich wie ich mit diesen Fragen befasst, sitzt in der Zwickmühle. Manche meiner Landsleute beschimpfen mich als Nestbeschmutzerin und Verräterin."

„Der Vorwurf hat viel mit Gefühl, weniger mit dem Verstand zu tun. Müssen Sie ihn ernst nehmen?", wandte Emma ein.

Die Rechtsanwältin zögerte, warf ihr einen freudlosen Blick zu. „Es verletzt, so einfach ist das. Und manchmal ist es sehr schwer, die beißende Kritik und den vernichtenden Spott auszuhalten. Abgesehen davon, dass ich auch schon Todesdrohungen erhalten habe."

„Todesdrohungen?" Emma starrte sie entsetzt an.

„Denken Sie bloß nicht, dass wir von den Deutschen mehr Unterstützung erhalten." Cemre Coskun seufzte. „Je liberaler sie sind oder sich geben, desto schwieriger ist es. Wissen Sie, wovor Ihre Landsleute am meisten Angst haben?"

„Dass man sie der Ausländerfeindlichkeit verdächtigt?"

Emma sah, dass sie den Nagel auf den Kopf getroffen hatte, und hob bedauernd ihre Hände. „Sie haben es selbst gesagt – es liegt an unserer Geschichte, an dem, was im Dritten Reich passiert ist."

„Deshalb darf man trotzdem nicht die Missachtung der Verfassung tolerieren und muslimischen Gesetzen ein Schlupfloch öffnen. Die Scharia ist ein Rechtssystem, das mit dem Grundgesetz nicht vereinbar ist."

Emma legte den Riemen ihrer Tasche über die Schulter, zum Zeichen, dass sie sich verabschieden wollte. Sie spürte, mehr würde sie von Cemre Coskun nicht erfahren.

„Warum helfen Sie Aischa?", fragte die Rechtsanwältin. „Ohne abschätzen zu können, ob Sie Serap damit schaden?"

Ihr bohrender Blick zwang Emma, wahrheitsgemäß zu antworten. „Weil ich weiß, was es bedeutet, eine Schwester zu verlieren."

„Schade."

„Das ist ein zu schwaches Wort für den Verlust, glauben Sie mir!"

„Ihren Schmerz kann ich gut nachempfinden", sagte Cemre Coskun sanft. „Ich habe meine ganze Familie verloren. Schade finde ich, dass jemand wie Sie nicht mit uns zusammenarbeitet. Solange die im Grundgesetz verankerten Rechte für manche Frauen und vor allem türkische Frauen nur auf dem Papier bestehen, wäre es wünschenswert, dass Deutsche und Türken gemeinsam dafür sorgen, dass sich das ändert."

„Ich glaube, damit wäre ich überfordert."

Als sie sich erhob, deutete Cemre Coskun auf Emmas Kopf. „Tragen Sie die aus Solidarität?"

„Was?" Emmas Hand fuhr hoch.

Sie hatte die Mütze noch auf. Ihre Wangen begannen vor Scham zu brennen, als sie die blauen Augen der Anwältin auf sich gerichtet sah, Neugier, sogar Mitgefühl in ihnen zu entdecken glaubte.

„Nein", stieß sie heiser hervor, „das ist eine andere Geschichte."

„Wow, geil!"

Juri lehnte sich in dem weißen Ledersessel zurück, legte die Füße auf den dicken Glastisch, der seine Stabilität durch mächtige vergoldete Beine gewann, die in Löwenklauen ausliefen.

„Nimm deine Quanten da runter", fauchte Viktor. „Der Tisch hat mich mehrere Tausender gekostet. Was glaubst du, was ich von Masha zu hören kriege, wenn ein Kratzer drauf ist?"

Viktor Januschenko sah sich selbstgefällig um. So und nicht anders hatte Masha sich es vorgestellt. Ein Penthaus in einer Nobelgegend von Düsseldorf, in Oberkassel. Weiße Ledersofas mit flauschigen Seidenkissen. Der Luxus-Fernseher Armani TV 52 Zoll, fast eine Kinoleinwand. Er pfiff selbstzufrieden. Für seine Masha hatte er an nichts gespart. Sie hatte den zweifellos begehrtesten Fernseher der Welt in der Werbung gesehen und bekommen. Die Kiste lief Tag und Nacht.

So, wie es aussah, vor allem für seinen Bruder. Juri saß breitbeinig auf dem Sessel, beugte sich vor und kroch fast in den Fernseher, während er die nackten Brüste anstierte. Nackte Brüste machten ihn geil, egal ob die Frauen tot oder lebendig waren.

Juri hatte zwei steile Falten zwischen den Brauen und den Mund halb geöffnet. Sah aus wie ein Vollidiot.

War manchmal einer, Viktor ruckte mit den Schultern. Aber auf seinem Gebiet war sein Bruder mit allen Wassern gewaschen.

„Verdammt, musst du dauernd in die Glotze starren? Wer sich all das Zeug in den Kopp haut, ist ein Idiot."

„Bin ich nicht. Is'n Speschial. Interessiert mich eben. Da bringen sie alle Einzelheiten."

„Du meinst die Titten."

„Ich sag doch, die Einzelheiten." Juri ließ den Bildschirm nicht aus den Augen.

„Haben wir es mit einem Serienmörder zu tun?", fragte die Plapperstimme der aufgeregten Reporterin.

Klar, so wie's aussieht, entschied Viktor. Was sonst? Ein Serienmörder würde die Bullen in Atem halten. Gut für ihn. Gut für seine

Geschäfte. Viktor griff nach der Wodkaflasche, füllte das Kristallglas zum zweiten Mal. Ehe er die Flasche abstellte, las er das Etikett: Stolichnaya Elit. Er hob das Glas, höchst zufrieden mit sich selbst. Nicht schlecht, dass er sich das leisten konnte.

Und dabei sollte es bleiben, verdammt noch mal! Jana würde ihm keinen Strich durch die Rechnung machen. Viktor kniff die Lippen zusammen, griff zur Fernbedienung.

„He, was soll das?", brüllte Juri ihn an. „Ich kann ja nichts mehr hören."

„Das ist genau der Zweck." Viktor wog die Fernbedienung in der Hand. „Wir müssen über Jana reden."

Er konnte nicht glauben, dass der Lockvogel, den sie – na ja, eigentlich Juri – auf den Juwelier Wörne angesetzt hatten, sich traute, Sperenzchen zu machen. „Wie ich höre, zickt die herum, hat gesagt, sie will nicht mehr."

„Keine Angst, die habe ich im Griff." Juri kniff listig ein Auge zusammen. „Die Tussi fährt auf den Alten ab."

„Dann steht sie auf Nekrophilie."

„Was?" Juris Eisaugen zeigten blankes Unverständnis.

„Na, deine Jana wird von Leichen aufgegeilt." Viktor lachte. „Der Alte ist doch schon scheintot."

„Jetzt verarschst du mich, oder?"

„Nee, das gibt's. Aber nicht bei Jana, das müsstest du doch am besten wissen. Die hat nur einen Anfall von Mitleid mit dem alten Sack. Das ist bei Weibern so, das geht vorüber."

„Verdammtes Weibsbild", explodierte Juri, ballte misstrauisch die Fäuste, „und wenn sie quatscht?"

Viktor winkte ab. Jana würde sich hüten. Die wusste, was ihr blühte, wenn sie nicht parierte.

„Sag schon, was dann?", beharrte Juri.

„Dann musst du ihr zeigen, was es heißt, sich mit uns anzulegen, Brüderchen. Nimm sie in die Mangel."

„Und wie? Haste 'nen Vorschlag?"

„Lass dir was einfallen", sagte Viktor. Mit der Arbeitsteilung waren sie beide bisher gut gefahren. „Hauptsache, du vergisst nicht, wer hier der Chef ist."

„Ich glaub, ich hab schon 'ne Idee." Juri wies mit dem Kinn auf den Bildschirm. „Kannst du den Ton wieder lauter stellen?"

Mist! Wie sollte sie Serap finden, wenn niemand ihr helfen wollte? Emma brauchte Bewegung, um ihren Frust abzuschütteln, lief in schnellem Tempo über die Graf-Adolf-Straße, bog in die Königsallee ein. Sie achtete weder auf die Modehäuser noch auf die Grünanlagen des Kögrabens. Ihre Gedanken kreisten um Aischa. Wieso glaubten alle, es wäre falsch, Aischa zu helfen? Keiner von ihnen wusste so gut wie sie, was es bedeutete, die eigene Schwester zu verlieren.

Zwangsheiraten, falsche Toleranz, Holocaustvergleiche – das alles war nicht ihr Problem und Aischas sicher auch nicht. War es nicht einfach so, dass die Boulevardblätter Vorurteile schürten, das Thema nur aufgriffen, wenn es die Auflage steigerte, Familienfehden und Ehrenmorde sensationsgierige Leser lockten? Die Suche nach Serap aufzugeben, wäre dagegen Verrat.

Ohne es bemerkt zu haben, hatte Emma die Einmündung der Schadowstraße erreicht. Sie blieb abrupt stehen. Die Reste eines gelb leuchtenden Absperrbandes an dem langen Bauzaun stachen ihr ins Auge. Dahinter streckte eine Kastanie die Äste gegen den Himmel. Emma hielt den Atem an. In der Astgabel dort oben hatte der Mörder Paula Linden an ihren Haaren aufgehängt.

Das Bild in ihrem Kopf zeigte ihr jede Einzelheit, das blonde Haar, mit einem blauen Seil verknotet. Emma schluckte. Konnte Dr. Kirch der Mörder sein? War er mit seinen geschmeidigen Bewegungen in den Baum geklettert und hatte dann die tote Frau ins Geäst gezogen? Der Mörder konnte kaum mit ihr im Arm den Baum erklommen haben, hatte sicherlich große Kraft gebraucht. Dr. Kirch war nicht gerade ein Athlet, wirkte aber durchtrainiert. Und das Adrenalin, dachte Emma, der Kick, wenn er langes Haar anfasste. So musste es gewesen sein. Der Hormonschub hatte ihm geholfen. Wieder spürte sie das Kitzeln zwischen den Schulterblättern, die Gänsehaut auf den Armen, das Gefühl, erniedrigt zu werden, das schlimmer als eine unsittliche Berührung gewesen war. Alles in ihr zog sich zusammen. Sie machte auf dem Absatz kehrt.

Nur weg! Emma stürmte mit gesenktem Kopf den Bürgersteig entlang, zählte ihre Schritte, um sich abzulenken.

354. Der schmerzhafte Stoß gegen den linken Arm, als sie jemanden anrempelte, riss sie aus ihrer Trance zurück in die Realität. „Entschuldigung", murmelte Emma, ohne hochzusehen, und rieb sich den Ellbogen.

„Wieder kein bleibender Schaden, jedenfalls nicht bei mir", stellte eine sanfte Stimme fest.

Diesmal hatte Emma keine Schwierigkeiten, die babyblauen Augen und den fluseligen Haarflaum auf Anhieb zuzuordnen. Ihre schüchterne Rheinfährenbekanntschaft. Sie war erleichtert, ein bekanntes Gesicht zu sehen, grinste Ben an. „Zwischen uns scheint eine seltsame Anziehungskraft zu bestehen."

Er trug eine Jeansjacke über einem dunkelblauen Rollkragenpullover und wieder die Adidas Terrex, die zu seiner Standardbekleidung zu gehören schienen.

„Mir ist nichts passiert", versicherte Ben, blickte sie trotzdem bekümmert an. „Aber du hast dir wehgetan, oder?"

Emma merkte, dass sie noch immer ihren Ellbogen massierte. „Es gibt Schlimmeres, das kannst du mir glauben."

„Schlimmeres?"

Ben strich über seinen Dreitagebart, sah sie mitfühlend an. Zögerte einen Moment, als ob er Mut fassen müsste. Er deutete auf eine wenige Schritte entfernte Glasfront mit dem grün-weißen Schriftzug von *Manufactum*. „Du siehst aus, als könntest du einen Kaffee vertragen. Was hältst du davon?"

„Ein Milchkaffee wäre jetzt genau das Richtige."

Der Plausch mit Ben würde sie auf andere Gedanken bringen, dachte Emma. Zudem war die schüchterne Sympathie, die er ihr gegenüber zeigte, ein kleines Trostpflaster für ihr verletztes Ego. Nicht nur die Sache mit Dr. Kirch hatte ihr zugesetzt, sie fühlte sich auch von Thomas Strassberg schmählich vernachlässigt.

Ben verstand ihr Schweigen falsch. Er errötete. „Wenn du keine Zeit hast oder keine Lust ..."

„Ich habe beides, Zeit und Lust." Emma nahm ihn am Arm und zog ihn mit sich.

Sie gingen durch einen Nebeneingang, der direkt in den Bereich *Brot & Butter* führte. Hier umfing sie, kaum dass sie eingetreten waren, der Duft von frisch gebackenem Brot. Darunter mischte sich das Aroma von delikaten Würsten und Käsesorten. Ben steuerte auf einen freien Bistrotisch zu und überließ ihr die Platzwahl. Emma setzte sich so, dass sie die Geschäftsräume des Einrichtungshauses vor sich hatte, die früher die Schalterhalle einer Bank gewesen waren. Der von Licht durchflutete Laden mit seinen Stellagen vermittelte ihr das beruhigende Gefühl von Sicherheit und Normalität.

„Es ist warm hier", sagte Ben, als er ihre Milchkaffees brachte. Er zog seine Jeansjacke aus und legte sie sich übers Knie. „Willst du die nicht absetzen?"

Emma griff an ihre Mütze, ließ die Hand wieder sinken.

„Du wirst dich erkälten."

„Es ist nur ..."

Sie fühlte sich ertappt, zerrte die Mütze von ihrem Kopf. „Ach was, hier kann mir ja nichts passieren."

„Wovor hast du Angst?", fragte Ben irritiert. Dann glomm in seinen Augen Verständnis auf. „Ist es wegen der Morde?"

„Ja und nein", stotterte Emma, hob hilflos die Schultern, „irgendwie hat es wohl damit zu tun." Als Ben sich zu ihr neigte und sie aufmerksam betrachtete, fügte sie hinzu: „Die Geschichte, die seit einer Woche alle übrigen Nachrichten verdrängt, kann schon das irrationale Bedürfnis wecken, das eigene Haar zu verstecken."

„Was bei dir schade wäre, so schön wie deines ist."

Emma zog an ihrem Zopf, der sich aufzulösen begann. Es war nicht leicht, die diffusen unguten Empfindungen seit ihrer Begegnung mit Dr. Kirch zu erklären. Noch dazu einem Mann, den sie kaum kannte. Doch Bens ehrliches Interesse und sein besorgter Blick waren so wohltuend wie vertrauenerweckend.

„Aber ..."

Als sie abermals verstummte, berührte Ben zart ihre Hand. „Hast du Angst, dass dich jemand an den Haaren aufhängen könnte?"

Die Freimütigkeit, mit der er die grausame Vorstellung aussprach, machte Emma im ersten Moment sprachlos. Doch Ben hatte Recht, dachte sie, darum herumzureden hatte wenig Sinn.

„Eigentlich nicht. Für die Mütze gibt es einen anderen Grund", antwortete sie.

„Manchmal erleichtert es, wenn man sein Herz ausschütten kann." Ben musterte sie. „Aber du weißt nicht, ob du mir vertrauen kannst."

„Bin ich so leicht zu durchschauen?"

„Einem Fremden gegenüber ist Vorsicht immer angebracht ..."

Seine Mundwinkel zuckten, dann lächelte er in sein Kaffeeglas.

Aber Freunden gegenüber nicht, ergänzte Emma stumm. Sie beugte sich zu ihm. „Ein Mann hat gestern meinen Zopf heimlich berührt, es war ein ganz blödes Gefühl. Seitdem bin ich ziemlich durcheinander." Emma zog eine Grimasse. „Irgendwann erzähle ich dir die Einzelheiten. Im Augenblick kann ich noch nicht darüber sprechen."

Eine Lüge, protestierte ihre innere Stimme, Max hatte sie es berichten können. Sie hob ihr Glas, um Bens Blick auszuweichen. Blödsinn, Max kannte sie beinahe ihr Leben lang. Während Emma einen Schluck nahm, beobachtete sie ihr Gegenüber nachdenklich. Waren Ben und sie Freunde? Würden sie welche werden?

„Bist du bei deiner Suche weitergekommen? Oder soll ich dir noch einen Tipp geben?", unterbrach er ihre Gedanken. „Ich meine, hast du die Schwester deiner Freundin gefunden?"

Seine Fragen katapultierten Emma in die Gegenwart, zurück zu den entmutigenden Antworten, die Cemre Coskun ihr gegeben hatte. „Ich bin noch keinen Schritt weiter", seufzte sie.

„Sie ist bestimmt einfach nur abgehauen." Ben rührte nachdenklich durch seinen Milchkaffee. „Wenn ich verschwinden wollte, würde ich mich an Orten verstecken, die man nicht mit mir in Verbindung brächte. Hier in Düsseldorf vielleicht in einem der zahlreichen Bunker oder in Oberbilk. Dort gibt es genügend Wohnblocks, in denen niemand auf seine Nachbarn achtet."

Emma holte tief Luft. „Weißt du, was mich wirklich ärgert? Jeder sagt mir, ich hätte den Auftrag ablehnen sollen."

„Warum? Mit welcher Begründung?"

„Na ja, auf den Punkt gebracht, weil sie Türkin ist."

„Du liebe Zeit, weil in jüngster Zeit in den Medien häufiger über Ehrenmorde berichtet worden ist, rät man dir von der Suche ab?"

Ben legte den Finger in die Wunde. Hinter seiner hohen Stirn verbarg sich ein kluger Kopf, dachte Emma.

„Es geht wohl darum, dass meiner Auftraggeberin nicht zu trauen sei. Aber das kann ich einfach nicht glauben."

Emma schob wütend ihr Glas hin und her, bis die schaumige hellbraune Flüssigkeit über den Rand schwappte. „Die Expertin, bei der ich heute gewesen bin, hat behauptet, in strenggläubigen Familien dürfe ein türkisches Mädchen ihrem ältesten Bruder niemals widersprechen, schon gar nicht den Vorschlag machen, dass ihre Schwester den von der Familie ausgewählten Mann nicht heiraten solle. Es müsse ihm stattdessen gehorchen und ihn bedienen."

„Und das fällt euch schwer, euch Frauen, nicht wahr?"

Die in mildem Ton vorgebrachte Frage ließ Emma innehalten. Machte Ben Witze? Sich lustig über sie? Sie suchte in seinem Gesicht nach einem Hinweis. Vergeblich. Er verzog keine Miene.

„Findest du das etwa richtig?", fragte sie aufgebracht.

„Nur bei Frauen, die so schönes langes Haar haben wie du", sagte Ben besänftigend, lächelte verschmitzt.

Seine unerwartete Antwort brachte Emma auf eine Idee. Widerspruchslos gehorchen und dienen, ging es etwa darum? Um Unterwerfung und Überlegenheit, um Machtdemonstration und Dominanz? Lag hier das Motiv des Mörders? Sollten die Frauen für eine vermeintliche Unbotmäßigkeit bestraft werden, indem sie an ihren Haaren aufhängt wurden?

Sie musste nachdenken, vielleicht mit Matthesius sprechen.

9. KAPITEL

„Kurt, kann ich dich kurz sprechen?" Matthesius öffnete einladend die Bürotür.

Rigalski blickte von seinem Schreibtisch auf. „Ich bin wohl unerwünscht."

„Richtig."

„Macht nichts, ich muss ohnehin pinkeln."

„Bis du fertig bist, sind wir es auch."

Rigalski hörte ihn schon nicht mehr, verschwand eilig den Gang hinunter.

Schwitter sah sich in dem schuhschachtelgroßen Raum um, schüttelte angesichts des aufgeräumten Schreibtisches den Kopf. „Wie machst du das bloß?"

„Ordnung auf dem Tisch zeigt Ordnung in den Gedanken", sagte Matthesius, obwohl der Spruch auf ihn momentan gar nicht zutraf. Er wies auf einen Stuhl, konnte, als er sich selbst setzte, ein Stöhnen nicht unterdrücken. „Dieser verdammte Fußball!"

„Warum musstest du auch hinterherhechten?"

„Hätte ich das Kind überfahren lassen sollen?"

„Nur falls du ...", Schwitter, der werdende Vater, brachte den bösen Scherz nicht zu Ende. „Du willst mich aber hoffentlich nicht um Beurlaubung bitten, Max."

„Im Gegenteil."

„Gut. Ich kann auf keinen Mann verzichten. Schon gar nicht, solange es so aussieht, als steckten wir fest."

„Prima, dann hast du bestimmt nichts dagegen, wenn wir alle Hebel in Bewegung setzen."

„Tun wir das nicht längst? Und mit welchem Ergebnis? Nichts, absolut nichts. Hast du eben bei der Besprechung nicht zugehört? Jonas Hempel, der Freund des ersten Opfers, hat für den zweiten Mord ein wasserdichtes Alibi. Falls wir das nicht knacken können ..."

„Und selbst wenn, haben wir keine Beweise, dass er seine ehemalige Freundin umgebracht hat", sagte Matthesius. Über diese Kardinalfrage war unter den Kollegen eine heftige Diskussion entbrannt.

„Das ist genau der Punkt", regte Schwitter sich auf. „Es gibt zwar Zeugen für einen Streit zwischen Paula Linden und Jonas Hempel. Danach aber hat Hempel das Lokal verlassen. Den Mann, der sich später zu ihr an den Tisch gesetzt hat, haben wir bisher nicht ausfindig machen können. Glaubst du, dass Hempel und Linden sich an dem Abend noch einmal getroffen haben? Das einzige Eisen, das wir zurzeit noch im Feuer haben, ist die Serviererin aus *Benders Marie*."

Matthesius kannte Schwitter nicht als Mann vieler Worte. Der ungewohnte Ausbruch seines Kollegen zeigte ihm, wie verzweifelt dieser ihre Lage einschätzte.

„Wir müssen sie so bald wie möglich vernehmen. Ist denn ihr Kind wieder gesund?", fragte er.

Schwitter wischte mit der Hand über seinen kahlen Schädel. „Was weiß ich, jedenfalls ist sie bereit, sich morgen mit dem Polizeizeichner zu treffen."

„Sagtest du, ein einziges Eisen? Kann sein, wir haben ein zweites im Feuer."

Schwitter rutschte mit dem Stuhl näher. „Du hast etwas Neues? Eine Spur?"

„Möglich." Matthesius erzählte ihm, was Emma bei Dr. Kirch erlebt und welchen Verdacht sie geäußert hatte.

„Er hat ihren Zopf berührt? Heimlich?" Schwitter sah ihn skeptisch an. „Kann das nicht zufällig geschehen sein? Als er hinter ihr aus der Tür ging? Oder die Tür schließen wollte?"

„Emma sagt Nein. Nimm nun noch den Zopf, der bei ihm an der Wand hängt, und du hast …"

„Einen Haarfetischisten, einen Mann mit einem stark ausgeprägten Faible für Haar."

„Für langes Haar, Kurt, für langes", betonte Matthesius.

„Fällt dir ja früh ein. Du hättest es bei der Besprechung berichten müssen, als ich die Aufgaben verteilt habe", murrte Schwitter.

Matthesius wollte widersprechen, zögerte, war unvermittelt wie schon während der Konferenz mit den Kollegen von einer seltsamen Mischung aus Unruhe und Lethargie befallen. Zu vieles ging ihm durch den Kopf, verwirrte ihn. Ein Konglomerat aus Bildern, Beobachtungen und Eindrücken, Gedanken und Überlegungen, Gesten, Sätzen. Ein undurchdringliches Gemisch, als stammte es aus einem Traum, an dessen Einzelheiten er sich nicht zu erinnern vermochte. Zwei tote Frauen. Junge, hübsche Gesichter. Das mit dem Haar verknotete blaue Seil. Ein Zopf an der Wand, eine Hand, die über roggenblonde Haare strich. Verdammt, wo war seine Fähigkeit geblieben, analytisch zu denken, vernünftige Schlüsse zu ziehen?

Seit seinem Gespräch mit Emma machte es ihm unterschwellig zu schaffen, sie in unmittelbarer Nähe eines Mannes zu wissen, der auf lange Haare, Zöpfe fokussiert schien. Doch beim aktuellen Stand der Ermittlungen waren ihm die Hände gebunden, selbst wenn sie in Gefahr schweben sollte.

Matthesius stützte beide Ellbogen auf, sein Kinn auf die Hände. „Die Zusammenhänge scheinen immer nur am Rand meines Blickfelds aufzutauchen, Schemen, die verschwinden, kaum, dass ich sie fixieren will."

Als Matthesius eine Hand auf seiner Schulter fühlte, zuckte er vor Schmerz zusammen, merkte, dass er laut gesprochen hatte. Schwitter war aufgestanden und beugte sich über ihn. „Du machst dir Sorgen um die kleine Rohan?"

„Weißt du, wie jemand sie neulich genannt hat? Eine kleine Fanatikerin. Seitdem frage ich mich, ob Emma nicht genau das ist."

Matthesius erhob sich ächzend, drehte sich zum Fenster. Ein roter Punkt im tristen Einerlei von Häusern und Straße erregte seine Aufmerksamkeit. Der scharfe Nordwestwind, der für einen klaren blauen Aprilhimmel gesorgt hatte, trieb eine Plastiktüte vor sich her.

Die Tür wurde aufgerissen, Rigalski kam schwungvoll auf Matthesius zu. „Können wir uns auf den Weg machen?"

„Ich habe gerade euren Einsatz geändert", sagte Schwitter.

„Sollen wir nicht mehr in der *Optima*-Agentur nach Verbindungen zwischen den beiden Frauen suchen?"

„Damit vergeudet ihr nur Zeit." Rigalskis Frage machte Schwitter wieder wütend. „Wisst ihr, wie ich mir vorkomme? Wie einer dieser blödsinnigen Kommissare im Fernsehen, die sagen, ‚Irgendetwas verbindet die Frauen, etwas ganz Einfaches. Wir haben es nur noch nicht gefunden'. Also seht euch diesen Dr. Kirch an. Man kann ja nie wissen."

Der Dozent stand vor seinen Regalen und streckte gerade die Hand nach einem Buch aus, als sie sein Büro betraten.

„Hauptkommissar Matthesius und Kriminaloberkommissar Rigalski", stellte Matthesius sich und seinen Partner vor. „Haben Sie einen Moment Zeit für uns?"

„Ja, gewiss doch."

Dr. Kirch eilte hinter seinen Schreibtisch, stieß mit dem Knie eine Schublade zu und setzte sich. Fahrig nahm er eine brennende Zigarette vom Aschenbecher auf.

„Nehmen Sie bitte Platz. Etwas ungewöhnlich, dass die Polizei sich für mein Fachgebiet interessiert."

Matthesius zog sich einen Stuhl heran, der an der Wand neben dem Fenster stand. „Manchmal erfordert eine gute Ermittlung eben die ganze Kunst."

Er rieb sich den schmerzenden Rücken, gab Rigalski, der dem Dozenten gegenübersaß, ein Zeichen, zu übernehmen. Wie zuvor abgesprochen, wollte er zunächst im Hintergrund bleiben, sich ein Bild von Kirch machen.

„Ich habe viel zu tun." Dr. Kirch deutete entschuldigend mit der Zigarette in der Hand auf einen Packen Notizen. „Trotzdem – wie kann ich Ihnen helfen?"

„Sie sind Dozent für Kunstgeschichte an der Heinrich-Heine-Universität." Rigalski sah von seinem Notizbuch auf. „Stimmt es, dass Sie gerade dabei sind, sich mit einem Thema über Haare zu habilitieren?"

Haare in der Darstellung der Weiblichkeit, ja, das ist richtig."

„Dann können wir Sie also als Fachmann für Haare betrachten?"

„Nur in der Kunst." Dr. Kirch schlug die Beine übereinander, legte die Arme vor die Brust. „Sind Sie deshalb zu mir gekommen?"

Die typische Abwehrhaltung. Kirch zeigte längst nicht die Souveränität, die Matthesius bei einem Wissenschaftler, der eine Professur anstrebte, vorausgesetzt hatte.

„Wir ermitteln in zwei Mordfällen", sagte Rigalski gemessen. „Die Opfer wurden an ihren Haaren aufgehängt."

„Das hätte ich mir denken sollen", Kirch schnippte die Asche von seiner Zigarette, „dass es um die beiden getöteten Frauen geht. Gibt in den Medien ja zurzeit kaum ein anderes Thema."

Er war blass geworden, auf seinen Wangen zeigten sich rote Flecken.

Matthesius musterte ihn unter gesenkten Lidern. Vom Aussehen her entsprach der Kunsthistoriker dem, was er nach Emmas Bericht erwartet hatte. Sie hatte ihren Auftraggeber als gut aussehenden Mann beschrieben, der sein künstlerisches Image durch Frisur und Kleidung betonte. Auch an diesem Tag trug er ein weites Hemd zu engen schwarzen Jeans. Die gefältelte Hemdbrust erinnerte Matthesius an die Biesen am Frackhemd seines Großvaters.

Rigalski beugte sich vor. „Dann haben Sie sicher auch Fotos von den Opfern gesehen. Die Art, wie der Mörder die Leichen in Szene gesetzt hat, ist auffällig: Das Haar ist straff gespannt und am Ende durch ein Seil zusammengefasst."

„Es bildet eine Pyramide", präzisierte der Dozent. „So beschreibt die Kunstgeschichte die Art, das Haar aufzutürmen."

„Interessant. Was können Sie als Experte uns noch darüber sagen?"

Dr. Kirch lehnte sich zurück, verschränkte die Hände hinter dem Kopf. Typische Haltung eines Dozenten, der seine Studenten an seinem Wissen teilhaben lässt, dachte Matthesius.

„Auf Anhieb fällt mir *Die schwankende Frau* von Max Ernst ein. Da scheint ein imaginärer Luftzug die Haare zu einer steilen Pyramide zu formen. Übrigens eine Darstellung, die wir schon von Illustrationen aus französischen Journalen des späten 19. Jahrhunderts kennen. Damals entsprach die Pyramide dem Schönheitsideal. In diese Zeit gehört auch Seurats *Zirkusreiterin*. Doch Sie können noch weiter zurück bis in die Renaissance gehen. Es gibt eine Allegorie Andrea Previtalis'. Bei ihr ist das Haar nicht glatt, sondern bis in die Spitzen hinein gewellt. Mich erinnert es an einen Korkenzieher. Die Allegorie wurde Giovanni Bellini zugeschrieben, neuere Forschungen ..."

„Eine Allegorie?", unterbrach Rigalski.

„Ein Sinnbild. Es ist eine Allegorie der Fortuna, des Glücks."

„Glück können wir auf jeden Fall brauchen", murmelte Rigalski, fragte laut: „Wo kann man diese Bilder sehen?"

„Das Bild von Max Ernst gehört zur Kunstsammlung Nordrhein-Westfalen. Ich nehme an, viele Menschen kennen es, zumal es in den entsprechenden Katalogen abgebildet ist. Der Katalog, den Werner Schmalenbach 1986 herausgegeben hat, enthält auch die Allegorie von Previtalis."

„Und warum wurden die Haare so dargestellt, welche allegorische Bedeutung liegt darin?", mischte sich Matthesius ein.

„Dazu kann ich mir noch kein abschließendes Urteil erlauben. Ich habe längst noch nicht das gesamte Material gesichtet. Wenn es Sie interessiert, besuchen Sie mich wieder, wenn meine Habilitationsschrift fertig ist."

Wenig hilfreich. Was war mit dem Zopf? Matthesius blickte sich um, suchte die Wände ab. Er bemerkte nichts Ungewöhnliches, nur das, was er in jedem Büro erwarten würde. An der Magnetwand hingen Merkzettel, Prospekte, eine poppig aufgemachte Karte, die Einladung zu einer Vernissage. In einer Lücke zwischen zwei Regalen, hatte Emma gesagt, sodass der Dozent ihn vom Schreibtisch aus stets im Blick hätte. Doch da war nur ein Haken in der Wand. Matthesius stand auf, sah kurz zu Kirch.

„Sie müssen entschuldigen, durch eine Verletzung an der Schulter fällt es mir schwer, lange in derselben Haltung zu verharren. Ich muss mich ein bisschen bewegen", sagte er beiläufig und wandte sich zum Fenster.

Indem er mit seinem silbernen Drehstift auf ein Notizblatt tippte, lenkte Rigalski die Aufmerksamkeit auf sich. „Das erste Opfer, Paula Linden, war Studentin. Haben Sie sie gekannt?"

Matthesius ging hinter Kirch zu den Wandregalen, konnte nicht erkennen, wie er auf Rigalskis Frage reagierte. Seinem Kollegen allerdings musste etwas aufgefallen sein, er drückte seinen Stift an die Unterlippe, ein sicheres Zeichen.

„Ich unterrichte viele Studenten. Da kann ich mich kaum an jeden erinnern und kenne auch nicht alle persönlich."

Während Rigalski dem Dozenten ein Foto von Paula Linden reichte, glitt Matthesius' Blick über die Schreibtischschubladen.

Volltreffer. Er trat dichter an das Bücherregal, tat, als läse er die einzelnen Titel der Literatursammlung.

„Wissen Sie, was ich hier vermisse?", fragte Rigalski unvermittelt.

„Einen echten Picasso vielleicht?", Kirch sah vom Foto auf, lächelte ironisch. „Mehr künstlerisches Ambiente? Nun, ich gestehe, etwas in der Art wäre mir lieber. Leider sind die Mittel der Universität begrenzt, die Ausstattung der Räume ist von Bürokraten erdacht."

„Nein, das ist es nicht." Rigalski deutete mit zwei Fingern auf die Lücke zwischen den Regalen. „Wo ist der Zopf? Wir wissen, dass Sie einen Zopf hier hängen hatten, Dr. Kirch."

„Einen Zopf?"

Der Dozent warf einen raschen Blick auf die Wand, schüttelte verwundert den Kopf. „Wie kommen Sie auf solch einen Unsinn?"

Ein klägliches Schauspiel, dachte Matthesius, beobachtete, wie die roten Flecken auf Kirchs Wangen eine Spur dunkler wurden.

„Bis gestern hing er dort an der Wand."

„Wer hat Ihnen das erzählt? Irgendeine umnachtete Studentin, eine von diesen dummen Gänsen, die glauben, sie könnten eine gute Note ergattern, indem sie mir Avancen machen?"

„Wir haben es aus sicherer Quelle", betonte Rigalski.

Vorsicht, dachte Matthesius, sein Partner sollte Emma lieber aus dem Spiel lassen.

„Sichere Quelle, dass ich nicht lache!"

„Eine sehr sichere Quelle."

„Ja, schon klar. Wollen Sie mich jetzt etwa auch noch des Mordes an den beiden Frauen verdächtigen?"

„Kriminaloberkommissar Rigalski hat Sie nicht verdächtigt", sagte Matthesius scharf. „Er hat Sie gefragt, wo der Zopf geblieben ist."

„Ich sage Ihnen, es gibt keinen solchen Zopf."

„Dann sehen wir doch mal nach." Rigalski sprang vom Stuhl auf.

„Nur wenn Sie einen Durchsuchungsbeschluss haben!" Kirchs Stimme überschlug sich, die roten Flecken brannten auf seinen Wangen. „Haben Sie den?"

„Der ist wohl nicht nötig", entgegnete Matthesius ruhig, winkte Rigalski zu sich und zeigte auf die unterste Schublade des Schreibtisches. Sie war nur halb geschlossen, aus dem Spalt wand sich eine Haarsträhne mit hellblauem Zopfband.

Ob es ihr gelang, die widerwärtigen Gefühle wegzuwaschen? Emma ließ das Wasser auf Kopfhaut und Rücken prasseln, schützte nur ihre Brüste vor dem heißen Strahl, indem sie die Arme kreuzte. Als sie aus der Dusche kam, roch sie, als hätte sie in Neutralseife gebadet. Die englische Pears-Seife war trotz blumiger Beschreibungen ihrer Duftnoten fast geruchlos. Emma bevorzugte sie aufgrund ihrer Phobie, die sie Christie gegenüber heruntergespielt hatte.

Mit geföhnten Haaren, in sauberen Jeans, einem rotweiß gestreiften Hemd und schokofarbener Weste machte sie sich auf den Weg nach Wittlaer. Sie war für halb vier verabredet und gespannt, wie Christie sich ihr gegenüber verhalten würde.

War es nicht immer so gewesen, dass Christie dominierte und sie sich in die Sicherheit kuschelte, die ihre Freundin ihr bot? Doch als sie am Vortag gemeinsam zur Polizei gegangen waren, hatte sie das schöne Gefühl gehabt, die Rollen seien plötzlich vertauscht. Ihre sonst durch nichts zu erschütternde Freundin war ungewöhnlich nervös und kleinlaut gewesen, hatte ein schlechtes Gewissen. Zu Recht, dachte Emma.

Christie war allein zu Hause, erwartete sie mit frisch gebrühtem

Earl Grey. Emma sank in die weichen Kissen des Sofas und beobachtete, wie Christie den Tee eingoss, ihr fürsorglich eine Platte mit kleinen Kuchen und eine Schale feinster Trüffel in Reichweite schob. Als sie die Kanne auf das Stövchen stellte, zog Emma ihre Freundin neben sich. Eine ungewohnte Initiative. Sie konnte keine Spur von Zerknirschung und Unruhe mehr an Christie entdecken, stattdessen wirkte sie souverän wie immer.

„Willst du nicht zugreifen?"

„Ehrlich gesagt, mag ich im Moment nichts."

„Hat dir etwas den Appetit verschlagen? Liegt dir das Wochenende mit den Kindern auf der Seele und bist du gekommen, um zu beichten?"

„Okay, Christie, wir waren am Sonntag nicht im Gottesdienst. Ich bin mit ihnen stattdessen nach Recklinghausen zur *Zoom Erlebniswelt* gefahren. Es war toll, die vier waren von Alaska begeistert."

„Das scheint mir eine lässliche Sünde im Vergleich zu allem anderen."

Was meinte Christie? Die Übernachtung in ihrer Wohnhöhle? Etwa den Ausflug zum Carlsplatz? Sie hätte es sich denken können. Christie musste erfahren haben, dass sie an *Mehmets Obst- und Gemüsestand* gewesen waren, und hatte ihre Schlüsse gezogen.

„Wenn ich den Erzählungen der Kinder glauben kann, hast du wahre Männerorgien gefeiert."

„Du liebe Zeit." Wenn das alles war, dachte Emma erleichtert, grinste schelmisch.

„Jedenfalls war von Männern die Rede. Um genauer zu sein, von dreien: Max, ein echter Polizist, Theo und Benjamin waren von ihm schwer beeindruckt." Christie hatte Mühe, sich ein Lachen zu verkneifen, wurde wieder ernst. „Dann ein Penner namens Edmund."

„Ein Obdachloser, der die *Fiftyfifty* verkauft", stellte Emma richtig. „Er ist harmlos, schreibt Gedichte."

„Ich schärfe meinen Kindern ein, sich von Fremden fernzuhalten."

„Ich kenne Edmund schon lange."

„Lassen wir das." Christie trank einen Schluck Tee und sah Emma über den Tassenrand hinweg an. „Und wer ist Nummer drei? Ben, der Ingenschieur?"

Sie traf die Sprechweise ihres Jüngsten gut, gab der Frage einen scherzhaften Klang. Doch Emma ahnte, dass Christie vor Neugier fast umkam.

„Ich habe ihn durch Zufall kennengelernt."

„Und? Ist er nett?"

„Sehr. Hilfsbereit, etwas schüchtern vielleicht."

„Klingt nicht schlecht. Wann stellst du ihn mir vor?"

Darauf lief es also hinaus, dachte Emma, die Hoffnung, sie könnte Thomas wegen Ben den Laufpass geben. Aus unerfindlichen Gründen hatte Christie sich bislang mit ihm nicht anfreunden können. Emma schüttelte den Kopf. „Es ist nicht so, wie du denkst."

„Du hast doch gesagt, er sei sehr nett."

„Ja, aber ...", Emma zögerte, „irgendetwas fehlt ihm."

„Irgendetwas? Was denn genau?"

Christies meerblaue Augen funkelten erwartungsvoll.

Er hat die erotische Ausstrahlung eines Badeschwamms. Emma sprach nicht aus, was ihr auf der Zunge lag, schämte sich plötzlich. Himmel, wie konnte sie so etwas denken? Ben hatte nicht verdient, dass sie so boshaft war.

„Du wirst ja rot."

„Aus Ärger", log sie, nahm sich ein Stück Baumkuchen. „Ich hüte deine Kinder nie wieder. Du bist schlimmer als jeder Verhörspezialist."

„Gut, Themenwechsel. Ich nehme an, du suchst weiter nach der Türkin?"

Christie drehte einen Champagnertrüffel zwischen den Fingerspitzen. „Warum lässt du dich eigentlich auf solche Aufträge ein?"

„Du meinst auf Türken?"

Konnte es sein, dass Christie als strenggläubige Katholikin Muslime ablehnte? War das der Grund für ihre Skepsis?

„Mir wäre lieb, du würdest mir erklären, worauf du eigentlich hinauswillst."

„Ehrenmorde. Hast du keine Angst, in so etwas verwickelt zu werden? Diese Verbrechen sind keine Erfindung irgendwelcher Sensationsreporter. Hast du noch nie gehört, dass solche Geschichten passieren?"

„Doch. Aber du kannst nicht alle Muslime unter Generalverdacht stellen."

„Und du solltest nicht mit Worthülsen von Politikern argumentieren." Christie schaute sie triumphierend an. „Oder bist du dir deiner Sache nicht sicher?"

Emma zog die Schultern hoch und verschränkte die Arme. Wünschte, sie hätte sich in sich selbst verkriechen können. Manchmal fühlte sie sich völlig zerrissen, hilflos und trostbedürftig, ohne zu wissen, warum. War heute so ein Tag? Spürte sie noch die Nachwirkung ihres Treffens mit Dr. Kirch?

„Emma?"

Christie strich ihr sanft über den Arm. „Stimmt etwas nicht?"

„Nein, alles in Ordnung."

„Ich will dir keine Angst machen, aber was wäre, wenn du es mit einer fundamentalistischen Muslimin zu tun hättest? Die schrecken vor nichts zurück."

Emma sah aufrichtige Sorge in Christies Blick.

„Sind das nicht einfach nur Vorurteile? Oder hast du etwa Anflüge von ..."

Christie unterbrach sie abrupt. „Wenn du jetzt Rassismus sagst, kündige ich dir die Freundschaft." Ihrer Miene nach war es ihr ernst.

„Vielleicht sollte ich das ohnehin tun."

„Wegen Aischa?"

„Nein, weil du mir nie zuhörst, dich viel zu wenig für meine Probleme interessierst."

„Mal abgesehen davon, dass die Polizei deine Kundenkartei prüft – hast du welche?"

Christie deutete mit dem Zeigefinger auf sie. „Siehst du, meine Konflikte siehst du nicht. Es ist schwer, als berufstätige Frau mit vier Kindern den Haushalt zu organisieren."

„Christie, du hast eine Nanny, eine Haushälterin und eine Putzhilfe."

„Trotzdem muss alles organisiert werden. Aber bei solchen Problemen schaltest du einfach ab."

„Das zu beweisen, würde dir schwerfallen."

„Überhaupt nicht." Christie lächelte hintergründig, während sie einen weiteren Champagnertrüffel nahm. „Worüber habe ich vor knapp drei Wochen geklagt?"

Vor drei Wochen? Richtig, da hatte sie gejammert, dass ... Emma überlegte angestrengt. Dass jemand gekündigt hatte, genau. Irgendwer, der kaum zu ersetzen war. Die Haushälterin? Die Nanny? Dann fiel es ihr wieder ein.

„Du brauchtest eine neue Putzhilfe", antwortete sie, erleichtert, sich zu erinnern. Sie betrachtete die Schale mit den Trüffeln, wählte einen mit dunkler Schokoladenhülle. Förderte Süßes nicht die Bildung von Serotonin und war deshalb ein Stimmungsaufheller?

Christie hatte sie nicht aus den Augen gelassen. „Na, wenigstens etwas", sagte sie, machte eine Kunstpause, ehe sie nachhakte. „Und? Habe ich eine gefunden?"

Keine Ahnung. Emma griff nach ihrem Zopf, drehte das Ende zwischen den Fingern. Hatte eine Idee.

„Natürlich", sagte sie nachdrücklich, „hast du das."

„Du hast also doch zugehört?", fragte Christie überrascht.

„Nein", gestand Emma kichernd, „aber du bist viel zu zielstrebig, um nicht in kürzester Zeit einen Ersatz zu finden."

„Sie heißt Rabia", sagte Christie selbstgefällig, „und sie ist Türkin."

„Das wundert mich allerdings, bei allen Vorbehalten, die du Türken entgegenbringst." Emma beugte sich vor. „Und – trägt sie wie Aischa ein Kopftuch?"

„Beim Vorstellungsgespräch hat sie es getragen. Aber ich habe ihr erklärt, dass ich das auf keinen Fall dulden werde."

„Wie kannst du nur!", rief Emma empört, rückte unwillkürlich von ihrer Freundin ab. „Es ist völlig egal, was sie trägt, wenn sie dein Haus putzt."

„Mir ist es nicht gleichgültig. Es geht um das Frauenbild, das sie repräsentiert. Das Kopftuch scheint ja keine religiöse Vorschrift zu sein, die zwingend eingehalten werden muss. Sonst würden alle Muslima es tragen."

„Aber ...", setzte Emma an.

„Es ist also kein Dogma", fiel Christie ihr ins Wort, „sondern ein fundamentalistisches Gebot oder Ausdruck für eine bestimmte politische Haltung. Das Kopftuch soll zeigen, dass Frauen Männern nicht gleichgestellt sind, ihre freie Entfaltung weniger wichtig ist.

Sollen meine vier vielleicht lernen, es sei richtig, dass Frauen sich verschleiern, damit ihr Äußeres bei Männern keine sexuellen Wünsche weckt? Das will ich weder für meine Töchter noch für meine Söhne. Vor einem halben Jahr gab es in Benjamins Kita eine ziemlich heftige Diskussion deswegen."

Die Vehemenz, mit der Christie gesprochen hatte, war aufschlussreich für Emma. Das Thema berührte Christie tief, weil es um die Wurzeln ihres Selbstverständnisses ging. Ihre Freundin war intelligent, eine brillante Geschäftsfrau und liebevolle Mutter. Führte eine gleichberechtigte Ehe, in der beide Partner die Neigungen und Bedürfnisse des anderen respektierten, Selbstverwirklichung und gegenseitige Unterstützung selbstverständlich waren.

„Christie, du hast ja Recht", sagte Emma, legte der Freundin den Arm um die Schultern und drückte sie an sich. „Ich war nur so enttäuscht, weil mich wegen des Auftrags jeder gleich angegriffen hat und ich mich ständig rechtfertigen muss."

Christie lehnte ihre Stirn gegen Emmas. Für einen kurzen Moment saßen sie so einträchtig nebeneinander wie schon lange nicht mehr.

Dann löste Christie sich aus der Umarmung, neigte ihren Kopf zur Seite und sah Emma forschend an. „Versprichst du mir jetzt, dass du aufhörst, nach Serap zu suchen?"

„Du ignorierst mal wieder, dass ich durch Recherchen mein Geld verdiene."

„Und du denkst nicht darüber nach, dass es Männer gibt, die

durchsetzen wollen, dass dieses Frauenbild bleibt, und die vor Gewalt nicht zurückschrecken. Außerdem – du hast noch einen anderen Auftrag."

Emma winkte ab. „Das läuft nicht so gut."

„Warum? Was ist los?"

Christie nahm Emmas Hände und hielt sie fest. „Ich sehe doch, dass dich etwas bedrückt. Willst du mir nicht erzählen, was es ist?"

Emma spürte, wie der Ekel wieder aufflammte. Er hatte sich nicht einfach abwaschen lassen. Widerwillig beschrieb sie die Begegnung mit dem Dozenten, den Zopf an der Wand, die heimliche Berührung.

Christie hielt noch immer Emmas Hände gedrückt, sah sie fassungslos an. „Du kannst unmöglich weiterhin für ihn arbeiten", sagte sie kategorisch. „Das ist nicht nur krank, es könnte gefährlich für dich sein."

Christie sprach aus, was Emma sich nicht hatte eingestehen können. Seit sie in Kirchs Büro gewesen war, begleitete sie das Gefühl, in Gefahr geraten zu sein. Anders als im vergangenen November, als sie tatsächlich einem Mörder auf die Spur gekommen war. Vergleichbare Furcht hatte sie damals nicht empfunden.

„Ich weiß", sagte sie leise. „Weißt du, was schrecklich ist? Ich fühle mich seitdem nicht mehr sicher." Sie senkte den Kopf, zögerte. „Ich habe Max davon erzählt."

„Max?"

Christie runzelte die Stirn, umklammerte plötzlich Emmas Hand, dass es schmerzte.

„Glaubt er etwa, Dr. Kirch habe etwas mit den Morden zu tun?"

Als Emma nicht antwortete, packte Christie sie an beiden Schultern. „Emma, du darfst dem Mann nie mehr nahekommen."

„Dabei hat sie selbst Vorlesungen in Kunstgeschichte gehört."

Während Emma von ihrem Erlebnis mit Kirch erzählt hatte, war Matthesius dieser Satz unvermittelt durch den Kopf geschossen. Marie Linden, die Schwester des ersten Mordopfers, hatte ihn geäußert, als sie von ihrem Wunsch, Kunstgeschichte zu studieren, sprach und nebenbei erwähnte, dass Paula neben ihrem Hauptfach Jura auch fachfremde Veranstaltungen belegt hatte. Um ihren Horizont zu erweitern, lautete die Begründung, erinnerte er sich.

Matthesius hatte Marie angerufen und sie um eine weitere Unterredung gebeten. Sie war bereit gewesen, sich mit ihm zu treffen, hatte das *Poccino* in den Schadow Arkaden vorgeschlagen, 19 Uhr.

Der Termin passte gut, er würde anschließend rechtzeitig bei Vicky sein können. Seine Schwester hatte ihn zum Abendessen eingeladen, ihm angedroht, dass sie keine Absage akzeptieren würde.

Hatte Paula Linden bei Dr. Kirch Vorlesungen oder Seminare besucht? War die junge Frau dem Mann mit der absonderlichen Besessenheit begegnet? Hatten ihre langen blonden Haare ihn so gereizt, dass bei ihm eine Sicherung durchgeknallt war? Fragen, die Matthesius den ganzen Tag beschäftigt hatten.

Er stieg in seinen Wagen und machte sich auf den Weg. Der Kunsthistoriker hatte behauptet, sich nicht an Paula Linden zu erinnern. Denkbar war es. In einer gut besuchten Vorlesung konnte ein Professor, anders als in Seminaren, unmöglich alle Studenten kennen. Trotzdem mochte Paula ihm aufgefallen sein.

Matthesius musste sich vergewissern. Er hatte zum Telefonhörer gegriffen, das Sekretariat der Universität angerufen und die Frau am anderen Ende der Leitung bekniet, ihm einen Gefallen zu tun. Sie hatte zugesagt, die Unterlagen bis zum nächsten Tag herauszusuchen. Dann würde er wissen, ob der Dozent die Wahrheit gesagt hatte. Dennoch ließ die Sache Matthesius keine Ruhe. Er hoffte, dass er von Marie Linden die dringend benötigte Auskunft schneller bekam.

Paula Linden hatte ihren Horizont erweitern wollen. Für ihn war es eine verheerende Vorstellung, dass sie dabei ihrem Mörder begegnet sein könnte.

Um sich abzulenken, schaltete er das Autoradio ein.

„Sie ist ein Düsseldorfer Girl, so mit langen blonden Haarn ...", sangen Die Paldauer.

Das hatte ihm gerade noch gefehlt. Dennoch ertappte er sich beim Mitsummen, als der Refrain wiederholt wurde.

Da er nach dem Gespräch mit Marie nach Stockum fahren musste, parkte er in der Tiefgarage am Schauspielhaus. Der vorgeschlagene Treffpunkt war von beiden Tatorten nicht weit entfernt. Matthesius fragte sich, ob Marie sich dessen bewusst war. Zehn Minuten vor der verabredeten Zeit betrat er das *Poccino,* schwang sich auf einen der hohen Hocker am Fenster.

Er ließ seinen Blick durch das Café schweifen. Die Biscotti und unterschiedlichen Pasticcini in der Glastheke sahen schmerzlich verlockend aus, doch wegen der Aussicht auf ein Abendessen bei seiner Schwester verkniff sich Matthesius eine Leckerei. Er orderte einen Espresso und bestellte gleich einen zweiten, als der erste gebracht wurde.

„Es scheint so, als würden wir die Leidenschaft für guten Kaffee teilen, Herr Hauptkommissar."

Matthesius ordnete der wenig modulierten Stimme hinter seinem Rücken blaue Augen, schulterlanges glattes Haar und große Silberohrringe zu.

„Guten Abend, Frau Professor."

Er wandte sich mit Rücksicht auf seine Schulter vorsichtig um. Richtig getippt, die Mutter der Staatsanwältin. Nur dass sie diesmal auffällige, blau schimmernde Ohrringe trug.

„Sind Sie allein?", fragte sie.

„Noch zehn Minuten."

„Dann geselle ich mich einen Moment zu Ihnen."

„Gern, wenn Sie in Kauf nehmen, dass ich im Gegenzug Ihre Fachkompetenz anzapfe."

Die Psychotherapeutin holte ihren Milchkaffee vom Nachbartisch und setzte sich zu ihm. Matthesius hatte Professor Dr. Etta von Vittringhausen im vergangenen November kennengelernt. Dass sie und die Staatsanwältin Mutter und Tochter waren, mochte er kaum glauben. Die beiden Frauen waren zu verschieden, nicht nur in Bezug auf ihr Äußeres.

„Für Ihre Ermittlungen zu den beiden Frauenmorden?", nahm Etta von Vittringhausen seine Bemerkung auf. „Claire hat mir ein wenig davon erzählt, wie kann ich Ihnen helfen?"

„Kompliziert macht den Fall zum einen, dass wir mit unseren normalen Kategorien wie Motiv und Gelegenheit bislang nicht weiterkommen. Zum anderen drängt sich zumindest mir auf, dass die Art, wie die toten Frauen präsentiert wurden, etwas ungemein Künstlerisches, gewollt Kunstvolles hat."

„Er wird sie nicht ohne Absicht so drapiert haben", bestätigte Etta. „Wenn der Täter sich als Künstler versteht, hat er eine konkrete Vorstellung in seinem Kopf, welche Wirkung er erzielen möchte."

Matthesius dachte an Dr. Kirch, hegte zugleich Zweifel, ob die Spur nicht in eine Sackgasse führte. „Vielleicht sollten wir einen Kunstexperten hinzuziehen, um mögliche Beweggründe aufdecken zu können. Aber Sie wissen ja, wie groß die Widerstände bei unkonventionellen Ermittlungsmethoden sind."

„Nun, das kann ich nicht beurteilen." Sie hob die Hand in einer vagen Geste. „Vermutlich machen Sie aber den Fehler, sich allein auf den Täter zu konzentrieren. Versuchen Sie, auch die Opfer zu fokussieren."

„Das haben wir. Es scheint keine relevanten Gemeinsamkeiten zu geben."

„Durch weitere Morde wird Ihr Mörder zumindest eines erreichen: Er wird Frauen dazu bringen, ihre langen Haare zu verbergen oder abschneiden zu lassen, aus Angst, seine Aufmerksamkeit zu erregen."

„Worauf wollen Sie hinaus? Dass es dem Täter darum geht, Frauen zu zwingen, ihr Haar zu verstecken?"

„Haar, zumal langes Haar, bedeutet Potenz, Macht. Von seinem Bedeutungszusammenhang her ist es eng verwurzelt mit sexueller Potenz." Etta von Vittringhausen zeichnete mit dem Zeigefinger Kreise auf den Tisch. „Denken Sie an die Loreley, an Nixen und Nymphen, Melusine."

„Ich denke bei bedecktem, verstecktem Haar an Muslime", sagte Matthesius, biss sich auf die Unterlippe. Emmas anderer Auftrag. Ständig drängte sie sich in seine Gedanken. Er hatte Abdul gebeten, sich nach der Familie von Aischa Celik zu erkundigen, bislang aber keine Zeit gefunden, noch einmal nachzuhaken.

„Können Sie sich vorstellen, dass ultrakonservative Muslime so weit gehen würden?"

„Das glaube ich eher nicht", die Therapeutin schüttelte den Kopf. „Machen Sie nicht den Fehler, zu denken, dass weibliche Kompetenz und weibliche Sexualität nur ein Problem der Moslems seien. Viele Männer empfinden weibliche Sexualität und Gebärfähigkeit als bedrohlich, haben Angst vor sexueller Dominanz. Sie versuchen nur auf sehr unterschiedliche Weise, dieser Angst Herr zu werden. Möglich, dass sich aus genau diesem Grund Männer weltweit in Bünden zusammenschließen und Wissen vor Frauen geheim halten. Ein gutes Beispiel dafür sind die Rituale der Freimaurer oder die Wissenschaftler, die die erste Atombombe *Baby* nannten."

Matthesius sah Marie Linden auf ihren Tisch zusteuern, winkte sie heran. „Da kommt meine Verabredung."

Etta von Vittringhausen blickte kurz zu der jungen Frau. „Feierabend haben Sie wohl nie."

Sie legte das Geld für ihren Kaffee auf den Tisch, glitt von ihrem Hocker. Ihre blauen Augen ruhten einen Moment auf ihm, als müsse sie überlegen, wie offen sie ihm gegenüber sein durfte. „Aus psychologischer Sicht können Sie die Frage, die Sie beim Täter stellen würden, auf das Opfer übertragen. Verschiebung als Abwehrmechanismus ist nicht leicht zu durchschauen."

„Verschiebung? Was bedeutet das?"

„Eine Art Stellvertreterprinzip. So wie es leichter ist, auf den Papst zu schimpfen als auf Gott."

„Also muss ich fragen, für wen das Opfer steht? Hat der Täter in Wahrheit jemand anderen töten und an den Haaren aufhängen wollen?"

Die Psychotherapeutin nickte. „Ich dachte, meine Tochter hätte mich wegen des Problems ...", sie verstummte, griff nach ihrem linken Ohrring. „Am besten fragen Sie Claire selbst."

Die Staatsanwältin würde begeistert sein, dass er sich mit ihrer Mutter über den Fall unterhalten hatte, dachte Matthesius.

„Vielleicht lassen Sie es lieber."

Teilte Etta von Vittringhausen, kaum dass sie ihren Vorschlag ausgesprochen hatte, seine Bedenken? Sie verschwand so eilig durch den Ostausgang der Schadow Arkaden, dass ihr weiter Rock um ihre Beine wehte.

„Ich war mir nicht sicher, ob ich stören durfte", sagte Marie Linden, die an einem Nebentisch gewartet hatte und nun zu ihm trat.

„Ich bin nur Ihretwegen hier. Was darf ich Ihnen bestellen?"

„Einen Cappuccino, bitte."

Matthesius gab dem Kellner ein Zeichen, wandte sich wieder dem Mädchen zu. „Wie geht es Ihren Eltern?"

„Was glauben Sie?" Marie schaute mürrisch an ihm vorbei auf die Straße. „Sie sind mit der Trauerfeier für Paula beschäftigt. Sie streiten über die richtige Musik, über den Text auf der Kranzschleife, ob am Grab Blumen und Sand oder nur Blumen stehen sollen." Ihre Mundwinkel zuckten. „Manchmal habe ich den Eindruck, sie vergessen darüber vollkommen ..."

„Paula?" Matthesius hatte schon ganz andere Reaktionen von Angehörigen erlebt, verwirrende, abstoßende und unbegreifliche. Was sollte er dazu sagen? Er musterte das Gesicht der jungen Frau. Marie sah aus, als hätte sie geweint. Ihre Augenlider waren rot umrandet und geschwollen.

„Ich war an dem Baum", gestand sie zaghaft. Er ließ ihr Zeit, es auszusprechen.

„Ich mache das jeden Tag, seit ... Und jedes Mal habe ich Angst, der Baum könnte nicht mehr da sein, wenn ich komme. Wegen der U-Bahn, die sie dort bauen."

Sie hatte ein Ritual gefunden, mit dem sie den Verlust ihrer Schwester zu bewältigen versuchte. Gut, dachte er, aber wie lange noch? Matthesius war aufgefallen, dass einige Kastanien hinter dem Bauzaun der Wehrhahnlinie schon zum Opfer gefallen waren.

Er bewegte unbehaglich die Schultern. Die Wirkung der Schmerztabletten ließ nach.

„Marie, Sie haben mir erzählt, dass Paula an der Uni Vorlesungen in Kunstgeschichte besucht hat", kam er auf das Thema zu sprechen, das ihm auf den Nägeln brannte. „Hat sie einmal eine bestimmte Vorlesung oder den Namen eines Professors erwähnt?"

„Sie hat einige Vorlesungen in Kunst gehört und mehrere Seminare belegt", antwortete Marie. Sie grub einen Daumennagel in die Handfläche, überlegte. „*Die Skulptur in der italienischen Renaissance*, darüber hat sie mir eine Menge erzählt, das interessiert mich auch."

„Die Epoche der Ruhe, Ausgewogenheit und Harmonie ist ein spannendes Thema für eine Vorlesung", Matthesius nickte. Wünschte er sich solche Zeiten nicht manchmal zurück?

„Es war ein Seminar", korrigierte ihn Marie, zog eine Grimasse. „Der Dozent muss ein ziemlicher Spinner gewesen sein."

Matthesius horchte auf. „Wer sehr auf ein Thema fixiert ist, wirkt manchmal seltsam auf andere", sagte er so beiläufig wie möglich.

Er hoffte, dass Marie ihre Bemerkung spontan genauer erläutern würde. Viele seiner Kollegen neigten dazu, nur in die Richtung zu fragen, aus der sie Antworten vermuteten oder – noch fataler – wünschten. Als sie weitersprach, wusste er, dass seine Taktik funktioniert hatte.

„Paula hat erzählt, er wäre widerlich. Von wegen, auf Kunst fixiert, der stand auf blonde Studentinnen. Er hat sich an Paula heranzumachen versucht."

In Gedanken bei ihrer Schwester, huschte ein Lächeln über Maries Gesicht. „Sie meinte, er sei so ätzend wie sein Vorname. Wenn einer schon Ulf hieße, könne man nichts anderes erwarten."

10. KAPITEL

Blonde, ungewöhnlich lange Haare. Über dem Scheitel straff nach oben gezogen und mit einem Seil umwunden, an einen Ast geknotet. Nicht anders als bei Paula Linden und Sarah Winter. Und auch sie war nackt.

Schwitter hatte Matthesius morgens um halb sechs aus dem Bett geklingelt, gleich nachdem er selbst über den Fund der dritten Frauenleiche informiert worden war.

Sie standen am Weiher an der Landskrone, in unmittelbarer Nähe zum Düsseldorfer Opernhaus. Der Baum befand sich innerhalb der Uferbegrenzung, kurz vor einer Brücke, die über den Teich führte.

Das gewohnte Prozedere entspann sich vor ihnen, der Fundort war durch Flatterbänder weiträumig abgesperrt. Die übliche Routine von Schutzpolizei und Bereitschaft. In ihren weißen Schutzanzügen untersuchten die Kollegen von der Spurensicherung jeden Zentimeter des Terrains, markierten Auffälligkeiten, ließen sie fotografieren.

Jenseits der Absperrung versammelten sich die ersten Neugierigen. Jogger, Brötchenholer, Zeitungsausträger reckten Hälse und Fotohandys. Matthesius gähnte. Hinter ihm fuchtelten einige Reporter mit Mikrofonen und Kameras, vermutlich dankbar, dass für ihre Aufmacher gesorgt war. Kein Wunder, dass das am Weiher beheimatete Federvieh durch die hektische Betriebsamkeit in Aufruhr geriet. Enten, Schwäne und zwei schwarzhalsige Kanadagänse machten mit ihrem Schnattern einen Höllenlärm.

Matthesius entdeckte den Notarzt, der beide Hände in die Hüften gestützt zu der Leiche hinaufblickte.

Der Baum hatte einen majestätischen, wuchtigen Stamm mit vier Leittrieben. Drei davon ragten steil in den Himmel, der vierte war wie ein Ast ein ganzes Stück waagerecht zur Seite gewachsen.

Matthesius kniff die Augen zusammen. Biologie zählte zwar nicht zu seinen Stärken, doch die kugeligen, stacheligen Früchte, die an den noch kahlen Zweigen hingen, konnten nur zu einer Platane gehören.

Matthesius betrachtete die Rinde des Stammes. Hellere Kratzer und tiefere Schrunden, offensichtlich Kletterspuren. Dunkle Schlieren, die von der Abgabelung des waagerechten Astes, auf dem das Opfer lag, bis zu einer ausgeprägten Wucherung liefen. Dort teilten sie sich und bildeten dünne Fäden bis zum Boden. Das konnte nur Blut sein.

Etwas an der Art, wie die Tote im Baum hing, irritierte ihn.

Das Seil war in ihre Haare geschlungen, mit den Fußspitzen berührte sie den waagerechten Ast. Schulter und Kopf waren gegen den benachbarten Leittrieb gelehnt.

Paula Linden in der Kastanie auf der Kö hatte ihn spontan an Dekoration, an eine Schaufensterpuppe erinnert, die der Öffentlichkeit präsentiert werden sollte. Als ihr Mörder sie auf diese Weise platziert hatte, musste er ein fest umrissenes Bild im Sinn gehabt haben. Dasselbe hatte Matthesius bei Sarah Winter empfunden.

Ihm schien es, als wäre das Opfer dieses Mal nicht bewusst gelagert worden. Ganz so, als hätte der Täter es versäumt, letzte Hand an das Arrangement zu legen. Oder war er durch etwas gestört worden?

„Die Wirkung ist nicht dieselbe", sagte Matthesius, forderte Schwitter mit einer Handbewegung auf, seinem Blick zu folgen.

Die Farbe des blauen Seils sah hingegen identisch aus. Den Knoten konnte er nicht erkennen. Die Kriminaltechniker würden ihnen sagen, ob es sich abermals um einen Rohringstek mit halbem Schlag handelte.

Mehr noch interessierten Matthesius die Schlieren an der Baumrinde. Deutlich mehr Blut als bei den ersten beiden Opfern. Er hätte zu gern gewusst, ob es am Rücken der Toten stärkere Hautabschürfungen gab, wäre am liebsten näher herangegangen. Da der vom nächtlichen Regen feuchte Boden noch untersucht wurde, wartete er ungeduldig hinter einem niedrigen Eisenzaun.

„Das Opfer muss tiefere Wunden aufweisen", sagte er nachdenklich.

„Die Wette hast du gewonnen, Max", bestätigte Albert von der Spurensicherung. Er deutete zum Fuß des Baumes. „Hier ist sehr viel Blut."

Matthesius wandte sich wieder zu Schwitter. „Was denkst du?"

„Dass er zunehmend brutaler vorgeht. Und das ist Scheiße, ganz große Scheiße", antwortete Schwitter aufgebracht. „Außerdem werden die Abstände zwischen den Morden kürzer."

Matthesius ahnte, was im Kopf seines Kollegen vorging. Die Meldung würde im Laufe der nächsten Stunden die Anspannung im KK 11 zum Siedepunkt bringen.

„Wir sollten uns hüten, so schnell auf denselben Täter zu schließen", sagte er, trat einige Schritte zurück und blickte sich um.

Er musste sich einen Gesamteindruck der Situation verschaffen, seiner eigenen Systematik folgen, durfte sich nicht drängen lassen oder voreilige Schlüsse ziehen. So hatte er immer Erfolg gehabt.

Dem Baum vis-à-vis stand, beinahe unauffällig vor den Büschen, ein kleines Denkmal. Der Künstler hatte nur den Kopf für erinnerungswert gehalten, ihn so modelliert und in Bronze gegossen, dass es aussah, als horche er auf seinem Sockel auf etwas, das der Stein ihm ins Ohr murmelte.

Matthesius ging näher heran und las die Inschrift: *Robert Schumann*. Sollte das Denkmal dazu verleiten, den Mord in eine Serie mit den anderen einzureihen? Nein, dachte er, daraus ließ sich kein Schema ableiten. Bei der Kastanie auf der Kö, dem ersten Tatort, gab es nur den Bauzaun und die Container. Am Fuße der Eiche, in der Sarah Winters Leiche gefunden worden war, stand zwar die Bronzefigur Karl Immermanns. Doch das schien ihm eher ein Zufall zu sein, mehr nicht. Düsseldorf und seine großen Söhne bargen wohl keinen Hinweis. Matthesius wusste, dass Immermann, ursprünglich Jurist am Landgericht, sich als Theaterleiter der Düsseldorfer Bühne verdient gemacht hatte. Schumanns Wirken als städtischer Musikdirektor war kaum weniger achtbar gewesen.

„Ist die Leiche nicht Sehenswürdigkeit genug für Sie?", unterbrach die frostige Stimme der Staatsanwältin seine Gedanken.

Matthesius fuhr herum.

„Mich hat das Denkmal stutzig gemacht", entgegnete er betont sachlich, ignorierte seinen beschleunigten Puls. „Ich denke aber, es hat nichts zu bedeuten."

Er übersah geflissentlich, dass ihre Mundwinkel verächtlich zuckten. „Was etwas zu bedeuten hat oder nicht, entscheide ich. Sie sollen ermitteln."

Wer könnte das vergessen, dachte er, sie hatte die Verfahrensherrschaft, und genau so stand sie vor ihm. Trotz der frühen Morgenstunde ein Vorbild an Perfektion und Eleganz. Sie trug ein sepiabraunes, schmal geschnittenes Kostüm mit einem Rock, der über die Waden reichte und ihre schlanke Figur betonte. War diskret geschminkt, hatte ihr blondes Haar so fixiert, dass sich nicht eine Strähne löste.

„Wir hätten den dritten Mord verhindern müssen", sagte sie zu Schwitter.

Wir? Matthesius wunderte sich über diese unverhoffte Solidarität.

„Das kommt dabei heraus, wenn Ihre Ermittlungsteams nicht vollen Einsatz bringen. Muss ich wiederholen, was Sie wissen sollten? Mit jeder Stunde, ja, mit jeder Minute wird die Spur kälter, wird es schwerer, den Täter zu finden. Bisher haben Sie keinerlei brauchbare Ergebnisse geliefert."

So kannte er sie schon eher. Mit dem Rücken zum Weiher starrte sie Schwitter und ihn missbilligend an.

„Wir werden den Täter finden", antwortete Schwitter ruhig. „Irgendwann macht er einen Fehler."

„Irgendwann? Wie viele Opfer sollen es bis dahin denn werden? Fünf, sechs, acht?"

Ohne diese Diskussionen würde es sicher rascher vorangehen, dachte Matthesius. Befürchtete sie einen Karriereknick, wenn es nicht bald gelang, der Öffentlichkeit den Täter zu präsentieren?

„Nun, immerhin haben wir zwei Verdächtige", sagte er. „Zum einen den ehemaligen Freund des ersten Opfers, Jonas Hempel ..."

„... der, wie Sie festgestellt haben, für den zweiten Mord ein unwiderlegbares Alibi hat."

„Und für heute Vormittag haben wir den Kunsthistoriker Dr. Kirch einbestellt. Zwei zuverlässige Zeugen haben uns bestätigt, dass er Paula Linden kannte."

„Sarah Winter auch?"

„Heute Mittag werden wir es wissen."

„Und hoffentlich Beweise gefunden haben, ..."

Sie verstummte, als sie bemerkte, dass sie nicht mehr Schwitters volle Aufmerksamkeit besaß. In ihren Augen blitzte Wut auf. Nichtbeachtung war ein großer Fehler. Wer sich so etwas bei ihr erlaubte, wusste Matthesius nur zu gut aus eigener Erfahrung, musste mit einem hässlichen Nachspiel rechnen.

Albert hatte Schwitter durch Handzeichen signalisiert, dass die Spurensicherung am Boden und am Stamm abgeschlossen war und sie beginnen konnten, die Leiche zu bergen. Hätte die Staatsanwältin sich umgedreht, wäre ihr das nicht entgangen. Doch sie schien den Blick in die Baumkrone eher zu vermeiden.

„Diesmal genügt zum Glück die lange Leiter", sagte Schwitter, wollte zu den Kollegen hinüberzugehen.

„Sehen Sie zu, dass Sie den Täter finden. Es wird höchste Zeit, dass wir den Fall abschließen können", hielt sie ihn zurück, „und unterbinden Sie in Zukunft jegliche Extratouren."

Jörn würde ihr den Gefallen tun. Er hatte zwar gedroht, ihr nie wieder behilflich zu sein. Sie glaubte indes nicht, dass er es ernst meinte. Er war ihr etwas schuldig. Notfalls würde sie ihn daran erinnern. Das konnte man emotionale Erpressung nennen, dachte sie, griff dennoch nach ihrem Handy.

Tote schrieben keine Ansichtskarte, so viel stand fest. *Der Streunende Hund* war Grund genug gewesen, die Möglichkeit auszuschließen, dass Serap nicht mehr leben könnte. Doch die mageren Ergebnisse ihrer bisherigen Recherchen bewogen Emma, sich wenigstens zu vergewissern.

Den lispelnd vorgebrachten Protest ihres ehemaligen Kollegen ließ sie nicht gelten. „Du sollst nur checken, ob Serap Celik als Unfallopfer gemeldet worden ist oder ob sie als Opfer eines Verbrechens im Polizeicomputer auftaucht."

Emma sah ihn vor sich. Im Dezernat für Personenschutz würde

Jörn Kaufmann die Stirn in Falten ziehen und angestrengt überlegen, ob er dieses Risiko eingehen konnte.

„Ich könnte meinen Job verlieren, das weißt du genau", sagte er prompt.

„Und du weißt, wenn dich alle gehänselt haben ..."

„... hast du mich schützend in den Arm genommen."

„So viel Sarkasmus hätte ich dir nicht zugetraut."

„Ich dir nicht so viel Hartnäckigkeit. Wenn ich etwas habe, rufe ich dich an."

Emma legte auf, drehte sich zum Bildschirm. Sie hatte lange keine Eintragungen vorgenommen. Es war an der Zeit, ihre Aufzeichnungen zu ergänzen. Irgendetwas musste sie Aischa vorweisen können. Sie wollte den Ordner *Die verschwundene Schwester* öffnen, aber ihre Hand verharrte reglos über der Tastatur. Nur ein, zwei Sekunden, und doch war es ein zutiefst schmerzhafter Moment.

Selbst schuld, dachte Emma, sie hatte es nicht anders gewollt, als sie den Namen auswählte. Sie versuchte sich zu konzentrieren, ließ die vergangenen Tage Revue passieren und gab stichwortartig ein, was ihr wichtig schien. Rasch überflog sie, was sie an neuen Fakten vorweisen konnte.

```
Seraps Kunstpostkarte:
Pilars de Pilars Streunender Hund; Poststempel
unlesbar

Einwohnermeldeamt:
Serap hat Elternhaus als Adresse angegeben,
hat offenbar keine andere Adresse.

Wer Auskunftssperre will, muss Bedrohung nach-
weisen. Einwohnermeldeamt setzt sich in Verbin-
dung; berechtigtes Interesse muss man nachweisen
(Schulden, Kinder sehen).
```

Ein zögerliches Klopfen an der Tür verschob ihre Entscheidung über den nächsten Schritt bei ihrer Suche. Als Emma öffnete, stand Aischa vor ihr. So unerwartet, dass Emma kurz glaubte, ihre Überlegungen hätten das Mädchen leibhaftig auf den Plan gerufen.

„Hallo", sagte Aischa zaghaft, „ich habe vorher nicht angerufen, aber ich ..." Unsicher verstummte sie.

Zimt und Zedernholz krochen Emma in die Nase, ließen sie unwillkürlich einen Schritt zurücktreten.

„Komm herein und setz dich", forderte sie Aischa auf, deutete auf ihren Diwan, während sie einen der Holzstühle heranzog und sich darauf niederließ. Wie bei ihrem ersten Besuch war Aischa ganz in Schwarz gekleidet. Emma sah auf ihre eigenen blau verwaschenen Jeans, das maigrüne T-Shirt. Sie liebte helle Farben.

„Trägst du eigentlich immer Schwarz?"

Aischa nickte kaum merklich, legte ihre kleine Ledertasche neben sich.

„Warum bist du am Carlsplatz gewesen? Was sollte das?", fragte sie. In ihrem Ton lag deutliche Missbilligung. „Ich habe dir gesagt, meine Familie darf nicht wissen, dass du Serap suchst."

„Warum eigentlich nicht?"

Emma dachte an ihre Diskussionen mit Christie, an das Gespräch mit Cemre Coskun. Bedenken hatten sie beschlichen, ob sie das Richtige tat, und ihr Selbstvertrauen war erschüttert. „Könnte es gefährlich für deine Schwester werden?"

„Nein, wie kommst du darauf? Sie denken nur, dass das Verschwinden von Serap eine Sache der Familie ist, die nur uns etwas angeht und bei der Fremde nicht helfen können."

Eine Sache der Familie? Bedeutete das auch, es war eine Sache der Ehre? Der Gedanke blitzte auf, beunruhigte Emma. Sie spürte, wie der Zweifel an ihr nagte. Sie hatte Aischa zwar schon bei ihrem ersten Gespräch gefragt, doch sie musste sich noch einmal vergewissern.

„Es könnte ja sein, dass es deiner Familie um Ehre geht. Dass dein Vater, deine Brüder der Ansicht sind, Serap würde mit ihrem Verschwinden die Familienehre ... Wie soll ich sagen?"

„Beschmutzen?"

Aischa fuhr mit beiden Händen über das schwarze Tuch, das eng um ihre Stirn lag, als wollte sie es glätten. In ihrem Gesicht arbeitete es. Hatte die Frage sie verletzt? Zornig gemacht? Emma konnte das wechselnde Mienenspiel des Mädchens nicht deuten. Nur eines war offensichtlich, Aischa unterdrückte ihre Gefühle. „Ich wollte sagen, beeinträchtigt", stellte sie richtig.

„Ich habe es doch gewusst, du vertraust mir nicht. Weil ich Türkin bin, wir Fremde für dich sind, eine andere Kultur und andere Werte haben." Aischa starrte sie nun mit unverhohlener Empörung an.

„Du musst doch zugeben, dass Familienehre ..."

„Warum sagst du das so abfällig? Uns ist die Ehre der Familie wichtig. Was ist schlimm daran? Das heißt noch lange nicht, dass wir Barbaren sind. Türken lieben ihre Eltern, ihre Geschwister, ihre Ehemänner genauso, wie Deutsche es tun."

Emma zuckte hilflos die Schultern. „Ehrenmorde, Zwangsheiraten, gib zu, dass das Angst machen kann."

„Und was ist mit dir? Sag doch einfach, dass du uns für Unmenschen hältst."

„Nein, um Himmels willen!"

Was sollte sie auf diesen Vorwurf entgegnen? Der emotionale Ausbruch passte nicht zu Aischa. Die junge Türkin war nicht als aufbegehrender, trotziger Teenager zu ihr gekommen, sondern als zurückhaltende und schüchterne Bittstellerin. Nun erlebte sie, dass sich unter der sanften, ruhigen Oberfläche ungezügelter Zorn verbarg. Wut, die auch der Schwester galt?

Emma räusperte sich verlegen. „Es geht also nur darum, dass ich auf dem Carlsplatz am Stand deiner Eltern gewesen bin?"

„Nein. Doch – ja auch."

Aischa bemühte sich, ruhig zu sprechen, blickte zu Boden. Schämte sie sich ihrer Äußerungen? Oder steckte noch etwas anderes dahinter? Emma vermochte es nicht einzuschätzen.

„Eigentlich wollte ich mich nur erkundigen, ob du schon eine Spur von Serap gefunden hast."

„Ich habe einiges unternommen, bislang leider ohne Erfolg", sagte Emma ausweichend. „Allerdings gibt es einen Hinweis auf sie, der vielversprechend klingt."

In Aischas Mundwinkel stahl sich ein winziges Lächeln. „Kannst du mir schon Genaueres sagen?"

„Morgen oder übermorgen, versprochen", antwortete Emma, hoffte, dass Bens Bemühungen im Zusammenhang mit der Kunstpostkarte Erfolg haben würden.

„Gut, dann gehe ich jetzt."

Aischa stand auf, knöpfte ihren Mantel zu. „Bist du mir böse? Weil ich dir Vorurteile unterstellt habe?"

„Unsinn. Komm, ich begleite dich zur Haltestelle", sagte Emma, wollte versöhnlich klingen. Außerdem brauchte sie frischen Wind, um das Duftgemisch von Zedernholz und Zimt aus ihrer Nase zu vertreiben. „Du kannst mir unterwegs noch etwas von Serap erzählen. Je mehr Informationen ich habe, desto leichter fällt mir die Suche."

Sie verließen die Wohnung und liefen den Wiesenpfad entlang, der von dem Gehöft, zu dem Emmas Wohnscheune gehörte, hoch zum Eulenbergweg führte. Oben auf dem Dammweg eilte ihnen mit langen Schritten ein Mann in einem flatternden schwarzen Mantel entgegen. Emma blieb abrupt stehen, hielt Aischa am Arm zurück.

„Der Mann ist wütend", flüsterte Aischa furchtsam.

„Mehr als das", sagte Emma leise, „aber auf mich. Du brauchst keine Angst zu haben. Am besten lässt du mich jetzt allein."

Aischa zögerte. „Bist du sicher?"

Als Emma nickte, hastete sie davon, schlug, als sie an dem Mann vorbeikam, einen Bogen.

Emma wappnete sich, während ihre Gedanken rasten. Was wollte Dr. Kirch von ihr? Warum suchte er sie privat auf? Warum rief er nicht an oder bestellte sie in die Uni?

Der Dammweg lag verlassen vor ihr. Kein Spaziergänger war zu sehen, kein Jogger, niemand außer ihnen beiden schien am Rheinufer unterwegs zu sein. Das trübe Wetter hielt wohl alle anderen fern.

Nachdem es frühmorgens kurz aufgeklart hatte, ballten sich nun wieder graue Wolken im Westen und kündigten Regen an.

Verflucht, er hatte sie inzwischen ebenfalls erkannt, rannte auf sie zu.

„Sie, Sie sind ...", atemlos blieb er vor ihr stehen, die Hände zu Fäusten geballt. „Sie hinterhältiges Luder."

In seinen Augen loderte Hass. Emma wich zurück, Panik stieg in ihr auf.

Der Versuch, Abstand zwischen sich und ihn zu bringen, misslang. Kirch machte drei große Schritte auf sie zu, packte sie an den Armen.

„Sie sind gefeuert", keuchte er ihr ins Gesicht, versprühte Spucke und Wut.

Er fasste sie an! Er fasste sie schon wieder an! Adrenalin schoss durch Emmas Adern. „Hände weg!", brüllte sie. „Nehmen Sie sofort Ihre Hände weg!"

Er ließ die Arme sinken, atmete heftig.

Emma sah sich um, spürte eine Welle der Erleichterung. Etliche Meter vor seiner Besitzerin trabte der Retriever Bobby auf sie zu, ihr Freund seit seiner Welpenzeit. Er würde sie beschützen.

„Sagten Sie gefeuert, Dr. Kirch?", fragte Emma, bemühte sich, gelassen zu klingen, streifte die Speicheltröpfchen mit dem Handrücken von ihrer Wange. Sie nannte seinen Namen so laut, dass die Hundebesitzerin ihn hören musste. „Warum? Habe ich bei den Recherchen etwas falsch gemacht?"

„Nein, ich bin an die Falsche geraten. Sie haben mich bei der Polizei verleumdet", schnaubte Kirch.

„Sie meinen, ich hätte etwas Unwahres über Sie behauptet?"

Emma winkte der Frau in dem eleganten hellen Regenmantel einen Gruß zu. Dann streichelte sie den Hund, der sich gegen ihre Schenkel drückte und aufmerksam zu dem Fremden aufsah.

„Wenn ich gewusst hätte, dass Sie ein Polizeispitzel sind, hätte ich Sie niemals beauftragt." Kirch warf ihr einen giftigen Blick zu, wandte sich um.

„Und ich hätte den Auftrag niemals angenommen, wenn ich gewusst hätte, dass Sie ein Haarfetischist sind", rief Emma ihm siegesgewiss nach.

Euphorisch, ihn in die Flucht geschlagen zu haben, beobachtete sie seinen Rückzug. Das Gefühl hielt an, bis sie wieder in ihrer Wohnscheune stand, sich einen Espresso zubereitete und die Szene auf dem Dammweg Revue passieren ließ. Verflixt! Emma ließ das Kaffeesieb sinken. Ihre Kehle zog sich zusammen, sie rang nach Luft.

Kirch wusste, wo sie wohnte. Das war nicht gut, gar nicht gut.

Der Dozent tigerte durch das Verhörzimmer. Er war nicht nur nervös, sondern maßlos aufgebracht, dachte Matthesius, als er den zwölf Quadratmeter großen, bewusst spartanisch eingerichteten Raum betrat. Als Rigalski hinter sich die Tür krachend zuzog, drehte Dr. Kirch sich abrupt zu ihnen um.

Es musste etwas geschehen sein, das es ihm schwer machte, seine Gefühle zu kontrollieren, war Matthesius überzeugt. Er deutete auf einen Stuhl, setzte sich auf den anderen. „Beantworten Sie uns heute die Frage, warum Sie den Zopf von der Wand genommen und versteckt haben?"

Rigalski lehnte sich neben der Tür an die Wand, wog Notizbuch und Drehkuli in den Händen.

„Warum sollte ich das tun?" Kirch umfasste die Stuhllehne, blieb stehen.

„Weil Sie es sich anders überlegt haben und zu dem Schluss gekommen sind, dass die Zusammenarbeit mit der Polizei nur zu Ihren Gunsten sein kann?"

„Sagen Sie mir zuerst, wer Ihnen von dem Zopf erzählt hat." Lauernd sah er Matthesius an. „War es die Rechercheurin?"

„Sie sind Dozent", entgegnete Matthesius. „Viele Studenten kommen zu Ihnen ins Büro, um sich Referate, Themen für Dissertationen oder Noten abzuholen. Jeder von ihnen könnte uns informiert haben."

„Ich weiß, dass es Emma Rohan war."

Kirch schien nur mit Mühe seine Wut unterdrücken zu können.

„Wenn Sie sich so sicher sind, warum fragen Sie dann?", sagte Matthesius, bemühte sich um einen gleichgültigen Tonfall. „Und jetzt setzen Sie sich bitte."

Der Nachdruck, den er in die Aufforderung legte, wirkte. Der Dozent glitt auf den zugewiesenen Stuhl.

„Dr. Kirch, gestern haben wir Sie nach Paula Linden gefragt."

„Der Name sagt mir nichts, abgesehen davon, dass ich ihn in der Zeitung gelesen habe."

„Bemerkenswert." Matthesius gab Rigalski ein Zeichen, die Aussage zu notieren.

„Was ist daran bemerkenswert?", fragte Kirch und blickte argwöhnisch zu Rigalski.

„Dass Sie sich nicht erinnern wollen, dass Paula Linden ein Seminar bei Ihnen belegt hatte."

„Ein Seminar?", wiederholte Kirch, klang, als könne er sich nicht entsinnen, jemals eines abgehalten zu haben.

Rigalski wechselte das Standbein, begann mit dem Kuli gegen seine Zähne zu klopfen. Morsezeichen seiner zunehmenden Ungeduld. Doch Matthesius erkannte, dass ihr Zeuge weniger gelassen war, als er sich den Anschein geben wollte. Er schwitzte. Noch nicht Blut und Wasser, aber es war ein Anfang.

„*Die Skulptur in der italienischen Renaissance* war im vergangenen Sommersemester eines Ihrer Seminarthemen. Das werden Sie doch nicht auch vergessen haben?"

„Natürlich nicht. Ich kann aber wohl kaum den Namen jeder einzelnen Studentin im Kopf behalten."

Matthesius beugte sich vor und legte seine Finger flach auf die Tischplatte. „Ich würde meine Hand dafür ins Feuer legen, dass Sie sich sehr wohl an die Seminarteilnehmerin Paula Linden erinnern."

„Warum ausgerechnet an sie?"

„Weil sie lange blonde Haare hatte."

Kirch war bleich geworden. „Welche Rolle soll das denn spielen?"

„Müssen wir Ihnen das wirklich erklären? Wir wissen, dass Haare Sie erregen", sagte Rigalski gereizt. „Warum also nicht die langen, blonden Haare einer Studentin? Und weil Ihnen klar war, dass uns Ihre Vorliebe zu Ohren kommen würde, haben Sie gestern den Zopf von der Wand genommen, um ihn in Ihrem Schreibtisch zu verstecken. Sie haben mit dem Besuch der Polizei gerechnet und geahnt, dass wir die richtigen Schlüsse ziehen würden."

„Aber Sie liegen falsch! Ich kann nur wiederholen, was ich Ihnen schon gesagt habe: Der Zopf hatte als inspirierendes Moment ausgedient. So einfach ist es."

„So einfach ist es leider nicht. Was Paula Linden betrifft, haben Sie uns angelogen", unterbrach Matthesius. „Hatte sie vielleicht ebenfalls als inspirierendes Moment ausgedient?"

Kirchs Miene gefror, er lehnte sich zurück. „Ihre Unterstellung ist vollkommen absurd. Ohne meinen Anwalt beantworte ich keine einzige Frage mehr."

Kaum war Dr. Kirch mit seinem Anwalt im Treppenhaus verschwunden, nestelte Rigalski an seinem Gürtel. „Ich muss pinkeln."

„Du hast eine schwache Blase, was?", frotzelte Matthesius. Ein schwacher Versuch, seine Empfindung von Frust und Stagnation loszuwerden. Er folgte Rigalski.

„Willst du Zeit schinden, um Schwitter nicht gleich sagen zu müssen, dass das Verhör ein Flop war?"

Von wegen. Ausgerechnet der Leiter der Mordkommission stand in den Waschräumen, trocknete sich die Hände. Er musterte sie scharf im Spiegel. „Nun, was habt ihr?"

„Dr. Kirch scheint für alle drei Morde ein Alibi zu haben. Wir werden das noch nachprüfen, aber es sieht nicht so aus, als könnten wir ihn festnageln."

„Hätte er ein Motiv?"

„Nur seine Vorliebe für langes Haar", sagte Matthesius. „Reicht das? Sarah Winter scheint er nicht gekannt zu haben, ihr Name steht nicht auf der Liste, die wir vom Sekretariat der Universität bekommen haben. Wir haben demnach weniger als bei Jonas Hempel. Bei dem gibt es wenigstens ein Motiv, Zurückweisung."

„Hempel bringt die Frau um, die ihm den Laufpass gibt. Könnte ein Beweggrund sein", stimmte Schwitter zu.

„Max, du hast doch Erfahrung damit", stichelte Rigalski, „würde man der Frau, die einen verlässt, nicht am liebsten den Hals umdrehen?"

Seine Scheidung lag zwar einige Jahre zurück, doch der zermürbende Kampf um Selbstbehauptung und die Versagensgefühle waren nicht vergessen. Der Schuss aus dem Hinterhalt, Revanche für seine Alleingänge, traf Matthesius unerwartet.

„Ich würde meinem Teampartner gern den Hals umdrehen. Am liebsten dreimal am Tag", sagte er erbost.

„Hört sofort auf damit, beide!" Schwitters Schläfenadern schwollen an.

„Schon gut", Matthesius warf Rigalski einen missmutigen Blick zu, wandte sich wieder Schwitter zu. „Hast du denn etwas für uns?"

„Für dich, Max, zu den deiner Meinung nach fehlenden Übereinstimmungen beim dritten Mord. Alles spricht gegen einen Nachahmungstäter. Gerber bestätigt nur, dass der Täter brutaler vorgegangen ist. Er hat aber wieder ein Barbiturat verwendet. Ob es dasselbe ist, muss das Labor noch analysieren. Es ist auch dieselbe Sorte Seil benutzt worden, sagen die Kollegen von der KTU, und der Knoten ist ein Rohringstek."

Die Hand schon auf dem Türgriff, sagte Rigalski: „Rohringstek – unser Täter könnte eine Vorliebe für Knüpfarbeiten haben."

„Warum nicht gleich Häkeln oder Stricken?" Schwitter schüttelte ungehalten den Kopf.

„So geschickt, wie das Haar bei der Linden und der Winter in das Seil geknüpft wurde, könnte man an jemanden denken, der sich mit Handarbeiten auskennt", antwortete Rigalski unbeirrt, fuhr sich über das gegelte Haar und verließ den Raum.

„Ich hätte wegen des Knotens mehr an Seeleute gedacht", murmelte Matthesius.

„Das prüfen Körner und Miewald noch, das weißt du doch", Schwitter klang inzwischen so genervt, dass ihm jeder Strohhalm recht zu sein schien. „Vielleicht sollten wir das dennoch im Auge behalten. Es gibt genügend Männer, die sich mit Handarbeiten auskennen."

„Du meinst, wir sollten nach einem Softi suchen."

„Nun schieb mal deine Macho-Vorurteile beiseite. Oder hast du die strickenden 68er im Parlament schon vergessen?"

„Ob Frauen die so bestrickend fanden, wurde damals oft in der *Uel* diskutiert."

„Nur von Machos."

Matthesius schlug dem Ermittlungsleiter auf die Schulter. „Du wirst alt."

„Meinst du wirklich?" Schwitter prüfte sein Spiegelbild, zog die Brauen kritisch zusammen.

„Auf jeden Fall, sonst hättest du nicht vergessen, dass du bei den Diskussionen dabei warst."

Die dritte Leiche! Es musste ein Ende haben! Claire von Vittringhausen schlug mit der flachen Hand auf das Lenkrad. Bei einem Serientäter, und alles deutete darauf hin, dass sie es mit einem zu tun hatten, durfte sie sich keinen Fehler erlauben. Es ging um alles oder nichts, einen enormen Karriereschub oder ein gewaltiges Desaster, das ihre beruflichen Pläne zunichtemachen konnte.

Sie betrachtete das Polizeipräsidium, die wie Kasernen aneinandergereihten Backsteinbauten, massierte ihre Schläfen und versuchte, sich zu sammeln.

Eine schwarze Limousine rollte vor dem Präsidium an den Bürgersteig und hielt. Ein Chauffeur öffnete die Autotür, etwas umständlich und schwerfällig wand sich ein älterer, elegant gekleideter Mann aus dem Wagen. Claire beobachtete, wie er auf den Eingang zuschritt, dann stehen blieb. Als wäre er sich nicht schlüssig, ob seine Entscheidung, an diesen Ort zu kommen, richtig gewesen war, ging er ein paar Schritte auf und ab.

Claire stieg aus ihrem Cabrio und überquerte den Platz. Sie hatte sich nicht getäuscht, sie kannte den Mann. Karl-Leo Wörne, stadtbekannter Juwelier und Inhaber eines großen, alteingesessenen Geschäftes auf der Königsallee. Er musste knapp 80 Jahre alt sein. Erst vor Kurzem hatte die Presse über seine Geschäftstüchtigkeit und sein Bestreben, die Exklusivität der Kö zu retten, berichtet. Seinen Hang zu blutjungen Begleiterinnen nicht ausgespart. Sie sah Tränensäcke, Falten. Die wenigen verbliebenen silberweißen Haarsträhnen hatte er sorgfältig über den Schädel gekämmt.

„Guten Tag, Herr Wörne, kann ich Ihnen behilflich sein?", rief sie.

Er drehte sich um, sein bekümmertes Gesicht zeigte einen Anflug von Erleichterung. „Frau Staatsanwältin, ja, das können Sie."

Ohne zu bemerken, dass Claire versuchte, Abstand zu wahren, kam der Juwelier auf sie zu und umschloss mit seinen Fingern ihre Hand. Sie spürte den Druck schwerer Goldringe, fühlte den kaum zu bezähmenden Drang, ihre Hand wegzuziehen und abzuwischen.

Er trat so dicht an sie heran, dass sein Atem ihre Wange streifte. „Es geht um Jana, mein Herzblatt."

„Jana?", fragte Claire, registrierte, dass Wörne Tränen in den Augen hatte.

„Jana Frankowa", flüsterte er, schluckte. „Man hat sie doch heute Morgen gefunden, aufgehängt wie die anderen beiden Frauen."

Claire zog die Schultern nach hinten. So liebenswürdig, wie es ihr trotz der aufdringlichen Nähe Wörnes möglich war, sagte sie: „Kommen Sie, begleiten Sie mich ins Präsidium. Wir suchen den richtigen Ansprechpartner für Sie."

Da sie den Ermittlungsleiter des KK 11 nicht in seinem Büro antraf, ging sie mit dem Juwelier in den Besprechungsraum. Dort fand sie Schwitter in einem Gespräch mit Matthesius und Rigalski, informierte sie, dass Karl-Leo Wörne ein Freund des dritten Mordopfers gewesen war.

Der alte Mann schien am Ende seiner Kraft, sank auf einen Stuhl. Seine dunklen Augen glänzten noch immer feucht.

„Jana Frankowa?", fragte Rigalski. Er schrieb den Namen auf.

Schwitter wies mit dem Kinn auf Matthesius, eine unmissverständliche Geste.

Er setzte sich zu Wörne. „Frankowa ist ein ukrainischer Name, Herr Wörne?"

Unfähig zu antworten, hob der Juwelier nur den linken Arm, nickte. Umringt von drei Kriminalbeamten und der Staatsanwältin schien das bislang Unfassbare, der Tod seiner Geliebten, endgültig in sein Bewusstsein zu sickern, wurde bittere Realität.

„Können Sie uns ein bisschen über Jana erzählen? Was war sie für ein Mensch?", fragte Matthesius freundlich.

„Muss ich Sie Ihnen beschreiben? Sie haben sie doch gefunden."

Wörne atmete schwer, fuhr sich mit den Händen über seine Augen. „Jana war unbeschreiblich schön. Haben Sie mal ein Bild von Julija Tymoschenko gesehen, der Präsidentin der Ukraine? Meine Jana war noch viel hübscher, und sie hatte viel schöneres Haar, sehr lang und goldblond."

Als wartete er auf eine Bestätigung, schwieg er und sah von Matthesius zu Rigalski. „Wenn wir abends ausgingen, flocht Jana das Haar zu einem Zopf und legte ihn wie eine Krone um ihren Kopf. Sie war meine Königin, mein Herzblatt. Und jetzt ist sie tot!"

Wörne war wohl oft mit ihr unterwegs gewesen, dachte Matthesius. Konnten sie dabei dem Mörder begegnet sein?

„Gab es ein Stammlokal, das Sie häufiger besucht haben? Vielleicht in der Altstadt?"

„Ja, wir gingen gern ins *Mai Tai*, wegen der guten Cocktails. Am Sonntagabend waren wir auch dort. Ich muss immer daran denken. Es war seltsam, wirklich seltsam, weil es noch nie vorgekommen war."

„Seltsam, was meinen Sie damit? Hat Jana vielleicht jemandem schöne Augen gemacht?", fragte Matthesius, deutete ein Lächeln an, um den Verdacht abzumildern.

„Nein, nein. Sehen Sie hier, das wollte ich ihr schenken." Der Juwelier zog ein viereckiges Kästchen aus seiner Sakkotasche.

„Da muss ich nicht lange raten, zumal bei einem Juwelier", Matthesius schmunzelte. „Ein Ring, nicht wahr?"

Ohne zu antworten, öffnete der Juwelier den blauseidenen Deckel und hielt ihnen das Schmuckstück hin.

„Weißgold mit einem lupenreinen Diamanten, klassisch rund. Zwei Karat, schimmert bläulich." Wörnes Stolz auf den wertvollen Ring war unüberhörbar.

„Hat Jana sich darüber gefreut?"

„Welche Frau würde da nicht vor Freude außer sich sein", murmelte Rigalski.

„Das dachte ich auch", entgegnete Wörne. Er schüttelte den Kopf, als könne er Janas Reaktion noch immer nicht begreifen. „Aber Jana wollte den Ring nicht. Sie hat mir das Päckchen zurückgegeben und gesagt, ich müsse ihr keine kostbaren Geschenke machen." Er verstummte, drehte das Kästchen so, dass alle Facetten des Diamanten schimmerten. „Ich habe das nicht verstanden, es war das erste Mal. Es passte nicht zu ihr. Sie liebte schöne Kleider und den entsprechenden Schmuck dazu."

„Herr Wörne, nehmen Sie mir die Frage bitte nicht übel", setzte Matthesius behutsam an. Den Juwelier auf den unübersehbaren Altersunterschied anzusprechen, war delikat. „Könnte es nicht sein, dass Jana die Beziehung zu Ihnen beenden wollte? Gab es vielleicht einen anderen Mann, jemanden, der jünger war?"

„Wenn ich Jana gesagt habe, sie sei zu schön für mich und ich für sie zu alt, hat sie gelacht, mich einfach ausgelacht."

Die Erinnerung schickte ein Lächeln über Wörnes Gesicht. Dann zog er plötzlich ein Taschentuch aus der Hosentasche, betupfte seine Stirn.

„Vielleicht haben Sie doch Recht", sagte er zögernd. „Möglicherweise war da ein anderer Mann. Jana hat sich irgendwie merkwürdig benommen. Sie war nicht so unbeschwert wie sonst, kam mir beunruhigt vor. Manchmal hat sie sich im *Mai Tai* so umgesehen, als suche sie jemanden. Oder als habe sie das Gefühl, beobachtet zu werden. Heute denke ich, sie hatte Angst, diese Person zu entdecken."

11. KAPITEL

Matthesius wippte ungeduldig auf den Fersen. Abduls Frittenbude war umlagert. Zwei Taxifahrer, eine alte Frau mit braunem Einkaufsbeutel, dazu eine Gruppe Halbwüchsiger mit Sporttaschen und Instrumentenkästen – Schüler des Theodor-Fliedner- oder des Erzbischöflichen Suitbertus-Gymnasiums, die sich nach Basketball und Orchesterprobe zu einer Ration Pommes versammelten.

Es würde dauern, bis Abdul alle Mäuler gestopft hatte. Den Türken freute der Andrang. Er schwenkte höchst zufrieden sein Frittensieb und füllte es mehrmals aufs Neue. Ab und zu blinzelte er Matthesius zu, stolz und zufrieden. Ja, sogar ein bisschen besänftigend. Ganz so, als wollte er ihm bedeuten: Nur Geduld!

Das war leichter gesagt als getan. Papier war geduldig, Matthesius nicht. Er konnte die Zeit für seinen Abstecher nach Kaiserswerth im Grunde gar nicht erübrigen, hatte sich innerlich gerechtfertigt, dass er durch eine Portion Pommes rot-weiß immerhin das Mittagessen einsparte.

Matthesius hustete. Das Geräusch machte Abdul aufmerksam. Er grinste, reichte einem Mädchen mit gepiercter Nase eine gut gefüllte Schale und rief: „Hier, gib die Fritten mal meinem Freund, dem Herrn Hauptkommissar."

Prompt drehten sich alle zu ihm um. Matthesius fluchte leise. Abdul war ein Schlitzohr. Dem Türken musste klar sein, weswegen er gekommen war und dass Matthesius sein Anliegen nicht vor all den neugierigen Zuhörern erörtern wollte.

Wie hieß es in einem Sprichwort? *Nur Geduld, sagte der Wolf zum Esel,* richtig. Matthesius war sich nicht sicher, wer hier der Wolf und wer der Esel war. Doch er benötigte endlich Auskünfte über die türkische Familie. Er hoffte inständig, dass die Celiks nicht gerade einer fundamentalistischen Glaubensrichtung des Islam anhingen.

Matthesius sah auf seine Armbanduhr. Zehn Minuten konnte er Abdul noch geben.

Dieser Mittwoch war für ihn einer der Horrortage mit gefühlten 48 Stunden. Zu viel war passiert. Sie hatten eine dritte Frauenleiche, aber nur zweifelhafte Tatverdächtige. Das Motiv, das sie bei Jonas Hempel vermuteten, stand auf tönernen Füßen. Dass Kirch einen Zopf, möglicherweise als Fetisch, besaß und über das Thema Haare habilitierte, war zwar ungewöhnlich, machte ihn jedoch nicht zum Mörder. Beiden Männern konnten sie bislang kein falsches Alibi nachweisen.

Matthesius drehte und wendete die vorläufigen Ergebnisse in seinem Kopf. Die Puzzlestücke wollten sich nicht zusammenfügen, ergaben kein klares Bild. Noch einmal ging er in Gedanken alles durch, die Fakten der Spurensicherung, die Ergebnisse der Obduktion, Aussagen, die Zeugen bei der Befragung gemacht hatten. Er versuchte, sich Auffälliges in Erinnerung zu rufen. Da war nichts. Weder Eltern noch Geschwister, Nachbarn, Freunde oder Bekannte hatten Konkretes ausgesagt, das sie auf die Spur des Täters bringen konnte. Matthesius blieben nur seine Eindrücke von den Opfern und Tatorten, Wortfetzen und Bemerkungen. Seine Intuition, die ihm sagte, der dritte Mord war anders.

Wenig genug, Matthesius seufzte, tunkte Pommes frites in den Ketchup. Er neigte nicht zu Träumereien, geschweige denn zu verschwommenen Spekulationen. Doch seinen Instinkten hatte er bislang durchaus vertrauen können. Diesmal versagten sie. Das Profil des Täters materialisierte sich nicht aus dem Nebel seiner Gedanken und Überlegungen.

Matthesius sah abermals auf die Uhr. Noch zwei Minuten bis zum Ende seiner selbstgesetzten Wartezeit. Die beiden Taxifahrer machten sich auf den Weg, auch die Jugendlichen standen kurz vor dem Aufbruch.

Der eigentliche Grund für seine Fahrt nach Kaiserswerth resultierte aus der Vernehmung des Kunstwissenschaftlers im KK 11, musste Matthesius sich eingestehen. Der Dozent war so in Rage gewesen, dass Matthesius stutzig geworden war. Kirch hatte darauf bestanden, Emma habe der Kripo verraten, dass in seinem Büro ein

Zopf an der Wand hing. Der wütende Hass, den Matthesius in seinen Augen gesehen hatte, beunruhigte ihn.

Er glaubte zwar nicht, dass Emma ernstlich Gefahr von Kirch drohte. Schwitter hatte versucht, ihm diese Sorge zu nehmen, behauptet, Kirch werde kaum so dumm sein, Emma etwas anzutun, nachdem er ihnen gegenüber seine Abneigung so deutlich demonstriert hatte. Dennoch – man konnte nie wissen. Er wollte auch mit ihr sprechen, sicher sein. „Max?"

Das zögerliche Verweilen auf dem Anfangsbuchstaben seines Namens ließ ihn an seinen Bruder Jens denken.

„Max Matthesius?"

Falsch geraten. Nun erkannte er die sonore Stimme, drehte sich langsam um. „Sieh an, Professor Strassberg."

Matthesius lächelte. „Ich hätte Sie nicht als Liebhaber von Junkfood eingeschätzt, Thomas."

„Sie kennen mich eben zu wenig." Strassberg zupfte an seinen Koteletten, schien verlegen. „Ich bin froh, dass ich Sie treffe."

„Damit wir uns besser kennenlernen?", spottete Matthesius gutmütig.

Strassberg trat unruhig von einem Fuß auf den anderen.

„Emmas Wohl liegt Ihnen doch am Herzen", sagte er unerwartet impulsiv.

„Warum sollte es das?"

Matthesius verstand selbst nicht, warum er, der gerade denselben Gedanken gehegt hatte, nun Strassberg gegenüber jegliche Verantwortung für Emma von sich wies. Was war es? Die eifersüchtige Regung auf einen Rivalen, dem gelungen war, woran er selbst gescheitert war, Emma aus dem Strudel ihrer Verzweiflung zu reißen? Oder einfach nur die Reaktion eines väterlichen Freundes, der angesichts der Tatsache schwindender Einflussnahme resignierte?

Als könne er seine Gedanken lesen, nahm Strassberg das Stichwort auf. „Ich denke, Sie haben mehr Einfluss auf Emma als ich."

Das glaube ich kaum, dachte Matthesius. Er sah den Professor abwartend an.

„Die Suche, mit der Emma beschäftigt ist, bereitet mir Kopfschmerzen."

Wem nicht? Matthesius dachte an die Anrufe von Emmas Freundin Christie und ihrer Tante, seine eigenen Bedenken.

„Sie hat den Auftrag von einer Türkin, deren Schwester untergetaucht ist", begann Strassberg zu erklären.

„Ja, ich weiß", unterbrach Matthesius, „Emma hat mir davon erzählt."

„Können Sie die Recherche nicht irgendwie unterbinden?"

„Emma ist eine erwachsene Frau. Ich kann ihr nicht verbieten, einen Auftrag anzunehmen."

Matthesius hob bedauernd die Schultern, bereute es im selben Augenblick, als ein heftiger Schmerz ihn an seine Prellung erinnerte. „Das könnte ich nur, wenn sie sich in polizeiliche Ermittlungen einmischte. Wie Sie ja wissen, ist sogar das schwierig bei ihr."

„Weil Sie Emma gegenüber zu nachsichtig sind."

Amüsierte den Professor sein Verhältnis zu Emma? Matthesius war sich nicht sicher, ob er das angedeutete Lächeln seines Gegenübers richtig interpretierte.

„Sie könnten wenigstens versuchen, ihr die Geschichte auszureden", sagte Strassberg, rang nach Worten. „Sich da einzumischen, fürchte ich, könnte gefährlich werden. Übrigens nicht nur für Emma, sondern für die Schwester ebenso – ich meine die gesuchte Türkin."

Matthesius unterdrückte ein Grinsen. Hatte Emma ihm nicht erzählt, der Professor wäre wegen seiner Scharfzüngigkeit und Eloquenz an der Universität gefürchtet? Bei seinen Studenten ebenso wie im Kollegenkreis? Seine stockend vorgebrachte Aufforderung ließ für ihn nur den Schluss zu, dass Strassberg in einem inneren Zwiespalt steckte. Er wollte Emma nicht einengen, war aber besorgt.

„Ich verstehe", sagte Matthesius, „Sie haben ein Problem mit Emma."

„Nein, es geht nicht um mich. Ich habe nur Angst um sie", wehrte Strassberg ab.

Matthesius bemerkte verdrossen, dass eine weitere Gruppe Jugendlicher an die Frittenbude trat. An diesem Tag würde er kaum noch die gewünschte Auskunft von Abdul bekommen.

„Ich sage Ihnen eines", sagte er, „Emma ist geprägt durch den Verlust ihrer Schwester. Das Kindheitserlebnis reicht bis in die Gegenwart hinein. Sie haben es miterlebt und wissen doch auch, welch ruheloses Wesen sie ist, ständig auf der Suche nach etwas, das sie möglicherweise nie finden wird. Es sei denn, Sie können es ihr geben."

„Ich liebe Emma", entgegnete Strassberg heftig, „ich weiß jedoch nicht, ob ich damit ..." Er verstummte, ließ den Satz unvollendet.

Ein Aber in der Liebe war immer schlecht, dachte Matthesius. So würde er Emma nicht helfen können.

„Bitte, Max, es muss irgendeine Möglichkeit geben, sie von solchen Eskapaden abzuhalten. Ich dachte, Sie würden mich dabei unterstützen."

„Falsch, Sie wollen, dass ich die Entscheidung für Sie treffe."

Matthesius signalisierte Abdul, dass er gehen musste. Er fischte einige Münzen aus seiner Hosentasche und legte sie abgezählt auf die Theke. Er würde am nächsten oder übernächsten Tag wiederkommen.

„Was soll ich tun, Max? Ich fürchte, so etwas kann und wird jederzeit wieder geschehen. Es muss nur das Reizwort Schwester fallen, und Emma rennt los ..."

Matthesius sah Strassberg nachdenklich an. „Wenn Sie Emma wirklich lieben, finden Sie sich damit ab."

„Ich weiß nicht, ob ich das kann", gestand Strassberg leise. Er legte seine Hand auf Matthesius' Arm. „Trotzdem, danke."

Seraps Freundin Gülsen Junker wohnte in der Eisenstraße. Der Name erinnerte daran, dass in dem Arbeiterviertel früher Eisen industriell verarbeitet wurde. Emma nahm die Verabredung als guten Anlass, sich ein Bild von Düsseldorfs multikulturellem Stadtviertel Oberbilk zu verschaffen. Es hatte den höchsten Ausländeranteil, wusste sie und war dem Internet, wie schon häufig, dankbar für die schnell verfügbaren Informationen: Türken bildeten mit 17,9 Prozent vor den Marokkanern die größte Gruppe.

Emma fuhr hinter dem Hauptbahnhof durch die Kölner Straße und die Ellerstraße. Ein Ausflug in eine Parallelwelt. Der Eindruck einer Enklave war noch deutlicher als auf der Graf-Adolf-Straße. Zahlreiche Obst- und Gemüsestände, Geschäfte für Haushaltswaren und Elektrogeräte, ein Orient-Markt, der Wasserpfeifen, arabische Musik und DVDs zum Kauf anbot, mit bunten Fliesen dekorierte Cafés, in denen nur Männer saßen. Arabische Schriftzeichen. Frauen mit Kindern an der Hand, viele mit Kopftuch, manche wie Aischa ganz in Schwarz, dazwischen eine auffallend hübsche junge Frau in einem weißen Hijab. Herumlungernde Jugendliche, ausschließlich Jungen.

Während sie sich umsah, einem Auto auswich, das ihrem Volvo gefährlich nah kam, geisterten Aspekte der Diskussionen über Abschottung, Fremdenfeindlichkeit, mangelnden Integrationswillen oder Angst vor Fremden in ihrem Kopf herum.

Sie fühlte sich nicht bedroht. Die bunte Vielfalt Oberbilks jedenfalls hatte nichts Beängstigendes.

Emma sah sich neugierig um, entdeckte Aischa, die vor einer Bäckerei stand, die türkisches Fladenbrot, Pide oder Ekmek genannt, und die Sesamkringel Simit verkaufte. Emma hielt am Straßenrand, ließ das Autofenster herunter und winkte.

Zu Emmas Überraschung kam das Mädchen nicht angelaufen, sondern sah sich vorsichtig nach allen Seiten um.

„Aischa! Hallo!"

Ihre Auftraggeberin näherte sich dem Volvo nur zögerlich.

„Was willst du?", fragte sie ärgerlich, beugte sich zu Emma hinunter. „Ich war doch heute Vormittag bei dir."

„Ich bin auf dem Weg zu …"

„Ich will nicht, dass man uns zusammen sieht", unterbrach Aischa, blieb gebückt stehen und hielt ihre Hand vor Stirn und Augen.

Wäre das so schlimm? Hatte Aischa Angst, ihre Familie könnte sie beobachten? Flüsterte sie deshalb?

„Schon gut, ich will dich nicht in Verlegenheit bringen. Behaupte einfach, ich hätte dich nach dem Weg gefragt", sagte Emma rasch. Laut rief sie: „Danke, sehr nett von Ihnen", und gab Gas.

Gülsen Junker hatte Besuch. Am Küchentisch saß eine ältere Frau, beugte sich über die Holzplatte. Eine Türkin in einem langen rotblau und schwarz geblümten Rock, zu dem sie eine dicke schwarze Strickjacke trug. Das aufwendige Zopfmuster konnte nur selbst gestrickt und nicht die Massenware einer Produktionsstätte sein. Um den Kopf trug die Frau ein buntes Blumenkopftuch, das unter ihrem Kinn zu einem festen Knoten gebunden war. Als sie Emmas Schritte auf dem Laminat des Flurs hörte, sah sie kurz auf.

„Guten Tag", grüßte Emma freundlich, fragte sich, ob sie ihre Einschätzung korrigieren musste. Tiefe Falten durchzogen das Gesicht der Frau. Ihr Alter war schwer zu schätzen.

„Einen Moment noch. Nimm den Stuhl", sagte Gülsen zu Emma, setzte sich zu ihrer Bekannten. Sie diskutierten auf Türkisch, während Gülsen mehrmals zu einem Stift griff, um etwas zu notieren.

Anders als Seraps Freundin Hamida hatte Gülsen ihr Haar, das ihr bis auf die Schulter reichte, durch blonde Strähnchen aufgehellt. Sie trug schwarze Jeans und ein enges rotes Top unter einem beigefarbenen Sweatshirt.

„Tut mir leid, dass du so lange warten musstest", sagte Gülsen, als sie ihre Besucherin verabschiedet hatte und in die Küche zurückkam.

„Sie hat Schwierigkeiten mit dem Vermieter. Daher musste ich ihr einen Brief übersetzen. Zum Dank bringt sie mir immer etwas Süßes mit." Gülsen öffnete eine Tüte türkischen Honigs, die auf dem Tisch lag. „Möchtest du ein Stück?"

„Die Frau kann kein Deutsch?"

„Sumaika? Kaum ein Wort. Und sie ist nicht die Einzige. Sie kommt jedes Mal zu mir, wenn es Ärger mit dem Vermieter oder den Ämtern gibt. Wenn sie einkaufen geht, nimmt sie ihre Kinder mit."

„Vielleicht war sie zu alt, um noch eine fremde Sprache zu lernen, als sie nach Deutschland kam."

„Sie ist erst 38."

Da hatte sie sich leicht um drei Jahrzehnte verschätzt, dachte Emma, überspielte ihre Verwunderung, indem sie ein Stück Nougat nahm. „Weißt du, was mir aufgefallen ist? Auf den Straßen lungern ziemlich viele Jungen herum, obwohl das Wetter doch recht mies ist."

Gülsen winkte ab. „Ihre Mütter werden sie nach draußen geschickt haben. Das ist üblich, wenn sie ihre Teegesellschaften abhalten und andere Frauen zu Besuch kommen."

„Ich dachte schon, sie rotten sich zusammen, weil zu Hause zu wenig Platz ist oder weil sie keine Freunde mitbringen dürfen."

„Das dürfen sie ja auch nicht, zumindest nicht, wenn sie Schwestern haben."

Ach du liebe Zeit! Emma schluckte. „Scheint mir gar nicht leicht, Türke zu sein."

„Stimmt", bestätigte Gülsen, „doch für Türkinnen ist es noch schwieriger, das kannst du mir glauben. Du kannst dir nicht vorstellen, wie schwer es zum Beispiel eine Import-Gelin in den ersten Wochen hat."

Import-Gelin? Der Ausdruck sagte Emma nichts, sie sah Gülsen fragend an.

„Eine junge Braut, die einwandert, ohne ein Wort Deutsch zu können."

„Das ist ja zum Glück inzwischen anders. Wer hier leben will, muss Sprachkenntnisse nachweisen."

„Das ist zu wenig." Gülsen zuckte die Schultern. „Aber noch problematischer ist, dass sie nichts hinzulernen, weil sie kaum aus dem Haus, nie aus ihrem Viertel herauskommen. Ich war 15, als ich importiert wurde, so nennen wir das wirklich. Weißt du, was das heißt?" Gülsen warf Emma einen missbilligenden Blick zu, als hätte sie persönlich den Koffer des Mädchens gepackt, fuhr fort: „Ich wurde mit jemandem verheiratet, den ich kaum kannte, und hatte von nichts eine Ahnung. Nicht einmal davon, in was für einer Stadt ich eigentlich lebte. Dann habe ich eines Tages in einem Frauenbüro um Hilfe gefragt. Stell dir vor, was sie zuallererst mit mir gemacht haben – Sie haben mich zum Rheinturm mitgenommen, sind mit mir hinaufgefahren und haben mir Düsseldorf gezeigt. Ich konnte gar nicht fassen, wie groß die Stadt ist, in der ich wohne."

Gülsen holte tief Atem, musterte Emma ernst. „Aber du bist nicht gekommen, um dir meine Geschichte anzuhören, sondern wegen Serap. Sag mir zuerst, warum du wissen willst, wo sie ist."

„Aischa hat mich beauftragt, ihre Schwester zu suchen. Ich bin Rechercheurin, verdiene damit mein Geld", erklärte Emma. „Normalerweise arbeite ich eher für die Dozenten an der Uni."

Sie spürte, dass ihre Antwort Gülsen nicht überzeugte.

„Serap zu suchen, ist etwas anderes als Literatur für einen Professor zusammenzustellen, oder?"

„Vor ein paar Monaten hatte ich einen Auftrag, der auch kriminalistisches Gespür verlangte. Darüber ist in den Medien berichtet worden, und so ist Aischa auf mich aufmerksam geworden. Sie denkt vermutlich, was einmal geklappt hat, funktioniert auch in ihrem Fall."

Gülsen schien darüber nachzudenken. „Wir müssten wissen, warum Aischa Serap unbedingt finden will."

„Sie will ihr helfen, damit sie Rashid nicht heiraten muss."

„Das stimmt, Serap hat mir gesagt, dass sie ihn auf keinen Fall heiraten will."

Gülsen nickte mehrmals nachdrücklich. Dann stand sie plötzlich auf, trat ans Fenster und sah auf die Straße hinunter. „Vertraust du Aischa?"

„Ja, ich habe keinen Grund, es nicht zu tun."

„Das ist das Problem", sagte Gülsen, ohne sich umzudrehen, „ich traue ihr nicht."

Diese Antwort hatte Emma nicht erwartet. Sie lehnte sich zurück, beobachtete Gülsen. „Das verstehe ich nicht."

Gülsen wandte sich ihr wieder zu, blieb aber, die Hände hinter ihrem Rücken, am Fenster stehen. „Serap hat mir erzählt, dass ihre Schwester sie öfter als Schlampe beschimpft hat."

„Das ist nicht dein Ernst." Emma sah sie fassungslos an.

„Das meine ich vollkommen ernst. Deshalb würde ich dir auch nicht helfen, selbst wenn ich wüsste, wo Serap sich aufhält. Aber ich weiß es nicht." Gülsen trat an den Tisch, stützte beide Hände auf und beugte sich zu Emma. „Ich bitte dich von Herzen, sei vorsichtig. Wenn du herausfindest, wo Serap ist, sprich erst mit ihr, ehe du Aischa sagst, wo sie ihre Schwester findet", sagte sie eindringlich.

Gülsens Warnung warf ein völlig neues Licht auf ihren Auftrag. Die Gedanken explodierten in Emmas Kopf, Argumente, Gewissheiten und Bilder wirbelten durcheinander. Sie rieb sich mehrmals über ihr Gesicht, versuchte, sich ihre widerstreitenden Gefühle nicht anmerken zu lassen.

„Gut", entschied Emma, „falls ich Serap finde, werde ich zunächst allein mit ihr sprechen. Wenn du Recht hast und sie ihrer Schwester nicht vertraut oder Angst vor ihr hat, werde ich Aischa sagen, dass ich bei meiner Suche keinen Erfolg hatte. Was hältst du davon?"

Gülsen sah sie mit tiefer Besorgnis an. „Das würde ich an deiner Stelle auch tun."

So ein Mist, wo war die Datei? Als Aischa vormittags unvermutet aufgetaucht war, hatte Emma den Computer ausgeschaltet.

Nun vermisste sie den Ordner *Die verschwundene Schwester* auf ihrem Rechner. Emma startete das Suchprogramm, wurde schließlich unter den Dateien fündig, die sie im vergangenen November zum Tod von Christies Kusine Dana angelegt hatte.

Wie seltsam! Emma verdrängte den Gedanken an eine freudsche Fehlleistung und verschob den Ordner an seinen ursprünglichen Platz. Doch sie vermochte nicht, sich zu konzentrieren. Zu viel ging ihr durch den Kopf. Zwangsheirat, Haarzopf, Kopftuch, Ehrenmord, Maphorion. Wie sollte sie das alles sortieren?

Sie musste erst einmal genau unterscheiden, was zu Aischas Auftrag, was zu ihrer Recherche für Dr. Kirch gehörte, entschied sie. Leider war das Gespräch mit Gülsen Junker nicht sonderlich aufschlussreich gewesen. Sie hatte zwar etwas über Import-Gelins erfahren, zweifelte aber, ob ihr das weiterhelfen konnte. Stattdessen hatte Gülsen sie durch ihr Misstrauen Aischa gegenüber verunsichert.

Trotz Gülsens Skepsis konnte Emma sich nicht vorstellen, dass

Aischa nicht ehrlich zu ihr war und sich verstellte. Warum sollte sie ihre Schwester wissentlich in Gefahr bringen? Emma benutzen, um für den Vater oder die Brüder ausspionieren zu lassen, wo Serap sich aufhielt? Aischa konnte die Reaktionen ihrer Familie besser als jeder andere abschätzen. Sie würde die Augen nicht verschließen, wenn die Möglichkeit bestand, dass ein Angehöriger Serap etwas antun würde, war Emma überzeugt.

Und wenn sie sich irrte? Der Cursor zeigte auf die Datei, Emma konnte sich nicht entschließen, sie zu öffnen. Falls Aischa sie täuschte und ihre Zweifel sich bestätigten, musste sie dem Mädchen sagen, dass sie die Suche nicht fortsetzen konnte. Würde sie sich mit dieser Entscheidung Aischa und die Familie des Mädchens zu Feinden machen?

Bevor sie die Konsequenzen überdenken konnte, unterbrach Billie Holiday ihre Gedanken. Emma zog ihr Handy unter einem Papierstapel hervor. Die Sekretärin des Germanistischen Instituts verkündete ihr mit nicht zu überhörender Genugtuung, dass der Dozent Dr. Kirch auf ihre weitere Mitarbeit verzichte. „Er war sehr empört. Das bleibt sicher nicht ohne Auswirkungen. Ich könnte mir gut vorstellen, dass sich nun andere Professoren überlegen werden, ob sie Sie noch mit Recherchen beauftragen."

Verflucht! Von der Sekretärin hatte sie zwar keine Unterstützung erwartet. Der Vorzimmerdrache hatte ihr Kommen und Gehen stets argwöhnisch beobachtet und ihre Arbeit mit entsprechenden Kommentaren begleitet. Doch Emma hoffte, dass die unrühmliche Geschichte nicht die Runde auf dem Campus machte. Sie war auf Aufträge der Universität angewiesen.

„Wie soll ich sonst nächsten Monat die Miete bezahlen? Kannst du mir das sagen?", fragte Emma ihren Computer.

Sie wagte nicht, darüber nachzudenken, wie es um ihre Finanzen bestellt war.

„Ich werde verhungern", grummelte sie, musste lachen. Notfalls konnte sie zu Christie oder Tante Bea gehen. Und schließlich, Emma lächelte versonnen, gab es auch noch Thomas.

Allerdings würde er im Gegenzug wohl erwarten, dass sie jede Art kriminalistischer Recherchen einstellte. Die Vorstellung radierte das Lächeln aus ihrem Gesicht.

Sie hörte ihre Mailbox ab. Zum wievielten Mal in den vergangenen Tagen? Er hatte nicht angerufen.

Sie war doch nicht darauf aus gewesen, Detektiv zu spielen, dachte Emma. Aber sie hätte Aischa niemals sagen können, es sei ihr gleichgültig, dass Serap verschwunden war. Den Auftrag abzugeben würde zugleich bedeuten, sie hätte bei der Suche nach einer Schwester versagt – wieder einmal. Wie sollte sie das ertragen?

Ein heftiges Klopfen ließ sie aufschrecken.

„Emma, mach auf! Ich bin's."

Warum war es nicht Thomas? Enttäuscht öffnete Emma die Tür.

„Na endlich." Christie rauschte an ihr vorbei, in der einen Hand eine Flasche Champagner, in der anderen eine Tüte mit dem unverkennbaren Logo eines Delikatessengeschäfts.

„Gibt es etwas zu feiern?"

Ohne zu antworten, stellte Christie Flasche und Tüte auf dem Tisch ab, ließ sich auf einen Stuhl fallen und ordnete mit beiden Händen ihre Haare. „Im Gegenteil, ich bin total entnervt. Ich wollte mich bei dir erholen, ehe ich mich in das Getümmel zu Hause wage."

Emma nahm die Flasche. „Taittinger Nocturne Sec. Womit habe ich das verdient?"

„Gar nicht, vermutlich."

Christies blaue Augen ruhten auf ihr. Ein flüchtiges Blinzeln, als wäre sie irritiert. „Oder vielleicht, weil du aussiehst, als könntest du eine Stärkung vertragen."

Taittinger als Balsam für die Seele – warum nicht? Emma spürte einen Kloß im Hals, Christie musste ihr angesehen haben, dass sie bekümmert war. Sie drehte ihr rasch den Rücken zu, holte Teller und Besteck, ließ sich Zeit. Bevor ihre Freundin sie ausfragen konnte, wollte sie erst einmal den Grund für Christies Stress erfahren.

„Mein Besuch soll eigentlich ein kleines Dankeschön sein", sagte

Christie, hob die Stimme, um Emmas Geklapper an der Küchenzeile zu übertönen. „Ohne dich hätte ich den Gang zur Polizei nicht so gut durchgestanden. Das ist mir heute klar geworden."

„Wieso gerade heute?"

Christie wartete schweigend, bis Emma den Tisch gedeckt und sich zu ihr gesetzt hatte. Der köstliche Duft von Serranoschinken und französischer Fenchelsalami reizte Emmas Geschmacksnerven. Das Fladenbrot sah verlockend aus, die mit Kräutern umhüllten Oliven waren grün und prall. Nachdem Emma den Champagner eingeschenkt hatte, pickte sie sich eine heraus.

Christie sah sie forschend an. „Du weißt es noch nicht?"

„Wovon sprichst du?"

„Sie haben heute Morgen noch eine tote Frau gefunden. Diesmal in einer Platane neben dem Opernhaus."

„Ich war beschäftigt", sagte Emma entsetzt. Doch ein Serienmörder! Sie rieb mit der flachen Hand über ihr Sweatshirt.

„Er hat sie wie die beiden anderen an den Haaren aufgehängt. Ihr Name ist Jana Frankowa. Ich habe die Nachricht gerade erst im Autoradio gehört."

Ihre Freundin erschauerte, verschränkte die Arme über der lichtgelben Seidenbluse.

„Ist dir kalt?"

„Nur wenn ich an das denke, was diesen Frauen angetan worden ist", sagte Christie leise, fuhr in normalem Tonfall fort, als sie abrupt das Thema wechselte. „Bei dir ist es wärmer als in der Agentur. Wir haben Probleme mit der Klimaanlage."

„Schon wieder? Hast du sie nicht vor Kurzem erst reparieren lassen? Durch die Firma, die die Anlage auch eingebaut hat?"

„Dass du dich daran erinnerst!"

„Da kannst du mal sehen, dein Vorwurf, ich würde nicht zuhören, wenn du Probleme hast, ist völlig ungerechtfertigt."

Zögernd nahm Christie eine Scheibe Schinken, biss ein kleines Stück ab.

Emma tat, als widme sie sich ebenfalls dem Essen. So wenig sie der Freundin etwas vormachen konnte, vermochte Christie es bei ihr. Es musste einen tiefer liegenden Grund geben, warum sie so unerwartet aufgetaucht war. Nach einem arbeitsreichen Tag fuhr sie üblicherweise auf direktem Weg nach Hause, um Zeit mit ihren Kindern verbringen zu können.

„Dass es einen dritten Mord gegeben hat, ist furchtbar. Aber ich verstehe nicht, wieso dir das so zu schaffen macht", sagte sie mit sachter Stimme. Als Christie nicht antwortete, bohrte Emma nach. „Dich beschäftigt doch irgendetwas. War Jana Frankowa etwa auch deine Klientin?"

Ihre Freundin schüttelte den Kopf. „Nein, Gott sei Dank nicht. Dein Freund Matthesius hat mir übrigens dieselbe Frage gestellt."

„Du kannst mich nicht für seine Ermittlungen verantwortlich machen", wies Emma den Vorwurf zurück, der in Christies Worten mitschwang. „Die Frage liegt doch auf der Hand, findest du nicht?"

„Ja, schon", gab Christie zu. „Matthesius und sein Partner, Rigalski, waren heute wieder bei mir im Büro, haben mein gesamtes Team noch einmal gecheckt. Es war gespenstisch. Zum Glück ist unter den Frauen, die bei mir arbeiten, keine, die vom Aussehen her in das Schema passt."

„Dann bist du die Einzige in der Agentur mit ungewöhnlich langen Haaren?"

„Emma!" Christie fuhr erschrocken zurück, sah sie entgeistert an. „Wenn du die Absicht hattest, mich zu beruhigen ..."

„Hatte ich nicht", entgegnete Emma, „mir ist nur gerade eine Idee gekommen." Sie überlegte. „Matthesius sucht in erster Linie nach dem Täter. Vielleicht sollte man das Verbrechen auch von den Opfern ausgehend betrachten. Die Klientenkartei intensiver daraufhin durchsehen, ob sich eine weitere Frau findet, die ins Profil passen könnte."

Christie betrachtete sie aufmerksam, nickte langsam. „Du hast Recht. Ich kann mich auch von dem Gedanken nicht freimachen, dass wir irgendetwas übersehen haben."

„Wir?"

„Matthesius und sein Partner", korrigierte Christie sich schnell. „Die Vorstellung, dass der Täter über die Agentur an seine ersten beiden Opfer herangekommen ist, lässt mich kaum noch ruhig schlafen."

Sicherlich hatte ihre Freundin inzwischen die Klientendateien mehrmals durchforstet, dachte Emma, würde es allerdings niemals zugeben. Sie stand auf und ging zu ihr, legte ihr tröstend den Arm um die Schulter.

Wie schon zwei Tage zuvor hatte Emma den Eindruck, ihre Rollen seien vertauscht. Nicht sie suchte Schutz bei Christie, sondern ihre Freundin brauchte ihre Nähe und Unterstützung. Ein Gefühl, an das sie sich gewöhnen könnte.

Sie belegte für Christie und sich je eine Hälfte des Fladenbrotes mit Schinken und Salami, garnierte den Tellerrand mit Oliven. Gedankenversunken aßen sie weiter, bis Christie ihr unvermittelt zuprostete. „Auf dass Matthesius ihn bald schnappt!", rief sie, nahm einen großen Schluck Champagner.

Emma hob erstaunt die Brauen.

„Nicht das Schlechteste für die Nerven", lachte Christie, keine Spur verlegen.

Hatte sie nicht vorhin Ähnliches gedacht? Emma grinste und tat es ihrer Freundin gleich.

„Ich habe überhaupt keinen Hunger mehr." Christie schob die Schalen mit Serranoschinken und Fenchelsalami weit von sich. „Du kannst den Rest behalten. Dein Kühlschrank lechzt sicher nach etwas, das er kühlen darf."

Als Emma schwieg, weiteten sich ihre Augen. „Habe ich mir gleich gedacht: Du hast auch Probleme", stellte sie fest. „Ist der Dozent dir etwa wieder zu nahe getreten?"

„Dr. Kirch?", fragte Emma.

„Tu nicht so unschuldig." Christie spielte mit ihren Fingernägeln ein ungeduldiges Stakkato auf der Tischplatte. „Lass mich raten, er hat dir in höflichem Ton zu verstehen gegeben, dass er auf deine Recherchen verzichtet."

Emma neigte den Kopf zur Seite. „Stimmt, allerdings war er kein Klient der *Optima*."

„Was soll das heißen?"

„Sein Ton war ausgesprochen rüde und bedrohlich."

„Mein Gott, Emma!"

Emma lachte. Ihre gottesfürchtige Freundin bemühte den Allmächtigen für ihre Begriffe absonderlich oft.

„Das ist nicht lustig!"

Christies Protest fegte ihr Lächeln fort. Emma erinnerte sich an das widerwärtige Gefühl, als Dr. Kirch ihr Haar berührt hatte. Sie zog die Schultern zusammen und schilderte der Freundin die Szene auf dem Eulenbergweg.

„Er hat dich bedroht?"

Christie richtete sich unwillkürlich auf, als wollte sie Emma, obwohl selbst einen Kopf kleiner, mit körperlichem Einsatz verteidigen.

„Im Moment scheinen wir beide wohl in das Fahrwasser zwielichtiger Gestalten geraten zu sein."

„Zwielichtige Gestalt als Bezeichnung für einen mehrfachen Frauenmörder scheint mir eine sehr euphemistische Bezeichnung zu sein."

„Hör auf damit, du machst mir Angst."

„Du und ängstlich, Christie? Eben noch hast du ausgesehen, als wolltest du Dr. Kirch zum Duell herausfordern."

„Vielleicht mache ich das sogar." Christie hob das Kinn.

„Was willst du tun? Deine Beziehungen spielen lassen, damit ich Aufträge an der Uni kriege? Ich brauche keine Protektion von Drillings", wehrte Emma ab. Ihr Ton war heftiger als nötig.

Christie ging achselzuckend darüber hinweg. „Hast du noch andere Aufträge?"

„Das solltest du wissen."

„Mein Gott!", rief Christie erneut. „Dann bist du jetzt dabei, deine ganze Energie auf die Suche nach der Schwester der Türkin zu richten? Das kann nicht dein Ernst sein!"

„Ich bekomme jederzeit einen anderen Auftrag", versuchte Emma sie zu beruhigen. Sie war sich keineswegs sicher, ob das stimmte. Sie bemerkte, dass Christie sie abschätzend musterte. „Warum schaust du mich so an?"

Zu ihrer Überraschung errötete ihre Freundin, war offensichtlich verlegen. „Eigentlich wollte ich dich noch einmal bitten, die Suche aufzugeben. Ich habe Angst, dass sie böse ausgeht. Aber nun ..."

Christie tastete nach ihrer Geldbörse.

„Lass das!", würgte Emma sie ab. „Ich habe einen wohl gefüllten Kühlschrank, ich werde also in den nächsten drei Tagen nicht verhungern."

„Na gut." Christie biss sich auf die Unterlippe und stand auf. Zum Abschied drückte sie Emma an sich. „Pass auf dich auf, versprich mir das!"

Emma dachte an Gülsen Junkers Warnung. „Versprochen! Es wird alles gut", sagte sie mehr zu sich selbst als zu ihrer Freundin.

Christies zweifelnde Miene brachte ihre Gewissheit jäh ins Wanken.

Du Schwächling, du Versager, zischelte es in seinem Kopf. Immer und immer wieder. Er würde die Stimme erst loswerden, wenn er es zu Ende gebracht hatte.

Es war keine Vision, kein Traum, es war real, prangte auf den Titelseiten aller Blätter. Sprang ihm entgegen, höhnisch und voller Verachtung.

Was hast du gedacht, du Idiot? Dass du der Einzige bist? Der Einzige, der den Mut hatte, zu tun, was alle dachten? Dass man sie aufhängen musste?

Wut schäumte in ihm hoch, verdrängte das Zischeln. Was er auf den Fotos sah, war nicht das Arrangement seiner fiebrigen Träume, nicht das richtige Bild. Alles war falsch.

Sicher, sie hatte lange, blonde Haare. Doch sie hielt den Kopf gerade, neigte ihn nicht zur Seite. Und das Blut, da war viel zu viel Blut. Es war nicht seine Arbeit, ein Dilettant musste da am Werk gewesen sein. Er spürte, wie der Zorn ihm die Kehle zuschnürte.

Du Schwächling, du Versager. Das Zischeln war zurückgekehrt, kroch durch seine Hirnwindungen.

Er zwang sich zur Ruhe, trat an den Kiosk und kaufte die Zeitungen. Las unterwegs die Artikel, studierte ihr Gesicht, erkannte sie. Die Blonde aus dem *Mai Tai*. Ein unverzeihlicher Fehler! Sie war nicht die Richtige. Ätzende Galle stieg in ihm hoch, brannte in seiner Kehle.

Wie konnte sich solch ein Amateur anmaßen, ihn zu kopieren, seine sorgfältige Inszenierung nachzuahmen?

Die Wut hielt ihn so gefangen, dass er die wenigen Schritte vom Kiosk zum Parkplatz kaum bewältigte.

Erst der Anblick der Kastanie im Vorgarten ließ ihn ruhiger werden. *Aufhängen sollte man sie alle.* Er legte den Kopf in den Nacken, sah, was geschehen würde: Dort über der Gabel, die zwei Leitäste bildeten, sollte sie hängen. Ihr langes Haar würde einem Spinnennetz gleich in die dürren Zweige gewoben sein. Der Baum würde sterben, sie würde sterben. Nicht in einer kahlen Winterlandschaft, nein, hier in der Stadt, in diesem Sommer. Nackt und jedermann preisgegeben.

In seinem Zimmer warf er den Zeitungsstapel auf den Schreibtisch. Seine Hände zitterten, als er zur Schere griff. Sorgfältig schnitt er die Fotos aus. Bilder, die nur eine Kopie zeigten, eine lächerlich misslungene Reproduktion. Hilflosigkeit und Zorn zuckten durch seine Eingeweide. Warum musste dieser Stümper ihn mit seiner primitiven Fälschung beleidigen?

Er legte die Zeitungsfotos sorgfältig aufeinander, öffnete die Schachtel mit den Dekorationsnadeln und heftete die Bilder zusammen. Verglich sein Arrangement mit der Kopie. Spürte, wie neue Energie ihn durchströmte. Er würde es diesem Idioten zeigen.

Die Hand über dem Hosenschlitz betrachtete er, was noch zu tun war. Als sein Penis erigierte, fühlte er keine Scham mehr, nur unbezwingbare Kraft. Er wusste nun, dass er seine Arbeit zu Ende bringen konnte. Er würde sie zwingen zu erkennen, wie das Original aussehen musste, wie es richtig war. Er würde es allen zeigen.

12. KAPITEL

Vielleicht war ja alles ganz anders. Sie hatte den Alten ausgenommen wie eine Weihnachtsgans. Er war ihr auf die Schliche gekommen, ausgerastet und hatte seinem Herzblatt den Hals umgedreht. Rigalskis Kommentar geisterte Matthesius durch den Kopf, als er beim Frühstück die Zeitung las. Wie nicht anders zu erwarten, war der dritte Mord die Titelstory, beherrschte ein Foto von Jana Frankowas Leiche den Aufmacher: *Frauenmörder schlägt wieder zu.*

Ein gefundenes Fressen für die Medien. Das Opfer war keine unbekannte junge Frau, sondern ein vermeintlicher Promi. Von der Art jener Boxenluder, die Rennsportprofis ein paar Wochen umschwirrten, ehe sie ihren jeweiligen Nachfolgerinnen weichen mussten. Dagegen erregte der Juwelier Karl-Leo Wörne schon lange die Aufmerksamkeit der Boulevardblätter. Das Juweliergeschäft war vor 20 Jahren durch einen spektakulären Raubüberfall erstmals in die Schlagzeilen geraten. Er selbst und seine wechselnden Begleiterinnen boten der Yellow Press seitdem stetig Stoff für die Klatschspalten. Dass seit einiger Zeit auch die seriöse Tagespresse solchen Schund veröffentlichte, ärgerte Matthesius.

Er überflog die Artikel der dritten Seite, die sich mit dem Verbrechen befassten. Ausführliche Berichte, Schnappschüsse von Wörne und dem Mordopfer. Sie zeigten ihn in diversen Restaurants und Bars der Düsseldorfer Szene, als Zuschauer beim Pferderennen an der Grafenberger Rennbahn und beim Wiener Opernball. Die Geschichten bestätigten nur das, was Karl-Leo Wörne ihnen im KK 11 bereits erzählt hatte. Die Fotos würden die Kollegen später sichten. Ob sie darauf jemanden finden würden, der mit dem Mord in Verbindung zu bringen war, bezweifelte Matthesius.

Als er genussvoll in sein Brötchen biss, klingelte es. „Nicht schon wieder", nuschelte er, zog die Lesebrille von der Nase und ging in den Flur. Noch während er den Rest hinunterwürgte, öffnete er die Tür.

„Werden dir Hausbesuche jetzt zur Gewohnheit, Vicky?"

„Nur wenn du mich als Krankenschwester brauchst." Sie musterte ihn kritisch. „Und das wird bald der Fall sein, so wie du aussiehst."

„Was hast du denn auszusetzen?"

Seine Schwester hatte ihn nicht einmal in seinem abgewetzten Bademantel erwischt. Er trug saubere Jeans, ein weißes Hemd und hatte sich in dem Bedürfnis, Optimismus zu demonstrieren, eine gelbe Krawatte umgebunden. Dennoch fühlte Matthesius sich unter ihrer Musterung zehn Jahre älter.

„An deiner Kleidung?" Sie schüttelte den Kopf, ging an ihm vorbei in die Küche, starrte ihn herausfordernd an. „Hast du mal in den Spiegel geschaut, Max? Du siehst fürchterlich aus. Du arbeitest zu viel und schläfst zu wenig."

„Du weißt genau ..."

„Ja, ja", schnitt Vicky ihm das Wort ab, „die Frauenmorde machen dir zu schaffen. Und jetzt gibt es ein drittes Opfer. Das ist schrecklich, sicher. Aber glaube mir, du kannst dich noch so sehr anstrengen, wenn du derart übermüdet bist, machst du nur Fehler."

Matthesius betrachtete sich über ihre Schulter hinweg in der spiegelnden Fensterscheibe. „Das Alter hat eben so eine Art, sich anzuschleichen, ohne dass man es verhindern kann."

„Lenk nicht vom Thema ab."

Vicky nahm seine Tasse vom Tisch und trank den letzten Schluck Espresso. „Ist die Lösung des Falls denn absehbar?"

Er entdeckte kein verdächtiges Funkeln in ihren braunen Augen. Seine Schwester kannte die Antwort.

Sie beugte sich über die Zeitung, schob seine Lesebrille beiseite und vertiefte sich in die Fotos. „Ob hier noch mal die *Optima-Consulting* ins Spiel kommt? Ich denke, ..."

„Überlass das Denken mir."

„Könnte es sein, dass diese Jana Frankowa eine Klientin der Agentur war?"

„Woher weißt du, dass die beiden anderen Opfer sich haben beraten lassen?"

„In meinem Beruf höre ich so dies und das."

Er in seinem auch. Der Juwelier kannte die Chefin der *Optima* als Kundin. Doch hätte Jana Interesse an einem Kurs in Selbstdarstellung gezeigt? Wohl kaum.

„Ich habe immer geahnt, dass Edel-Boutiquen sprudelnde Quellen für Gesellschaftsklatsch sind."

„Meinen Kundinnen entsprechend nur aus den höchsten Kreisen", konterte Vicky. „Aber im Ernst, Max, es wird viel darüber geredet. Ich könnte mir vorstellen, dass es für die Freundin deines speziellen Schützlings Emma geschäftlich ein herber Rückschlag werden könnte."

„Das wäre schlimm", Matthesius schob den Gedanken beiseite, „aber Christine Glauser-Drilling wird das verkraften. Sie ist clever. Und ihre Familie hat genug Geld, sodass sie nicht Hunger leiden müsste, wenn die Geschäfte schlechter gingen."

„Noch schlimmer wäre, wenn sie selbst ins Visier des Mörders geriete. Emmas Freundin hat langes Haar."

Und ist neuerdings blond. Als hätte Vicky seine Gedanken gelesen, sprach sie aus, was ihn beunruhigte, seit er Christie in der Agentur gegenübergesessen hatte.

„Sie trägt es meist hochgesteckt."

„Spielt das eine Rolle? Die Ukrainerin hatte ihr Haar auf allen Fotos, die ich gesehen habe, zur Krone aufgesteckt. Es hat den Mörder nicht abgehalten", sagte sie, warf ihm einen neugierigen Blick zu. „Was macht eigentlich Emma?"

„Im Moment macht sie mir Sorgen", gab Matthesius zu, erzählte, welchen Auftrag Emma von Aischa Celik angenommen hatte. „Erst hat ihre Freundin Christie angerufen, dann ihre Tante Beate. Und gestern wollte Emmas Professor ..."

„... auf den du ein bisschen eifersüchtig bist, wie es sonst nur Väter bei ihren Töchtern sind."

Matthesius überhörte ihre Stichelei geflissentlich. „Strassberg hat mich gestern bei Abdul entdeckt."

Vicky schlug ihm leicht auf den Bauchansatz. „Du warst wieder auf Pommes aus, mein Lieber. Zu viel Fett ist ungesund."

„Ich benötigte eine Information", entgegnete Matthesius. „Ich habe Abdul schon vor Tagen gebeten, sich nach der Familie Celik umzuhören. Während ich wartete, tauchte Strassberg auf. Er hat Angst, Emma könnte durch Aischa in Schwierigkeiten geraten."

„Wen wundert das? Emma scheint ein Talent zu haben, sich in unbequeme Situationen zu bringen."

Vicky seufzte und zupfte nachdenklich an ihrem weißen Blusenkragen, während sie mit einem Finger über die Zeitungsfotos fuhr. „Die Morde sind so beängstigend, Max. Jeder fürchtet, dass es weitere Opfer geben wird."

„Ich glaube nicht, dass der dritte Mord mit den beiden anderen zu tun hat", murmelte Matthesius. So viel durfte er verraten. Auf Vickys Verschwiegenheit konnte er sich verlassen.

Seine Schwester tippte leicht auf das Zeitungsfoto. „Das wäre doch gut."

„Warum glaubst du, dass es den Fall vereinfachen würde, wenn wir zusätzlich einen Trittbrettfahrer suchen müssten?"

„Statistisch gesehen muss die Wahrscheinlichkeit gering sein, dass ihr es gleich mit zwei genialen Tätern zu tun habt, denen keine Fehler unterlaufen. Ihr werdet bald Erfolg haben."

„Dein Wort in Gottes Gehör!" Matthesius schickte ein kurzes stummes Gebet hinterher. Laut sagte er: „Ich glaube, ich verliere langsam den Verstand."

„Na, dann suche ihn. Du bist schließlich Kriminaler. Wenn du ihn gefunden hast, fällt es dir auch leichter, den Mörder zu fassen."

Vicky schielte zu dem halben Brötchen, das dick mit Butter und Marmelade bestrichen auf seinem Teller lag.

„Greif ruhig zu", sagte Matthesius.

Vicky streckte die Hand aus, zog sie zurück und strich über ihre schlanke Taille. Er wusste, was sie damit andeuten wollte: Besser nicht – und auch für ihn wäre es ratsam, darauf zu verzichten.

„Du warst letztes Wochenende nicht bei Vater", sagte sie missmutig.

Der ihm hinlänglich bekannte Vorwurf. „Versteh doch bitte, Vicky, dass ich durch die Ermittlungen zeitlich zu eingespannt bin. Ich kann wirklich nicht ..."

Sie musterte ihn abermals, zögerte. Matthesius schien es, als zähle sie jede Falte und Runzel in seinem Gesicht.

„Gut, ich werde Vater jedes Wochenende übernehmen, solange du den Mörder nicht verhaftet hast."

Seine Schwester zeigte unerwartetes Verständnis, umso dankbarer war Matthesius, nicht mit ihr über sein Versäumnis diskutieren zu müssen.

„Übrigens, langsam mache ich mir noch aus einem anderen Grund Sorgen. Wenn ihr den Mörder nicht bald findet, weigern sich die zur Messe eingeladenen Models womöglich, anzureisen. Jede Dritte fragt schon, ob es gefährlich für sie werden könnte, in die Stadt zu kommen."

„Dann engagiere die, die nicht fragen."

„Das sind nicht immer die Besten."

Matthesius schob gedankenverloren das Geschirr zusammen. „Du hast nicht wirklich Angst um die Models, oder?"

„Ich sowieso nicht." Vicky zauste ihr kinnlanges Haar, das silbrig schimmerte. „Aber wir können solche Schwierigkeiten gerade jetzt nicht brauchen, nachdem diskutiert wurde, ob die *Igedo* nach Berlin umziehen soll."

Auswirkungen auf die Modestadt Düsseldorf? Matthesius glaubte nicht daran. Messeveranstaltungen waren jedoch stets auch ein Politikum. Die Angst vor einem Frauenmörder konnte durchaus zum Argument werden und Entscheidungen beeinflussen. Der Gedanke beschäftigte ihn noch, als seine Schwester sich längst verabschiedet hatte und er sich einen zweiten Espresso zubereitete.

Das Geräusch eines Schlüssels, der energisch ins Schloss gesteckt und umgedreht wurde, ließ ihn zusammenzucken. Seine Putzhilfe.

„Guten Morgen, Herr Hauptkommissar, Sie noch hier?" Olga Kurkowa trat in die Küche und krempelte die Ärmel ihrer kanariengelben Bluse hoch.

„Guten Morgen", sagte Matthesius, verzog das Gesicht, „ich habe ganz vergessen, dass Sie heute statt Samstag kommen."

„Macht nichts." Sie betrachtete ihn mit mütterlicher Sorge. „Sie müssen mal ausschlafen."

Großartiger Rat. Den hatte er doch heute Morgen schon einmal gehört. Wäre fast zu schön, wenn er es mal wieder könnte, dachte Matthesius. Er faltete die Zeitung zusammen und griff nach der roten Espressotasse.

„Lassen Sie, ich mache das."

„Sie verwöhnen mich zu sehr."

„Sie haben ein bisschen Verwöhnen nötig, glaube ich."

Ihr Blick fiel auf das Titelfoto: eine hübsche blonde Frau, die auf dem Ast der Platane lag.

„Deswegen wollte ich Sie übrigens auch sprechen", sie wies auf die Zeitung, „ich habe die Frau gekannt."

Matthesius starrte Olga fassungslos an. „Was wissen Sie über sie? Wir haben gestern mit ihrem Freund, dem Juwelier Wörne, gesprochen. Er hat uns einiges erzählt, aber ..."

„Ich kannte sie nur flüchtig", unterbrach sie ihn, „aber von einem Juwelier war nie die Rede." Olga runzelte die Stirn. „Jana war die Freundin von Juri Januschenko. Sein Bruder Viktor ist ein übler Zeitgenosse, das kann ich Ihnen sagen."

„Der schmort keine drei Minuten im Verhörraum, bis er singt", hatte Rigalski prophezeit.

Das Gegenteil war der Fall. Juri Januschenko saß dort seit zwei Stunden. Rigalskis Taktik, Zeugen gleich zu Beginn emotional aufzuheizen, wirkte zwar. Aber leider nur bis zu einem gewissen Grad, dachte Matthesius.

Bevor sie die beiden Ukrainer ins Präsidium hatten bringen lassen, waren sie von den Kollegen aus der Abteilung organisierte Kriminalität mit den wichtigsten Informationen über die Brüder versorgt worden. Seit einem knappen Jahr standen sie im Visier der Fahnder, die wussten, dass Viktor Januschenko als Kopf einer ukrainischen Schmugglerbande durch gefälschte Handelspapiere europaweit Abnehmer mit Zigaretten belieferte. Nachweisen konnten sie es ihm allerdings bislang nicht. Sein Bruder Juri schien eine untergeordnete Rolle zu spielen, übernahm die Handlangerarbeiten. Es hieß, er sei derjenige, der sich gern auch einmal die Hände schmutzig machte, die Geschäfte im Rotlichtmilieu regelte. Dass er der unberechenbarere der beiden Brüder war, der begrenzte Intelligenz durch Kaltblütigkeit kompensierte. Aus diesem Grund hatten sie ihn als Ersten zum Verhör geholt, während ein Team der Spurensicherung Wohnung und Wagen der Brüder überprüfte.

„Wir wissen, dass Jana eine Freundin Ihres Bruders war", sagte Rigalski.

Juri Januschenko, der mit hängenden Armen auf dem Holzstuhl gehockt hatte, fuhr hoch. In dem runden glatten Gesicht zuckte ein Nerv unter dem linken Auge.

„Was soll das? Viktors Freundin? Dass ich mich nicht totlache."

Rigalski blätterte in seinem Notizbuch, schien nach der entsprechenden Aussage zu suchen.

„Viktor hat nur Augen für seine Freundin Masha, er will sie heiraten", beharrte Januschenko.

„Dann haben Sie Jana nicht aus Eifersucht auf Viktor umgebracht?"

Januschenko schlug jäh mit der Faust auf die Tischplatte. Eifersucht war offenbar ein Reizwort. „Ich hatte sie längst abserviert", sagte er aufgebracht. „Die Tussi hat rumgezickt."

„Heißt das, Jana Frankowa hat Sie sitzen lassen, wollte nicht so wie Sie?"

„Sie wollte ihr eigenes Ding durchziehen, stand plötzlich auf den alten Sack."

„Sie sprechen von Karl-Leo Wörne?", hakte Rigalski nach.

In Januschenkos blauen Augen flackerte Wut auf.

„Ich habe sie beobachtet, im *Mai Tai*. Sie hat sein Geschenk abgelehnt."

„Kein Wunder", warf Matthesius ein. „Jana hätte den Ring ohnehin bei Ihnen abliefern müssen."

„Und? So läuft der Deal." Januschenko ballte die Faust fester, bis die Knöchel weiß hervortraten. „Einträglich, das kann ich Ihnen sagen", sagte er kalt lächelnd. „Die Kerle standen auf sie. Jana konnte sie alle um den Finger wickeln."

Rigalski beugte sich näher zu ihm. „Aber bei Wörne wurde es ernst? Sie wollte aussteigen?"

Januschenko lehnte sich zurück. „Das behaupten Sie. Ich sage, ich habe sie zur Vernunft gebracht."

„Auf Anweisung Ihres Bruders?"

„Viktor? Was ist mit Viktor?"

„Ich will wissen, ob er Jana Frankowa auf Wörne angesetzt hat."

„Sie reden wirklich nur Müll. Die Geschichte habe ich allein geregelt."

„Interessant", sagte Rigalski. „Und die Morde an den drei Frauen haben Sie ebenfalls allein geplant?"

„Damit habe ich nichts zu tun, da fragen Sie den Falschen."

Viktor Januschenko saß nebenan im zweiten Verhörraum.

„Tut uns leid, dass Sie warten mussten", sagte Rigalski, als er mit Matthesius eintrat.

„Deter ist noch nicht da." Viktor Januschenko sah auf seine goldene Rolex. „Normalerweise springt er, wenn ich rufe."

Jeder Polizist der Landeshauptstadt kannte Rechtsanwalt Gerd Deter, berüchtigt für seine so skrupellose wie erfolgreiche Verteidigung diverser Unterweltgrößen.

„Ist er Ihr Hund oder Ihr Anwalt?", höhnte Rigalski.

Vorsicht! Matthesius räusperte sich. Viktor Januschenko war ein anderes Kaliber als sein Bruder. Intelligent, wachsam, selbstbewusst. Er erkannte, dass es unklug gewesen wäre, den Zeugen gleich zu Beginn der Befragung wütend zu machen.

„Können wir trotzdem anfangen?", fragte er.

„Kein Problem. Ich habe mit dem Mord an Jana nichts zu tun. Absolut nichts."

Januschenkos Miene verriet, dass er sich seiner Sache sicher war.

„Nun", begann Matthesius in höflichem Ton, „die Sache stellt sich für uns folgendermaßen dar: Sie haben Jana Frankowa als Lockvogel auf den Juwelier Karl-Leo Wörne angesetzt."

„Schwachsinn, Jana war Juris Freundin. Ich mische mich nicht in seine Privatangelegenheiten ein." Januschenko lächelte maliziös, bevor er hinzufügte: „Aber vielleicht ist die ganze Geschichte doch meine Schuld."

„Wir sind ganz Ohr."

„Ich hätte ihn nicht so kurz halten sollen", sagte Januschenko, legte seine mit Goldringen bestückten Finger gegeneinander. „Ich habe ihn finanziell unterstützt. Ihm Taschengeld gegeben, wenn Sie so wollen. Juri kann einfach nicht mit Geld umgehen. Darum ist er immer klamm."

„Aus diesem Grund haben Sie Ihrem Bruder den Tipp gegeben, Jana sollte bei Wörne abkassieren?"

„Nein. Aber ich hätte großzügiger sein sollen", antwortete Viktor im Tonfall vermeintlicher brüderlicher Liebe und Fürsorge.

„Wir wissen, dass er nur Ihre Anweisungen befolgt."

„Da muss ich Sie enttäuschen. Ich habe Juri nicht gesagt, er solle Jana kaltmachen und schon gar nicht, gleich drei Frauen umbringen. Aber eines kann ich Ihnen versichern: Wäre ich an der Sache beteiligt, gäbe es ohnehin nichts, was Sie mir nachweisen könnten. Ich mache keine Fehler."

Matthesius glaubte ihm aufs Wort. Sie mussten ihn gehen lassen.

„So eine Scheiße, an dem können wir uns die Zähne ausbeißen", fluchte Rigalski, als Viktor Januschenko den Raum verlassen hatte. „Die Kollegen hatten Recht."

„Früher oder später geht er ihnen ins Netz. Seinen Bruder halten wir vorläufig fest", sagte Matthesius, dachte an die Blutspuren am Fundort, die nur oberflächlichen Übereinstimmungen zu den ersten beiden Morden. „Diesmal haben wir DNS-Spuren. Warten wir die Ergebnisse und die Überprüfung seines Alibis ab."

Es war so niederträchtig. Dr. Kirch hatte ganze Arbeit geleistet.

Emma hatte sich am Nachmittag die Füße auf dem Campus wund gelaufen und versucht, die Dozenten und Professoren, die sie kannte, zu überzeugen, ihr einen Auftrag zu geben. Einige hatten sie vertröstet, andere nur die Achseln gezuckt. Etliche hatten ihr mehr oder weniger deutlich zu verstehen gegeben, dass sie von einer weiteren Zusammenarbeit Abstand nahmen, um sich mit ihrem Kollegen solidarisch zu zeigen.

Es war zum Verzweifeln.

Mit einem Mal, zurück zu Hause, erschien auch Emma ihr Verdacht als ziemlich absurd. Sie kaute auf ihrer Unterlippe. Wenn sie es sachlich betrachtete, war an seinem Faible für langes Haar gar nichts Schlimmes. Und – war sie ehrlich gegen sich selbst – für sie nichts Neues. Gerüchte darüber kursierten schon lange auf dem Campus. Sie hätte es leichter nehmen müssen, dass Kirch ihr Haar berührt hatte.

Der Zopf musste ein Fetisch für ihn sein. Und wenn schon! Emma erinnerte sich, dass sie als Studentin nach einer Wanderung in Österreich lange Zeit einen winzigen Steinsplitter bei sich getragen hatte. Eine Kommilitonin hatte die Gruppe in Österreich auf den Mirnock geführt und versucht, ihnen durch Pendeln zu beweisen, dass sie sich an einem sogenannten Kraftort aufhielten. Genau wie die übrigen Teilnehmer hatte Emma ungläubig den Kopf geschüttelt, gelacht, als sie auf den Bänken unter den Bäumen saßen, wo die Energie besonders stark sein sollte. Als das Pendel sich dort fast waagerecht rechtsherum drehte, hatte sie heimlich den Steinsplitter aufgeklaubt. Was war das anderes als ein Fetisch? Wenn sie einem winzigen Stein übersinnliche Kräfte zutraute, durfte Dr. Kirch ebenso an die magischen Kräfte von Haaren glauben und einen Zopf in sein Arbeitszimmer hängen.

Doch gab es nicht spezielle Fetische, die sexuelle Bedeutung hatten? Emma klickte auf Google, gab das Stichwort ein.

Der Brockhaus, las sie, bezeichnete den erotischen Fetischismus als sexuelle Fehlentwicklung, das Betasten eines Fetisches, manchmal sogar der bloße Besitz eines Gegenstandes könne Lust erregen.

Die Erklärung klang eher harmlos, weniger nach einem Indiz, das ihre Verdächtigungen bestätigt hätte. Selbst wenn Dr. Kirch seine Lust durch das Anfassen von Haar stimulierte, machte ihn das nicht zwangsläufig zum Mörder. Außerdem hatte er behauptet, der Zopf gehöre seiner Großmutter.

Herrje, warum hatte sie nur so überreagiert? Warum war sie mit ihrem Verdacht gleich zu Max gerannt? Dr. Kirch hatte sie zu Recht einen Polizeispitzel genannt und war verständlicherweise empört gewesen. Nun war sie ohne Arbeit, und das bedeutete, bald auch ohne Geld. Wenn nicht ein Auftrag vom Himmel fiel, würde sie sich durch Putzen über Wasser halten müssen.

Emma war so vertieft in ihre düsteren Gedanken, dass sie hochfuhr, als jemand gegen die Tür hämmerte. Niedergeschlagen öffnete sie, erwartete die nächste Katastrophe.

„Lässt du mich herein, wenn du den Mund wieder schließen kannst?" Thomas Strassberg lächelte sie belustigt an.

Emma stand, die Hand an der Tür, im Eingang. Sie gab den Weg frei. „Kein Wunder, dass ich Zeit brauche, mich von meiner Überraschung zu erholen, wenn plötzlich ein Fremder vor der Tür steht."

Über sein Gesicht flog ein Schatten. „Ein Fremder?"

„War ein Scherz", Emma grinste, versuchte ihre Unsicherheit zu verbergen. Eine knappe Woche hatte sie nichts von ihm gehört.

„Ich musste für drei Tage zu einem Kongress in Süddeutschland."

Ein Kongress? Die Erklärung konnte ihre Bedenken nicht zerstreuen. Im Gegenteil, sie brachte Emmas Magen zum Flattern. Noch vor zwei Wochen hätte Thomas ihr von der beruflichen Verpflichtung erzählt, jeden Tag seiner Abwesenheit bedauert und sie allabendlich angerufen. Sie ignorierte ihre Zweifel, wagte nicht, nachzufragen.

„Möchtest du etwas trinken? Ich habe auch Serranoschinken, französische Fenchelsalami, Oliven und Fladenbrot. Das müsste ich nur aufbacken."

„Ich könnte mir nichts Besseres wünschen."

Thomas nahm aus dem Hängeschrank Teller, aus der Schublade das Besteck und deckte den Tisch. Ihn so hantieren zu sehen, ließ Emma das Gefühl der Fremdheit vergessen. Thomas und sie gehörten zusammen, dachte sie beschwörend, während sie Wurst und Schinken auf dem Teller arrangierte, sie waren ein Paar.

Als sie sich nebeneinandersetzten, drückte sie Thomas eine Weinflasche in die Hand. Wie Matthesius bei seinem überraschenden Besuch studierte er das Etikett, nur dass er nicht erst die Lesebrille herausziehen musste. „Emma, das ist Wahnsinn. Château Sanctus Saint Émilion, der kostet ein Vermögen."

„Ist ja Gerrys, nicht meines."

Emma legte den Kopf schief und musterte ihn. „Es gibt nur zwei Männer in meinem Leben, die ich damit verwöhne."

„Nicht schwer zu erraten, der andere ist Max."

„Woher willst du das wissen?"

„Ich kenne dich."

„Ist das Segen oder Fluch?"

„Das liegt bei dir, Emma", sagte Thomas. Das Zucken um seine Mundwinkel verriet ihr, dass er ebenso beunruhigt wie betroffen war. Um seine offensichtlich widerstreitenden Gefühle zu kaschieren, wechselte er das Thema. „Was hast du mit Dr. Kirch angestellt? In der Uni wird hingebungsvoll über eure Auseinandersetzung getratscht, es heißt, ihr hättet euch heftig gestritten. Willst du mir erzählen, was geschehen ist?"

„Es ist eine verrückte Geschichte."

„Ob das stimmt, kann ich erst beurteilen, wenn ich sie gehört habe."

Emma spürte sein aufrichtiges Interesse, das sich mit einer Spur Besorgnis mischte. Während sie das Fladenbrot aufschnitt, mit Butter bestrich und dick mit Schinken belegte, beschrieb sie Thomas ihren Termin mit Kirch.

„Das Gefühl, als er mein Haar berührte, hat mich völlig aus der Fassung gebracht."

Thomas strich ihr mit dem Handrücken über die Wange. „Du

musst dich deswegen nicht fürchten." Die Fältchen um seine Augen vertieften sich, als er hinzufügte: „Das ist der Moment, der Männer im Mittelalter zu Helden machte – ich müsste jetzt zu deiner Rettung das Schwert ziehen."

„Vermutlich wäre ein Schwert hilfreicher gewesen als der Verdacht, er könnte mit den Frauenmorden zu tun haben. Jedenfalls bin ich gleich am nächsten Morgen zu Max gefahren und habe ihm die Begegnung geschildert."

„Ein Verdacht wäre nur berechtigt, wenn sich nachweisen ließe, dass Kirch die beiden Opfer kannte. Hat Max das überprüft?"

„Ich weiß es nicht. Selbst wenn es so wäre, würde er mir gegenüber kein Wort darüber verlieren. Du kennst doch Max – wenn es um polizeiliche Ermittlungen geht, ist er eine Auster."

Emma spießte eine Olive auf, hielt inne. „Mir schien mein Verdacht so plausibel zu sein, alles auf Dr. Kirch zu weisen."

Thomas nickte verhalten. Emma wusste, dass er bei diffizilen Problemen das Für und Wider gründlich abwog.

„Deine Reaktion ist schon verständlich. In einer Ausnahmesituation registrieren wir jedes vermeintlich bedeutsame Detail. Bei den Morden ist der Fokus, auch angefacht durch die Berichterstattung in den Medien, auf alles gerichtet, das nur irgendwie mit Haaren zusammenhängt. Ein Zopf an der Wand, sexuelle Stimulierung durch Haare hätten jede andere Frau genauso befremdet."

„Aber nicht jede wäre gleich zur Polizei gerannt."

„Max ist für dich in erster Linie nicht Polizist, sondern ein Freund, dem du dich anvertraust", stellte Thomas sachlich fest. Er hob die Brauen. „Hast du etwa ein schlechtes Gewissen?"

„Nein, aber meinen Auftrag verloren. Der Mistkerl hat seine Beziehungen und kollegialen Verbindungen genutzt, um mich bei allen in Verruf zu bringen und auszubooten."

„Mein kollegiales Netzwerk funktioniert mindestens ebenso gut", murmelte Thomas.

Er griff nach seinem Glas, stieß gegen ihres, ehe er trank. „Dann recherchierst du jetzt nicht mehr über Haare? Eigentlich schade, das

Thema ist semantisch höchst interessant. Ich wollte dich auf ein Zitat aus dem *Westöstlichen Diwan* aufmerksam machen."

„Westöstlicher Diwan? Meiner ist grün."

Thomas sah sie kopfschüttelnd an und begann zu lachen.

„Habe ich mich mal wieder als Bildungsidiotin geoutet?", fragte Emma verlegen. „Ich habe dir schon tausendmal erklärt, dass ..."

„... dein Kopf ein Pool für Kuriositäten ist, ich weiß. Goethes bedeutendes lyrisches Werk kannst du aber kaum als Kuriosität bezeichnen." Thomas trank noch einen Schluck. „Im Übrigen, wenn du Kirch wegen des Zopfes verdächtigst, sollte ich das Zitat lieber unerwähnt lassen."

„Warum? Was ist schlimm daran?"

„Du könntest auf den Gedanken kommen, wer es kennt, ist gleichfalls verdächtig."

„Du machst dich über mich lustig." Emma tat, als schmolle sie. „Du solltest stattdessen die Gelegenheit nutzen, meine Bildung zu verbessern."

„Na gut", sagte Thomas lächelnd, „Goethe erwähnt an einer Stelle die Urelemente orientalischer Poesie. Da heißt es unter anderem: *Wenn aber der Dichter sagt, dass er an den Haaren aufgehängt sei, so will es uns nicht recht gefallen.*"

„Du kannst den Professor wirklich schlecht verleugnen", kicherte Emma, wurde wieder ernst. „Weißt du, was ich glaube? Der Mörder könnte das Zitat wirklich kennen."

„Du meinst, es hat ihn inspiriert?"

„Irgendwoher muss er die Idee doch haben. Es müsste sich ein Anstoß finden lassen, eine Art Auslöser. Das erscheint mir nicht abwegig."

„Durch Goethe?" Thomas überlegte. „Hältst du es für denkbar, dass sich eine Frau zu einer solch schrecklichen Tat inspirieren lassen könnte?"

„Warum nicht? Im Zeitalter der Gleichberechtigung?"

„Der Text bei Goethe geht weiter: Wenn es nun aber gar vom Sultan heißt: *In deiner Locken Banden liegt des Feindes Hals verstrickt ...*"

„Das wäre immerhin eine gute Antwort auf die Frauenmorde. Ein Mann, aufgehängt an ..."

Emma hielt inne, dachte an Matthesius' kurzgeschorene Haare.

Plötzlich wünschte sie sich, sie wäre mit Thomas in ein Lokal gegangen, statt zu Hause zu essen. Ihr Geplänkel täuschte nur oberflächlich darüber hinweg, dass Unausgesprochenes zwischen ihnen stand.

„Was hältst du davon, wenn wir uns ein bisschen in der Altstadt umsehen?", schlug Thomas vor, als hätte er ihre Gedanken erraten. Vermutlich hatte er genau wie sie das Bedürfnis, auf neutrales Terrain zu wechseln. Ehe sie antworten konnte, meldete sich ihr Handy.

„Entschuldige." Emma sah auf dem Display, wer der Anrufer war. „Ben? Hallo."

Sie signalisierte Thomas, dass es wichtig war.

„Du weißt, wo Serap ist?", fragte Emma aufgeregt. „Nein, kein Problem, im *Uerige* also. Ich kann in einer Dreiviertelstunde dort sein."

Emma legte ihr Handy auf den Tisch und hob bedauernd die Schultern. „Aus unserem Altstadtbummel wird nichts, tut mir leid, Thomas."

„Du suchst demnach immer noch die Schwester der Türkin?"

Thomas stand auf, griff nach seiner Jacke.

„Moment, das heißt doch nicht, dass du sofort gehen musst."

„Doch, das heißt es."

Emma packte seinen Arm. Er musste einfach einsehen, dass sie nicht anders handeln konnte. Sie wollte wenigstens diesen Auftrag erfolgreich erledigen.

„Versteh mich bitte! Ich habe Aischa versprochen, ihre Schwester zu finden, und jetzt stehe ich kurz davor. Ben will mir nur persönlich sagen, wo sie sich aufhält. Er ist nett, ein guter Bekannter, mehr nicht."

„Ich bin nicht eifersüchtig", sagte er ruhig, schob Emmas Hand von seinem Jackenärmel.

„Was ist es dann?"

„Ich bin enttäuscht", antwortete er leise, fuhr mit erhobener Stimme fort: „Herrgott noch mal, ich wette, ich bin nicht der Einzige – auch Bea, Christie und Max haben dir sicher davon abgeraten, die Suche fortzusetzen."

„Ich weiß selbst, was richtig ist", sagte Emma heftig. „Ich bin erwachsen."

„Dazu gehört auch, zu akzeptieren, dass Menschen, denen du wichtig bist, dich von etwas abzuhalten versuchen, das dich in Gefahr bringen könnte."

Emma erhob sich, ging zur Küchenzeile. „Das kann ich wohl besser abschätzen als ihr."

„Prost! Wenn das kein Grund zum Feiern ist", sagte Matthesius zufrieden. „Juri Januschenko sitzt in Untersuchungshaft und ich schwöre dir, er ist unser Mann. Sein Alibi hat sich in Luft aufgelöst."

„Ihr seid wirklich schneller als die Polizei erlaubt", spottete Hannes Gerber, drehte sein Glas in den Händen. „Schade, dass du nur mit einem Bier darauf anstoßen willst, jetzt, da ihr die Morde vermutlich aufgeklärt habt."

„Einen Mord, Hannes."

„Du glaubst, Januschenko ist nur ein Trittbrettfahrer?"

„Ich bin überzeugt, dass er den dritten Mord begangen hat. Dass er der Mörder Paula Lindens oder Sarah Winters ist – da bin ich nicht so sicher."

„Dein untrügliches Bauchgefühl?"

„Es sind die kleinen Unterschiede."

„Von denen die Staatsanwältin nichts wissen will, nehme ich an. Sie wird doch heilfroh sein, der Öffentlichkeit den Frauenmörder präsentieren zu können."

„Kann ich ihr kaum verdenken."

Matthesius überraschte sich selbst damit, dass er klang, als wollte er die Staatsanwältin in Schutz nehmen. „Trotzdem glaube ich nicht, dass wir die Hände in den Schoß legen können. Die Suche geht weiter."

„Gib mir noch ein bisschen Zeit für die DNS-Analyse. Dann weißt du mehr", sagte Gerber. „Barolo statt Bier wäre also schon angebracht."

Matthesius sah sich in der ehemaligen Schifferkneipe *Zum Schiffchen* um. Sie hatten einen freien Platz in der Dämmerstube gefunden, im Rücken Fotos und Autogramme prominenter Politiker und Medienstars.

„Was willst du mehr als Promis von Heino bis Rüttgers? Du bist ein Düsseldorf-Banause. Schließlich trinken wir an einem Ort, wo bereits Napoleon bewirtet wurde. Was verlangst du noch?"

„Dass der Köbes unser Essen bringt." Sein Freund hielt nach dem blau beschürzten Kellner Ausschau, bei dem sie ihre Bestellung aufgegeben hatten.

„Da kommt er doch."

Gerber besah seinen Teller: schwach geräucherte Blutwurst, Senf, Zwiebelsalat. „Für mich ist Flöns ein kulinarisches Experiment."

„Ich sag's ja, Düsseldorf-Banause." Matthesius seufzte demonstrativ. „Wenn die beiden anderen Morde aufgeklärt sind, gehen wir zu einem schicken Italiener."

Er war hungrig, aß gierig und beobachtete, wie sein Freund vorsichtig probierte.

„Mensch, bist du misstrauisch. Erwartest du Gift im Essen? Muss eine Berufskrankheit sein." Matthesius nahm eine weitere Brotscheibe, verteilte den Rest des Zwiebelsalats darauf. „*Das ist der Heimat ewig neue Kraft, die aus dem Alten stets das Neue schafft.*"

„Dich scheint Flöns ja zu geistigen Höhenflügen anzuregen."

„Ich zitiere nur die Inschrift auf dem alten Dachbalken."

Matthesius verzog das Gesicht.

„Das kommt vom Essen", sagte Gerber, grinste selbstgefällig. „Jetzt hast du Bauchgrimmen."

Sein Freund lag falsch. Der Reporter, der mit einer Kamera in der Hand an die Theke getreten war, dämpfte Matthesius' Feierlaune.

„Nur falls das da drüben Käseblatt-Koller ist. Als ob die Medien uns für heute nicht genug verfolgt hätten."

Als er sich reckte, meldete sich seine ramponierte Schulter mit höllischem Stechen. Er zog das Schmerzmittel aus seiner Hosentasche und drückte eine Pille aus ihrer Plastikumhüllung.

„Gib mir auch eine." Gerber streckte die Hand aus.

„Tut dir was weh?"

„Quatsch."

„Was soll das dann?"

„Wie wäre es damit? Im Alter Gemeinsamkeiten entdecken: die gleiche Tablette nehmen."

„Das solltest du dir als Werbespruch patentieren lassen."

Doch im Grunde war Matthesius nicht zum Spaßen aufgelegt. „Weißt du, das Motiv macht mir immer noch zu schaffen. Hass, Missgunst, Rache, Habgier und Eifersucht, das alles kennen wir als Beweggründe. Wie aber kommt unser Täter darauf, Frauen durch ein Schlafmittel, also ohne äußere Spuren, zu töten und sie danach auf diese perverse Art der Öffentlichkeit preiszugeben?"

„Neid kannst du ausschließen, Max." Gerber schob den Teller mit dem Flöns von sich. „Es sei denn, er ist ein Glatzkopf, der ..."

„Missgünstig auf die Haarpracht der Frauen schielt? Wohl kaum."

„Eifersucht?"

„Liebe?"

„Liebe, die in Hass umgeschlagen ist – warum nicht?", fragte Gerber, tätschelte seinen knurrenden Magen.

„Klingt, als müsstest du einen Kampfhund besänftigen."

Gerber ignorierte ihn, überlegte. „Bist du eigentlich sicher, dass der Bruder eures Ukrainers nichts mit dem Mord zu tun hat?"

„Ganz sicher. Aber auch, dass Viktor Januschenko reichlich andere Straftaten auf dem Kerbholz hat."

„Mit Prostitution und Zigarettenschmuggel lassen sich gute Geschäfte machen."

Davon konnten die Kollegen von der Kriminalinspektion 2, die organisierte Kriminalität, Wirtschaftskriminalität und Betrug bearbeiteten, ein langes Lied singen. Manche der Deals wurden in der Altstadt eingefädelt. Wohl nicht gerade im *Schiffchen,* doch es gab genügend Kneipen, Kaschemmen, in denen unauffällige Treffen koordiniert werden konnten. Viktor Januschenko hatte auf Matthesius jedoch eher den Eindruck gemacht, als würde er Feinschmeckerrestaurants oder Cocktailbars aufsuchen, um seine Geschäfte abzuwickeln. Das Bierglas schon an den Lippen, hielt Matthesius inne und setzte es wieder ab. Der Mann, der sich in *Benders Marie* zu Paula Linden an den Tisch gesetzt hatte. Für den nächsten Morgen hatte ihnen die Zeugin fest zugesagt. Dann würden sie sich ein Bild von ihm machen können.

„Ich will im Moment nur in unserem Fall weiterkommen", sagte Matthesius. „Um alles andere müssen sich die Kollegen kümmern. Lass uns gehen, Hannes."

Matthesius sah seinen Freund in Richtung Carlsplatz davonmarschieren. Gerber hatte seiner Frau versprochen, spätestens gegen neun zu Hause zu sein. Musste schön sein, von jemandem erwartet zu werden, dachte Matthesius nicht ohne Neid.

Noch ein Stück zu laufen, würde ihm guttun. Er steckte beide Hände in die Taschen und schlenderte die Hafenstraße entlang bis zur nächsten Kreuzung, bog links in die Bergerstraße ein. Am *Uerige* verlangsamte er seine Schritte. Der gegenüberliegende Biergarten lag verlassen da. Nur einige wenige Unerschrockene standen trotz des nasskalten Wetters um die Stehtische, die vor der Kneipe entlang dem Bürgersteig aufgestellt waren.

Es trieb Matthesius hinein. Er hatte den Wandmalereien im *Uerige* lange keinen Besuch mehr abgestattet. Egon Wöstemeier hatte sie gemalt, ein Freund seines Vaters. Bierdunst begleitete ihn, als er durch den düster wirkenden, verwinkelten Korridor bis zu dem hinteren Gastraum ging und dort im Eingang stehen blieb.

An den Wänden tummelten sich zwischen Säulen seltsame Gestalten, Frauen in bauschigen Röcken, Pfeife rauchende Männer, gehörnte Männerköpfe, vielleicht Ehemänner. Dazwischen schwebende und reitende Figuren. Die Malereien in Kadmiumrot, Beigegelb und Schwarz machten den zweckmäßig nüchternen Raum zu einem unerwartet magischen Ort. Typisch Egon, hatte sein Vater jedes Mal bei einem ihrer seltenen Besuche in dem Lokal gesagt.

Es gab größere und kleine Stehtische aus hellem Holz, und wer an der Wand sitzen wollte, stellte sein Glas auf einem Bierfaß ab. Der letzte Stehtisch vor dem Fenster, das freie Sicht auf den kupfernen Braukessel erlaubte, war noch unbesetzt.

Eine Hand hielt Matthesius am Jackenärmel fest, als er darauf zusteuern wollte.

„Max? Wie schön!" Emma strahlte ihn an. „Soll ich Ihnen ein Bier ausgeben?", fragte sie vergnügt.

„Hallo, Emma", sagte er überrascht. „Das Angebot nehme ich gern an."

Er trat an ihre Seite, an einen Tisch gleich links am Eingang neben der Stellage für gebrauchte Gläser. Sie war nicht allein. Ihr Begleiter, blond und jung, wirkte ein wenig unbedarft. Matthesius spürte, dass Emmas Fröhlichkeit aufgesetzt war, die innere Anspannung war nicht zu übersehen. Ihr Zeigefinger spielte mit den Tropfen, die an ihrem Glas herunterliefen, pulte am Bierdeckel.

Er musste nicht lange auf sein Bier warten. Emma griff für ihn nach einem der Gläser, die der Köbes ihnen auf einem Tablett hinhielt.

„Prost, Max!"

Matthesius deutete hoch. „Ausgerechnet unter dem Galgen? Das ertrage ich momentan schlecht."

Emma ging rasch um ihn herum und schubste ihn auf den Platz, an dem sie gestanden hatte. „Aus den Augen, aus dem Sinn."

„Es ist ein so schöner Galgen, dass man dran hängen möcht", zitierte der junge Mann die Inschrift über dem Galgen.

„Lieber nicht." Matthesius musterte sein Gegenüber.

„Ben Schneider, ein Freund", erklärte Emma, „nicht nur besonders hilfsbereit, sondern auch besonders findig."

„Lassen Sie mich raten: Er hat Ihnen bei der Suche nach dem türkischen Mädchen geholfen."

„Richtig, stellen Sie sich vor, Ben hat sie gefunden. Mithilfe einer

Postkarte von einer Kunstausstellung. Ein Bekannter von ihm wusste, wo die Ausstellung hier in Düsseldorf stattfand, und hat selbst einen Freund, der dort wohnt und Serap flüchtig kennt", erwiderte Emma.

„Und?", fragte Matthesius, sah sie abwartend an.

Emma schüttelte den Kopf. „Ihnen werde ich doch den Aufenthaltsort nicht verraten. Es genügt, wenn ich weiß, wo sie ist."

Emma klopfte auf ihre Schultertasche und tauschte mit dem jungen Mann ein verschwörerisches Lächeln.

„Ich nenne Ihnen nur den Titel des Bildes, das uns auf ihre Spur gebracht hat. *Der Streunende Hund.*"

„Das passt ja zu Ihnen."

„Finden Sie?"

Emma bedachte ihn mit einem wirkungsvollen Augenaufschlag. Dann wandte sie sich unvermittelt zu ihrem Begleiter.

„Ben, entschuldige, ich habe dich noch gar nicht mit Max bekannt gemacht. Er ist ein langjähriger Freund. Ich kenne ihn praktisch seit meiner Kindheit." Ein leiser Anflug von Traurigkeit huschte über ihr Gesicht, bevor sie mit einem schelmischen Grinsen hinzufügte: „Max ist bei der Kripo. Er liebt den Part des einsamen Wolfs, hat er mir einmal verraten."

„Verstehe. Wahrscheinlich wie Humphrey Bogart als Philip Marlowe." Schneider zwinkerte Matthesius zu.

„Ganz so schlimm ist es nicht."

Matthesius hob abwehrend die Hände. Als Emma den Mund öffnete, um zu protestieren, bekannte er: „Es stimmt schon, am liebsten ermittle ich allein."

„Was habe ich dir gesagt, Ben? Er ist ein einsamer Wolf."

Sie amüsierten sich auf seine Kosten. Matthesius nahm es gelassen.

„Die Vorstellung gefällt mir eigentlich ganz gut", sagte Schneider. „Es sei denn, jemand wie Emma kreuzt die Pfade."

„Des einsamen Wolfes?", brummte Matthesius, dachte im selben Moment, dass das bei Rotkäppchen kein gutes Ende genommen hatte. Er drehte gedankenvoll sein Bierglas, während er Ben Schneider genauer betrachtete. Wie hätte ein Zeuge ihn beschrieben? Mittelblond, blauäugig, Dreitagebart. Ein Dutzendgesicht.

Er war nicht umwerfend attraktiv, fällte Matthesius sein Urteil, hatte aber unaufdringlichen Charme, ein gewinnendes Lächeln. Und es plötzlich eilig.

„Ich muss los", sagte er bedauernd, beugte sich zu Emma und hauchte ihr einen Kuss auf die Wange. „Bis bald."

Er nickte Matthesius zu und verschwand.

„Das personifizierte schlechte Gewissen", kommentierte Matthesius seinen Abgang.

„Unsinn." Emma sah ihn vorwurfsvoll an. „Ben ist sensibel. Sie haben ihn mit Ihrem Fahndungsblick erschreckt, das ist alles."

„Ich achte eben darauf, dass Sie nicht dem Falschen Ihr Vertrauen schenken."

„Spielen Sie sich nicht als Vater auf." Emma knuffte ihn. „Auf Ben lasse ich nichts kommen, gerade heute nicht."

„Hilft er Ihnen auch bei Ihrer kunsthistorischen Recherche?"

„Die hat sich gestern Vormittag erledigt, und zwar endgültig."

Matthesius fluchte innerlich. Er ahnte, was geschehen war. Nach dem Verhör hatte der Dozent den Auftrag sicherlich zurückgezogen, so überzeugt wie er gewesen war, dass Emma ihn gegenüber der Polizei verdächtigt hatte.

Sie zuckte die Schultern. „Es ist schade, nicht nur wegen des Honorars. Ich hätte gern an dem Thema weitergearbeitet. Die heilige Kunigunde ließ sich die Haare abschneiden zum Zeichen, dass sie der Welt entsagen wollte. Wussten Sie das?"

„Das ist nur eine Variante dessen, was Nonnen tun, die den Schleier nehmen."

„Genau, wenn sie ins Kloster eintreten, sagt man ja: Sie nehmen den Schleier."

„Trägt Ihre Freundin Aischa ihn auch?" Matthesius nutzte die Gelegenheit, nachzubohren.

„Ja, doch für sie bedeutet das sicher nicht die Abkehrung von der

Welt. Bei Google habe ich sogar Seiten mit richtig modischen Schleiern und Burkas gefunden. Und in Oberbilk bin ich einer Türkin begegnet, die eine schmale weiße Hose mit einem bunten Rock kombiniert hatte, dazu einen weißen Schleier trug. Todschick."

„Konterkariert so etwas nicht das Anliegen, das angeblich mit dem Schleier verbunden ist?"

„Die unverschleierte Frau als Lustobjekt?", fragte Emma und nickte. „Ich habe einen Text gefunden, der betont, der Schleier sorge dafür, dass nur die inneren Werte einer Frau zählen, sie nicht wegen ihres Äußeren zum Sexualobjekt wird. Irgendwie eine komische Theorie, die sich die Männer zurechtgelegt haben."

Emma griff zu ihrem Glas, traf versehentlich einen Stapel Bierdeckel, sodass einige über die Tischkante rutschten. Sie bückte sich, um sie vom Boden aufzusammeln.

„Oje", sagte sie, als sie sich wieder aufrichtete, „Ben hat seine Brieftasche verloren."

„Vielleicht merkt er es und kommt zurück."

Emma wog das hellbraune flache Portemonnaie in der Hand. „Ich könnte ihn anrufen."

Sie wählte seine Nummer, nur die Mailbox meldete sich. „Ich versuche es später noch einmal. Notfalls bringe ich sie ihm morgen vorbei."

Sie öffnete die Brieftasche, suchte in den Fächern, fand den Personalausweis. Matthesius reckte den Hals, las die Adresse. „Grafenberg, gute Gegend, hätte ich Ihrem neuen Freund nicht zugetraut."

„Weil Sie ihn unterschätzen." Emmas wich seinem Blick aus, drehte das Gesicht der vom Himmel stürzenden Frau an der Wand zu. „Neuer Freund klingt irgendwie, als ob ..."

„Der Professor passé wäre?"

Matthesius hatte plötzlich den Verdacht, dass Emmas innere Unruhe eine andere Ursache haben könnte als den Rechercheauftrag.

„Ist er das?", fragte sie leise.

13. KAPITEL

„Hamida, du weißt, wo Serap ist."

„Ich habe keine Ahnung."

„Das glaube ich dir nicht. Hör mir zu! Ich weiß jetzt selbst, wo Serap sich aufhält, und ich will sie treffen, heute noch. Mach für mich einen Termin mit ihr! Sie kann mir vertrauen, mit mir sprechen, nur mit mir allein. Ich werde Aischa nichts sagen."

Eine Weile war es so still, dass Emma dachte, Hamida hätte aufgelegt.

Dann hörte sie einen tiefen Atemzug.

„Ich wollte Serap nicht verraten, verstehst du das nicht? Ich habe dir zwar die Postkarte gegeben, aber inzwischen bin ich nicht mehr sicher, ob das richtig war."

„Warum lässt du nicht Serap entscheiden? Ruf sie an und frag sie einfach. Du kannst mich jederzeit auf meinem Handy erreichen."

Geschafft! Emma streckte sich erleichtert. Was nun? Sie nahm Bens Brieftasche, klappte sie auf. Was sollte sie damit anfangen?

Wenn er wenigstens seine Mailbox abfragen würde. Emma beschloss, ihm die Brieftasche zu bringen, bevor er sich unnötig auf die Suche oder den Weg zur Polizei machen konnte. Bis Hamida sich melden würde, hatte sie ohnehin nichts Besseres zu tun. Immerhin war sie so gut wie arbeitslos.

Emma machte sich im Bad fertig, flocht ihren Zopf zu Ende und steckte ihn am Hinterkopf hoch. Sie drehte und wendete ihr Gesicht. Die neue Frisur stand ihr nicht. Mit einem Achselzucken kehrte sie ihrem Spiegelbild den Rücken zu.

Auf den Scheiben der Sprossenfenster lief Regen hinab. Die schwarzgrauen Wolken, die von Westen über den Rhein herangezogen waren, hatten, so kam es Emma vor, Trübsinn und ein Gefühl von Hoffnungslosigkeit mitgebracht. Nicht einmal die Aussicht, bald Aischas Schwester treffen zu können, verbesserte ihre Stimmung.

Bevor sie sich auf den Weg machte, rief sie Ben noch einmal an.

Wieder nur die Mailbox. Emma nahm ihre Schultertasche, Schirm und Autoschlüssel und zog die Tür mit einem Ruck hinter sich zu.

Das Haus lag etwas abseits in der Straße Am Gallberg. Die Villa aus den Dreißigerjahren des vergangenen Jahrhunderts stand in einem kleinen, parkähnlichen Garten mit alten hohen Bäumen. Nicht nur das Haus, das gesamte Anwesen wirkte leicht heruntergekommen, ganz so, als könnten die Besitzer anfallende Reparaturen und den Gärtner nicht bezahlen. Obwohl ein Gärtner dringend nötig gewesen wäre, um Büsche zurechtzustutzen, abgestorbene Bäume zu fällen, das wuchernde Unkraut zu jäten.

Die Villa wirkte seltsam verlassen, trostlos. Gezeichnet.

Emma zögerte, ehe sie das Gartentor öffnete, unentschlossen, ob sie nicht warten sollte, bis Ben sich meldete. Dann schüttelte sie die Beklemmung ab. Unfug, sie wollte wenigstens klingeln. Außerdem kitzelte sie die Neugier. Sie konnte sich nicht vorstellen, dass Ben in dem großen Haus allein lebte.

Als sie den holprigen Plattenweg entlangging, spürte sie, dass sie beobachtet wurde, und hob den Kopf.

Eine Frau stand im Eingang, musste die Tür lautlos geöffnet haben. Sie trug ein Kleid in verwaschenem Orangerot, das ihr bis an die Knöchel reichte und sich am Saum aufzulösen begann. Der Ausschnitt war halb über die Schulter gerutscht, entblößte offenherzig ihren Busen. Sie war so groß wie Emma, vollschlank, eine auffällige Erscheinung. Nicht nur durch ihre Körperfülle, vielmehr noch durch ihr langes, hell glänzendes Haar. Ein Band in der Farbe ihres Kleides hielt es zusammen.

Die Frau lehnte mit der linken Schulter am Türrahmen und hatte die Arme untergeschlagen, als stünde sie schon länger dort. In ihrem rechten Mundwinkel hing eine Zigarette. Sie verharrte völlig regungslos. Erinnerte Emma an eine antike, in Marmor gemeißelte Göttin und hatte, wie die Statuen in ihrer imponierenden Größe, zugleich etwas Einschüchterndes.

Während Emma auf die Fremde zuging, bemerkte sie, dass das Kleid stellenweise zerrissen war und streifige Flecken aufwies, als habe die Frau die Angewohnheit, sich die Hände daran abzuwischen. In ihren blaugrünen Augen zeigte sich nicht die geringste Spur von Neugier oder Überraschung über den unerwarteten Besuch.

Emma versuchte, ihre Befangenheit zu verbergen. „Entschuldigen Sie, dass ich so früh störe. Ich wollte zu Ben Schneider. Ist er da?"

„Eines von seinen armen Hascherln sind Sie nicht", erwiderte die Frau nicht unfreundlich. Sie begutachtete Emma von Kopf bis Fuß. „Seine Freundin sind Sie ebenso wenig."

„Woher wollen Sie das wissen?", fragte Emma konsterniert.

„Ich bin seine Mutter." Sie lächelte hintersinnig. „Nein, Sie sind keine Freundin."

„Wie kommen Sie darauf?", wiederholte Emma.

„Sie haben Klasse, meine Liebe. Er nicht."

Die Frau wandte sich zur Tür, winkte Emma, sie zu begleiten. „Ich heiße Maja, Maja Schneider."

„Emma Rohan."

Emma stockte der Atem, als sie Bens Mutter folgte. Ihr Haar hatte nicht nur einen auffallenden Glanz. Es war auch ungewöhnlich lang, reichte knapp bis in die Kniekehlen.

Das Innere der Villa verblüffte Emma nicht weniger als das merkwürdige Äußere und Verhalten von Maja Schneider. Sie betrat eine anheimelnde, geräumige Diele, von der mehrere Türen abgingen. Eine Freitreppe mit weiß lackiertem Geländer schwang sich nach oben. Am Ende des Flurs war eine zweiflügelige Glastür weit geöffnet, die wohl in den Wohnraum führte.

Die Hausherrin schien zu erwarten, dass Emma dort ihr Anliegen vortrug, ging ihr voraus. Das Mobiliar überraschte Emma erneut, bildete einen erstaunlichen Kontrast zu dem Eindruck, den die Villa von außen machte. Vor dem Fenster stand ein Ohrensessel, an der Wand gegenüber ein schöner Nussbaumschrank, auf dem ovalen Ausziehtisch in der Mitte des Raumes eine Henkelvase mit königsblauem Rand. Meißen, erkannte Emma. Eine ähnliche Vase besaß Christies Vater. Das Holz des Tisches hatte einen seidigen Schimmer. Vermutlich Kirschbaum. Emma sah den Möbeln an, dass sie schon vor Zeiten einiges gekostet haben mussten und inzwischen wahrscheinlich unbezahlbar waren.

Maja Schneider deutete ihren Gesichtsausdruck richtig. „Fragen Sie mich ruhig."

„Ich wüsste nicht, was."

„Was alle fragen, wenn sie die Villa sehen und finden, dass ich so wenig dazu passe wie sie zu mir." Die Zigarette wanderte in den anderen Mundwinkel. „Es war ein Handel meiner Mutter. In der Nazizeit ist ihr das Haus überschrieben worden. Nach dem Krieg sollte sie es zurückgeben. Aber dazu ist es nie gekommen."

Wovon sprach sie nur? Emma konnte die geheimnisvollen Worte dieser verschrobenen Fremden nicht entschlüsseln, empfand die Situation als zunehmend bizarr. Und was war das für ein Geräusch, das aus der Richtung des Sessels kam? Krächzendes Summen, das Schnarchen eines alten Hundes, das Schnurren einer Katze? Emma vermochte es nicht zu unterscheiden, doch die undefinierbaren Laute bereiteten ihr wachsendes Unbehagen. Um es zu verbergen, strich sie über die polierte Oberfläche des Tisches. „Er ist wunderschön."

„Ja, nicht schlecht, was?"

Maja Schneider zog an ihrer Zigarette und drückte die Kippe in der Meißener Vase aus. „Hatte Vorteile, in einem solchen Haus groß zu werden. Gab mir Möglichkeiten, die ich sonst nicht gehabt hätte. Gibt sie mir noch immer. Das einzige Übel ist, dass ich die Alte noch am Hals habe."

Sie wies zu dem Ohrensessel.

Die Alte? Emma trat einen Schritt vor. Sah schüttere schlohweiße Haarbüschel, ein von unzähligen Falten zerfurchtes Gesicht, in dem die Augen fast verschwanden. Eine Greisin, winzig, mumienhaft, völlig unberührt von Emmas Anwesenheit, kauerte in dem Sessel.

„Beachten Sie sie nicht."

Emma zuckte zurück, abgestoßen und neugierig zugleich. Die Greisin reihte kaum hörbar unzusammenhängende Silben aneinander. Emma beugte sich wieder vor, glaubte einen Rhythmus zu erkennen, vielleicht ein Gebet oder ein Gedicht. Sie begann unwillkürlich mit dem rechten Zeigefinger den Takt in die linke Handfläche zu tippen. Je länger sie zuhörte, desto deutlicher schälten sich einzelne Wörter heraus: *Haar, Berge, das schwarze, Seelen, scheren, Teppich.*

Während sie einen Sinn zu entdecken suchte, wiederholte die Greisin unermüdlich ihre Worte. Sprach unvermittelt mit klarer Stimme.

„Berge von Haaren
Sie nehmen, was Wert hat,
dem Menschen ..."

Gedichtzeilen, es musste ein Gedicht sein. Emma war sich sicher, obwohl der Rest wieder in unverständlichem Gemurmel unterging.

Sie warf einen Blick zu Maja Schneider. Bens Mutter schien völlig unbeteiligt, drehte ihre Zigarettenschachtel in der Hand, als könnte sie sich nicht entscheiden, zu rauchen oder es zu lassen.

Emma wandte sich wieder der Greisin zu, lauschte konzentriert. Sie hatte offenbar von Neuem begonnen, rezitierte die Verse, die Emma zuvor bereits herausgehört hatte, und fuhr fort:

„dem Menschen
das Gold aus den Zähnen
dem Menschen das Haar
das rote das blonde
das braune das schwarze
das graue das weiße
den Sitz ihrer Seelen
Berge von Haaren ..."

Emma hielt den Atem an, gebannt durch die Worte der alten Frau.

„Sie scheren die Köpfe kahl
und treten
die Teppiche und die Fußmatten,
die gewirkt sind aus Haaren,
und ihre Seele
mit Füßen ..."

Emma schluckte, holte tief Luft. Plötzlich wünschte sie sich, die verstörenden Verse nie gehört zu haben. Sie nahm kaum wahr, dass die Greisin zum Anfang ihres Gedichtes zurückgekehrt war.

„*Berge von Haaren …* "

Bens Mutter riss sie jäh aus ihrer Verwirrung. „Lassen Sie sich von ihr nicht beeindrucken, die Alte spinnt schon seit Jahren."

Spinnen? Das traf es kaum, dachte Emma, es war mehr als das. Sie empfand Mitleid und Schrecken gleichermaßen.

Maja Schneider trat näher an sie heran, streckte eine Hand nach ihr aus. „Eine schöne Haarfarbe haben Sie. Bei dem Friseur sollten Sie unbedingt bleiben."

„Sie sind nicht gefärbt", sagte Emma verlegen, unsicher, wie sie sich verhalten sollte. Die Frau behandelte sie wie eine gute Bekannte, sprach so vertraut mit ihr, als wären sie gute Freundinnen. Dennoch zeigten ihre blaugrünen Augen noch immer keinen Funken von Interesse. Sie betrachtete Emma völlig emotionslos.

„Tatsächlich nicht?" Ben Mutter rieb eine Strähne, die sich aus Emmas Zopf gelöst hatte, zwischen den Fingern. „Erstaunlich."

Die Situation erschien Emma immer surrealer, reizte sie plötzlich zum Lachen. „Sie haben viel schönere Haare", sagte sie. „So unglaublich lang. Ich kenne da jemanden, der würde …"

Sie brach ab.

„Würde was?"

„Ganz verrückt danach sein. Ein Dozent, für den ich arbeite, gearbeitet habe. Ich glaube, er ist ein Haarfetischist."

Maja Schneider zuckte gleichgültig die Schultern. „Ich habe sie mir seit meinem zwölften Lebensjahr wachsen lassen. Damals habe ich etwas sehr Wichtiges erkannt."

Emma starrte Bens Mutter ratlos an. Machte es ihr Spaß, in Rätseln zu sprechen? Oder erwartete sie, dass Emma wusste, um welche Erkenntnis es ging?

„Langes Haar ist das, was uns Frauen von den Affen unterscheidet", Bens Mutter lächelte zufrieden, „und von den Männern."

Emma biss sich auf die Lippen. Was sollte sie dazu sagen? Maja Schneider schien sehr eigene Ansichten über Männer zu haben. Vielleicht war dies der Grund für Bens manchmal merkwürdiges Verhalten, seine Schüchternheit. Sie spürte eine Welle des Mitgefühls.

„Deshalb muss man es pflegen. Ich lasse es mir jeden Abend bürsten, mindestens eine Viertelstunde lang."

„Angst haben Sie nicht?", entfuhr es Emma.

„Angst? Wovor?"

„Vor dem Serienmörder, der in Düsseldorf schon drei Frauen an ihren Haaren aufgehängt hat."

„Überhaupt nicht." Maja Schneider neigte ihren Kopf, als müsste sie gewissenhaft überlegen. „Leider bin ich aus dem Alter heraus."

Leider? Emma trat unwillkürlich einen Schritt zurück. Plötzlich wollte sie nur noch flüchten, fort aus der düsteren Atmosphäre der Villa mit ihren absonderlichen Bewohnern. Sie griff in ihre Schultertasche und zog Bens Brieftasche heraus, wollte sie seiner Mutter reichen. „Ben hat sein Portemonnaie verloren …"

„Legen Sie das Ding in sein Zimmer", unterbrach Maja Schneider, „sonst denkt er noch, ich hätte in seinen Sachen geschnüffelt. Mein Sohn ist da sehr eigen."

„Ich kann doch nicht einfach …"

„Gehen Sie nur. Ich setze da keinen Fuß hinein."

Maja Schneider ignorierte Emmas Protest, wies auf eine Tür und entschwand mit lässigen Bewegungen die Treppe hinauf.

Na dann! Sie würde die Brieftasche ablegen und danach sofort verschwinden, dachte Emma und drückte die Klinke herunter.

Hinter der Tür verbarg sich ein schön geschnittener Raum mit einem runden Erker. Auch hier war das Mobiliar alt und edel. An der Wand stand ein Schreibtisch, der richtige Platz, um die Brieftasche zu deponieren. Emma legte sie auf die grüne Unterlage, wollte sich schon abwenden, als ihr Blick auf die Wand fiel. Sie erstarrte. Konnte den Blick nicht von dem Bild lösen, das dort mit Dekorationsnadeln festgesteckt war. Entsetzen packte sie.

Das konnte nicht sein, war ganz unmöglich. Mit zitternden Händen zog Emma zwei der Nadeln heraus, hob den Kunstdruck vorsichtig an und versuchte zu lesen, was auf der Rückseite stand.

Irgendwo im Haus knallte eine Tür. Emma schrak zusammen, stürzte aus dem Zimmer.

Emma hielt sich an der Autotür fest, bückte sich über den Bordstein und würgte. Sie zog ein Papiertaschentuch aus der Jeans und wischte sich den Mund, sehnte sich nach einem Schluck Wasser, um den widerwärtigen Geschmack fortspülen zu können.

Segantini, Belvedere hämmerte es in ihrem Kopf, während sie auf den Fahrersitz rutschte. Wenn sie nur den Titel hätte lesen können! Doch auch das Bild allein – sagte es nicht schon genug? Dazu noch Bens befremdliche Mutter, die Verse murmelnde Greisin, das nicht zu ihnen passende Haus. Emma schauderte, zwang sich, gleichmäßig und ruhig zu atmen.

Belvedere? Nun fiel es ihr wieder ein, vermochte sie einen klaren Gedanken zu fassen. Ben hatte das Belvedere erwähnt, als er erzählte, dass er in Wien gewesen war. Dort musste er das Segantini-Bild gesehen haben. Eine Winterlandschaft mit einem kahlen Baum, in dem eine Frau hing, deren Haare mit den Zweigen verwoben waren. Eine Frau, an deren rechter Brust ein Baby saugte.

Das Bild wäre unter anderen Umständen weniger schockierend, dachte Emma, für sie jedoch gewann es durch die Morde eine grauenvolle Bedeutung. Reichte das aus? Durfte sie Ben Schneider deshalb mit den Verbrechen in Verbindung bringen? War er der Mann, der Frauen an ihren Haaren aufhing? Nein, das war eine lächerliche Vorstellung, vollkommen absurd. Den Segantini hatten Hunderte anderer Besucher ebenfalls gesehen.

Ihre Haut begann zu kribbeln, erinnerte Emma an das unangenehme Gefühl, als Dr. Kirch ihre Haare berührt hatte. Da hatte sie ähnlich reagiert. Emma umklammerte mit beiden Händen das Steuer und legte den Kopf darauf. Der Zopf in Dr. Kirchs Büro hatte sie die Fassung verlieren lassen, und als der Dozent dann über ihre Haare strich … Emma spürte, wie das Kribbeln sich verstärkte. Als sie Max davon erzählt hatte, war sie überzeugt gewesen, Dr. Kirch könne der gesuchte Frauenmörder sein.

„Ein Mann mit einem solch intensiven Interesse für Haare … Nein, es war nicht abwegig", flüsterte Emma. „Es hätte stimmen können, kann es noch immer."

Bislang hatte die Polizei Dr. Kirch nicht festgenommen. Aber was hieß das schon? Vielleicht konnte sie ihm nur noch nicht nachweisen, dass er der Täter war.

Aber wusste sie es inzwischen nicht besser? Einem Fetischisten ging es um den Gegenstand, dem er Magie zuschrieb, nicht um die Person. Würde Kirch tatsächlich eine Frau wegen ihrer Haare töten? Emma zweifelte immer stärker, ob ihr Verdacht gerechtfertigt war.

Und nun? Durfte sie von der Entdeckung, dass Ben einen Kunstdruck an die Wand geheftet hatte, darauf schließen, dass er etwas derart Schreckliches getan hatte? Nein! Das Bild war ein Kunstwerk, nicht die Vorlage für die Morde.

Aber was war mit seiner Mutter und der flüsternden Greisin?

Die mahnende Stimme in Emmas Kopf wollte nicht schweigen. War Ben der Frauenmörder? Niemals. Nicht Ben, der schüchterne, hilfsbereite Ben. Sein Zuhause mochte eine verstörende Atmosphäre haben, seine Mutter eine kaltschnäuzige Frau sein, aber – nein. Emma schlug ihre Stirn gegen das Lenkrad, als könnte sie ihre Gedanken gewaltsam stoppen.

„Genauso gut kann es der ehemalige Freund Paula Lindens gewesen sein", sagte sie laut.

Über ihn war in der Zeitung berichtet worden. Er hatte zumindest ein Motiv. Schnöde abserviert zu werden, brachte jeden in Wut.

Ben dagegen? Undenkbar.

Vermutlich vermittelte ihm das Bild nur das, was der Maler wohl auch hatte ausdrücken wollen. Der Mensch, die Frauen, Mütter waren der Natur ausgeliefert. Oder ging es doch um etwas anderes?

Emma hob den Kopf, klappte die Sonnenblende herunter und betrachtete sich in dem kleinen Spiegel. Sie sah fürchterlich aus, blass und hohläugig.

„Du bist wirklich so verrückt, wie du aussiehst, wenn du auf einmal überall den potenziellen Frauenmörder zu erkennen glaubst", fauchte sie sich an. „Höchste Zeit, dass dich jemand auf den Boden der Tatsachen zurückholt."

Es gab nur einen Menschen, der das konnte.

Als ihre Tante auf ihr stürmisches Klingeln hin die Tür öffnete, hielt sie eine Zigarette zwischen den Fingern.

„Du solltest wirklich damit aufhören."

„Was willst du? Ich bin von 60 auf 20 pro Tag herunter." Bea musterte ihre Nichte nicht weniger kritisch. „Du siehst aus, als wärst du auf der Flucht."

Emma stellte wortlos ihren Schirm in den Ständer, zog ihr Kapuzenshirt aus und ließ sich im Wohnzimmer auf das gelbe Sofa fallen. Sie streckte die Hand aus und strich über den Bauch der Teekanne. „Ist noch heiß. Kann ich einen Tee haben?"

Bea holte aus der Küche eine zweite Tasse und schenkte Emma ein. „Wenn du also nicht verfolgt wirst, was hat dich stattdessen so früh am Vormittag aufgeregt?"

„Eine Frau namens Maja Schneider."

Bea zuckte kaum merklich zusammen, ließ ihren Blick zum Fenster schweifen.

Amüsiert? Irritiert? Spöttisch? Emma konnte den Gesichtsausdruck ihrer Tante nicht deuten. „Kennst du sie etwa?"

„Wenn diejenige, die dich so erschreckt hat, irgendwo in Grafenberg wohnt, ja."

„Erzähl mir von ihr."

„Eine fundamentalistische Emanze. Du weißt schon, dieser Feministinnen-Typ, der bei jeder Diskussion vorher weiß, was er als Ergebnis sehen will, und eigene Erkenntnisse niemals infrage stellen lässt."

„Furchtbar", Emma rührte Zucker in ihren Tee, „wenn ich mit dieser Haltung an meine Recherchen heranginge …"

„Sie gab sich bei den 68ern gern links angehaucht. Gehörte aber zu den Sozialistinnen, die im Sportcoupé herumfuhren."

„Dann muss ihre Familie Geld gehabt haben."

„Da irrst du dich. Die Villa gehörte ursprünglich einer jüdischen Familie, bei der Majas Mutter als Hausmädchen angestellt war. Die Eigentümer wollten auf jeden Fall verhindern, dass ihr Besitz den Nazis in die Hände fiel. Deshalb wurde ihr das Haus überschrieben. Nach dem Krieg hätte sie es zurückgeben sollen."

Erklärte das die Anwesenheit der alten Frau, die in dem Sessel gekauert hatte? Emma schilderte ihrer Tante die verstörende Situation.

„Sie wirkte, als wäre sie mindestens 100 Jahre alt", sagte Emma. „Ich habe sie zuerst nur gehört, es war albtraumartig. Sie hat vor sich hin gemurmelt und dabei die Knöchel ihrer Finger befühlt."

„Wie man beim Beten die Perlen des Rosenkranzes abtastet?"

„So ungefähr. Dazu hat sie so etwas wie ein Gedicht aufgesagt."

„Für sie war es vielleicht etwas Ähnliches wie ein Gebet."

„Nein, auf keinen Fall. Zuerst habe ich das auch vermutet, aber Gebete haben doch etwas Tröstliches."

„Worum ging es denn in dem Gedicht?"

„Das war ja das Erschütternde: um Berge von Haaren, Kahlscheren, um Fußmatten und Teppiche. Ich habe nur den Schluss behalten: *die gewirkt sind aus Haaren, und ihre Seele mit Füßen* treten. Wenn ich nicht so verwirrt gewesen wäre, hätte ich mir vermutlich mehr davon merken können."

„Manchmal denke ich, deine Schulausbildung hat nicht viel gebracht, Emma." Bea seufzte. „Während des Zweiten Weltkriegs wurden Frauen in den Konzentrationslagern die Köpfe geschoren und ihre Haare zu Filz weiterverarbeitet."

Emma starrte ihre Tante fassungslos an, war zu entsetzt, um etwas zu erwidern. In Beas tiefliegenden braunen Augen spiegelte sich das Grauen, das sie selbst empfand.

„Die alte Frau hat das Gedicht immerzu wiederholt."

„Für sie muss es traumatisierend gewesen sein, dass die gesamte Familie, für die sie gearbeitet hatte, im KZ ermordet worden ist. Und doch gehört ihr das Haus einzig aufgrund dieser Verbrechen bis heute."

Bea runzelte die Stirn, rieb nachdenklich über ihren Nasenrücken.

Sie nahm die Teekanne, goss Emma eine zweite Tasse ein.

„Wie kommst du mit deinen Aufträgen voran?"

Emma war dankbar für den abrupten Themenwechsel, schob den Gedanken von sich, mit welcher Perfidie Menschen andere vernichteten. Sie versuchte zu lächeln. „Es läuft ganz gut."

Nur die halbe Wahrheit. Emma spürte, wie sie errötete, und wusste, dass es ihrer Tante nicht entging.

„Hast du sonst noch etwas auf dem Herzen?"

Emma hob die Tasse an die Lippen. Sie war zu ihrer Tante gefahren, um von ihrer Entdeckung in Bens Zimmer zu erzählen. Hatte gehofft, wenn sie über ihre Zweifel sprechen konnte, würde sie klarer sehen. Nun zögerte sie. Konnte sie von Ben berichten, ohne ebenso ihre Anschuldigungen gegen Dr. Kirch zu erwähnen? Müsste sie dann nicht auch beichten, dass sie den Rechercheauftrag verloren hatte? Wollte sie das? Und war alles, was ihren Verdacht gegen Ben nährte, nicht allzu vage?

A Foggy Day in London Town. Noch immer unentschlossen, kramte sie in ihrer Tasche nach dem Handy, erkannte die Nummer im Display. Der erwartete Anruf.

„Hamida?"

Emma warf ihrer Tante einen Blick zu, hob entschuldigend die Hand.

„In Ordnung", sagte sie, „um 15 Uhr. Ich werde pünktlich sein."

Als sie das Gespräch beendet hatte, atmete sie erleichtert auf.

„Gute Nachrichten?", fragte Bea.

„Ja, ich muss los." Emma erhob sich, griff nach ihrer Tasche.

„Du hast das Mädchen also gefunden", antwortete Bea leise. „Und du scheinst sehr zufrieden mit dir zu sein. Bitte, Emma, denke daran, dass du an Dinge rührst, die du nicht beurteilen kannst."

Emma legte ihrer Tante den Arm um die Schulter und drückte sie an sich. „Du musst dir keine Sorgen machen. Ich treffe mich nur mit Serap, Aischa weiß nichts davon."

Bea sah sie forschend an. „Du hast meine Frage nicht beantwortet."

„Deine Frage? Ach, ob ich noch etwas auf dem Herzen habe?"

„Und – hast du?"

Emma schüttelte den Kopf. Sie würde nicht denselben Fehler zweimal machen, abermals jemanden in Schwierigkeiten bringen. Segantini würde sie nicht einmal Bea gegenüber erwähnen.

Der Garten setzte mit seinem Blütenmeer hoffnungsvolle Signale. Wo ihre Mutter im Herbst dutzendweise Tulpenzwiebeln in die Erde gesteckt hatte, leuchteten nun die Blumen in Rosa, Rot und Gelb. Etta zog die ungefiederten Tulpenbecher den neuen Züchtungen vor.

Claire überprüfte den Inhalt ihrer Aktentasche, vermied es, ihre Mutter anzusehen. „Kann ich dir aus der Stadt etwas mitbringen?", fragte sie wie jeden Morgen, ehe sie das Haus verließ.

Obwohl sie wusste, dass es unsinnig war, hatte sie Angst, Etta könnte ihr anmerken, was sie seit einigen Tagen umtrieb. Eine Psychotherapeutin konnte alles Mögliche, beruhigte sie sich, die Gedanken eines anderen Menschen zu lesen, vermochte selbst die fähigste nicht. Allerdings, dachte Claire unwillig, stand Etta in dem Ruf, ein erstaunliches Einfühlungsvermögen zu besitzen. In letzter Zeit fürchtete sie, dass ihre Mutter auch sie durchschaute.

Als Gleichgültigkeit, hatte Claire stets geglaubt, ließe sich treffend zusammenfassen, was sie für ihre Mutter empfand. Dass sie Etta keine töchterlichen Gefühle oder gar Liebe entgegenbringen konnte, wusste sie seit ihrer Pubertät. Damals hatte sie nichts Außergewöhnliches in ihrer eigenen emotionalen Kälte gesehen, alle in ihrem Freundeskreis hatten gegenüber ihren Eltern ähnlich empfunden. Nur – bei ihnen hatte sich diese Einstellung mit den Jahren geändert. Bei ihr nicht. Sie hatte es sich damit erklärt, dass Etta ihren Beruf von jeher mehr geliebt hatte als ihre Mutterrolle. In Momenten größtmöglicher Ehrlichkeit brachte Claire sogar ein gewisses Verständnis für diese Haltung auf. Ging ihr heute nicht auch die Karriere über alles? Doch dieses vage Verständnis würde sie ihrer Mutter niemals offen eingestehen.

Nach dem Studium, als Claire die Chance erhielt, bei der Staatsanwaltschaft in Düsseldorf zu arbeiten, hatte sie Ettas Angebot, zu ihr zu ziehen, nach reiflicher Überlegung angenommen. Das Haus in Himmelgeist bot genügend Platz, jeglichen Komfort und kostete sie keinen Cent. Es fiel ihr leicht, sich mit dem Zusammenleben zu arrangieren. Solange es auf der Basis gegenseitiger Gleichgültigkeit geschah.

Neuerdings hatte sie allerdings immer öfter den Eindruck, dass

Etta aus dem gewohnten Beziehungsmuster ausbrechen und die zwischen ihnen errichteten Schranken niederreißen wollte. Fragen nach ihrem Befinden und beruflichen Angelegenheiten waren gerade noch hinnehmbar. Claire konnte sie ignorieren oder in knappen Sätzen beantworten. Ettas bekümmerte, forschende Blicke dagegen waren unerträglich. Ihnen konnte sie kaum entkommen.

War dies der Auslöser, der ihre Gleichgültigkeit in Hass hatte umschlagen lassen? Zu einem solch abgründigen Hass, dass er sich in Albträumen und Halluzinationen entladen musste?

Claire goss Wasser in ihr Glas und trank in hastigen Schlucken. Nicht nur, dass sie schlecht schlief, inzwischen plagten sie auch noch Wahnvorstellungen.

Als sie im Präsidium die Fotos der Opfer verglich, hatte sie einen winzigen Moment lang geglaubt, ihre Mutter anzustarren. Sie hatte Stress und Anspannung für die Sinnestäuschung verantwortlich gemacht, geglaubt, es würde bei diesem einmaligen Vorfall bleiben. Doch dann war sie zum dritten Fundort gefahren, hatte zu der Toten im Baum hinaufgeblickt. Und einen Wimpernschlag lang Etta dort hängen sehen.

Was stimmte nicht mit ihr? Verlor sie den Verstand?

„Was ist nur mit dir?", hörte sie Etta wie ein Echo ihrer Gedanken fragen. „Beunruhigen dich die Mordfälle? Ihr kommt mit euren Ermittlungen nicht weiter, nicht wahr?"

„Ach Mutter, als ob dich meine beruflichen Schwierigkeiten je interessiert hätten", sagte Claire gereizt. „Aber so wie es aussieht, haben wir einen neuen Hauptverdächtigen."

„Das klingt, als ob du Zweifel hättest."

„Stellst du neuerdings meine Kompetenz infrage? Ich will keinen Fehler machen, ist das so schwer zu verstehen?"

„Die Mordfälle interessieren mich rein beruflich", erwiderte Etta ruhig. Ironisch zu werden, erlaubte sie sich selten. „Manches deutet darauf hin, dass es sich um eine klassische Verschiebung handeln könnte. Ich habe dir doch meinen Essay zum Thema gegeben. Was hältst du davon?"

„Ich glaube kaum, dass deine Theorien mich weiterbringen."

Claire warf ihrer Mutter einen herablassenden Blick zu, versuchte ihre innere Anspannung zu verbergen. Verschiebung. Klang dieses psychische Phänomen nicht genau nach dem, was mit ihr selbst geschah? Sie verließ ohne ein weiteres Wort den Tisch. Hatte, ohne dass ihre Mutter es ahnen konnte, beschlossen, deren Abhandlung doch zu lesen.

„Ich stand am Fenster, um ihr nachzublicken. Da ist mir der Opel aufgefallen, anthrazit, ziemlich alt. Als Emma losfuhr, ist er ihr gefolgt."

„Sind Sie sicher?"

„Ja. Es dauerte ein wenig, bis Emma unten war und in ihren Volvo stieg. Ich habe nicht erkennen können, wer am Steuer des anderen Wagens war. Eines weiß ich aber, er muss im Auto gesessen und auf sie gewartet haben. Sonst hätte ich ihn vorher kommen und einsteigen sehen."

„Wissen Sie, wohin Emma wollte?", fragte Matthesius. Unwillkürlich presste er den Hörer fester ans Ohr.

„Nein, leider nicht. Ich weiß nur, dass Emma sich mit der Schwester des türkischen Mädchens treffen will. Um 15 Uhr. Ich habe solche Angst, dass ihr etwas zustoßen könnte."

Beate Matieks raue Stimme am anderen Ende der Leitung zitterte vor Sorge. Matthesius wusste, dass er Emma kaum am Abschluss ihres Auftrags hindern konnte. Er brachte es jedoch nicht übers Herz, ihrer Tante seine eigene Hilflosigkeit zu offenbaren. Sie vertraute darauf, dass er half und Emma beschützte.

„Tun Sie etwas, bitte!"

„Ich werde mich sofort darum kümmern", versprach er, legte mit dem unguten Gefühl, etwas versäumt zu haben, den Hörer auf.

Emma hatte erzählt, Aischa sei 16 oder 17 Jahre alt. Demnach konnte sie den Wagen nicht gefahren haben. Was für ein Mensch war die junge Türkin, was für eine Familie waren die Celiks? Verflucht, er hatte doch Abdul gebeten, sich nach ihnen zu erkundigen. Warum hatte er sich von Strassberg ablenken lassen, als er noch einmal nachfragen wollte?, haderte Matthesius. Warum war er nicht längst wieder bei Abdul gewesen, um das Ergebnis zu erfahren?

Und, verdammt noch mal, warum versprach er etwas, das er unmöglich halten konnte?

Schwitter hatte auf Wunsch der Staatsanwältin eine Besprechung angesetzt, die in zwei Stunden beginnen sollte. Die Erleichterung, dass ein dringend Tatverdächtiger innerhalb von 24 Stunden hatte festgesetzt werden können, war schnell verflogen. Inzwischen hatte die Spurensicherung zwar Indizien geliefert, die Juri Januschenko als Mörder Jana Frankowas belasteten. Doch damit waren die ersten Morde nicht aufgeklärt. Matthesius war weiterhin überzeugt, dass sie Januschenko diese beiden Verbrechen nicht nachweisen konnten. Weil er nicht der Täter war.

Matthesius ahnte, dass die Konferenz nervenaufreibend werden würde. Er hatte nichts in der Hand, um seine Trittbrettfahrer-Theorie zu untermauern, musste sich umso besser vorbereiten, eine Argumentation zurechtlegen.

Wie sollte er es schaffen, nun auch noch Emma nachzujagen und sich zugleich eine Strategie für die Staatsanwältin zu überlegen?

Unruhig ging er zum Fenster, öffnete es und lehnte sich hinaus. Beate Matiek hatte verängstigt geklungen, und er schätzte sie nicht als eine Frau ein, die leicht in Panik geriet. Zu dumm, dass Emma nicht gesagt hatte, wohin sie fuhr. Wo mochte das Treffen mit Serap Celik stattfinden?

Ob Schneider es möglicherweise wusste? Hatte Emma in der Kneipe nicht erwähnt, dass er ihr bei der Suche nach Serap geholfen und ihr den entscheidenden Tipp gegeben hatte? Er wohnte irgendwo in Grafenberg, erinnerte sich Matthesius.

Ärgerlich schüttelte er den Kopf. Auch wenn er den Treffpunkt wüsste, er konnte nicht weg. Wenn er zu spät im Besprechungsraum erschien, würde ihm Schwitter die Hölle heißmachen oder ihn gleich dorthin schicken. Matthesius bezweifelte, dass er sich solche Alleingänge beim derzeitigen Ermittlungsstand leisten konnte.

Er lief zum Telefon, bat die Sekretärin, Ben Schneiders Nummer herauszusuchen. Schüttelte abermals den Kopf über sich selbst, unfähig, nicht gegen jede Vernunft zu handeln.

„Vor der Vergebung kommt die Buße", murmelte er. Während er die Telefonnummer notierte, fragte er sich, ob seine Schuldgefühle Emma gegenüber ihn wohl für den Rest seines Lebens in den Klauen halten würden.

Ihm blieb gerade noch Zeit, um zur Frittenbude zu fahren und Abdul über die türkische Familie zu befragen, unterwegs Ben Schneider anzurufen.

Als Matthesius die Tür hinter sich zuzog, kam Schwitter aus dem Büro des Aktenführers, in der Hand einige Computerausdrucke. „Die Ergebnisse des DNS-Abgleichs werden bis zur Besprechung fertig. Dann bekommen wir auch das endgültige Bild des Mannes, der sich zu Paula Linden an den Tisch gesetzt hat."

Die Kellnerin aus *Benders Marie* hatte sich endlich bei Paul Menge, Spezialist für Fahndungsbilder, gemeldet. Er brachte Zeugen dazu, sich an überraschend genaue Details zu erinnern.

„Klasse. Ich muss nur noch einmal kurz los, bin bis zur Konferenz zurück." Matthesius wandte sich um, trabte den Gang entlang.

Schwitter blickte Matthesius noch verwundert nach, als Staatsanwältin von Vittringhausen in Begleitung von Christine Glauser-Drilling um die Ecke bog. Er hob unwillkürlich die Schultern. Sah Ärger auf sich zukommen.

„Wir würden gern Ihren Kollegen sprechen", sagte Christine Glauser-Drilling lächelnd.

Schwitter war klar, wer gemeint war.

Verdammt, Max! Immer, wenn man ihn brauchte ... Er räusperte sich. „Der Kollege Matthesius ist noch unterwegs ..."

„Mein Gott, wer ist das?"

Christine Glauser-Drillings Ausruf ersparte Schwitter eine weitere Erklärung. Schockiert starrte sie auf die Blätter in seiner Hand, die Skizzen, die Menge am Computer erstellt hatte. In ihrer Miene spiegelten sich Ungläubigkeit und Verblüffung.

„Wer soll das sein? Wer ist das?", wiederholte sie aufgeregt.

Claire von Vittringhausen nahm Schwitter die Papiere aus der Hand, sah ihn fragend an.

„Das vorläufige Phantombild. Wir sind noch nicht ganz fertig, die Zeugin arbeitet noch mit Menge daran."

„Frau Glauser-Drilling, kennen Sie den Mann?" Claire von Vittringhausen warf ihrer Begleiterin einen erwartungsvollen Blick zu.

Sie nickte. „Ja, ich glaube schon."

„Ein Allerweltsgesicht."

„Das stimmt zwar", antwortete Christine Glauser-Drilling ungeduldig, „aber die Ähnlichkeit …"

„Einer Ihrer Klienten?"

Sie schüttelte den Kopf. „Er sieht aus wie der Techniker, der in der Agentur die Klimaanlage repariert hat."

„Mistwetter", fluchte Matthesius und schlug den Kragen hoch. Wenigstens hatte der Regen auch einen Vorteil. Vor Abduls Frittenbude, üblicherweise zur Mittagszeit Eldorado der Fastfoodfreaks, standen nur zwei Jugendliche, die auf ihre Pommes warteten. Auf der Fahrt nach Kaiserswerth hatte Matthesius kurz mit Ben Schneider telefoniert, wusste nun, dass das türkische Mädchen sich im Salzmannbau versteckte.

„Lange nicht gesehen, Herr Hauptkommissar", begrüßte ihn Abdul. Er griff zu einer Pappschale. „Was möchten Sie?"

„Nur eine Auskunft."

Der Türke, der schon begonnen hatte, die Schale zu füllen, hielt inne. „Ich sehe schon, Sie machen sich Sorgen. Geht es um die kleine Fanatikerin?"

„Gedankenleser, was?"

Abdul grinste breit, während er Ketchup und Mayonnaise auf die Pommes gab. „Menschenkenntnis. Wer so lange hier steht wie ich, dem kann man nichts vormachen. Sie ist eine gefährliche Person, die vor lauter Fanatismus nicht mehr nachdenkt. Vor solchen Menschen sollte sich Ihre Freundin hüten."

Eine kleine Fanatikerin?

Vergangene Woche schon hatte Abdul diese Formulierung benutzt, und Matthesius hatte sie auf Emma bezogen. Ein Fehler, das merkte er jetzt. Zuvor war in ihrem Gespräch der Name Aischa Celik gefallen, ein fatales Missverständnis. Er musste sich vergewissern.

„Was wissen Sie über die Familie Celik, Abdul?"

„Nicht viel, meine Frau weiß mehr. Die Familie lebt schon lange hier, seit fast 20 Jahren, betreibt einen Gemüsehandel. Sie sind damals aus Anatolien gekommen, mit zwei Jungen. Die beiden Mädchen sind in Deutschland geboren. Nun, da Serap volljährig ist, wollen sie, dass sie den Sohn vom Vetter der Mutter heiratet. Ist auch ein Geschäftsmann."

„Verstehe ich das richtig", fragte Matthesius, „eine arrangierte Ehe?"

„Ja. So selten ist das nicht."

„Wie steht Aischa zu den Plänen ihrer Eltern?"

„Meine Frau sagt: Sie ist treibendes – wie sagt man?"

„Die treibende Kraft dahinter?"

„Genau. Sie lebt ganz nach Sunna und Scharia. Wissen Sie noch, was das heißt?"

Im Zusammenhang mit dem Mord an einer Türkin hatte Abdul ihm vor fünf Jahren einen Kurzlehrgang zu den Grundwerten des Islam gegeben. Die Sunna, erinnerte sich Matthesius, umfasste die gesammelten Taten und Aussagen des Propheten Mohammed, die zusammen mit Vorschriften des Korans als Gesetze in die Scharia, die Pflichten- und Rechtslehre des Islam, eingeflossen waren.

Er nickte. „Wie stehen die Brüder dazu?"

„Ich bin nicht sicher." Abdul hob die Schultern. „Die Hochzeit ist der größte Höhepunkt in vielen Familien. Die Tochter soll ehrenvoll verheiratet, viele Gäste müssen eingeladen werden. Das ist manchen wichtiger als eine gute Ausbildung."

„Ihre Tochter studiert Medizin", entgegnete Matthesius.

Abdul lächelte. „Das kostet mich wahrscheinlich so viel wie eine große Hochzeitsfeier mit 300, 400 Gästen. Bei den Celiks ist es anders. Sie wollen lieber die Hochzeitsfeier, finden, das sei die wichtigste Aufgabe für Eltern. Und Aischa ist wohl diejenige, die besonders darauf beharrt."

Matthesius sah Abdul nachdenklich an. „Ich bin Ihnen und Ihrer Frau wieder einmal sehr zu Dank verpflichtet", sagte er, legte das Geld für sein Essen auf die Theke.

Abdul lachte. „Ohne meine Frau wären Sie verloren, geben Sie's ruhig zu."

„Genau. Sie könnte glatt bei der Kripo anfangen." Matthesius zwinkerte ihm zu, hob die Hand zum Abschied.

„Noch eines, Herr Hauptkommissar", hielt Abdul ihn zurück. „Sie wissen, was Celik heißt?"

„Sie meinen, was der Nachname bedeutet? So gut ist mein Türkisch leider nicht."

„Übersetzt lautet er Stahl."

„Was wollen Sie damit sagen?"

„Hart ist wie Stahl. Das gilt für Aischa Celik. Sie hat sogar ihre Mutter überzeugt, das Kopftuch zu tragen und ihren Mann Effendi, mein Herr, zu nennen."

Eine 16-Jährige, eine kleine Fanatikerin, die ihre Eltern tyrannisierte und manipulierte? Ihre Brüder dazu brachte, sich an Emmas Fersen zu heften? In jedem Fall hatte sie Emma belogen, waren ihre Absichten weniger selbstlos, als sie ihre Auftraggeberin glauben ließ. Matthesius musste Emma finden.

14. KAPITEL

Vor innerer Anspannung und Aufregung waren ihre Hände feucht und zitterten, als Emma aus dem Auto stieg. Dass ausgerechnet Ben, dessen Segantini-Bild sie so verstörte, Serap aufgespürt hatte, nagte an ihr. Es war ihr nicht gelungen, sich von dem Gedanken freizumachen, dass er der gesuchte Frauenmörder sein könnte.

Warum nur hatte sie sich Bea nicht anvertraut? Unter Schock war sie zu ihrer Tante gefahren und dann doch unfähig gewesen, ihren Verdacht auszusprechen.

Hatte die zu erwartende Reaktion sie zögern lassen? Bea hätte sie sicherlich gehindert, Serap zu treffen, dachte Emma, stattdessen ihre eigenen Befürchtungen bestätigt, Ben habe sich ihr in böser Absicht genähert. War seine Hilfsbereitschaft nur ein Täuschungsmanöver? Wollte er sie hierher locken? Ben hatte behauptet, dass Serap im Salzmannbau untergeschlüpft sei. War das eine Lüge gewesen, konnte die Verabredung eine Falle für sie sein? Unsinn, überlegte Emma, Ben wusste zwar, wo sie sich mit Aischas Schwester treffen wollte, aber nicht, wann.

Allerdings – wenn er der gesuchte Mörder war, würde er wissen, wie er eine Frau unauffällig verfolgen konnte. Emma schauderte.

Während der Fahrt hatte sie kurz geglaubt, ein dunkelgrüner Wagen folge ihr. Für eine Sekunde war die Hoffnung aufgeblitzt, es wäre Thomas. Er fuhr einen dunkelgrünen Saab. Ein Wunschtraum, mehr war es nicht gewesen, sie hatte das Auto danach im Rückspiegel nicht mehr entdecken können.

Nun stand sie allein in einer verlassen wirkenden Gegend. Emma hatte ihren Volvo am Zugang zum ehemaligen Jagenberg-Werksgelände stehen lassen. Der als Fußgängerzone ausgewiesene grau gepflasterte Weg trennte zwei Häuserfluchten, die die ehemaligen Fabrikgebäude nicht verleugnen konnten. Wirkten sie deshalb so seltsam leer und öde?

Emma sah sich mit Unbehagen um. Sie befand sich in einer

Wohngegend, weshalb ließ sich kein Mensch sehen? Warum spielten keine Kinder auf dem autofreien Weg?

Ihr war nicht wegen des bevorstehenden Gesprächs beklommen zumute. Sie war eher gespannt auf Aischas Schwester und darauf, die Gründe zu hören, warum Serap untergetaucht war. Anders als Christie, Bea und Thomas glaubte sie nicht, dass für Serap oder sie selbst irgendeine Gefahr bestand.

Nein, Emma zog den Reißverschluss ihres Kapuzenshirts höher, dass sie sich unsicher und ungewöhnlich verzagt fühlte, hatte andere Ursachen. In den vergangenen Tagen war zu vieles auf sie eingestürmt. Die Suche nach Serap, die Diskussionen über Zwangsheirat und Ehrenmorde, der unterschwellige Streit mit Thomas hatten an ihren Nerven gezerrt. Christies Entdeckung, dass die ermordeten Frauen zur Klientel ihrer Agentur gehörten, ihr eigener Verdacht gegen Dr. Kirch. Schlimmeres, hatte sie sich eingebildet, könnte ihr nicht mehr passieren.

Wie sehr sie sich geirrt hatte! Inzwischen kannte sie den Titel des Bildes, das sie in Bens Zimmer entdeckt hatte. Über ihr Handy hatte sie es im Internet herausgesucht, wusste nun, dass es tatsächlich in der Galerie Belvedere in Wien hing.

Die bösen Mütter. Das Sujet ließ Emma keine Ruhe. Der Bildtitel gab der mit einem Baby an der Brust in einem Baum hängenden Frau eine furchterregende Bedeutung. Aber inwieweit war er aufschlussreich? Zunächst einmal gar nicht, beruhigte sich Emma. Sie musste logisch vorgehen, das tatsächliche Mordgeschehen als Ausgangspunkt ihrer Überlegungen nehmen. Was wollte der Mörder mitteilen, wenn er seine Opfer in den Bäumen drapierte? Erst, wenn sie die Antwort auf diese Frage kannte, durfte sie überlegen, ob es eine Verbindung zwischen dem Bild und den Frauenmorden gab. Eine Spur, die zu Ben führen könnte.

Er hatte das Segantini-Bild bei seinem Aufenthalt in Wien zweifellos gesehen. Barg der Bildtitel das Tatmotiv?

Emma rief sich Bens Mutter, die Greisin im Sessel, die beklemmende Atmosphäre des Hauses ins Gedächtnis. Ein gruseliger Gegensatz zu Ben, der stets freundlich und hilfsbereit gewesen war. Kein Mann, den sie lieben könnte, aber sympathisch, nicht ohne Witz.

Ihre Gedanken drehten sich im Kreis. Egal, wie sie die Puzzlestücke zusammenfügte, kam sie immer wieder zum gleichen Schluss: Ihr Verdacht ließ sich nicht völlig entkräften.

Die Zweifel quälten Emma. Hatte sie keinerlei Menschenkenntnis mehr? Konnte sie sich auf ihre Einschätzungen, ihr eigenes Urteil nicht mehr verlassen? Und falls sie sich doch in Ben getäuscht hatte, wäre das Gleiche nicht auch bei Aischa möglich? War sie auf dem Weg, den nächsten Fehler zu begehen?

Sie versuchte, sich abzulenken, betrachtete den Salzmannbau. Dass alles so öde wirkte, konnte an der noch mageren Begrünung liegen. Auf einem schmalen Streifen vor dem Gebäude waren Büsche und junge Bäume gepflanzt worden. Ein Hauch Natur vor der weißen Fassade.

Ein hoffnungsvolles Grün, nichts Beängstigendes. Warum nur wurde sie dieses ungute Gefühl nicht los?

Plötzlich war Emma sicher, dass sie doch verfolgt wurde, blieb abrupt stehen. „Ich hätte niemals hierherkommen dürfen", flüsterte sie, blickte sich um. Sie war allein. Jäh durchfuhr sie die Erkenntnis, dass ihr Traum sich hier bewahrheitete. Ihre Schwester, die Erinnerung an Hannah und ihr eigenes, sie verschlingendes Gefühl von Verlassenheit hatten sie an diesen Ort getrieben. „Hannah, was ich hier vorhabe, tu ich deinetwegen", sagte sie laut, ging weiter.

Mehrere Hauseingänge, zahlreiche Klingeln mit deutschen und fremdländischen Namen auf den Schildern, Ateliers, Büros und Privatwohnungen. Der gesamte Gebäudekomplex erschien ihr unübersichtlich und als geeigneter Ort für jemanden, der einen Unterschlupf suchte. Es gab einen Durchgang zur Ulenbergstraße mit einer Rampe für Rollstuhl- und Fahrradfahrer entlang der Hauswand. An einem der Hauseingänge, zu dem sechs Stufen führten, wollte Serap sich mit ihr treffen. Emma sah auf ihre Uhr. Noch genau zweieinhalb Minuten. Wenn Serap herauskam, wäre ein bisschen Abstand taktisch klüger, dachte sie. Aischas Schwester sollte nicht das Gefühl haben, bedrängt zu werden. Emma wartete am Fuß der Treppe.

Hinter dem Türglas tauchte ein Schatten auf, eine schnelle Bewegung. Ein Junge huschte aus dem Haus. Seine dunklen Augen musterten sie mit kindlicher Neugier, ehe er die Stufen hinuntersprang und die Rampe hinauf zum Durchgang rannte.

Als Emma wieder aufblickte, stand Serap in der Tür. Sie umfasste die Türkante, bereit, jederzeit wieder im Haus zu verschwinden. Emma erkannte in ihr unschwer das Mädchen, das neben Aischa auf dem Geschwisterfoto zu sehen war. Ihr langes schwarzes Haar, ein auffälliger Kontrast zu dem hellblauen, weit ausgeschnittenen T-Shirt, hing locker um die Schultern. Selbst ihre finstere Miene konnte nicht täuschen, sie war eine sehr hübsche Frau.

„Serap?", fragte Emma.

„Wie hast du mich gefunden?"

Die Türkin sah sie voller Abwehr an. Angesichts ihres Misstrauens kehrten Emmas Zweifel zurück. Wieder beschlich sie das bedrückende Gefühl, von Beginn an alles falsch gemacht zu haben. War sie zu gutgläubig gewesen, zu solidarisch, weil sie Hannah und sich auf Aischa und Serap projiziert hatte?

„Nun sag schon, wie?"

Ein Freund, wollte Emma antworten. Sie schluckte. Konnte sie Ben noch so nennen? „Recherche ist mein Beruf", sagte sie stattdessen. „Ich habe dich lange gesucht."

„Recherche?"

„Ich suche für andere, was sie selbst nicht finden können."

„Dann hast du ja erreicht, was du wolltest. Wozu soll dieses Treffen gut sein?"

„Ich muss mit dir reden."

„Warum?" Serap zuckte die Schultern. „Was geht es dich an, dass ich von zu Hause fortgegangen bin?"

„Deine Schwester Aischa …"

Serap unterbrach sie. „Lass sie aus dem Spiel, ich will nicht über sie sprechen. Ich will wissen, was du damit zu tun hast."

„Das kann ich dir kaum erklären, ohne deine Schwester zu erwähnen."

„Also gut." Serap trat aus der Haustür, taxierte Emma. „Nun?"

„Deine Schwester ist vor anderthalb Wochen zu mir gekommen und wollte, dass ich dich suche."

„Warum gerade zu dir?"

Emma umklammerte den Riemen ihrer Tasche. Auf diese Frage war sie nicht vorbereitet, konnte mit einer Fremden nicht über Hannah sprechen. „Sie hatte in einem Zeitungsartikel gelesen, dass ich bei meinen Aufträgen ziemlich erfolgreich bin", sagte sie leise.

Serap ging die Stufen hinunter, trat so dicht an Emma heran, dass sie ihr in die Augen sehen musste.

„Daraufhin hast du einfach nach mir gesucht? Ist dir nie der Gedanke gekommen, dass ich gar nicht gefunden werden wollte?" In Seraps Stimme mischten sich Zorn und Verzweiflung.

Emma schoss das Blut ins Gesicht. Das Mädchen hatte Recht, sie war vermessen gewesen, sich in eine Familienangelegenheit einzumischen. Sie hatte Seraps Wünsche vollkommen ignoriert, als sie sich auf die Suche nach ihr machte.

„Es tut mir leid", sagte sie niedergeschlagen, „ich wollte nicht …"

Emma verstummte, als die Türkin plötzlich vor ihr zurückwich. Aus Schreck? Entsetzen?

Emma machte zwei Schritte rückwärts, ehe ihr klar wurde, dass Serap nicht angstvoll auf sie starrte, sondern über ihre linke Schulter hinweg. Sie fuhr herum.

An der Hausecke gegenüber stand eine schmale Gestalt in einem knöchellangen schwarzen Mantel, den schwarzen Schleier tief in die Stirn gezogen. Aischa! Mit durchgedrücktem Rücken verbarg sie die Hände in den Falten ihres Mantels und beobachtete sie.

„Du hast mich also doch verraten", zischte Serap.

„Nein, Serap", entgegnete Emma hastig, „das habe ich nicht."

Ein Reflex ließ sie neben Serap treten. „Aischa, was machst du hier? Woher weißt du, dass ich hier bin?", rief sie über die Straße.

„Du hast meine Schwester gefunden." Aischa lief auf sie zu, blickte Emma wütend an. „Aber hast du es mir gesagt? Nein."

„Du musst doch verstehen …"

Aischa machte eine wegwerfende Handbewegung, zog verächtlich die Mundwinkel herab. „Ich habe es mir gleich gedacht. Ich wusste, du würdest nicht ehrlich sein."

Emma schüttelte heftig den Kopf. „Können wir nicht einen Kaffee trinken gehen, wir drei zusammen, dahinten in dem Café? Über alles reden?"

Aischa ignorierte sie, blieb vor ihnen stehen, die Arme seltsam steif an der Seite. Emma erkannte ihr rundliches Gesicht mit den weich geschwungenen Lippen nicht wieder. Ihre Miene war starr, die Stimme bedrohlich.

„Da bist du also!", stieß sie hervor, spuckte Serap ins Gesicht. „Sieh dich doch an! Wie du herumläufst! Halbnackt, das ist schamlos. Du stellst dich allen Männern zur Schau! Obwohl du Rashid heiraten sollst. Glaubst du, der nimmt dich noch? Du erniedrigst dich und bringst uns allen, deiner Familie, die dich liebt, nur Unehre."

Der blasige Speichel lief an Seraps Wange herunter. Sie zitterte, hatte Tränen in den Augen.

„Aischa, lass das und hör mir zu!", sagte Emma energisch und hob beschwichtigend die Hände. „Wir können doch reden."

Ihr eindringlicher Ton und die Geste brachten Aischa zum Schweigen. Sie sah von ihrer Schwester zu Emma, wandte sich wieder zu Serap.

„Du bringst Schande über unsere Familie!" Ihr Tonfall war schneidend.

„Hör sofort auf", Emma ging einen Schritt auf sie zu. „Sei doch vernünftig!"

Aischa schrie auf, stieß sie zur Seite. „Du Flittchen, du schamlose Hure!"

Matthesius kam mit quietschenden Reifen zum Stehen. Sprang aus dem Wagen, rannte durch eine düstere Passage. Fluchte, weil seine Schulter höllisch schmerzte.

Plötzlich hörte er laute Stimmen. Emma.

Er erreichte das Ende des Durchgangs, hielt sich keuchend an der

Mauer fest und blickte um die Ecke, eine abschüssige Rampe hinunter.

Die Streitenden standen sich keine 20 Meter von ihm entfernt in einer Art Dreieck gegenüber, dicht vor einer Treppe, die zum nächsten Hauseingang führte. Die Topografie auf kleinster Fläche signalisierte ihm höchste Gefahr. Und Emma befand sich mitten darin. Er hörte sie rufen: „Aischa, lass das und hör mir zu!", sah ihre Angst.

Matthesius wählte die Nummer der Polizeiwache Süd und bat die Kollegen mit gedämpfter Stimme, eine Streife zu schicken. Eine Vorsichtsmaßnahme. Er beobachtete das Trio. Emma bildete mit einer der Türkinnen, vermutlich Serap, eine Front. Mit dem Rücken zu ihm stand das dritte Mädchen vor den beiden, das musste Aischa sein. Die kleine Fanatikerin.

Er rannte geduckt im Schutz der Büsche die Rampe hinunter, behielt Aischa im Auge. Sie schien wie erstarrt, verharrte regungslos. Plötzlich änderte sich ihre Haltung, als Emma einen Schritt auf sie zumachte.

„Du Flittchen, du schamlose Hure!"

Aischa hob jäh den Arm, ihre Hand umklammerte ein Messer.

„Aischa, hör mir zu! Wir sind doch Schwestern!", schrie Serap.

„Du bist schon längst nicht mehr meine Schwester."

Aischas Arm schoss nach vorn, stieß zu.

Im selben Moment warf sich Emma gegen Serap, riss sie zur Seite. Matthesius hechtete zu Aischa, packte sie und zerrte sie zurück. Emma stürzte mit Serap zu Boden und kam halb unter ihr zu liegen. Benommen umklammerte sie das Mädchen.

„Serap?", flüsterte sie.

Das Mädchen antwortete nicht, unternahm keinen Versuch, sich aus Emmas Griff zu lösen. Sie schob Serap vorsichtig von sich, richtete sich auf und wischte sich stöhnend über die Stirn. Ihre Hand war blutverschmiert.

Reflexartig tastete sie ihren Körper ab. Keine Wunde. In Panik beugte sie sich über Serap. Das Mädchen war kreidebleich, hatte die Augen geschlossen, atmete flach. Ein dunkelroter Fleck breitete sich über Seraps Schulter aus, Blut lief im Ausschnitt zwischen ihre Brüste.

Matthesius hielt Aischa im Polizeigriff, verwünschte sich, dass er keine Handschellen bei sich hatte. Wo blieben die Kollegen? Sie brauchten dringend einen Krankenwagen.

„Sind Sie auch verletzt?", rief er Emma zu.

„Nein", schrie Emma, völlig außer sich. „Aber Serap blutet fürchterlich, und ich kann es nicht stoppen."

„Pressen Sie die Hände auf die Wunde, Emma!"

Plötzlich bäumte Aischa sich auf, versuchte, sich ihm zu entwinden, kreischte. „Sie soll sterben! Sie ist eine Hure!"

Ein Streifenwagen raste mit Blaulicht durch die Zufahrt von der Merowingerstraße auf sie zu.

„Einen Krankenwagen", brüllte er den Uniformierten zu. Während einer der beiden Kollegen das Funkgerät bediente, übergab er dem anderen Aischa. „Sie hat ihre Schwester attackiert", er wies auf das Messer am Boden, „und verletzt. Bringt sie zur Wache."

Matthesius wandte sich um, ging neben Emma in die Hocke. Er fühlte Seraps Puls, untersuchte die Wunde. „Ich glaube, es sieht schlimmer aus, als es ist. Nicht lebensbedrohlich. Sie haben verdammtes Glück gehabt, Emma."

Dank der Nähe zur Universitätsklinik war die Ambulanz in weniger als drei Minuten bei ihnen. Matthesius atmete erleichtert auf, als er ihr nachblickte.

Ein wimmernder Laut in seinem Rücken ließ ihn zusammenzucken. Es war noch nicht vorbei. Als die Sanitäter Serap auf die Trage gelegt und in den Krankenwagen geschoben hatten, war Emma auf die Treppenstufen gesunken, hatte fast teilnahmslos verfolgt, was mit der Verwundeten geschah. Nun lag sie dort, den Kopf auf den ausgestreckten Armen. Ihr Körper wurde von wilden Schluchzern geschüttelt. Dabei spie sie Worte aus, die er nicht verstand. Vermutlich stand sie unter Schock, dachte Matthesius, er hätte sie ebenfalls in die Klinik bringen lassen sollen. Doch sie hatte sich geweigert, behauptet, es ginge ihr gut.

Er betrachtete sie einen Moment kopfschüttelnd.

Ihr Zopf hatte sich zu wirren Strähnen gelöst, die über ihre bebenden Schultern hingen. Ihr Kapuzenshirt war voller Blutflecke. Matthesius ging zu ihr. Seine Wut über ihr unüberlegtes Handeln war verflogen. Die heftig weinende Emma erschien ihm nicht wie eine Erwachsene. Was er sah, war die verzweifelte 6-Jährige, die ihre Schwester verloren hatte und gegen Verlust und Einsamkeit ankämpfte.

„Nicht doch, Emma."

Matthesius setzte sich zu ihr, zog sie hoch und legte den Arm um ihre Schultern.

„Wenn sie stirbt, Max", flüsterte sie, „was mache ich, wenn sie stirbt?"

„Sie wird nicht sterben."

„Aber es ist alles meine Schuld", wieder schluchzte sie hemmungslos, „und ich kann das nicht verstehen! Sie hat ihre Schwester angegriffen. Ihre Schwester!"

„Emma, es gibt nicht nur Liebe unter Geschwistern." Matthesius strich ihr sanft über den Rücken. „Kommen Sie, ich bringe Sie nach Hause. Wo steht Ihr Wagen?"

Emma umklammerte ihn, rang um Selbstbeherrschung.

„Schwestern können nun einmal auch böse sein", versuchte Matthesius sie zu beruhigen, erreichte stattdessen das Gegenteil. Sie verkrampfte sich, heulte auf, als habe er ihr einen Schlag versetzt.

„Wie die Mütter", sagte sie keuchend. „Böse Mütter, ich hätte gleich ..." Sie atmete heftig. „Das Bild, der Kunstdruck, anders kann es nicht sein. Segantini, Wien. Max, verstehen Sie denn nicht?"

Emma warf ihm einen verstörten Blick zu, für einen Augenblick fürchtete er, sie habe den Verstand verloren. Überlegte, ob sie sich bei dem Sturz den Kopf verletzt hatte. Er fummelte mit der linken Hand ein Taschentuch aus seiner Jackentasche. Als er seinen Griff lockerte, sackte Emma zusammen, zog die Knie an und verbarg ihr Gesicht. Begann wieder zu weinen.

Matthesius sah verstohlen auf seine Uhr. Er musste sich bald auf den Weg machen, wenn er es noch pünktlich zur Konferenz schaffen wollte.

Als Emma sich plötzlich in seinen Arm krallte, fuhr er zusammen.

„Max, hören Sie mir zu! Die drei Frauen ... Ich habe es falsch verstanden. Schon viel früher hätte ich ... bei *Manufactum*. Aber ich habe es nur auf Aischa bezogen, verstehen Sie? Er meinte es ernst."

Matthesius fasste sie an den Schultern, zwang sie, ihn anzusehen. „Ich verstehe überhaupt nichts, Emma. Nicht, wenn Sie sich nicht sofort zusammenreißen", sagte er beschwörend. „Was wollen Sie mir sagen?"

„Es tut mir leid", sie räusperte sich, „ich bin so durcheinander."

Sie strich sich das wirre Haar zurück und sagte langsam: „Ich bin sicher, dass Ben mit den Frauenmorden zu tun hat."

Matthesius musterte sie fassungslos. „Wie kommen Sie darauf? Wollen Sie nun jeden Mann verdächtigen, den Sie kennen?"

Emma ignorierte seine Bemerkung. „Ich erkläre es Ihnen", sagte sie ruhig.

War es möglich, dass sie etwas übersehen hatten? Die Frage quälte Matthesius während der Fahrt nach Grafenberg. Irgendwo musste es die Schnittstelle geben, an der Täter und Opfer zusammengetroffen waren. Sie hatten Familienangehörige, Freunde und Nachbarn der toten Frauen überprüft. Die Klientenkartei der *Optima*-Agentur durchforstet. Keine Anhaltspunkte, nichts.

Matthesius warf einen Blick auf seine Beifahrerin. Emma hatte den Kopf gegen die Nackenstütze gelehnt, die Augen halb geschlossen. Es hätte ihn nicht gewundert, wenn sie vor Erschöpfung eingeschlafen wäre. Doch das Erlebnis hatte sie wohl nur schweigsam gemacht.

Konnte er ihr glauben? Oder litt sie vielleicht tatsächlich unter Verfolgungswahn, irrte sie sich, wie bei Dr. Kirch? Alles, was Emma ihm berichtet hatte, konnte eine Fehlinterpretation sein. Schlüsse einer Frau mit Fantasie, gezogen unter starkem psychischen Druck.

Matthesius ging alle Ermittlungsschritte noch einmal durch, bis hin zur Verhaftung Juri Januschenkos. Er brauchte die Ergebnisse der DNS-Analyse, das Phantombild. Vielleicht hätte er erst ins Präsidium fahren sollen, doch er wollte vor seinen Kollegen mit Ben Schneider sprechen. Er verdrängte den Gedanken, was Schwitter ihm zu diesem neuerlichen Alleingang erzählen würde.

In Grafenberg bog Matthesius langsam in die Straße Am Gallberg ein, suchte die richtige Adresse.

Emma deutete mit dem Zeigefinger auf eine Villa aus den 1930er-Jahren. „Dort drüben ist es."

Als Erstes bemerkte er den Baum, der in dem verwahrlosten Vorgarten aufragte. Eine Kastanie. Ihr hoher Stamm gabelte sich in zwei Leitäste mit dürren Zweigen. Größtenteils vertrocknet. Ein sterbender Baum.

Nicht schwer, sich in seiner Krone eine an ihren Haaren aufgehängte Frau vorzustellen. Matthesius war wie elektrisiert.

Als er den Motor ausstellte, meldete sich Schwitter durch die Freisprechanlage. „Max? Na endlich. Verdammt, wo bist du?" Ohne eine Antwort abzuwarten, sprach er weiter. „Folgendes: Der Mann, der sich zu Paula Linden an den Tisch gesetzt hat, heißt Ben Schneider, wohnhaft in Grafenberg. Christine Glauser-Drilling hat ihn anhand der Phantomzeichnung identifiziert. Er war in ihrer Agentur, um die Klimaanlage zu reparieren. Hat sich heute in seiner Firma krankgemeldet. Rigalski ist schon zu ihm nach Hause unterwegs. Also, egal wo du bist, fahr sofort dorthin."

„Ich stehe schon vor seinem Haus."

„Wie bitte? Was machst ..."

Matthesius unterbrach ihn. „Erkläre ich dir, wenn wir zurück sind", sagte er und trennte die Funkverbindung.

Sie hatten die Schnittstelle gefunden. Ben Schneider musste bei der *Optima-Consulting* auf Paula Linden und Sarah Winter gestoßen sein. Wie genau das geschehen war, darüber konnte Matthesius nur spekulieren. Hatte Schneider sie persönlich getroffen? In der Kundendatei geschnüffelt, das angeblich unüberwindbare Sicherungssystem geknackt? Die beiden Frauen verfolgt, weil sie in sein Beuteschema passten?

„So wie es aussieht, habe ich wohl Recht", sagte Emma leise und öffnete das Seitenfenster, als brauchte sie mehr Luft. „Ich fühle mich so leer, dass ich nicht einmal weiß, ob ich erleichtert sein soll."

Sie krümmte sich in ihrem Sitz zusammen. „Ich habe ihn als Freund betrachtet, sogar ein bisschen mit ihm geflirtet."

Das hatten seine Opfer vielleicht auch getan. Matthesius fühlte, wie das Adrenalin durch seinen Körper schoss. Er durfte den Gedanken nicht zu Ende denken. Erinnerte sich, wie vertraut Emma und Ben im *Uerige* gewirkt hatten. Die Treffen, von denen Emma ihm erzählt hatte, waren sie tatsächlich Zufall oder doch konstruiert gewesen? Sollte die vergessene Brieftasche ein Köder sein? Er würde herausfinden, ob Ben Schneider Emma als nächstes Opfer ausgewählt hatte.

Die Ankunft seines Kollegen riss Matthesius aus seinen Überlegungen.

„Emma, Sie bleiben im Wagen", sagte er im Befehlston, stieg aus.

Rigalski parkte hinter ihm, hastete auf ihn zu. „Schwitter hat durchgegeben, dass du schon hier bist. Woher weißt du von Schneider?"

„Lange Geschichte. Freu dich einfach, dass ich da bin."

Rigalski bückte sich, sah Emma im Wagen sitzen. „Soll ich etwa auch froh darüber sein, dass du sie zu einem Einsatz mitgebracht hast? Bin gespannt, wie du mir das erklären willst, Max."

„Später. Wenn wir uns um Schneider gekümmert haben."

Matthesius wollte sich abwenden, als er bemerkte, dass Emma noch tiefer in ihren Sitz rutschte.

„Da kommt Ben", sagte sie, zeigte auf die gegenüberliegende Straßenseite.

Ein junger Mann in schwarzem Rollkragenpullover, eine Jeansjacke über den Schultern, kam mit raschen Schritten den Gallberg hinauf. Schneider hatte es eilig, registrierte Matthesius, und war sichtlich aufgeregt.

Gemeinsam mit Rigalski überquerte er die Straße. Als er Matthesius erkannte, begann Schneider auf sie zuzurennen.

„Sind Sie wegen Emma hier?", rief er. „Ist ihr etwas passiert?"

Matthesius ignorierte die Fragen, den besorgten Ton. War Schneider ein solch guter Schauspieler? Er wirkte aufrichtig beunruhigt, als er vor ihnen stehen blieb.

„Wo sind Sie gewesen, Herr Schneider? Woher kommen Sie gerade?"

„Vom Salzmannbau, ich dachte, ich könnte Emma helfen, ihr irgendwie beistehen. Aber es ist eine lange Fahrt mit der Straßenbahn ..."

„Warum haben Sie nicht das Auto genommen?"

„Weil ich keinen Führerschein hatte", über Schneiders Gesicht huschte ein verlegenes Lächeln, „und ohne konnte ich ja schlecht fahren. Ich muss gestern irgendwo meine Brieftasche verloren haben."

Gut, dachte Matthesius, ein Punkt für sie. Schneider schien nicht zu wissen, dass Emma ihm sein Portemonnaie nach Hause gebracht hatte und in seinem Zimmer gewesen war. Er nickte ihm aufmunternd zu.

„Jedenfalls kam ich zu spät", fuhr Schneider fort, „aber jemand in dem Café gegenüber hat alles beobachtet und mir erzählt, dass es einen Kampf und eine Verwundete gegeben habe. War das Emma, ist sie verletzt?"

„Nein, ihr ist nichts geschehen."

„Welches Glück", sagte Schneider und lächelte. „Jetzt bin ich wirklich erleichtert."

Emma hatte reglos in ihrem Sitz verharrt, während die Angst in ihr hochkroch. Sie hörte die Stimmen, konnte jedoch nicht genau verstehen, was gesprochen wurde.

„War das Emma ..."

Als ihr Name fiel, schüttelte sie die Benommenheit ab, hob vorsichtig den Kopf und warf einen Blick zu den drei Männern. Sie standen vor der alten Villa, keine fünf Meter entfernt. Matthesius und sein Partner konzentrierten sich auf Ben. Sahen nicht, dass Maja

Schneider mit lässig untergeschlagenen Armen in der Tür des Hauses lehnte.

Wie ein Déjà-vu, dachte Emma. Bens Mutter trug noch das lange, schmuddelige Kleid, eine Zigarette hing in ihrem Mundwinkel. Anders als bei ihrem Besuch am Morgen fiel ihr nun allerdings das Haar offen über die Schultern. Emma ahnte, dass sich wieder nicht die geringste Neugier in den blaugrünen Augen zeigte, Maja Schneider das Geschehen teilnahmslos betrachtete.

Sie beugte sich über den Fahrersitz, reckte den Hals, als sie plötzlich abermals ihren Namen hörte. Lauter diesmal. Ben hatte sich umgedreht, sie entdeckt. Er winkte ihr zu, wollte auf sie zugehen. Matthesius hielt ihn zurück.

Spontan drückte sie die Autotür auf, lief über die Straße. Vielleicht war doch alles nur ein Irrtum.

„Emma, wie schön", rief Ben. „Ich dachte schon, dir sei etwas Schlimmes passiert."

„Mir geht es gut."

„Soll ich das glauben?", fragte er grinsend. „Kein bleibender Schaden?"

Ihr gemeinsamer Running Gag. Emma wusste nicht, ob sie lachen oder weinen sollte, wehrte ihn nicht ab, als er sie in seine Arme zog. Er drückte sie an sich und murmelte: „Ich bin richtig froh, Emma."

Sie hörte, wie Matthesius sich räusperte, spürte, wie er näher an sie herantrat.

„Du liebe Zeit, wie rührend!", höhnte Maja Schneider plötzlich hinter ihnen. Sie begann zu applaudieren. Ihre schrille Stimme zerschnitt die Luft. „Sieh doch bloß genau hin. Sie ist nichts für dich, viel zu schade für eine Null wie dich."

Ben ließ Emma so unvermittelt los, dass sie rückwärts gegen Matthesius taumelte. Er fuhr zu seiner Mutter herum, wurde rot vor Zorn, dann bleich.

Matthesius drückte Emma schützend an sich.

Bens Miene verzerrte sich. Er atmete stoßweise, ein Schüttelkrampf erfasste ihn, lief in Wellen durch seinen Körper. Sein Blick wanderte zum Geäst der Kastanie, verschleierte sich.

So viel Blut. Überall um ihn herum ist Blut. Ein blutiger Sumpf, blutrot wie die Maus aus dem Schoß seiner Mutter. Sie reicht ihm die Bürste, aber er will sie nicht anfassen. Er ekelt sich davor, vor seiner Mutter, ihrem Haar, das über ihren Brüsten liegt, dicken Melonen. Die er berührt, wenn er einzelne Strähnen hochhebt. Er hat Angst, dass sein Zipfel sich regt. Hört, wie sie ihn auffordert: *Nun mach schon, du Idiot!* Er ist wehrlos, ihr ausgeliefert, noch immer. Er will Nein sagen, aber er kann nicht. Weil er ein Schwächling ist, ein Idiot!

Etwas in ihm explodierte. „Du! Du allein hängst dort oben", schrie er. „Tot, nackt und stumm! Weil du stirbst wie dieser Baum. Den ganzen Sommer lang."

Er fletschte die Zähne, spuckte schaumigen Speichel. „Nie wieder wirst du mich einen Versager nennen! Du bist es, die nun schwach ist! Was nützt dir dein verdammtes Haar jetzt noch?"

Hasserfüllt starrte er in den Baum. „Ich habe dich aufgehängt. Ich bin kein Idiot! Kein Schwächling! Ich habe dich endlich besiegt!"

Er stieß einen Schrei aus, begann, hysterisch zu lachen, und sank langsam auf die Knie.

Wie paralysiert hatte Emma Bens Ausbruch verfolgt. Entsetzen und Angst lähmten sie. Eine tiefe Traurigkeit überwältigte sie, während sie miterlebte, wie Ben gegen die Frau in der Baumkrone, die nur er sah, wütete.

Matthesius und Rigalski traten neben ihn. „Ben Schneider, wir nehmen Sie wegen des Verdachts des mehrfachen Mordes fest", sagte Matthesius, während Rigalski Ben Handschellen anlegte und ihn auf die Beine zog.

Als er Ben Schneider im Verhörraum 1 gegenübersaß, schien Matthesius wieder den zurückhaltenden jungen Mann, den er im *Uerige* kennengelernt hatte, vor sich zu haben. Er erinnerte kaum mehr an die tobende Kreatur, die er noch vor weniger als einer Stunde gewesen war. Wirkte verstört, aber auch erleichtert.

„Wir wissen, dass Sie Paula Linden und Sarah Winter umgebracht haben."

„Unsinn. Das können Sie doch nicht Mord nennen." Schneider schüttelte heftig den Kopf. „Sie mussten doch oben in den Bäumen hängen. Damit jeder sie sehen konnte. Ich habe ihnen nur ein Schlafmittel gegeben, um sie zum Schweigen zu bringen. Sie durften sich nicht wehren."

„Sie benötigten sehr viel Kraft, um die Frauen in die Baumkronen zu ziehen", unterbrach Rigalski. „Hat Ihnen jemand geholfen?"

Schneider fuhr herum. „Hilfe? Das Letzte, was ich brauche. Ich trainiere seit Jahren mit Gewichten und an der Kletterwand, bin Sportsegler."

„Deshalb der Rohringstek?"

Ben lächelte. „Musste ja ein Knoten sein, der hält."

„Warum ist Ihnen dieses Bild so wichtig, warum mussten die Frauen an ihren Haaren hängen?", hakte Matthesius nach.

„Das wissen Sie nicht? Sie sind doch kein Idiot, das müssen Sie doch verstehen. Es sind ihre Haare, die ihnen Macht verleihen. Lebenskraft, ihre Seelenkräfte. Lange Haare machen sie überlegen, nur so können sie uns Angst einjagen."

Matthesius erinnerte sich, sein Kollege Grober hatte die mythologische Bedeutung erwähnt. Erklärt, dass in verschiedenen Epochen Frauen mit langen Haaren solche Zauberkräfte zugeschrieben worden waren. Aus demselben Aberglauben wurden im Mittelalter den der Hexerei angeklagten Frauen vor der Folter die Haare abgeschnitten.

Matthesius nickte ihm zu, als Schneider sich vorbeugte, sich seiner Aufmerksamkeit versichern wollte.

„Wenn man stärker sein will als sie, muss man sie an den Haaren packen. Dort sind sie verletzbar."

Wie konnte ein erwachsener Mann solchen Unsinn glauben? Matthesius vermutete, dass Schneiders wahnhafte Ideen mit seiner Mutter, einer vermutlich frühen Traumatisierung zusammenhingen. Doch es war nicht seine Aufgabe, die psychologischen Details zu erforschen, er war für das Geständnis verantwortlich. Das Schneider ihnen bereitwillig, geradezu berauscht von der eigenen Inszenierung lieferte.

„Warum haben Sie Paula Linden und Sarah Winter getötet?"

„Zuerst glaubte ich, die Chefin der Agentur sei die Richtige. Sie ist auch böse."

„Böse? Was soll das heißen?"

„Sie kommandiert jeden herum, niemand kann es ihr recht machen. Sie ist eiskalt. Dachte ich."

„Was hat Ihre Meinung geändert?"

„Ich habe das Foto von ihren Kindern gesehen, auf ihrem Schreibtisch."

„Wollen Sie behaupten, ein Foto habe Sie an einem Mord gehindert?", fragte Rigalski gereizt, warf Matthesius einen entnervten Blick zu. Matthesius zuckte unmerklich die Schultern, wusste, dass sein Kollege diese Psychotour verabscheute, die Vorstellung, dass ihr Täter am Ende durch ein psychiatrisches Gutachten auf verminderte Schuldfähigkeit oder Unzurechnungsfähigkeit plädieren könnte.

Schneider dagegen schien ihn nicht mehr wahrzunehmen, sprach nur zu Matthesius. „Dann kamen die Kinder mit der Nanny ins Büro, und wissen Sie, aus welchem Grund?"

„Sagen Sie es uns."

„Nur weil eines von ihnen Sehnsucht nach ihr hatte." Sekundenlang versank Ben in Schweigen. „Es war der Jüngste, mein Namensvetter. Benjamin", sagte er dann leise. „Und sie war mitten in einer Besprechung."

Sie? Er nannte Christine Glauser-Drilling bewusst nicht beim Namen, dachte Matthesius, vermied das Wort Mutter.

„Der Kleine ist einfach hineingeplatzt. Und sie – sie hat alles stehen und liegen lassen, sich um ihn gekümmert. Da wusste ich, dass ich mich geirrt hatte."

Ben sah ihn eindringlich, fast flehentlich an. „Sie müssen das begreifen! Es musste doch die Richtige sein."

„Wie Paula Linden?"

„Ein herrschsüchtiges Biest, das haben alle gesagt."

„Sie haben Paula beobachtet, ausspioniert?"

„Sie hatte einen Kurs belegt, in dem es um Selbstdarstellung ging. Als ob sie das nötig gehabt hätte. Es war nicht schwer, ihr von der Agentur aus zu folgen." Er schnaubte verächtlich. „Sie hätten sie nur mit ihrem Exfreund erleben sollen. Der hat sie im *Benders Marie* ganz freundlich begrüßt. Und sie, sie hat ihn vor allen Leuten gedemütigt."

„Was war mit Sarah Winter?"

„Bei ihr war ich zuerst nicht sicher ..." Schneider verstummte, überlegte. „Ich bin ihr ebenfalls mehrfach gefolgt, wusste, dass sie ins *Mai Tai* wollte. An diesem Abend machte sie es mir klar: Sie war die Richtige."

„Mit richtig meinen Sie böse? Was hat sie getan?"

„Wie eine Verrückte mit ihrem Freund gestritten, über ihre Urlaubspläne. Sie war kalt wie Eis, hat ihn erniedrigt, gezwungen, sich unterzuordnen." Ben begann zu schwitzen. „Sie hat ihn Vollidiot genannt! Sie war durch und durch böse!"

„Aber Sie sagen es selbst, Paula Linden und Sarah Winter waren selbstbewusste Frauen. Sie werden sich Ihnen kaum freiwillig ausgeliefert haben. Wie haben Sie sich Ihnen genähert?"

„Ich war doch kein Fremder für sie. Während meiner Wartungsarbeiten in der Agentur hatten wir schon häufiger ein paar Worte gewechselt."

„Sie konnten Paula Linden also ein zufälliges Treffen in dem Restaurant vorspielen und sich zu ihr an den Tisch setzen? Was ist dann passiert?"

„Wir haben uns unterhalten, noch zwei Bier getrunken." Ben betrachtete seine Hände, ließ die Fingerknöchel knacken. „Später sind wir durch den Hofgarten gebummelt, haben uns auf eine Bank gesetzt. Ich hatte einen Flachmann mit Grappa dabei. Möglichst schnell möglichst viel Alkohol, funktioniert todsicher." Er grinste hinterhältig. „Beschleunigt die Wirkung des Schlafmittels, und sie merken nicht, dass der Grappa seltsam schmeckt."

„Ich habe endgültig genug von deinen Extratouren. Morgen früh will ich als Erstes deinen Bericht über diese Sache am Salzmannbau auf meinem Tisch sehen, sonst kannst du gleich zu Hause bleiben." Schwitter sah von Matthesius zu Claire von Vittringhausen. „Dein Glück, dass du erfolgreich warst."

„Immerhin haben wir den Mörder von Paula Linden und Sarah Winter gefasst", entgegnete Matthesius.

Außerdem hatte er Recht behalten, dachte er, seine Intuition hatte ihn beim dritten Mord nicht getäuscht. Inzwischen lagen die Ergebnisse der DNS-Spuren vor, die sie an der Leiche Jana Frankowas gefunden hatten. Sie belasteten unzweifelhaft Juri Januschenko. Der Mord und die Zurschaustellung der Leiche sollten eine Warnung für alle Prostituierten sein, die für ihn arbeiteten. Ihnen nachhaltig vor Augen führen, was geschah, wenn sie sich ihm zu widersetzen wagten.

„Der überraschend schnell gestanden hat", sagte die Staatsanwältin. „Was wissen wir bis jetzt über den Tathergang?"

Schwitter fasste Rigalskis Bericht zusammen. „Beide Opfer waren bereits alkoholisiert, als Ben Schneider sie ansprach. Er hat sie animiert, weiterzutrinken. Hatte jeweils zwei Flachmänner mit Grappa bei sich, einen mit der tödlichen Menge Barbiturat versetzt. Die Bäume waren sorgsam ausgewählt, an markanten, aber durch Umzäunung oder Gebüsch geschützten Plätzen. Vor den Morden hat er dort seine Ausrüstung, Seil und Kletterhilfen unauffällig deponiert, später seine Opfer in einen Kleidersack gepackt und den Baum hinaufgezogen. Die Verletzungen der Frauen und die Spuren an den Bäumen sind entstanden, als er die Opfer in die beabsichtigte Position gebracht hat. Er behauptet, ihre Kleider und Habseligkeiten hinter dem Haus seiner Mutter im Garten vergraben zu haben. Ein Team ist vor Ort und überprüft die Aussage."

„Gut", sie deutete auf einen Plastikbeutel, in dem der Kunstdruck steckte, „und was hat es mit diesem Beweisstück auf sich?"

„Schneider sagt, das Originalbild war der Schlüsselreiz. Habe ihm offenbart, was er tun müsse. War wohl der Auslöser für die Morde."

„Eine Vorlage, die er nachgeahmt hat?"

„Ja, Giovanni Segantinis Gemälde *Die bösen Mütter* hängt in der Wiener Galerie Belvedere. Genaueres muss das psychiatrische Gutachten klären."

„Es sieht nach einem klassischen Fall von Verschiebung aus", antwortete die Staatsanwältin nachdenklich. „Ben Schneider ist dem Konflikt mit seiner Mutter ausgewichen, hat seinen Hass auf Frauen übertragen, die ihr in seiner Wahrnehmung ähnelten. Die Opfer mussten stellvertretend für sie sterben."

Matthesius musterte sie überrascht. Normalerweise war Claire von Vittringhausen bei psychologischen Analysen eher zurückhaltend. Vermutlich stammte dieses Wissen von ihrer Mutter, dachte er und erinnerte sich an sein eigenes Gespräch mit der Therapeutin.

„Die Forensik wird sich länger mit ihm beschäftigen müssen", sagte er. „Aber so viel wissen wir bereits: Maja Schneider hat ihren Sohn erniedrigt und gedemütigt, seit er auf der Welt ist."

15. KAPITEL

Es war ein schwerer Gang, dem die graue Trostlosigkeit des Krankenhausflurs entsprach. Emmas Schritte wurden stockend. Als sie vor den Aufzügen stand, überlegte sie es sich anders, machte kehrt und trat durch die verglaste Tür ins Treppenhaus. Während sie langsam in den zweiten Stock hinaufstieg, zählte sie die Stufen. 38. Der Umweg zögerte die bevorstehende Begegnung weiter hinaus. Falls es überhaupt dazu kam, Serap Celik sie sehen wollte. Nicht wütend aus ihrem Zimmer hinauswarf.

„Ich habe nur helfen wollen", murmelte Emma. Dachte, dass es klang, als wolle sie sich aus der Verantwortung stehlen.

Warum nur hatte sie alle Warnungen in den Wind geschlagen? War sie so anfällig, dass das Wort *Schwester* genügte, um in ihr ein Helfersyndrom auszulösen?

„Ich wünschte, Bea wäre bei mir", flüsterte sie, heiser vor Aufregung. Sie versuchte zu lächeln, als eine Ärztin ihr im Vorbeigehen einen fragenden Blick zuwarf, signalisierte, es wäre alles in Ordnung.

Falsch! Nichts war in Ordnung. Wenn Max nicht im letzten Moment eingegriffen hätte ... Sie ertrug den Gedanken nicht, dass Serap hätte sterben können.

Emma hatte Bea gebeten, sie ins Krankenhaus zu begleiten, doch ihre Tante ließ sich nicht erweichen.

„Nein, du hast dich allein in diese Situation gebracht und wolltest meine Ratschläge nicht."

„Das nimmst du mir übel und willst deswegen nicht mit mir kommen?"

„Kennst du mich so wenig? Glaubst du tatsächlich, es kratze an meinem Ego, wenn du gegen meinen Rat deine eigenen Entscheidungen triffst?"

Ihre Tante hatte sie kopfschüttelnd betrachtet. In ihrer Miene spiegelten sich Besorgnis und Kummer. Die Falten um Mund und Augen schienen sich während der vergangenen Woche tiefer in ihr

Gesicht gegraben zu haben. Bea wirkte plötzlich alt und schutzbedürftig. Emma hatte sich betroffen gefragt, ob sie der Grund dieser Veränderung war, und schließlich akzeptiert, als ihre Tante wiederholte: „Es war deine Entscheidung, so zu handeln. Nun musst du den Weg auch allein zu Ende gehen."

Ein Schutzpolizist saß auf einem Stuhl vor dem Krankenzimmer. Emma zögerte. Glaubten die Beamten, dass sich Serap weiterhin in Gefahr befand? Obwohl Aischa verhaftet worden war? War noch nicht geklärt, ob ihre Familie sie unterstützt hatte, an dem Mordversuch beteiligt war? Von Matthesius wusste sie nur, dass der jüngere Bruder Aischa zum Salzmannbau gefahren, jeden ihrer Schritte bei der Suche verfolgt hatte.

Emma musste sich ausweisen, durfte ohne weitere Fragen das Krankenzimmer betreten.

„Übernimm du das."

„Warum? Schneider war doch ganz versessen darauf, dir seine Geschichte zu erzählen." Rigalski sah Matthesius verständnislos an.

„Er versucht, eine Bindung zu mir aufzubauen, will, dass ich ihn verstehe. Mir ist das Risiko zu groß, dass er lügt, weil er glaubt, ich wolle etwas Bestimmtes von ihm hören."

Matthesius verschwieg, dass es überdies eine Frage gab, bei der er selbst an seiner Objektivität zweifelte. „Finde einfach heraus, wen Schneider als nächstes Opfer ausersehen hatte."

„Emma Rohan, wen sonst?"

„Lass ihn das sagen."

Rigalski zuckte die Schultern. „Er bringt Frauen um, fährt aber nicht ohne Führerschein – ist das zu fassen? Ein Mörder, der sich fern seiner Taten an die Gesetze hält. Absurd."

Er wandte sich zur Tür des Verhörraums. „Dann werde ich dir jetzt mal beweisen, dass ich mit deiner kleinen Freundin Recht habe."

Ben Schneider schien sich augenblicklich zu verkrampfen, als Rigalski ihm gegenüber Platz nahm. Er begann die Knie gegeneinanderzuschlagen und drehte sich immer wieder zu Matthesius um, als wollte er sich seiner Unterstützung versichern.

Matthesius wechselte seinen Standort, lehnte sich in Rigalskis Rücken an die Wand, damit Schneider ihn sehen konnte.

Ein Seufzer verriet Schneiders Erleichterung. Er wurde ruhiger, deutete ein Lächeln an.

„Sie haben den Mann, der die Frau am Opernhaus umgebracht hat", sagte er, „das ist gut! Sehr gut sogar! War ja offensichtlich, dass er nur ein Nachahmungstäter ist. Er hat alles falsch gemacht."

„Was genau war sein Fehler?", fragte Rigalski.

„Sie war nicht die Richtige."

„Jana Frankowa war wie Ihre beiden Opfer blond und hatte lange Haare."

„Das trifft auf viele Frauen zu."

„Verstehe ich Sie richtig?" Rigalskis Tonfall war schärfer geworden.

Psychologische Gesprächsführung hatte ihn noch nie interessiert. Matthesius hoffte, dass sein Kollege nicht zu weit ging, Schneider nicht zum Verstummen brachte.

„Die Frauen mussten also noch andere Merkmale haben? Welche? Blaue Augen? Große Brüste?"

„Sie verstehen überhaupt nichts", antwortete Ben heftig. „Sie mussten die Richtigen sein. Darauf kommt es an. Nur darauf."

Die Ähnlichkeit zur Mutter, dachte Matthesius, das versuchte er ihnen zu sagen. Frauen, die Schneider so erschienen, wie Matthesius und Rigalski Maja Schneider bei der Festnahme erlebt hatten: dominant, kaltherzig, voller Verachtung.

„Beschreiben Sie uns, woran Sie die richtige Frau erkennen", forderte er Schneider freundlich auf.

„Sie ist das Böse. Das abgrundtief Böse. Ihr geht es nicht um Liebe, sie will beherrschen", zischte Ben zwischen den Zähnen hervor. „Sie will dich kleinkriegen, gefügig machen. Nennt dich Schwächling … Versager … Idiot."

Keuchend griff er sich an den Hals, als fürchtete er, zu ersticken, bevor er fortfuhr: „Weil du Angst hast vor dem Blut, vor der blutigen

Maus. Das ist das Einzige, was sie will: Dir zeigen, dass du ein Nichts bist, ein Wurm, ein ...."

Er presste eine Hand in den Schritt.

„Und eine solche Frau war Jana Frankowa nicht?"

„Was?", fragte Ben, blinzelte verwirrt. Er riss seine Hand hoch und drückte sie flach auf die Tischplatte. „Nein", sagte er dann und schüttelte den Kopf, „ich habe sie zwar auch in der Altstadt gesehen, aber sie war letztlich uninteressant."

„Sie haben weiter nach der richtigen Frau gesucht?", fragte Rigalski.

„Nun ja ..."

„Und dann haben Sie sie gefunden, vermeintlich zufällige Treffen inszeniert und ihr den hilfsbereiten Freund vorgespielt."

Schneider sah Rigalski misstrauisch an. „Ich weiß nicht, von wem Sie sprechen."

„Von Emma Rohan."

„Emma? Wieso Emma? Sie ist eine Freundin."

„Haben Sie nicht gerade zugegeben, dass Sie das nächste Opfer schon im Visier hatten? Natürlich haben Sie sich an Emma Rohan herangemacht."

„Nennt man das jetzt so, wenn man höflich ist und einer Frau den Parkplatz überlässt? Unser Kennenlernen war nicht geplant. Ich hatte beruflich im Frauenhaus zu tun, als ich Emma erstmals begegnet bin."

„Ebenso zufällig haben Sie Frau Rohan dann wohl auch auf der Fähre nach Kaiserswerth getroffen", sagte Rigalski beißend, „hatten Sie da etwa ebenfalls beruflich zu tun?"

„Nein, das war ein Ausflug, wie ihn Hunderte andere Menschen am Wochenende ebenfalls unternehmen."

„Sicher, und drei Tage später laufen Sie ihr auf der Kö in die Arme. Drei Zufälle innerhalb einer Woche?" Rigalski beugte sich abrupt über den Tisch. „Für wie dämlich halten Sie uns eigentlich? Düsseldorf ist eine Großstadt mit mehr als 580.000 Einwohnern. Wie wahrscheinlich ist es da, ständig dieselben Leute zu treffen?"

Er lehnte sich zurück, betrachtete Schneider. „Ich kann Ihnen sagen, wie es wirklich war. Sie haben Emma Rohan am Frauenhaus getroffen und sofort bemerkt, dass sie langes Haar hat, in Ihr Schema passte."

„Das ist doch Unsinn! Emma ist eine Freundin", wiederholte Schneider. „Sie könnte niemals böse sein." In seinen Augen lag ein versonnener Ausdruck. „Nach außen gibt sie sich stark, aber das bedeutet nichts. Im Grunde ist sie sehr sensibel, leicht verletzbar."

Schneiders Aussage überraschte Matthesius. Er selbst hätte Emma nicht treffender charakterisieren können.

„Wenn Sie behaupten, es wäre nicht um Emma Rohan gegangen, wer sollte dann Ihr nächstes Opfer sein?"

Gedankenverloren schrak Schneider auf. „Die Agentur-Chefin", antwortete er und räusperte sich. „Sie hat wegen der Klimaanlage in der Firma angerufen, wollte mich nächsten Samstag in ihr Büro lassen, damit der Betrieb nicht schon wieder während der Woche gestört würde."

„Ausgerechnet die liebevolle Mutter? Spielten die Kinder plötzlich keine Rolle mehr?"

„Ich hatte mich getäuscht. Sie ist anders, als ich zunächst dachte. Mischt sich in alles ein. Ich weiß das von Emma. Sie soll ihr auch stets zu Diensten sein."

Ben strich über seinen Dreitagebart, seufzte. „Sie ist übers Wochenende nach Venedig gefahren. Hat ihre Kinder abgeschoben. Eine Frau darf die eigenen Kinder nicht im Stich lassen – nicht einmal, wenn sie einen lieben Babysitter wie Emma findet. Nur damit sie sich in Venedig vergnügen konnte. Da wusste ich es. Sie war eine böse Mutter."

Tee, Kandis. Emma wollte Thomas bei seinem nächsten Besuch überraschen, indem sie ihm stilecht ostfriesischen Tee servierte. So, wie er es bei ihrer ersten Verabredung getan hatte. In Erinnerung daran summte sie verträumt, während sie in der schmalen Küchenzeile ihre Einkäufe verstaute, die frische Sahne in den Kühlschrank stellte.

Nur – warum hatte er sich nicht mehr bei ihr gemeldet? Sie hielt mitten in der Bewegung inne. Er musste aus den Medien von Aischas Mordversuch erfahren haben. Interessierte sie ihn vielleicht schon gar nicht mehr? Nein, sie verdrängte den Gedanken, wenn es so wäre, hätte er ihr selbst diese Wahrheit gesagt. Sie kannte ihn doch.

Mehr noch als die Ungewissheit über Thomas marterte sie ihr Besuch im Krankenhaus. Das Bild, wie Serap sich mit schmerzverzerrtem Gesicht in ihrem Bett aufrichtete, als Emma das Zimmer betrat, und sie bleich, mit dunklen Ringen unter den Augen anstarrte. Emma hatte versucht, sich zu entschuldigen, ihre eigene Geschichte erzählt. Gehofft, sie könnte Serap ihre Beweggründe verständlich machen.

Sie war sich nicht sicher, ob es ihr gelungen war. Ob Serap ihr je würde verzeihen können. Emma fühlte, wie es sie innerlich zerriss, dass sie das Gegenteil von dem erreicht hatte, was ihre Absicht gewesen war: die Geschwister wieder zusammenzubringen.

„Du wirst dir niemals vorstellen können, was es bedeutet, wenn die eigene Schwester dich töten will", hatte Serap gesagt. Nicht einmal wütend. In ihrer Stimme hatten Resignation, Trauer und Angst gelegen. Sie sei nun ganz allein, hatte sie hinzugefügt. Als Emma nach ihrer Familie fragte, hatte Serap sich abgewandt und sie gebeten, zu gehen.

Sie war zu Christie geflohen, hatte sich in deren Arme geworfen. Ihre Freundin hatte sie getröstet, beruhigt, lange mit ihr geredet. Über die drei getöteten Frauen, die Angst und Verdächtigungen, die durch die Morde heraufbeschworen worden waren. Über Ben, der gemordet hatte, weil er meinte, Macht und männliche Überlegenheit demonstrieren zu müssen. Sie waren auch auf Aischa zu sprechen gekommen, die Frage nach den Gründen ihrer Tat. Glaubte sie, einem fundamentalistischen Gebot gehorchen zu müssen? War sie durch ihren Glauben verblendet oder im medizinischen Sinne geisteskrank? Fest stand nur, sie ertrug es nicht, dass ihre Schwester sich für die westliche Lebensweise entschieden hatte.

Zum Abschied hatte Christie ihr die Kopie eines Gedichts gegeben und sie aufgefordert, es zu Hause in Ruhe zu lesen. Es drücke die Zwiespältigkeit aus, die nicht nur sie, sondern vielleicht auch viele andere empfänden, wenn sie einer verschleierten Frau begegneten. Emma nahm das Blatt nun aus ihrer Umhängetasche, las.

Aïcha, du birgst
unter Tüchern
dein schwarzes Haar.
Bei uns, Schwester,
tragen
in Märchen und Sagen
Nixen und Feen
auf Felsen, in Seen,
in Flüssen und Teichen
gelöst das Haar,
das goldene
als Zeichen
für Seelenkräfte,
die weichen,
wird es gebunden
in Flechten,
abgeschnitten, in Haft
genommen von bösen Mächten
mit List und Tücken.
Aïcha, birgst du
dein Haar, das schwarze,
aus freien Stücken,
nicht mit dir
will ich rechten –
doch schleierhaft
ist mir, Schwester,
dein Rückzug.

Emma wischte sich mit dem Handrücken über die Augen. Wieder spürte sie die Gewissheit, dass sie den Auftrag niemals hätte annehmen dürfen. Alle Einwände waren an ihr abgeprallt, sie war blind gewesen. Weil sie nie nur nach Serap, immer auch nach Hannah gesucht hatte. Hannah, die für immer verloren war.

Emma blickte aus dem Fenster, starrte auf die Weißdornbüsche, sah jemanden den Wiesenpfad heraufkommen. Sie rannte zur Tür, Thomas entgegen, schlang beide Arme um ihn und küsste ihn heftig.

„Komm rein", sagte sie atemlos, „ich ziehe mir nur schnell etwas anderes an."

Im Schlafzimmer zerrte Emma sich das fleckige Sweatshirt vom Leib, warf einen apfelgrünen Kapuzenpullover über. Als sie zurückkam, stand Thomas vor ihrem Computer. Sie entdeckte sorgenvolle Falten auf seiner Stirn. Er sah aus, als habe er einige schlaflose Nächte hinter sich.

„Lass uns Tee trinken. Danach machen wir einen Spaziergang. Ich würde gern mit dir zum Fluss hinuntergehen", bat Emma, riss den Küchenschrank auf, nahm das Päckchen Tee heraus und legte es auf die Anrichte.

Ihre hektische Betriebsamkeit schien Thomas nicht über ihre Unsicherheit hinwegtäuschen zu können. Er beobachtete sie, Traurigkeit lag in seinen graublauen Augen. Und eine Frage, die Emma irritierte, ihr ein unangenehmes Flattern im Bauch verursachte. Sie stellte das Geschirr auf dem Tisch ab und blieb mit hängenden Armen stehen.

„Ich habe nur einen Wunsch", sagte Thomas mit belegter Stimme. „Wenn du mir den erfüllen würdest, wäre ich der glücklichste Mensch dieser Welt."

„Einen Wunsch nur?"

Emma grub ihre Fingernägel in die Handflächen, dass es schmerzte. Versuchte noch mehr, ihre innere Unruhe zu verbergen, grinste ihn an. „Du hast zwar nicht Geburtstag, doch da lässt sich bestimmt etwas machen."

Thomas ging auf ihren scherzhaften Ton nicht ein. „Ich wünsche mir, dass du mit solchen Recherchen aufhörst."

„Ich konnte nicht ahnen, dass es so ausgeht", antwortete sie niedergeschlagen.

„Emma, wen hast du wirklich gesucht? Es ging doch immer nur um deine eigene Schwester."

Er hatte sie durchschaut, Emma spürte, wie ihr Herzschlag zu rasen begann. Warum taten seine Worte so weh? Sie bewiesen doch, wie gut er sie kannte. Waren sie nicht auch ein Zeichen, dass er sie liebte?

„Dass Aischa ihre Schwester töten wollte ..."

Er unterbrach sie abrupt. „Ich will nicht über Ehrenmorde diskutieren, Emma", sagte er ungewohnt schroff. „Mir geht es darum, dass du dich mit deinen kriminalistischen Recherchen in Gefahr bringst. Der Messerstoß, der Serap fast das Leben gekostet hat, hätte dich treffen können. Sind nicht genug Frauen ermordet worden? Dass du nicht zu ihnen gehörst, ist pures Glück."

„Mir hätte niemand etwas angetan", beharrte Emma.

Obwohl sie insgeheim Zweifel plagten, wollte sie ihrem inneren Kompass treu bleiben. Zumindest, wenn er auf Ben anspielte, musste sie ihm widersprechen. Sie wollte daran glauben, dass er sie niemals angegriffen hätte. Mit Christie hatte sie darüber sprechen können, ob sie Ben gegenüber zu naiv, zu vertrauensvoll gewesen war. Ob sie sich von seinem Charme, seiner Höflichkeit hatte blenden lassen. Die Überlegung, was geschehen wäre, wenn sie nicht zufällig in seinem Zimmer das verräterische Bild entdeckt hätte, hatte Emma den Schlaf geraubt.

„Nein? Wie kannst du das wissen? Du hast dich mit einem Frauenmörder angefreundet", entgegnete Thomas scharf, kam jedem Einwand zuvor. „Ich kann das nicht. Ständig Angst haben zu müssen, dass du dich durch deine Recherchen in solche Situationen bringst, ertrage ich nicht."

„Du tust gerade so, als wäre ich pausenlos in Lebensgefahr!"

„Emma, sieh den Tatsachen ins Auge!" Ärgerlich wischte er mit der Hand einen nicht vorhandenen Krümel vom Tisch. „Hast du vergessen, dass es keine vier Monate her ist, dass du dich im Auftrag deiner Freundin schon einmal in einen Mordfall eingemischt hast?"

„Du sagst es doch selbst: Es war ein Auftrag. Willst du mir verbieten, zu arbeiten?"

„Emma, bitte. Ich weiß, dass du ganz genau verstehst, was ich meine. Gib diese Art der Recherche auf. Ich kann und möchte so nicht leben."

„Sondern?"

„Es ist mein Herzenswunsch, mein Leben mit dir zu teilen. Aber ohne fortwährend befürchten zu müssen, den Menschen, der mir so wichtig ist, zu verlieren."

„Oh, ich verstehe." Emmas Miene verkrampfte sich.

„Tatsächlich? Dein Gesichtsausdruck straft dich Lügen, Emma", antwortete er, seine Stimme wurde hart. „Ich muss dir das in aller Deutlichkeit sagen. Mit dieser Angst, die du selbst provozierst, kann ich nicht leben."

Nein, dachte sie impulsiv, sie auch nicht. Warum fiel es ihr so schwer, auf ihn zuzugehen, auch nur ein wenig einzulenken?

„Ich möchte lediglich, dass du dich auf die wissenschaftlichen Recherchen beschränkst", sagte Thomas in sanfterem Ton. „Ist das zu viel verlangt?"

Ja, das war es, wenn es bedeutete, dass sie Hannah vergessen sollte. Emma sah, dass ihr Zögern ihn verletzte. Ein Schatten fiel über sein Gesicht.

Er hatte seine Entscheidung längst getroffen, dachte sie, wandte sich jäh von ihm ab, drehte ihm den Rücken zu, damit er ihre Tränen nicht sah. Enttäuschung, Wut und ein Gefühl unerträglicher Verlassenheit klumpten sich in ihrem Magen zusammen.

„Wie hast du dir das denn vorgestellt?", fragte sie mit heiserer Stimme. „Der ehrenwerte Professor forscht und lehrt, und ich suche ergeben die nötigen Daten zusammen? Wenn ich ganz lieb bin, darf ich zur Abwechslung sein Manuskript tippen wie eine gute Sekretärin?"

Es blieb still hinter ihr. Als sie sich umdrehte, war Thomas gegangen. Die Tür stand offen. Emma stürzte nach draußen, sah, wie er so hastig davonlief, dass er den Mann, der ihm entgegenkam, beinahe umrannte.

Blind für alles um sie herum sackte Emma gegen den Türrahmen und schloss die Augen.

Matthesius beschleunigte seine Schritte. Emma wirkte, als würde sie jeden Moment zusammenbrechen. Ihr Gesicht war blass bis in die Lippen, die Augenlider flatterten.

„Emma?" Matthesius fasste ihren Arm, bereit, sie aufzufangen.

Sie öffnete die Augen, blinzelte. „Hallo, Max."

„Etwas mehr Begeisterung wäre schön. Ich komme mit einer guten Nachricht. Allerdings", er zögerte, „vielleicht im falschen Moment?"

Als Emma nicht antwortete, schob er sie sanft vor sich her, setzte sich mit ihr auf den Diwan. Sein Blick streifte die Tassen auf dem Tisch.

„Tee? Den können wir beide jetzt gut brauchen."

Mit derselben Selbstverständlichkeit, mit der Emma sich in seiner Küche bewegt hatte, hantierte er nun in ihrer winzigen Küchenzeile.

„Im Kühlschrank ist Sahne", sagte Emma. Ihre Stimme klang matt.

Matthesius setzte sich wieder neben sie, legte ein dickes Stück Kandis in beide Tassen, schenkte ihnen beiden ein. Der Kandis knisterte, als die heiße Flüssigkeit ihn umspülte.

„Hier, trinken Sie." Er drückte ihr die Tasse in die Hand.

„Ihr Professor hätte mich eben beinahe umgerannt. Was ist passiert?"

Emma rührte in ihrer Tasse, fischte ein weiteres großes Stück Kandis aus dem Zuckertopf und ließ es in ihren Tee fallen. „Er ist nicht mehr mein Professor", sagte sie leise.

Die Sekunden verstrichen. Matthesius ließ ihr Zeit, wartete, ob sie ihm die ganze Geschichte erzählen wollte. Emma rührte weiter gedankenverloren in ihrem Tee, bis sich die letzten Kandiskrümel aufgelöst hatten. In ihrer Miene spiegelten sich widerstreitende Empfindungen.

Unvermittelt legte sie den Teelöffel beiseite.

„Thomas hat mich gebeten, nur noch wissenschaftliche Recherchen zu übernehmen."

„Ein Wunsch, dem ich mich sofort anschließe, Emma."

„Aber ..."

„Nein, da gibt es kein Aber! Sie haben doch gesehen, was dabei herauskommen kann."

„Ja", flüsterte Emma, nickte langsam.

Matthesius legte ihr den Arm um die Schulter, drückte sie kurz an sich.

„Er kommt zurück, Emma. Ganz sicher."

Sie biss sich auf die Unterlippe, sah an ihm vorbei aus dem Fenster. „Haben Sie nicht gesagt, es gibt auch eine gute Nachricht? Hat es mit Ben zu tun? Wissen Sie schon, was genau die Mutter ihm angetan hat?"

„Im besten Fall wird ein Psychologe das noch herausfinden", sagte Matthesius. „Aber wir sind dem Verdacht nachgegangen, dass Ben sich Ihnen weniger freundschaftlich genähert hat, als Sie meinten."

„Weil Sie glauben, ich sollte das nächste Opfer sein." Emma atmete tief ein, ehe sie die entscheidende Frage stellte. „Was hat er dazu gesagt?"

„Wir lagen völlig falsch."

Matthesius verschwieg, was Schneider stattdessen gestanden hatte. Warum sollte sie sich mit dem Gedanken quälen, dass er ihrer Freundin Christie bereits aufgelauert hatte? Mit geringfügigen Abwandlungen berichtete Matthesius, was Schneider über sein Verhältnis zu Emma gesagt hatte. „Er hat sich tatsächlich als Ihr Freund betrachtet."

„Ich wusste es. Max, ich wusste es einfach." Emma lächelte ihn an. Kläglich noch, aber immerhin.

Ende

Danksagung

Sehr herzlich bedanke ich mich bei der Düsseldorfer Rechtsanwältin Gülsen Çelebi, die mir mit Türkisch auf die Sprünge geholfen hat und stets bereit war, meine Fragen zu beantworten.

Es ist an der Zeit, Polizeihauptkommissar Klaus Dönecke, der die Presse- und Öffentlichkeitsarbeit im Düsseldorfer Polizeipräsidium betreut und die Polizeigeschichte aufarbeitet, für seine Geduld und Freundlichkeit zu danken. Er hat meine Vorstellungen von Polizeiarbeit korrigiert, mit dem Satz *Lassen Sie Ihre Fantasie spielen* jedoch auch beflügelt.

Du, mein geliebter Mann, bist jederzeit bereit, mit mir zu diskutieren, mir Tipps und Anregungen zu geben. Du lässt mir seit Jahren jede liebevolle Unterstützung und Hilfestellung zuteil werden. Du holst mich, was oft nicht leicht sein mag, aus der rauen Krimiwelt zurück in unser harmonisch friedliches Alltagsleben. Nicht zuletzt sorgst du täglich für mein leibliches Wohl. Dass Du die erste Korrektur auch dicker Manuskripte auf dich nimmst, kann ich gar nicht genug würdigen. Deshalb sollen es alle wissen. Danke, Johannes!

Literatur
Necla Kelek: Die fremde Braut, Goldmann, 2006

Internet
www.ehrenmord.de